DISCARD

La Ruine presque cocasse d'un polichinelle

Mongo Beti

La Ruine presque cocasse d'un polichinelle

(Remember Ruben II)

Roman

LE SERPENT A PLUMES

Collection Motifs
dirigée par Pierre Bisiou

MOTIFS n° 180

Première publication : 1978
© 2003 Le Serpent à Plumes pour la présente édition

Illustration de couverture : © Karen Petrossian,
Olivier Mazaud, Bernard Perchey

N° ISBN : 2-84261-433-X

LE SERPENT A PLUMES

*20, rue des Petits-Champs – 75002 Paris
http://www.serpentaplumes.com*

PREMIÈRE PARTIE

LA LONGUE MARCHE DE DEUX RUBÉNISTES ET D'UN ENFANT

CHAPITRE PREMIER

OR, PAR UN DE CES PARADOXES dont l'ère qui s'ouvrait allait se montrer cruellement fertile au point de troubler et même de désespérer la plupart des esprits, Mor-Zamba et Le Jongleur, qui avaient tant fait pour provoquer l'événement, durent abandonner Fort-Nègre et son faubourg maudit Kola-Kola le jour même de la proclamation de l'Indépendance. Combattants à la fois victorieux et défaits, ils désertaient la familiarité d'un champ semé d'exploits que seuls pouvaient désormais moissonner leurs ennemis, ils allaient chercher refuge sur des positions aussi inaccessibles qu'aléatoires.

Ni l'un ni l'autre des deux amis n'était homme à rester sur une débâcle et la constance de Mor-Zamba, trempée par ces interminables années d'épreuves, pouvait à bon droit se reposer sur l'astuce jamais assoupie de Mor-Kinda ; sans aucun doute, de nouveaux feux d'artifice, jaillis ailleurs, très loin de Kola-Kola, illumineraient souvent la longue nuit, prophétisée par Ouragan-Viet pour succéder à la disparition de Ruben.

Le départ même, à l'image de la suite de l'expédition, n'alla pas sans imprévu. La veille, les deux amis avaient soigneusement confectionné chacun son ballot, y rangeant, outre les armes offertes par le dirigeant rubéniste, leurs effets personnels. Toutefois, Le Jongleur, qui se complaisait dans la cachotterie, s'était ingénié à priver son compagnon de toute chance de dénombrer exactement les objets qu'il transportait et encore moins de connaître leur nature précise. Mais il n'avait pas manqué de s'arroger le privilège de transporter la grosse boîte de produits pharmaceutiques promise par le dirigeant clandestin et remise le jour et à l'heure convenus, au grand émerveillement de Jo Le Jongleur qui affirma n'avoir observé autant de discipline et de ponctualité que chez les négriers.

– Quelle organisation ! balbutiait-il, extatique.

Ensuite, l'ancien mauvais garçon avait presque constamment trahi son insatisfaction par des signes que seul percevait Mor-Zamba ; celui-ci ne fut donc pas surpris lorsque son ami se confia enfin, mais il fut loin de soupçonner le projet monstrueux jailli brusquement comme une flammèche incendiaire dans cette imagination perpétuellement incandescente.

– Nous n'avons pas assez d'équipement, avait soupiré Le Jongleur tard dans la soirée. Mon petit doigt me dit que nous n'aurons jamais assez de matériel.

– Mais du matériel pour quoi faire ? avait demandé Mor-Zamba, intrigué.

– Justement ! Quand on ignore à qui et à quoi on aura affaire, il vaut mieux avoir trop de matériel que pas assez.

– Bon, et alors ?

– J'ai une idée ; ça n'est pas toi qui aurais pensé à ça, hein, Le Péquenot ! Demain matin de bonne heure, je me rends au groupe scolaire du 18-Juin, sur le plateau, comme si je venais reprendre sagement ma place de petit boy docile. Je connais mon Sandrinelli ; je l'ai bien en main. D'ailleurs, j'ai d'excellentes raisons. Je lui dirai : "J'y demande pardon, missié, que moi pas venir travailler hier, puis avant-hier, et avant, et encore avant… que moi, missié, j'y avais les jetons, qu'il y en a partout plein les brigands à Ruben, ah missié, ces salauds-là, faut seulement les zigouiller tous, et tout de suite, oui missié…" Je le connais, il rigolera en se tapant sur les cuisses ; et, après avoir repris bruyamment son souffle, tu sais, en faisant *hi-han hi-han…*, comme un âne, il me dira : "Sacrée race, sacrée race… Et maintenant, *finita la commedia*, au boulot !…" Pour le reste, grand-père, fais-moi confiance pour régler avec lui quelques vieux petits comptes depuis trop longtemps en suspens. Fais-moi confiance, oui ! Simplement, tiens-toi prêt à décamper sitôt que je reparaîtrai.

Contre toutes les objurgations de Mor-Zamba, alarmé surtout par l'ésotérisme des propos de l'arsouille manqué, la détermination de Jo Le Jongleur tint bon.

Or donc, le 1er janvier même, les événements se succédèrent à peu près dans l'ordre que voici. Mor-

Zamba, qui avait fort mal dormi, fut debout très tôt, peut-être vers quatre heures du matin, sans aucune nécessité, de sorte que, muet de réprobation, il put assister aux préparatifs de son ami et au départ de celui-ci, tout aussi peu loquace mais par taquinerie.

Puis, du pas de sa porte, il se mit à contempler le lever de son Kola-Kola, avec la curiosité glacée du hors-la-loi veillant à l'entrée de sa caverne. Personne, à l'observer, ne se serait douté que ce géant, dont la prunelle, de temps en temps, frémissait d'on ne sait quelle flamme combative mal contenue, était la proie d'un cas de conscience sentimental : irait-il ou non saluer la famille Lobila avant d'abandonner Kola-Kola peut-être sans retour ? Elle l'avait accueilli et par la suite toujours traité avec générosité ; il avait fait ses amis de presque tous ses membres, nouant des liens étroits avec les grandes filles, bien sûr, mais aussi avec les plus jeunes garçons et surtout avec les deux vieux époux. Sa brusque disparition allait les tenailler dès qu'ils s'en aviseraient et cette torture plus ou moins insidieuse, suivant les époques, ne leur laisserait peut-être jamais de répit. Mais, d'un autre côté, que leur dire, que leur annoncer, que leur expliquer en prenant congé ? Il en avait débattu une seule fois avec Le Jongleur qui, dans son langage très particulier, lui avait fait cette étrange recommandation :

– Pour tes vieux, débrouille-toi comme il te plaira ; mais maman, c'est pas tes oignons.

Il y avait peut-être une autre solution, charger un messager d'annoncer, après coup, son départ à la famille. Il s'exempterait ainsi à bon compte de l'embarras de faire ses adieux à des êtres chéris en même temps que du scrupule de les livrer pour longtemps à une cruelle anxiété.

Comme le hasard fait bien les choses! songea tout à coup Mor-Zamba tandis que son visage s'animait; il venait d'apercevoir Évariste, le plus jeune des Lobila, un enfant auquel, abusé par une croissance rapide annonçant une stature élevée, le rubéniste accordait seize ou dix-sept ans, alors qu'il n'en avait que quatorze. Évariste portait sous l'aisselle une petite valise affreusement usée qu'il ne tenait fermée que grâce aux nombreuses ficelles dont il l'avait fermement ligotée. Encouragé par le sourire qu'il venait de voir s'esquisser dans le regard de Mor-Zamba et qui lui parut un témoignage de bienveillance inconditionnelle, l'adolescent lui déclara tout à trac :

— Je viens avec vous !

— Avec nous ?... Où donc ? fit le rubéniste stupéfait.

— Tu ne vas tout de même pas me la faire, à moi, Le Péquenot ! Comme si je ne pouvais rien ignorer de vos allées et venues et de vos projets, voyons ! Quand Le Jongleur a été enlevé par des sapaks braillards qui voulaient l'étriper sous prétexte qu'il avait témoigné en faveur de son patron Sandrinelli, qui est venu t'alerter ? Ce n'est pas moi peut-être, avec mon jeune frère ? Et comment savais-je tout cela ? Quand les premières photos d'Ouragan-Viet se sont répandues dans Kola-Kola...

— Oui, oui, oui, oui, j'ai compris. Mais les tiens ?

– Les miens ? Je leur ai dit : "Je pars avec Mor-Zamba et Le Jongleur." Et voilà.

– Et qu'est-ce qu'ils t'ont répondu, eux ?

– Ils m'ont dit : "Tu as bien réfléchi ?" J'ai répondu : "Oui, j'ai bien réfléchi." Alors, ils m'ont dit : "Par les temps qui courent, qui peut empêcher un enfant de partir, un enfant qui est presque un homme ?"

– Ils ont dit cela ?

– Ils ont dit cela, vrai Dieu !

– Alors, pourquoi ne viendrais-tu pas avec nous, après tout ? C'est un fait que tu es presque un homme. Et, en quelque sorte, tu as fait les adieux pour nous deux.

Il était alors sept, peut-être huit heures. Mor-Zamba héla une marchande ambulante bien connue du faubourg et lui acheta quelques beignets de maïs, petit déjeuner classique à Kola-Kola, que le rubéniste partagea à égalité avec l'enfant. Tout en mangeant, il échangeait des informations avec la marchande de beignets – en réalité une militante rubéniste qui se dissimulait sous cette couverture impeccable. Les deux adultes, instinctivement, parlaient une langue codée, mais Évariste ne perdit pas un mot de ce qu'ils se dirent.

– C'est vrai que tu nous quittes ? demandait la pauvre femme à Mor-Zamba.

– C'est vrai.

– Tu vas donc remplacer Ruben à la tête de ses hommes, est-ce vrai ? Oh, je savais bien que ce serait toi, allez ; qui cela pouvait-il être d'autre ? Tu es notre lion maintenant, ton seul nom fait trembler le Saringala plus fort que la palme sous la tornade. Tiens, c'est comme Ouragan-Viet, ton frère…

— Détrompe-toi, interrompit Mor-Zamba ; je ne vais pas remplacer Ruben à la tête de ses hommes…

— Alors, il n'est pas mort, dis ? Il n'est pas mort, n'est-ce pas ? Le Bituré a fait répandre cette rumeur pour nous démoraliser, n'est-ce pas ?

— Patience, *sita*, patience, Kola-Kola sera bientôt fixé à ce sujet, et toi aussi.

Mor-Zamba avait parlé avec une sévérité un peu rebutante, impatienté et bouleversé à la fois par le désarroi de cette femme misérable qui, à n'en pas douter, avait placé tous ses espoirs dans le combat de Ruben. La militante prit congé en retenant avec peine ses larmes.

— Moi, fit aussitôt l'enfant, je leur réponds, selon les jours, que Ruben n'est pas mort, bien qu'il ait été atteint d'une balle en plein cœur, ou bien qu'après avoir succombé à sa blessure, il est ressuscité le troisième jour.

— En somme, tu bernes le peuple, tout comme Le Bituré.

— Tu vois, les gens sont tout à fait incapables d'accepter l'idée que Ruben a vraiment disparu pour de bon. L'autre année, au collège, j'ai lu dans mon livre une histoire terrible qui s'est passée il y a très, très longtemps, là-bas, dans une ville d'Europe. Figure-toi une ville invaincue jusque-là, et tout à coup ses habitants apprennent que leur armée vient d'être anéantie au cours d'une bataille en rase campagne, que plus rien désormais ne les protège contre l'invasion de l'ennemi. Écoute bien, Le Péquenot; voici ce que ces gens-là firent dans cette situation désespérée : ils rassemblent des troncs d'arbres, des meubles, bref tout le bois qu'ils peuvent trouver dans leur ville; ils édifient à la hâte un immense bûcher, tu vois? Ils y mettent bientôt le feu et, pour finir, ils s'y jettent les uns après les autres. C'est une chose comme celle-là qui pourrait arriver à Kola-Kola si les gens se persuadaient que Ruben est définitivement mort.

– Comment s'appelait ta ville?

– Ah, je ne sais plus; en tout cas, c'était là-bas chez eux, en Europe.

– Et qu'est-ce qui est arrivé ensuite?

– Ce qui est arrivé ensuite? L'histoire ne le dit pas. C'est une histoire de guerre. Avec les histoires de guerre, on ne sait jamais ce qui est arrivé ensuite.

– Tu étais très avancé au collège?

– Penses-tu! Je commençais ou juste; j'étais en cinquième. C'est vrai que tu m'avais un peu perdu de vue, forcément. Mais moi pour ainsi dire je ne te quittais pas d'un pas.

– Pourquoi abandonnes-tu l'instruction? Tu avais de l'avenir.

– Erreur. Le collège technique où j'étais, ils venaient de changer son nom, mais c'est l'ancienne école professionnelle : ça ne mène toujours à rien, puisqu'il ne se crée pas d'emploi. À la sortie, après la troisième, tu n'es pas plus avancé. Ce n'est pas comme dans les deux lycées; là, avec un peu de chance et si ton père est un ami du Bituré, tu peux pousser jusqu'au baccalauréat. À ce moment-là, de toute façon, tu es déjà quelqu'un, tu vois ?

– Mais ton frère n'avait pas de baccalauréat, lui. Et pourtant…

– Tu sais, c'est facile à comprendre : Jean-Louis, c'est Judas. Quand tu acceptes ce rôle-là, ce ne sont pas les deniers qui te manqueront, va. Moi, je ne vendrais pas un seul de mes frères noirs même pour devenir le roi de toute la terre.

Leur conversation se poursuivit encore longtemps sur le même ton, Mor-Zamba se tenant toujours près de la porte ou de l'une des deux fenêtres, tantôt assis tantôt debout, de manière à garder constamment son œil fixé dans la direction de la ville blanche, espérant à chaque instant voir se profiler la courte silhouette de Mor-Kinda. Dehors, dans Kola-Kola détaché et même boudeur, la journée s'annonçait fastidieuse comme celle d'un quelconque dimanche quand, au milieu de l'indifférence générale, quelques maigres groupes de fidèles nonchalants se dispersent au hasard, à la recherche d'un temple ou d'une église pour rendre au Dieu des Blancs un culte sans ardeur. Mor-Zamba soupirait et songeait avec amertume à la fantasque équipe qu'il allait former avec un voyou manqué et le sapak sans doute le plus précoce de toute la nation.

– Ne bouge pas d'ici, fit-il tout à coup au jeune garçon, et ne laisse entrer personne jusqu'à ce que j'aie ramené Jo Le Jongleur.

Sans montre, évaluant donc l'heure fort approximativement, irrité de surcroît par l'attente, Mor-Zamba se figurait que la matinée était avancée; il venait de décider de se lancer à la poursuite de Mor-Kinda. Il gagna l'avenue Gallieni et se dirigea vers Fort-Nègre, longeant la carcasse calcinée de la station Shell au moment de pénétrer dans le périmètre de la ville européenne. Il rencontrait les Koléens allant dans l'autre sens, marchant par petits groupes qui arboraient des visages tristes d'orphelins exclus de la fête. Ils lui adressaient pourtant un signe d'amitié et même prenaient une pose avantageuse, croyant qu'il était là pour veiller à l'observation des consignes du Parti Progressiste Populaire. L'organisation suprême avait en effet décrété non seulement de boycotter les cérémonies de la proclamation d'indépendance, mais aussi de porter le deuil pour bien instruire l'opinion de ce que la mascarade officielle assassinait en vérité l'espérance de progrès et de fraternité que Ruben avait toujours laissée palpiter dans le mot « indépendance ».

Scrutant les rues et les recoins de la pimpante cité, sourd à l'animation et aux bruits insolites qui envahissaient la ville, il coupait à travers les parcs, foulait les gazons, traversait les chaussées à grandes enjambées, se faufilait entre les voitures, sautait par-dessus les parapets et les balustrades; il fut bientôt au centre de Fort-Nègre, aspiré comme malgré lui par le groupe scolaire du 18-Juin.

Tout à coup, il se heurta à un cortège qui d'abord lui fit l'effet d'une procession endimanchée, et qu'il fut obligé de remonter comme s'il l'eût passé en revue. C'étaient des manifestants favorables à Baba Toura, que celui-ci et le Gouverneur avaient instamment invités à fêter l'Indépendance, c'est-à-dire, en réalité, à faire la démonstration de leur adhésion à la politique des autorités officielles.

La vague déferlait du stade, où elle avait dû se former en rangs sous l'égide des forces de l'ordre commandées par le commissaire Maestraci, et se dirigeait sans doute vers l'esplanade du Palais du Gouverneur, sur laquelle, ainsi qu'à chaque solennité publique, le protocole avait décidé de masser la foule pour entendre la lecture du texte de la proclamation.

L'immensité de la multitude était indéniable; tous les faubourgs noirs, à l'exception de Kola-Kola, y figuraient. Certes, leurs populations réunies étaient loin d'égaler les trois cent mille habitants de Kola-Kola; pourtant, le Gouverneur et Baba Toura déclareraient le lendemain, non sans quelque apparence de vérité, que les populations africaines s'étaient rangées derrière la sagesse et le réalisme, ces épithètes désignant tout naturellement les deux compères.

Cette marée se contentait de jacasser, au lieu de clamer des hymnes de triomphe; on ne gambadait pas en désordre et dans le tumulte sur l'avenue, mais on allait au pas. L'écoulement moutonnant évoquait une incursion d'écoliers remuants, mais contenus par la férule du pédagogue omniprésent. Le tortillement des files compactes et trottinantes, au passage d'un véhicule lourd ou au ralliement d'un défilé tributaire, venait, d'une caresse immonde, refouler le rubéniste sur la lisière du trottoir.

Contraint de voir ces gens qu'il avait peine à tenir pour des compatriotes, de les regarder, de les entendre et même de détailler l'ineptie des bigarrures vestimentaires, la niaiserie des slogans étalés sur les banderoles, la dérision involontaire des effigies du héros du jour multipliées jusque sur les postérieurs trépidants des matrones, et fréquemment applaudies, Mor-Zamba désespérait de la victoire d'un peuple si prompt à se plier à un enthousiasme de commande. Et de se rappeler les adieux d'Ouragan-Viet sous l'orage, au milieu des ténèbres : « … Dans dix ans ? Dans vingt ? Dans trente ? Qui peut savoir. Notre combat sera long, très long… Tout ce que vous voyez en ce moment dans Kola-Kola et dans toute la colonie n'est qu'un prélude puéril… D'ici quelques années, il se trouvera des gens pour sourire au souvenir de ces préliminaires brouillons… »

Abîmé dans sa mélancolie, Mor-Zamba ne prêta pas attention à ce qui lui aurait paru le roulement d'un tonnerre lointain, certes, mais comme ramassé sur un point unique, et non diffus sur l'horizon, d'ailleurs insistant, trop précipité, en un mot crépitant. Cependant un réflexe provoqué par la peur inconsciente de l'orage lui fit presser le pas. Il escalada vivement la côte qui menait au plateau scolaire et environ un quart d'heure après sa rencontre avec la foule des partisans de Baba Toura, il avait atteint le mur d'enceinte du groupe scolaire du 18-Juin, autour duquel il se mit à rôder avec circonspection, ignorant quelle fonction Sandrinelli, dit Le Gaulliste, avait pu assigner à ses molosses en ce jour historique. Il était d'avance résolu, quoi qu'il arrive, à ne pas pénétrer dans le sanctuaire du parti négrier, de peur d'y être traité en intrus, ce qui l'aurait voué à un destin lamentable.

Il parvint, en progressant avec une extrême lenteur et en affectant un air détaché, à l'entrée principale de l'établissement, celle qui était orientée au nord, c'est-à-dire vers le lycée, s'y immobilisa de longues minutes pour sonder du regard l'éparpillement des bâtisses éventées par les longues palmes bleues des cocotiers roses. Comme il n'y découvrait point signe de vie, il reprit sa déambulation de promeneur aussi apathique qu'inoffensif, revenant sur ses pas en se promettant d'escalader le talus au milieu du tournant et de surveiller alors le groupe scolaire pardessus le mur d'enceinte qu'il dépassait normalement de la tête et des épaules.

Il avait tourné le dos depuis peu à l'entrée principale lorsqu'il sursauta en entendant juste sur ses talons un timbre de bicyclette tintinnabuler à l'assourdir. Se tournant, il vit avec stupéfaction Le Jongleur descendre avec un gigotement de virtuose du trapèze d'une lourde Raleigh fort bien conservée, ornée d'un immense carter bleu et de garde-boue également peints à cette couleur. À peine l'équilibre assez laborieusement reconquis, Le Jongleur, qui méritait plus que jamais son sobriquet, tendit la machine à son ami en lui intimant :

— Vite! vite!

— De quel côté? demanda Mor-Zamba tandis qu'ils se hissaient presque simultanément le plus grand sur la selle, l'autre sur le cadre, et dévalaient la chaussée en pente.

— Par le centre, voyons! C'est le plus court chemin et d'ailleurs le plus sûr. Tu n'as donc pas encore compris, Le Péquenot? Personne ne veille sur rien aujourd'hui, personne ne s'occupe de personne. Depuis longtemps, je subodorais la bienheureuse pagaille, moi. Quelle merveilleuse journée pour qui sait mettre à profit les prodigieuses occasions. D'abord, ce sera la proclamation d'indépendance proprement dite, avec un discours du Bituré, rédigé par Sandrinelli, et un autre du Gouverneur, rédigé par lui-même, tout seul, comme un grand : c'est Sandrinelli qui le disait à sa femme tout à l'heure. Puis ça sera un grand défilé militaire, avec des enfants du pays, sortis récemment de Saint-Cyr.

— Qu'est-ce que c'est?

— L'école militaire des toubabs, voyons. Tu ne te souviens plus de la confession de Jean-Louis?

— Tu vois, ils apprennent la guerre dans les écoles, eux; quelle chance avons-nous de gagner contre eux?

— Voici l'histoire que j'ai entendu raconter au pays de ma mère, par les vieillards, qui ont une grande importance là-bas et même sont très respectés. Il y avait une fois deux garçons qui désiraient posséder une pirogue. Le premier prit l'habitude d'aller s'asseoir près d'un homme d'expérience, qui avait entrepris de façonner une telle embarcation en taillant dans un tronc d'arbre; l'autre, sans aucun apprentissage préalable, se mit à la tâche, en prenant soin toutefois de comparer chaque soir son ouvrage avec les pirogues amarrées au bord du fleuve. Or qu'arriva-t-il à l'un et à l'autre? L'apprentissage du premier se prolongeant, l'autre eut largement le temps d'échouer autant de fois qu'il fallait pour apprendre tout seul à tailler une pirogue dans un tronc d'arbre. Saisis-tu la profonde leçon de mon apologue? Tous les apprentissages se valent. Alors, après le défilé militaire, ce seront les bals partout dans la rue, sur les places publiques, à l'Assemblée, au Palais du Gouverneur, est-ce que je sais? Et, enfin, tard dans la soirée, un feu d'artifice illuminera le firmament pour saluer l'apparition d'une nouvelle étoile, plus éclatante que la Grande Ourse, Baba Toura, dit Le Bituré ou Massa Bouza…

— Attention! tu parles trop. Est-ce que tu as bu?

— Mon vieux Mor-Zamba, d'ici qu'ils s'aperçoivent que Le Jongleur s'est tiré sans retour, il sera au mieux demain midi. Il y a quand même une chose que je ne comprends toujours pas : Sandrinelli avait tout l'air de considérer ce 1er janvier comme le jour de son triomphe personnel. Or, il y a quelques mois seulement, peut-être quelques semaines, quand on prononçait le mot "indépendance" en sa présence, le Gaulliste devenait fou de rage. Qu'est-ce qui a bien pu se passer? Je n'ai pas besoin d'Ouragan-Viet pour comprendre qu'il y a une combine là-dessous; c'est louche tout ça. Je parie qu'on est encore en train de couillonner les pauvres Nègres.

Abordant le quartier des commerces riches, plus que jamais grouillant de monde, ils avaient mis pied à terre et poussaient de conserve la Raleigh haute sur roues.

– Quel est cet objet-là, sur le porte-bagages, enveloppé dans des couvertures ? demanda Mor-Zamba.

– Je t'expliquerai plus tard. D'ailleurs ce qui va vraiment t'épater, c'est ce qu'il y a dans les deux grandes sacoches accrochées là, des deux côtés du porte-bagages.

– Et qu'est-ce que c'est alors ?

– Mais puisque je te dis que je t'expliquerai plus tard.

Puis, brandissant son poignet gauche sous le nez de son ami, il lui fit :

– Vise un peu ceci.

– Une montre-bracelet ! maugréa Mor-Zamba. Tu es un monstre, un fou, un bandit, un vrai gibier de bagne, un provocateur, une malédiction. Tu vas attirer la catastrophe sur nous. Je devrais t'abandonner au diable !

– Tu as fini ? nargua Mor-Kinda quand Mor-Zamba eut interrompu ses imprécations. Alors, je peux parler ? D'abord, nous en aurons besoin, d'une montre-bracelet. Ouragan-Viet en avait une ; ce n'est pas toi qui aurais observé ça, hein ? Le Péquenot.

– Quels dégâts tu as dû faire là-haut ! Si je comprends bien, on t'a livré la boutique pour toute la journée, comme à un homme de confiance.

– Tout juste. Eh, attends ! Non seulement Sandrinelli a gobé mon boniment, mais figure-toi qu'il m'a complimenté pour ma loyauté et mon courage. Oui, monsieur, pour ma loyauté, parfaitement. Tout le monde voulait assister aux cérémonies. Je me suis proposé pour garder le groupe toute la journée et toute la nuit, si seulement je pouvais ainsi compenser quelques-unes de mes absences : "Mais comment donc ! a fait Sandrinelli, mais toutes tes absences seront compensées, toutes. Brave petit gars, va." Il en avait les larmes aux yeux, non, mais je t'assure.

— Sacré Jo ! fit Mor-Zamba qui ne pouvait s'empêcher de rire. C'est le Diabolique qu'on devrait t'appeler.

— Alors, tu penses si j'ai fait exactement ce que j'ai voulu, et même au-delà. Devine d'où je venais quand je t'ai rejoint. Tu as bien vu que je ne sortais pas du groupe du 18-Juin au moins ! Eh bien, j'ai été au lycée. Là-bas aussi, pas une âme qui vive. Tous les collégiens étaient allés voir la fête, eux aussi ; malgré les mots d'ordre rubénistes, ils n'ont pas résisté à la tentation. Je les aurais cru plus conséquents. Il y avait en tout et pour tout dans tout le lycée un unique gardien, déjà soûl comme une bourrique. J'avais justement dans une sacoche un fond de bouteille de Johnnie Walker première qualité, don involontaire de Sandrinelli. Je m'approche alors du gardien, je lui en fais boire de grandes gorgées et je lui demande de me laisser pénétrer dans l'infirmerie ; il me répond : "Mais fais donc, je t'en prie." Et c'est comme cela que j'ai pu rafler toute la pharmacie du lycée ; elle est là dans une sacoche. Ce n'est pas beau, ça ?

– Et la bicyclette?

– Un butin de guerre, prélevé chez le Gaulliste. Je ne sais plus dans quel film j'ai appris que les patriotes vietnamiens n'avaient pas d'autre moyen de transport; nous allons bien voir.

Dans le voisinage de l'avenue Faidherbe où, une heure environ auparavant, Mor-Zamba avait remonté une procession de partisans de Baba Toura, les deux amis se trouvèrent soudain submergés par une horde de manifestants débandés qui, hurlant, les yeux hagards, la bouche convulsée, se sauvaient éperdument. L'épouvante et la confusion n'empêchèrent pas les deux rubénistes d'apprendre qu'il se livrait bataille aux abords mêmes du Palais du Gouverneur.

– Allons-y, criait Le Jongleur en tirant la Raleigh en direction du Palais du Gouverneur; allons-y, vieux; je t'en prie, allons-y. Comment! Kola-Kola redoutait une nouvelle incursion de Brède et ce sont les nôtres qui attaquent au cœur même du sanctuaire des négriers? Formidable, il faut aller voir ça; c'est de l'Ouragan-Viet tout craché. Allons, viens, Le Péquenot.

– Pas question, se contentait de répondre Mor-Zamba, les deux mains placidement posées sur la selle de la Raleigh qu'il immobilisait de sa seule inertie.

Le Jongleur, à la fin, s'essouffla de lui-même, à force de s'arc-bouter, de trépigner, de s'exaspérer.

– Ce n'est pas vrai! railla alors Mor-Zamba, tu dois avoir forcé sur le Johnnie Walker de ton patron, et voilà pourquoi tu n'as plus ton bon sens. Nous n'avons plus rien à faire là depuis ce matin. Et puisque la ville s'embrase, il est juste temps pour nous de décamper.

Cette argumentation parut convaincre et en même temps apaiser Le Jongleur. Le fait est que la ville semblait soudain se cribler d'explosions, de fusillades, d'incendies, de coups de tonnerre étranges – que des initiés affirmaient être une canonnade. En même temps, la désertion disloquait une fête à peine commencée et c'est par bataillons entiers que, tous accessoires rangés, les nouveaux citoyens regagnaient avec une hâte furtive leurs bidonvilles d'origine.

Les deux rubénistes retrouvèrent un Kola-Kola dont le flegme contrastait trop avec les affres qui venaient de saisir la ville blanche voisine pour leur paraître rassurant. Le Jongleur s'émut fort peu en apprenant que le jeune Évariste s'était rallié à eux et ferait désormais partie de l'expédition. Le trio n'éveilla dans le faubourg aucune curiosité en chargeant ses bagages sur la Raleigh qui en fut encombrée de toutes parts comme un dromadaire mécanique – à l'avant sur les guidons, à l'arrière sur le porte-bagages qui croulait, sur le cadre qui cassait les sacs et les baluchons. On se mit très discrètement en route, avec une certaine précipitation il est vrai, mais, il est vrai aussi, en se gardant bien de jeter un dernier coup d'œil trop appuyé sur ce qui avait été pour tous trois la scène de longues années d'existence. Mor-Zamba, par exemple, le plus sensible du groupe, était alors opportunément absorbé dans le vain tourment d'imaginer quel eût été leur sort et surtout celui de leur matériel si la magie de Jo Le Jongleur n'avait sorti de sa manche cette providentielle bicyclette.

Faire avancer la machine se révéla toutefois une affaire considérable, malgré une répartition judicieuse des tâches. Mor-Zamba, colossal, assurait le gros de la manœuvre; les deux mains agrippées aux extrémités des deux guidons, il veillait principalement à tenir la machine droite, tandis que Le Jongleur et Évariste devaient surtout pousser sur les montées et retenir la bicyclette sur les descentes, pour ménager les freins dont l'usage se révéla d'ailleurs malaisé pour le timonier.

Deux ou trois kilomètres avant l'aéroport près duquel passait la route coloniale numéro trois inscrite sur leur itinéraire, ils furent soudain bloqués par le reflux hétéroclite de véhicules et de piétons dont le désarroi et l'emmêlement ralentissaient la progression : un barrage installé un peu plus loin, confiait-on, par des soldats blancs, interdisait le passage.

Les deux rubénistes et leur très jeune compagnon décidèrent de faire un détour par Saneongo où l'on pouvait aller par une voie tenant à la fois de la route et de la piste naturelle. Or, sitôt arrivés dans cette bourgade, alors qu'ils venaient de parcourir dix kilomètres à peine, un orage formé de tourbillons cotonneux les contraignit à se réfugier dans un estaminet déjà bondé, si bien qu'ils se tinrent debout sur la véranda, devant la Raleigh appuyée au mur qu'ils semblaient couvrir instinctivement. Puis ce fut une interminable averse, ponctuée de rafales qui ébranlaient le toit de chaume du modeste établissement. L'après-midi s'était beaucoup avancé et le trio, prompt à l'héroïsme, se proposait déjà sérieusement de faire fi de l'intempérie et de reprendre la route, ne voulant pas, pour cette première journée de marche, se contenter d'un parcours aussi dérisoire. À ce moment-là, un homme d'allure jeune et dégagée sous son para-pluie passa en chantant devant les trois voyageurs et reconnut tout à coup Mor-Zamba.

– C'est toi, collègue ? lui fit-il joyeusement ; qu'est-ce que tu fiches donc là ? Tiens, viens avec tes amis, nous allons boire un verre.

Comme les trois rubénistes hésitaient et jetaient des regards désemparés sur la Raleigh, l'homme leur dit qu'ils n'avaient rien à craindre, qu'ils pouvaient laisser la bicyclette là sans danger, portât-elle des sacs d'or. Les trois autres paraissaient plutôt perplexes ; l'enfant soulagea ses aînés en s'offrant à servir de gardien à la Raleigh, car, pour sa part, il s'abstenait de toute boisson. *Voilà bien une attitude de sapak*, songea Mor-Zamba.

Une fois dans l'estaminet, le nouveau venu se mit à faire des confidences à la cantonade plutôt qu'aux deux rubénistes. Il avait eu la chance, contrairement à son ami Mor-Zamba, de décrocher son permis avant que la situation ne se gâte définitivement. Maintenant, il était routier chez un transporteur français, un patron solide. Ce dernier lui avait demandé, une forte prime à l'appui, de partir sur la route malgré l'Indépendance, malgré le nouvel an, pour recueillir une denrée qui ne pouvait pas attendre. Il avait quitté Fort-Nègre peu avant midi et avait été un bon témoin des événements qui s'y étaient déroulés ce matin.

Selon le routier, deux obus de mortier, tirés sans doute par un commando rubéniste, avaient explosé sur l'esplanade du palais du gouverneur, au milieu de la foule massée là par le commissaire Maestraci pour donner toute la solennité voulue à la lecture par Baba Toura de la proclamation d'indépendance. Ce sont les derniers rangs surtout, c'est-à-dire les plus éloignés du balcon abritant les personnalités officielles, qui avaient souffert : c'est là que la vue des blessés et du sang qui rougissait le sol de ciment avait suscité l'épouvante et le sauve-qui-peut. Au-dessous du balcon des personnalités, en revanche, les premiers rangs, inconscients du péril, avaient continué à écouter religieusement l'ânonnement du protégé de Sandrinelli. Toutefois, bientôt pris de panique, Baba Toura avait laissé choir les feuillets de son discours et s'était précipité à l'intérieur du Palais en se bouchant les oreilles des deux mains. Mais le Gouverneur avait montré, lui, un sang-froid carré, bombant le torse et faisant retentir une voix glaciale et blanche tandis qu'il enchaînait avec la lecture de sa propre harangue : c'était un brave, un ancien officier parachutiste du corps expéditionnaire d'Indochine.

On s'était aussi battu en d'autres points de la capitale. Les rubénistes s'étaient emparés de l'aéroport dont ils étaient encore maîtres à cette heure, malgré les assauts de bataillons blancs. Ils avaient aussi attaqué le Q.G. de la gendarmerie coloniale, mais l'alerte avait été donnée avant que les rebelles aient pénétré jusqu'au dépôt d'armes ardemment convoité et un corps à corps de plusieurs heures s'était achevé par l'extermination des rubénistes, jeunes recrues fanatisées mais sans aucune expérience, dont c'était d'ailleurs l'épreuve du feu.

— C'est dommage que tu aies tant manqué de chance, toi, continua le routier en s'adressant cette fois à Mor-Zamba, mais sans pour autant baisser la voix. Et maintenant tu me dis que tu changes de ville? Tu as sans doute raison : cela sent très mauvais à Fort-Nègre. Et à Kola-Kola donc! Tu vois, nous allons en baver maintenant parce que, crois-moi, les toubabs vont vouloir se venger, ou alors je ne les connais plus. "Alors, comme ça vous avez voulu nous chasser, hein? Eh bien, nous allons voir si les sales Nègres peuvent nous chasser d'Afrique!" — c'est ça qu'ils vont nous dire maintenant, vrai Dieu. Je suis sûr que ça va être plus dur qu'auparavant. C'est comme tout de suite après la guerre, si tu veux te rappeler un peu : apparemment ça allait très bien alors pour nous autres, on commençait à lever la tête, Ruben parlait de plus en plus fort. Et tout à coup, *clac!* il a fallu que nous autres on s'aplatisse à nouveau. Qu'est-ce qui s'était passé au juste? Mystère. Moi j'ai compris à ce moment-là que Ruben allait se faire tuer tôt ou tard. Un gars comme lui, ici, avec les toubabs, ce n'est pas possible. De deux choses l'une : ou bien les toubabs sont là – alors, mon petit père, mets-toi à genoux –, ou bien on marche debout nous autres, et alors c'est les toubabs qui doivent déguerpir, il n'y a pas trente-six solutions. Eh bien, tu vois, ça n'a pas traîné, ils ont eu la peau de Ruben. Oui, ça va être pire maintenant, surtout dans la capitale et aux environs. Tu as sans doute raison de partir.

— Et l'indépendance alors ? objecta en français un consommateur caché par l'ombre que faisait la nuit tombante.

— Eh, mon frère, quoi l'indépendance ! répondit le routier, en français aussi mais, eût-on dit, en se vexant. L'indépendance, l'indépendance, cette couillonnade de Nègres, tu appelles ça indépendance ? Si tu es couillon, tu crois ; si tu n'es pas couillon, tu ne crois pas. Moi je ne crois pas, je suis pas un Nègre couillon. Ce sont les toubabs qui, eux-mêmes, ont mis là leur homme du Nord, leur Massa Bouza ; bon, lui il boit, il boit, il boit seulement, il laisse les toubabs tout faire comme avant ; et nous, Nègres couillons, on croit seulement que c'est Massa Bouza qui fait mal les choses, et toi tu crois que ça peut changer comme ça, mon frère ? Écoute-moi bien là, mon frère : avec un couillon de Nègre président, c'est encore plus mieux pour les toubabs tout faire comme avant ; et nous, Nègres couille palais, et pour nous, c'est encore plus pire.

Accueillant ces mâles propos, un brouhaha de perplexité agressive emplit l'estaminet ; mais le routier, homme de cœur, dédaigna ce succès pour se souvenir d'Évariste, le sapak resté sur la véranda.

— Le jeune garçon qui est avec vous doit avoir faim, s'apitoya-t-il. Je pourrais lui donner à manger si vous veniez jusqu'à mon camion. Au fait, quel est votre chemin ? Pourquoi ne vous emmènerais-je pas ? La pluie vient justement de cesser.

Très embarrassé, Mor-Zamba hésitait à dire toute la vérité au routier; Le Jongleur, qui avait moins de scrupules, expliqua avec volubilité à celui-ci que, n'étant pas encore fixés sur la bourgade dans laquelle ils s'installeraient, ils avaient décidé de suivre la route coloniale numéro trois et de s'arrêter quand leur fantaisie le leur conseillerait.

— Excellente méthode! déclara joyeusement le routier. Personnellement, j'ai encore soixante kilomètres à parcourir sur la coloniale numéro trois. Je vous emmène donc jusque-là, c'est simple.

— Nous pourrions ne pas te porter chance, fit Mor-Zamba, avec tous ces contrôles, tous ces policiers…

— Taratata! Il n'y a pas de contrôle aujourd'hui, déclara péremptoirement le routier. Et puis, la nuit, les policiers dorment, tu le sais bien, mon petit père. Sans compter qu'il y a toujours moyen de s'arranger, que diable. Je vous mets sous la bâche, comme cela vous n'avez à craindre ni la police ni la pluie.

Au pied du camion, le routier ne restaura pas seulement Évariste, mais aussi les deux autres Koléens, les régalant tous trois de sardines et de pain. Puis il les aida à hisser la Raleigh en rabattant la ridelle arrière et à la coucher sur le plancher. Sur ses conseils, ses trois passagers s'adossèrent à la cabine, mais près des angles de la ridelle, de façon à ne pas manquer d'air une fois la bâche étendue sur eux comme un rugueux linceul.

— Ne soyez pas jaloux, les gars, si je prends des filles en cours de route dans ma cabine, s'excusa le routier. Je ne sais comment cela se fait, mais avec elles, la chance est toujours garantie, tandis qu'avec vous autres, ah ! là là…

D'abord, le camion roula longtemps sans que les rubénistes ne se décident à renouer la conversation, trop absorbés par la sensation étrange de l'ensevelissement collectif, des ténèbres soudaines, du glissement furtif des masses sombres de forêt, tassées comme une muraille grave et débonnaire, du ronronnement tantôt modulé, tantôt monotone du moteur et, quand revint l'orage, du formidable tambourinement de l'averse sur la bâche pourtant lâche. Assis entre ses deux aînés, Évariste céda bientôt à la fatigue et au sommeil, s'affaissa sur l'avant-bras de Mor-Zamba où sa tête se balançait au gré des cahots du camion sur la coloniale trois dont la chaussée, en terre battue à partir de Saneongo, n'avait d'autre ciment que le gravier.

Soufflée par l'embouchure du fleuve comme une grosse bulle sur la végétation expansive et pesante de la rive gauche, la capitale, y compris tous ses faubourgs, formait une immense clairière grise dont Saneongo marquait la lisière est-sud-est. Passé Saneongo, le voyageur attentif avait l'impression, même la nuit dans les ténèbres, de saisir enfin à bras-le-corps, ainsi qu'une femme trop longtemps lointaine, l'âme même de la jeune République et, au-delà, peut-être l'Afrique.

Le Jongleur, que le dépaysement déjà commençait à griser, fut le premier à parler, manifestant sans retenue sa satisfaction pour la circonstance imprévue qui leur permettait de couvrir quelque soixante-dix kilomètres dès le premier jour : il avait toujours eu hâte, pour sa part, d'être à pied d'œuvre. Mor-Zamba, plus réfléchi et plus sombre aussi, objecta qu'ils venaient de commettre une erreur, en acceptant de prendre des risques excessifs sur ce camion : Ouragan-Viet ne les féliciterait certes pas.

– Des risques, grand-père ? ironisa Le Jongleur. Quels risques ?

– Eh bien, une simple supposition : une patrouille de vingt Saringalas stoppe ton camion et décide de nous soumettre à un contrôle. Que fais-tu ? Tu les assommes peut-être, tous les vingt ? Et d'un seul coup de poing encore ? Comme Tarzan ? Car enfin tu n'as pas oublié ce commandement d'Ouragan-Viet : pas question de vous plier à aucun contrôle. Mais ce n'est pas le tout de refuser les contrôles ; il faut surtout éviter de se mettre dans la situation d'attirer l'attention d'un mamelouk. Ce n'est pas ce que nous faisons en ce moment.

– Ne t'en fais donc pas, grand-père. Quelle que soit la situation, il y a toujours de la ressource, allez ! Fais-moi confiance et observe bien ton joli petit Jo Le Jongleur.

Tout à coup, le camion s'arrêta, sans avoir ralenti, leur parut-il. Le routier souleva un petit pan de bâche au coin de la ridelle et pria ses passagers de descendre et de le suivre, en termes si laconiques que les rubénistes en furent intrigués, peut-être inquiétés. En obtempérant, ils découvrirent qu'ils se trouvaient au milieu d'un village, à moitié endormi déjà. Le routier les emmena dans une maison où il était attendu : dans la grande salle, une table couverte d'une nappe blanche était dressée pour une personne, et, peu après, un jeune garçon de l'âge d'Évariste sans doute vint compléter le service. C'était une vaisselle prétentieuse comme il arrivait encore dans les villages de ce pays-là quand une famille accueillait un homme de la ville en qui elle voyait un futur gendre. Le fait est que, en l'absence tout à fait surprenante des autres membres de la famille, le jeune garçon, sans jamais dire un mot, leur servait un repas qui sembla exquis aux rubénistes habitués à une alimentation sommaire; la bonne chère réveilla définitivement Évariste lui-même qui, jusque-là, avait apparemment opté pour le sommeil.

Puis ils revinrent au camion, mais, au lieu de repartir, ils attendirent jusqu'à ce qu'une femme très soigneusement mise, jeune et belle autant qu'il était permis d'en juger à la lueur jaune du plafonnier de la cabine, vienne prendre place auprès du routier. Le routier s'arrêta encore quelques kilomètres plus loin et, derechef, emmena ses amis, à l'exception de la jeune femme délaissée dans la cabine, manger dans une maison, au milieu d'un village à moitié endormi. Quand ils repartirent, deux jeunes femmes étaient assises côte à côte dans la cabine, tenant compagnie au routier. Après un troisième arrêt, trois jeunes femmes se serrèrent dans l'étroit harem métallique. Les rubénistes, penchés discrètement près des portières, observaient avec des sentiments mêlés l'habileté incomparable de cet homme qui faisait cohabiter pacifiquement et même gaiement trois femmes également jeunes, également belles, sans doute également ambitieuses.

Fascinés, ils le voyaient parler en gesticulant frénétiquement de la main droite, l'autre manœuvrant la direction ; sans doute se montrait-il éloquent et même drôle, car les trois femmes s'esclaffaient de concert, retroussant leurs lèvres, secouées de spasmes, suffoquant, le visage levé, la main sur le cœur.

– Voilà un état intéressant, et que tu n'aurais pas dû manquer d'embrasser, fit Le Jongleur à Mor-Zamba.

Celui-ci demeura inflexiblement silencieux.

– Eh bien, reprit l'arsouille, qu'est-ce que tu penses de ce métier-là ?

– Rien, dit placidement Mor-Zamba.

De nouveau, le camion s'arrêta, mais cette fois, sembla-t-il, après avoir longuement ralenti et en se rangeant méticuleusement sur la droite. Les rubénistes à peu près en même temps entendirent le routier s'élancer sur les barreaux de la ridelle et le virent à la lueur lointaine du minuscule plafonnier, rabattre la bâche à coups de reins vigoureux, presque rageurs, tout en chantonnant, en homme comblé.

– Voilà, levez-vous, les gars, fit-il avec entrain quand il eut fini de dégager ses passagers. Nous nous quittons. Vous continuez sur la coloniale, veinards. Moi, je bifurque ici, sur cette piste-là.

Mais il avait éteint tous les feux de son véhicule à l'exception du plafonnier et il eut beau montrer avec le doigt, les rubénistes n'arrivaient pas à percer les ténèbres. Tandis que les trois hommes et l'enfant mettaient d'abord debout la Raleigh, toujours engoncée dans son chargement hétéroclite arrimé de tous côtés, et qu'ils la descendaient délicatement sur la chaussée, veillant à ne rien perdre par un mouvement trop brusque, le routier poursuivit :

– Je charge demain vers dix heures ou midi, puis je reviens tout doucement à Fort-Nègre. C'est un vrai wagon, votre engin. Et vous, qu'allez-vous faire là tout de suite ? Je peux vous héberger cette nuit. Où je vais, c'est à quelques kilomètres seulement de la coloniale ; c'est comme vous voulez.

– Il vaut mieux que nous marchions encore un peu, peut-être jusqu'au lever du jour, répondit Mor-Zamba. Après, nous verrons. Que se passe-t-il ordinairement sur cette route ?

– À partir d'ici ? Oh, rien, absolument rien. Je croyais que vous aviez choisi ce pays en connaissance de cause ?

Descendues sans doute pour prendre l'air, les trois jeunes femmes avaient rejoint les hommes et, bien qu'elles prissent part à la conversation, trop parcimonieusement jusque-là, les rubénistes les distinguaient fort mal dans cette nuit d'encre.

– Y a-t-il souvent des raccourcis ? demanda encore Mor-Zamba.

– Bien sûr, répondirent presque en chœur les trois jeunes femmes, et heureusement ! Sinon combien faudrait-il de temps pour être rendu à sa destination, sur la route du Blanc qui est si longue ! Alors que sur les chemins secrets de l'homme noir, vous verrez, on a très vite terminé son voyage. Il n'y a qu'à demander aux habitants des villages qu'on traverse. Cependant, n'allez pas vous aventurer la nuit dans un raccourci, vous vous perdriez.

– Pour le reste, compléta le routier, n'ayez aucune crainte, les gars. Ici, pas d'embuscade, donc pas de mamelouk, pas de Saringala ; pour le moment, c'est certainement la portion la plus paisible de la colonie.

Une des femmes, pour le taquiner avec une affection que relevait une voix très mélodieuse, ayant fait remarquer au routier qu'avec l'indépendance la colonie venait de se transformer en république, il parut se vexer à nouveau, comme dans l'estaminet de Saneongo, et parla avec volubilité, entre le sarcasme et la boutade, l'expression française « Nègre couillon » ou sa variante « couillonnade de Nègres » revenant comme un refrain dans sa tirade.

– Il est incroyable à quel point les gens tiennent à leurs illusions, conclut-il avec une sorte de lucidité fruste et cocasse. Allez, frères, bonne route, le Bon Dieu nous voit tous.

Mor-Zamba et ses compagnons, tour à tour serrèrent la main du routier et des trois jeunes femmes avant de s'engloutir avec détermination dans l'inconnu. Peu après, ils entendirent le camion démarrer et s'écarter sur la piste de terre battue où il cahota quelque temps en rebondissant sèchement sur ses amortisseurs.

CHAPITRE II

*L*ES TROIS KOLÉENS furent tout de suite aux prises avec la première véritable épreuve de leur longue marche, le supplice des ténèbres de la nuit forestière, sous un ciel sans lune et d'ailleurs bouché, en dépit de la saison. Ils avaient d'abord espéré que leurs yeux allaient s'accoutumer à ces abîmes, mais ils surent à la longue qu'il n'en serait rien, même Mor-Zamba qui avait grandi pourtant au milieu de ce paysage. L'obscurité était si dense qu'ils se figuraient que chaque pas allait les jeter dans un précipice ou dans tout autre accident qu'ils ne pouvaient exactement imaginer, mais dont l'imminence ne leur semblait nullement douteuse.

Ils savaient plutôt qu'ils ne voyaient que la route se coulait entre deux haies de palmiers dont les branches en se croisant tressaient au-dessus d'eux une voûte ininterrompue, excepté à l'entrée des villages ou des hameaux ; alors, sortant du tunnel, ils émergeaient sous un chapiteau à peine moins fuligineux, en même temps qu'ils longeaient deux alignements parallèles d'ombres massives, sans doute les maisons basses des paysans. À cette heure, dans ces villages, jamais une voix d'homme ou de femme, pas même l'aboiement d'un chien, toujours un noir et martial silence, à peine interrompu parfois par l'incertain vagissement d'un nouveau-né, aussitôt étranglé sans doute par le sein qu'une mère lui fourrait dans la bouche. Dans ce repliement désertique, le raclement de quelques paires de sandales de plastique, mêlé aux plaintes métalliques de la Raleigh grinçant irrégulièrement sous sa charge, s'élevait comme le tapage d'une petite armée.

Mais passé le village ou le hameau, les trois voyageurs sombraient à nouveau dans le gouffre, naufragés agrippés désespérément à leur esquif d'un autre monde, surpris de se repaître d'air pur, étonnés de ne pas respirer la vase. Plus vigilants, plus tendus, plus agressifs que la première ligne d'une troupe montant à l'assaut, ils s'avançaient avec une extrême lenteur, guettant les embûches innombrables de la nuit, tâtonnant comme un trio d'aveugles unis par un même bâton insolite. Frôlaient-ils les citronnelles plantées serré des deux côtés de la chaussée, ils sursautaient en comprenant brusquement qu'ils venaient de manquer empêtrer la Raleigh dans l'une des deux tranchées d'écoulement des eaux. Quel mal n'auraient-ils pas eu alors à l'en dégager ! Ils ramenaient hâtivement la machine dans ce qui leur semblait le centre de la voie. Aussi zigzaguaient-ils follement, ballottés de côté et d'autre par des tornades de ténèbres en réalité figées.

Parfois, il leur semblait que la Raleigh leur échappait tout à coup, piaffait, plongeait, piquait vers l'avant; ils s'arc-boutaient pour l'apaiser et la retenir, ils se raidissaient tous ensemble, bandant leurs muscles : ils venaient d'être surpris par une descente très raide, creusée à leurs pieds comme une chausse-trape. Plus loin, au contraire, sur la montée symétrique, il fallait pousser la machine en tendant le jarret, en allongeant le bras, en courbant le dos, en se vidant de son souffle.

Ce n'était pas encore l'état d'urgence généralisé, sans cesse reconduit ainsi qu'il allait en être plus tard et les autorités n'avaient imposé le couvre-feu nulle part, excepté dans les villes blanches des plus importantes agglomérations. Cependant, ils ne rencontrèrent sur leur chemin cette nuit-là qu'un seul véhicule, un camion de six ou sept tonnes, selon l'estimation de Mor-Zamba dont c'était la partie. Très longtemps, pendant un quart d'heure peut-être sinon davantage, de très loin, la forêt, les collines, les vallées, tout retentit de son barrit soutenu, plaintif, tonitruant; en se rapprochant, la clameur ne cessa de s'amplifier, devint monstrueuse comme le cri de guerre d'un troupeau de cauchemar.

— C'est peut-être un convoi de Saringalas, dit Le Jongleur; il faut nous planquer. S'ils nous découvrent, ils s'arrêteront sans doute et voudront s'offrir la fantaisie de nous contrôler, peut-être pire.

Tout en égrenant les atrocités gratuites commises par les redoutables reîtres de Baba Toura Le Bituré,

Mor-Kinda fouillait fébrilement dans l'une des énormes sacoches pendues de chaque côté du porte-bagages ; il en sortit bientôt l'objet convoité, une lampe électrique à piles, une « torche » comme on disait à Kola-Kola ; il en braqua le faisceau d'un blanc métallique sur la tranchée droite, la plus proche par hasard et, au-delà, sur la rangée de palmiers plantés derrière un talus bas.

— Éteins ça ! ordonna Mor-Zamba avec un accent d'autorité pathétique. Éteins donc, tu es fou. Nous avons assez vu…

Ils réussirent non sans mal à transborder la machine par-dessus la tranchée sur le petit talus, la cachèrent derrière un palmier avant de se tapir eux-mêmes derrière un autre, aux aguets. Ils n'attendirent guère. Jaillie comme l'éclair, la fantastique illumination des phares dévoila la splendeur d'une interminable ligne droite de route tirée comme une frontière abyssale au pied de deux falaises abruptes de jungle.

— Regardez-moi ça, fit Mor-Zamba à ses deux compagnons, avec un mélange d'émerveillement et de blâme dans le ton. À un pareil endroit, c'est un jeu d'enfant pour le conducteur de repérer même la lueur de la cigarette que tient un fumeur, à plus forte raison l'éclat d'une torche. Et même dans certaines positions, on peut apercevoir le porteur de lumière au-delà d'un tournant. Quand on veut passer inaperçu sur la route, il ne faut jamais rien allumer.

— Ne pleure pas, grand-père, tu as raison, plaida humblement pour une fois Le Jongleur. Mais dis donc, comment faire autrement? Tâtonner quand même et perdre beaucoup de temps? Remarque que j'ai attendu l'extrême nécessité; tu n'avais même pas deviné que j'avais une torche, alors? Pourtant ce ne sont pas les occasions de m'en servir qui m'ont manqué. Tu crois qu'ils pourraient nous avoir dépistés?

La bête se ruait en rageant sur la chaussée en tôle ondulée; les trois rubénistes se rassérénaient en savourant le rugissement qui, loin de se casser, indice qui eût été alarmant, s'enflait au contraire, se bombait. Enfin le tonnerre fut sur eux et son fracas les assourdit tout à coup, à peine eurent-ils le temps de juger au profil caractéristique d'énorme puce, bâche tendue sur les flancs rebondis, que c'était un transport commercial; le véhicule bondit devant eux, comme soulevé par la houle de ténèbres qui déferla aussitôt derrière lui et dont la montagne submergea à nouveau les voyageurs.

Redescendus sur la chaussée dont ils gardaient en mémoire le tracé révélé tout à l'heure par les phares du camion, ils purent marcher longtemps sans difficulté.

— Pourquoi ne pas nous avoir confié que tu avais une lampe-torche? fit Mor-Zamba, en étouffant sa voix, à Jo Le Jongleur.

— Pourquoi vous le dire, puisque de toute façon nous n'allions pas nous en servir? répondit Mor-Kinda en étouffant aussi sa voix.

— Comment cela? Mais tu viens de t'en servir, fit remarquer Mor-Zamba.

— Eh bien, grand-père, tu viens de me démontrer que j'ai eu tort, avec raison, je l'avoue. Finalement, tu vois, c'est comme pour les armes. Tu te souviens bien de ce que disait Ouragan-Viet à propos des armes ? Ne s'en servir que si l'on ne peut pas faire autrement. Et encore. En réalité, je suis persuadé qu'il y a toujours moyen de faire autrement – tu ne me démentiras certainement pas, grand père ? Eh bien, ça sera pareil avec notre trop précieux matériel. Qu'en penses-tu ?

– Tu confonds tout de même deux choses très différentes ; les armes et la lampe-torche, ça n'a rien à voir. Les armes, nous ne savons pas bien ou même pas du tout nous en servir, il faut donc éviter autant que possible de les manipuler, c'est logique.

– Et tu te figures sérieusement que nous savons nous servir d'une lampe-torche ? Imagine un instant qu'elle tombe en panne, hein ? Ce n'est pas toi qui aurais songé à ça, hein, Le Péquenot ?

Ils durent se taire : après un tournant, la route les avait portés au milieu d'un village et glissait entre les deux alignements obligatoires d'ombres qui, cette fois, parurent soudain un peu plus consistantes, un peu moins impalpables. Et même un coq à la fin chanta une fois, deux fois, trois fois. Le Jongleur qui, faute d'habitude, avait oublié l'acquisition rare dont s'ornait son poignet depuis la veille, consulta le cadran blême en le plaçant à quelques centimètres de ses yeux ; il annonça à ses compagnons à la sortie du village :

– Quatre heures, les gars ! Le jour ne va peut-être pas tarder. Que ferons-nous alors ?

– C'est très simple, déclara avec autorité Mor-Zamba qui retrouvait sa rouerie de réprouvé en marge des usages communs; c'est très simple, parce que notre problème est avant tout d'éviter tout contrôle des autorités, de ne pas attirer l'attention de gens malveillants, mieux : de n'attirer l'attention de personne s'il est possible, surtout sur la route. Je présume que cela n'a pas tellement changé depuis vingt ans; donc, même loin de la ville, on peut toujours faire une mauvaise rencontre sur la route. Il y a peu de risques au contraire sur les chemins, petits ou grands : les autorités ne s'aventurent guère dans ces zones.

« Dès l'aube, nous nous installons là où la route traverse un bas-fond, c'est très fréquent, sur le pont qui enjambe alors une rivière. Nous nous mettons torse nu pour avoir l'air de nous baigner; il n'y a pas d'heure ici pour se baigner, les gens le font même le matin de bonne heure plutôt qu'à tout autre moment de la journée. Personne ne sera donc étonné. En réalité, nous pourrons nous contenter, quant à nous, de nous mouiller le visage et de nous tremper les pieds dans l'eau : cela fait du bien quand on vient de marcher si longtemps la nuit. Des voyageurs peuvent d'ailleurs demeurer aussi longtemps qu'ils le désirent sur la rive d'une rivière, sans surprendre. C'est ce que nous ferons, jusqu'à ce qu'un passant autochtone nous renseigne. Après, nous verrons.

– Dis donc, approuva Le Jongleur après un sifflement, ça se tient, ton cinéma; on dirait un vieux routier de la guerre contre Le Bituré, comme moi, quoi.

Peu à peu, sans qu'ils en prennent vraiment conscience, ils avancèrent avec moins de crispation, leur pas se fit plus assuré, en même temps que s'élevaient ici ou là le battement d'ailes d'une perdrix s'envolant, la stridulation d'un grillon, la fuite d'une antilope dans un buisson, tout remue-ménage qui désormais les rassurait au lieu de les glacer. Une très fine pellicule gris terne, déposée là-bas, à la surface, bien au-dessus de leur tête, s'infiltrait lentement vers le fond du gouffre, descendait vers eux à travers le tissu spongieux de la nuit, sur lequel elle ciselait des franges extravagantes, d'autant plus irréelles que, toujours aussi exaltés qu'en quittant le routier mais tombant de sommeil, ils marchaient maintenant dans un état second.

Enfin ils entendirent des voix comme la nuit venait de s'éclaircir sensiblement ; ils s'avisèrent qu'ils se trouvaient dans un site correspondant trait pour trait à celui que venait de décrire Mor-Zamba, ils eurent tôt fait de descendre sur la rive de la rivière, de cacher la Raleigh dans un fourré et de se mettre torse nu comme des gens qui s'apprêtent à se baigner ou viennent de le faire. Mais les voix entendues s'étaient aussitôt évanouies ; c'étaient peut-être des paysans qui empruntaient la route quelque temps pour aller à leurs champs.

L'eau très fraîche, dont ils s'aspergèrent et dans laquelle ils trempèrent leurs pieds, les réveilla en les revigorant, rendant même son entrain railleur à Jo Le Jongleur qui, étant allé à la Raleigh, en était revenu muni d'une bouteille de liqueur, dont il but plusieurs gorgées au goulot, sans étonner Mor-Zamba, mais sous le regard perplexe d'Évariste.

— C'est curieux, remarqua Le Jongleur en s'essuyant la bouche du revers de la main, nous n'avons strictement rien à manger. Même si on n'est jamais en peine de nourriture chez les culs-terreux, nous aurions quand même dû prévoir que nous aurions faim.

— Ne vous inquiétez pas pour moi, déclara Évariste qui prenait part pour la première fois à la conversation. Cette nuit, avec le routier, je dois avoir mangé pour une semaine.

— Bravo ! fit Mor-Zamba ; un homme, un vrai, non seulement ne se plaint jamais d'avoir faim, mais encore ne s'inquiète pas de la nourriture.

— Très juste ! renchérit parodiquement Le Jongleur en brandissant sa bouteille de liqueur, la vraie nourriture d'un homme, d'un vrai, la voilà.

Il but encore quelques gorgées et tendit la bouteille à Mor-Zamba qui refusa, disant qu'en buvant de si bonne heure, il aurait la migraine tout le reste de la journée. Évariste déclina aussi l'offre en expliquant, comme la veille à l'estaminet de Saneongo, qu'il ne buvait pas, tout bêtement.

— Qu'y a-t-il encore dans ton butin, en plus de la lampe-torche et de la bouteille de liqueur ? Combien de temps comptes-tu garder pour toi ce secret ? demanda Mor-Zamba.

— Ne t'énerve pas, grand-père, fit Le Jongleur ; tu le sauras toujours assez tôt, et tu t'épouvanteras toujours trop alors.

Vers sept heures, tandis que la brume foisonnante et cotonneuse comme la mousseline commençait à s'effilocher, ils virent enfin approcher un homme armé d'un sabre d'abattage joliment effilé par l'usure.

– Vous cherchez le petit raccourci ou le grand? leur dit-il pour répondre à leur question.

– Quelle est la différence? lui fit Le Jongleur.

– Sur le petit raccourci, répondit le paysan avec application, le chemin est très étroit, surtout si vous portez un bagage, à tel point qu'il arrive parfois qu'on doive se frayer soi-même la voie, avec cet engin-là (il brandissait son sabre d'abattage) ; mais vous aurez retrouvé la route de l'homme blanc avant la nuit et vous aurez marché de bout en bout dans la forêt. Avec le grand raccourci, c'est tout à fait autre chose : sans être carrossable, la voie est assez large pour que les bicyclettes même y roulent, pas à vive allure toutefois. Vous traverserez un beau pays, vous verrez de grands villages peuplés de gens hospitaliers et vous marcherez presque toujours à l'ombre. Mais vous ne reviendrez pas sur la route de l'homme blanc avant quatre jours, peut-être cinq.

– Mais où s'engage-t-on dans le grand raccourci alors? demanda Jo Le Jongleur.

– Comment! Mais tout près, là, à quelques centaines de pas; les gens y entrent sans cesse ou en débouchent. Vous ne les avez pas vus?...

– Il n'y a pas à hésiter, décida Mor-Zamba quand l'officieux paysan se fut éloigné : c'est le grand raccourci qu'il nous faut. Prenons la Raleigh, les gars, et en route.

Ils purent ainsi éprouver presque immédiatement l'hospitalité vantée par l'homme au sabre d'abattage.

Après moins d'une heure de marche, en arrivant dans un village, ils aperçurent un vieillard assis sur la terrasse de sa modeste habitation, non loin d'autres habitations aux ouvertures closes, toutes ombragées de feuilles de bananiers élancés. Ils se dirigèrent vers lui et Mor-Zamba lui parla ainsi :

– Nous te saluons avec déférence, vieil homme. J'ai marché toute la nuit avec mes jeunes frères que voici.

Au lieu de s'effaroucher de leur insolite équipage, le vieillard les accueillit au contraire avec enjouement.

– Et vous aimeriez faire halte sous le toit d'un vieil homme, mes enfants ? répondit-il en complétant la requête de Mor-Zamba. Eh bien, ma maison est à vous, résidez-y aussi longtemps qu'il vous plaira ; "le voyageur, séparé des siens, est comme un orphelin ; que toute maison lui soit un nouveau foyer !" Ainsi parlaient nos ancêtres. Mais les Blancs sont venus et nous avons oublié la sagesse d'autrefois pour ne plus songer qu'à l'indépendance. Mais que peut l'indépendance à elle seule ?

– Pas grand-chose, homme vénérable ! répondit Jo Le Jongleur en se retenant péniblement de pouffer, et en songeant à part lui : *Il ne croit pas si bien dire.*

La complaisance du vieillard ne souleva aucune objection quand les Koléens voulurent introduire la Raleigh à l'intérieur de la maison ; quoique depuis longtemps hors de portée de Sandrinelli et même des autorités ordinaires de la République, les rubénistes, instinctivement, persévéraient dans leur vigilance toute militaire.

L'enfant, exténué, mais qui ne l'eût avoué pour rien au monde, fut le premier à s'allonger sur un lit de bambou, et sombra instantanément dans un sommeil pour ainsi dire implacable. Après une cocasse résistance, Jo Le Jongleur dut se rendre à son tour, sans les honneurs de la guerre.

Demeuré auprès de son vénérable hôte sur la terrasse, Mor-Zamba ne se lassa point de mettre la science de cet homme d'expérience à profit pour s'instruire. Le pays se trouvait à une centaine de kilomètres de Fort-Nègre ; les voyageurs n'avaient donc parcouru qu'une trentaine de kilomètres sous le couvert de la nuit ! C'était bien peu de chose, songeait Mor-Zamba, mais quelle victoire quand même ! Évariste et Jo Le Jongleur du moins s'étaient aguerris en se mesurant avec le redoutable univers des ténèbres, sa fantasmagorie, sa solitude, son désespoir.

Il eut surtout le plaisir d'entendre confirmer le diagnostic du routier de Saneongo : sans trop saisir l'enjeu du combat, les gens d'ici s'étaient passionnés pour l'indépendance, mais n'avaient pas autrement déclaré leur sympathie pour Ruben qu'en accourant en masse aux rassemblements que lui-même ou ses lieutenants avaient organisés de loin en loin dans un pays dont l'inertie avait toujours renâclé même aux simples mots d'ordre de résistance passive. Ce calme n'avait pas incité le régime de Baba Toura, au moins jusqu'à ce jour, à modifier l'administration de la province, toujours assurée au niveau des villages par des chefs autochtones à la hiérarchie d'ailleurs embrouillée comme à plaisir pendant les deux précédentes années, dites d'autonomie interne; comme autrefois, ces pauvres gens étaient toujours démunis de vrais moyens de police, donc impuissants comme devant, et leur tâche de fait se bornait encore à la collecte de l'impôt de capitation.

Le Jongleur se réveilla le premier; puis, à force de le houspiller, il réussit à arracher Évariste au sommeil qui, lui parut-il, dévorait ce malheureux enfant contre toute décence, comme une vieille prostituée qui s'acharne sur un éphèbe – c'est que le bougre avait une imagination très originale. Mor-Zamba étant toujours en conversation avec le vieillard près de l'entrée, il sembla aux deux plus jeunes Koléens qu'ils n'avaient dormi que quelques heures; leur oreille peu exercée ne perçut pas l'animation qui régnait dans le village, les cris des adolescents et des enfants répandus dans les cours, les conversations sonores des commères assemblées çà et là, le tintamarre assourdi caractérisant la préparation des repas familiaux; leur inexpérience ne soupçonna pas tous les changements que le sommeil leur avait dérobés. Encore assis sur leur lit de bambou, les yeux ensommeillés, ils émirent donc la prétention de reprendre la route incontinent.

– Mais comment donc, les gars, leur répondit Mor-Zamba sans se tourner vers eux; toutefois, mon vieux Jo, veux-tu avoir la gentillesse de consulter ta montre? Tu n'en prendras donc jamais l'habitude?...

– Cinq heures! maugréa Le Jongleur en jurant; cinq heures, comment est-ce possible? Quelle cloche je suis tout de même. J'ai dormi tout ce temps, moi, Jo Le Jongleur, la bête noire des mamelouks, l'homme qui a mystifié Sandrinelli ? J'ai dormi comme un nouveau-né.

– Mon fils, lui dit le vieillard avec une condescendance souriante, il n'y a aucune raison d'avoir honte : rien n'épuise autant qu'une longue marche la nuit. Quoi de plus naturel alors que de réparer ses forces par un long sommeil ?

– Eh, les gars, fit encore Mor-Zamba, vous devez bien avoir envie de faire un petit pipi ? Allez donc derrière la maison.

Plus remuant, plus crâne, plus décidé mais moins réfléchi, vrai militaire en un mot, Jo Le Jongleur se leva aussitôt, mais se mit tout à coup à claudiquer en grimaçant hideusement et en pestant de douleur, à l'amusement de ses deux interlocuteurs. Il atteignit enfin le siège de Mor-Zamba, aux pieds de qui il s'écroula dans la poussière.

– Ce n'est pas vrai ! s'épouvantait-il en enlevant ses sandales de plastique et en considérant ses pieds enflés ; dites-moi que ce n'est pas vrai. À Kola-Kola et à Fort-Nègre, je marchais autant sinon davantage. Qu'est-ce qui s'est donc passé ?

Évariste ne put seulement pas se lever ni même demeurer sur son séant, il s'allongea de nouveau sur le lit de bambou, abdiquant toute dignité, et c'est là qu'il fallut le nourrir, comme un vieillard grabataire. Bientôt en effet leur hôte héla de l'habitation voisine une jeune paysanne, sa bru, et lui dit :

– Je sais, il n'y a pas longtemps que tu es revenue de ton champ ; mais je te connais assez pour présumer que ton repas est prêt.

– Il est prêt, répondit la paysanne avec simplicité.

– Alors porte-le-nous.

Il fallut servir Évariste à part, et c'est couché, assez acrobatiquement, qu'il lapa la purée d'épinards indigènes et dévora le maïs cuit à la vapeur qui l'accompagnait – c'est un plat traditionnel paysan de cette province –, après quoi l'enfant se rendormit sans délai.

– Mon vieux Jo, dit tout à coup Mor-Zamba au milieu du repas, à ton idée, à quelle heure avons-nous quitté le routier hier ? Je te demande une simple estimation, sachant que tu n'as pas songé à regarder l'heure à ta montre.

– À minuit peut-être.

– Certainement pas, déclara Mor-Zamba. Souviens-toi : nous sommes partis de Saneongo vers cinq ou six heures, au plus tard ; simplement le ciel très bas créait l'illusion de la nuit tombante. Bon, nous avions soixante kilomètres à parcourir. Il est vrai que nous avons fait plusieurs arrêts, assez longs chacun. Si lents que nous ayons été pourtant, nous n'avons pas pu mettre plus de trois heures sur cette distance. Disons quatre, en calculant très largement.

– J'y suis, dit Le Jongleur. Selon toi, nous avons quitté le routier au plus tard à dix heures alors ? D'autre part, je me souviens qu'il était entre huit heures et neuf heures ce matin quand nous avons demandé l'hospitalité à ce vénérable homme. Dis donc, nous avons marché plus de dix heures d'affilée? Ce n'est pas vrai.

– Si, si, fit Mor-Zamba. Nous n'avons peut-être pas vraiment marché d'ailleurs, mais ne suffit-il pas, vieux routier, que nous soyons restés sur nos jambes tout ce temps-là pour que la partie inférieure de notre personne soit endommagée?

– Alors, toi aussi, tu as les pieds et les jambes meurtris, comme en marmelade?

– Ben voyons! s'écria le vieillard avec un fin sourire, sinon ne serait-il pas un monstre plutôt qu'un homme?

– C'est bien aussi ce que je pensais. Et maintenant, Le Péquenot, c'est à qui de nous deux sera le plus vite rétabli.

– C'est ça, vieux routier, nous ferons la course demain. En attendant, ce bon vieillard, ce père que la Providence a mis sur notre chemin, exige que nous dormions sous son toit cette nuit. Acceptes-tu cette offre, Jo?

– Mais comment donc! Plutôt deux fois.

Jo, le vieux routier, ne croyait pas si bien dire. Le lendemain, loin de pouvoir se mesurer à la course avec Mor-Zamba, Le Jongleur supplia pour que leur départ fût remis jusqu'à ce qu'il retrouve l'usage de ses jambes et de ses pieds. D'ailleurs, l'enfant, de son côté, était encore plus mal en point, grelottant malgré le feu de bois allumé au pied de son lit, pelotonné en chien de fusil, les yeux tantôt clos, tantôt hagards.

– Qu'est-ce qu'il a donc? fit Jo Le Jongleur plutôt, agacé qu'inquiet.

– Oh, ce n'est rien, affirma le vieillard, je sais, j'ai plus de vingt petits-enfants de cet âge-là ou plus jeunes encore. C'est seulement la fatigue excessive.

Il rassura les deux Koléens en promettant de soigner le jeune garçon à la manière du pays, déclarant qu'à la fin de la journée il n'y paraîtrait plus. Il fallait seulement qu'il garde l'enfant avec lui. En effet, quelques maisons plus loin, toute une habitation venait d'être abandonnée à l'usage exclusif de Mor-Zamba et de Jo Le Jongleur.

Quand, à la fin de la journée, le retour des champs eut totalement ranimé le village, on accourut de toutes parts pour inviter les deux étrangers valides, que chacun voulait accueillir ce soir-là dans son foyer.

– Venez dans ma maison, suppliait-on, venez éprouver un moment l'hospitalité d'un homme, certes modeste, mais sachant honorer les traditions de bienvenue chaleureuse léguées par ses nobles ancêtres.

Pris à contre-pied, les deux rubénistes exposaient avec un embarras confus pourquoi ils devaient rester à portée de voix de leur jeune frère malade. Tant de piété familiale attendrissait l'interlocuteur qui, après les avoir excusés en maudissant ce contretemps, faisait mine de battre en retraite.

– Mais, proposait Jo Le Jongleur, puisque les circonstances ont fait avorter ton souhait, pourquoi ne pas demeurer ce soir avec nous, ici ? Quand des frères font connaissance, qu'importe où se déroule l'événement ?

– En guise de paroles, approuvait-on avec un large sourire, c'est le miel qui coule sur tes lèvres.

En vérité, Jo Le Jongleur avait tout de suite proposé de régaler les visiteurs à peine rassemblés ; en conséquence, il avait envoyé quérir une gnole locale auprès du fabricant le plus réputé, selon les indications de ses invités. À cette occasion, il avait étalé une liasse de coupures si épaisse que Mor-Zamba avait frémi, mesurant tout à coup enfin les ravages exercés par l'ancien mauvais garçon en guise d'adieu chez Sandrinelli dit Le Gaulliste. À la nuit tombante, la maison des rubénistes était déjà bondée et le tord-boyaux du distillateur le plus réputé du village coulait à flots : ce n'était au demeurant que du bienheureux-joseph que les villageois avaient baptisé à leur manière. En ce domaine, les paysans de cet arrière-pays avaient fait apparemment autant de progrès que ceux du pays de Fort-Nègre sinon autant que les gens de Kola-Kola eux-mêmes.

Dans ces villageois démunis, nonchalants et hédonistes, Mor-Zamba reconnaissait déjà les habitants de la cité d'Ekoumdoum : il croyait voir dans cette assemblée comme un présage des événements qui sans doute l'attendaient au pays d'Abéna qui allait peut-être devenir aussi le sien désormais. Il se félicitait de l'aisance avec laquelle Jo Le Jongleur évoluait au milieu de leurs visiteurs comme s'il eût toujours vécu parmi eux.

Pour l'instant, Jo Le Jongleur jouait à dérouter ces gens si ouverts, si désireux de s'instruire, si confiants.

– Où allez-vous donc ainsi ? lui demandaient les paysans.

– Mais dans le pays où nous sommes nés ! Cela ne se voit-il pas au bonheur que respirent nos visages et à la gaieté de nos propos ?

– Et de quel long voyage revenez-vous donc ?

– De la ville, bien sûr ; observez notre équipage. Nous étions allés chercher fortune à la ville, voilà qui est chose faite. Alors pourquoi vieillir inutilement dans un pays qui nous a donné tout ce que nous lui demandions ?

– Mais, objecta-t-on, si tous vos biens sont là sur cette bicyclette, il est certain que vous êtes riches ; toutefois peut-on vraiment dire que vous ayez fait fortune à la ville ?

– Ce que vous voyez là sur la bicyclette, c'est une plaisanterie, reconnut Jo Le Jongleur qui avait réponse à tout. À la ville, nous avons acquis des richesses fabuleuses : de l'argenterie, de la faïence, du linge comme vous n'en avez jamais vu autant, des machines à coudre, des fusils, tout ce que vous pouvez imaginer. Nous avons empilé tout cela dans des malles, des valises, des sacs que nous avons chargés sur le dos d'une troupe de porteurs, car aucune route carrossable ne va jusqu'à notre pays. Nos porteurs ont emprunté l'itinéraire normal, plus court. Quant à nous, avant de retrouver notre cité et de jouir du triomphe qu'elle nous réserve, nous avons tenu à faire ce grand détour, à nous familiariser à nouveau avec la vie simple d'hommes modestes comme le sont nos concitoyens, afin de nous présenter devant eux, non pas arrogants et blessants comme le sont les gens qui reviennent de la ville après s'y être enrichis, mais humbles et déférents, en hommes qui, bien loin d'être oublieux de la coutume et de la tradition, les vénèrent au contraire autant que tout autre.

– Ce que c'est que le pays quand même ! s'écrièrent les paysans à l'unisson, flattés ; délicieusement surpris, en un mot ravis.

Le plus éloquent poursuivit, constamment soutenu par les approbations de l'assemblée :

– Vous étiez là-bas, si loin des vôtres, rien ne vous manquait, ni la bonne chère, ni les belles femmes, ni les beaux vêtements, ni aucun agrément de la vie, et cependant vous ne pouviez pas oublier votre pays. Ah, le pays ! C'est par attachement au terroir aussi que nous autres nous ne regrettons rien. Bien sûr, nous sommes des miséreux, nous le savons bien, et tant de choses, sans importance pour vous peut-être, nous feraient plaisir si nous les possédions. Un étranger peu lucide nous jugerait même peut-être pitoyables. Nous-mêmes, il nous arrive parfois de nous prendre à rêver de contrées, de villes lointaines regorgeant de richesses, couvertes de billets de banque, peuplées d'innombrables femmes aux croupes ondulantes. Mais nous nous raisonnons chaque fois, nous nous disons qu'à tout prendre c'est encore ici au pays que, malgré notre dénuement, il fait le mieux vivre.

– Comme tu l'as bien dit, homme à la bouche bruissante de sages paroles, s'écria Jo Le Jongleur en parodiant le style et le tour d'esprit des villageois. Comme tu l'as bien dit, mon frère. Toutefois, ce qui fait un prodige unique de notre séjour à la ville, ce ne sont pas seulement les richesses que nous y avons accumulées. La vérité, c'est que nous ramenons un secret.

– Un secret ! murmurèrent les paysans en tirant le cou.

Bien qu'il eût éprouvé à plusieurs reprises l'excellente tenue de son compagnon devant le feu de l'alcool, Mor-Zamba lui-même fut alarmé : que ne pouvait-on attendre de la fantaisie naturelle de l'arsouille ! N'allait-il pas bafouer leur commune résolution de s'abstenir, durant leur voyage, par souci de sécurité, de tout prosélytisme rubéniste ?

– Oui, oui, nous ramenons un secret, tel que je vous le dis, poursuivit Jo Le Jongleur, après avoir vidé un fond de gnole. Écoutez bien cette parabole que me contait ma mère tant affectionnée pour m'endormir, quand j'étais petit. Un homme avait quitté sa cité natale et son humeur voyageuse l'avait conduit dans une contrée où avait poussé un prunier magique : son fruit était un tel délice que quand on y avait goûté une fois, on ne pouvait plus s'en passer et, envoûté, on s'installait dans les parages de cet arbre merveilleux. Ainsi avait fait notre homme, à qui la pulpe de cette prune extraordinaire fit bien vite perdre le souvenir des siens. Or, ceux-ci, étonnés de ne pas le voir revenir, lui déléguèrent un de ses concitoyens avec mission de le ramener, mais ils attendirent en vain ce dernier : il avait été lui-même subjugué par le prunier fatal. D'autres mandataires furent dépêchés dont le sort, chaque fois, fut tout aussi lamentable pour la cité. Un jour cependant, on désigna, pour faire partie d'une nouvelle délégation, un homme dont la vigueur tenait du miracle. Que fit-il lorsque, arrivé sur les lieux avec ses frères, il découvrit la vérité? Il arracha le prunier magique et, le portant à bout de bras, les branches chargées de tous leurs fruits, le pied hérissé de toutes ses racines, il revint dans sa cité, suivi de tous ses concitoyens que le prunier avait retenus en captivité. Alors, au lieu de perdre peu à peu ses enfants, cette heureuse cité vit affluer vers elle les hommes d'autres cités, qui, ayant goûté à la prune merveilleuse et incapables désormais de s'en passer, s'installaient dans ses parages.

– Est-ce que vous ramenez chez vous le secret que les gens vont chercher à la ville? demanda-t-on.

– C'est ce que je me tue à vous expliquer.

– Et quel est-il donc?

– Ah non, ah non, ah non, demandez-moi n'importe quoi, sauf cela. J'ai fait le serment de ne pas révéler notre secret avant d'être arrivé chez nous. Vous savez ce que c'est qu'un serment : je serais foudroyé, broyé, grillé, pulvérisé, ratatiné, vaporisé par les mânes de mes ancêtres. Non, tout mais pas ça.

Tout en disant cette dernière réplique, Le Jongleur s'était accroupi auprès d'un homme qui tenait un tam-tam entre ses jambes, attendant le moment propice pour en jouer; le Koléen entreprit de frapper des deux mains, maladroitement, sur la peau tendue, égayant ses voisins immédiats dont l'un s'offrit aussitôt pour l'initier aux premières techniques de l'instrument, qui résonna bientôt en cadence. Non loin d'eux, un homme qui était pourtant assis, accompagna le rythme en s'ébrouant spasmodiquement des épaules ; puis il se leva sous les encouragements de l'assistance, il esquissa quelques pas, le plaisir de danser brillait dans son regard au bord de l'extase. Une femme cachée dans l'ombre poussa une chansonnette toute en syncopes. D'autres hommes se levèrent, parmi lesquels Jo Le Jongleur ne témoignait pas la moindre ardeur, et pénétrèrent dans le cercle spontanément formé ; l'ancien domestique de Sandrinelli était vraiment comme un poisson dans l'eau dans ses nouvelles activités.

Quand enfin leurs visiteurs les eurent quittés, Mor-Zamba qui n'avait attendu que cet instant, se jeta sur l'arsouille.

– Si tu continues à étaler ton argent, comme tu n'as cessé de le faire ce soir, lui dit-il en étouffant sa voix mais non sans y mettre en même temps toute sa colère et toute sa réprobation, eh bien, nous ne ferons pas de vieux os.

– Qu'est-ce que nous risquons, hein ? Qu'est-ce que nous risquons, dis ?

– Tu risques de te faire voler, voilà ! Ce n'est rien cela, peut-être ? Tu risques peut-être même de te faire tuer.

– En voilà une autre maintenant. Me faire tuer, me faire assassiner ! Par qui, grand-père ? Par ces miteux ? Non mais, est-ce que tu les as bien regardés ? Tu les vois volant et assassinant qui que ce soit ? Si c'était vrai, ça se saurait, voyons ! Tu ne m'as pas raconté souvent peut-être que ces gens de l'arrière-pays se faisaient scandaleusement spolier de leurs productions par les petits commerçants blancs et leurs acolytes genre

Robert? Alors, tu sais, s'ils pouvaient se rebiffer, ils auraient déjà commencé par zigouiller tous ces minables margoulins.

– Tu les tournes en dérision. Comme tu les méprises !

– Écoute, tu n'y es pas du tout, Le Péquenot. Je ne me moque pas d'eux du tout. Moi, je voulais simplement vérifier que ces culs-terreux-là sont bien pareils à ceux du pays de maman. Eh bien, c'est ça, ils sont exactement faits sur le même modèle. Tous les paysans doivent être partout les mêmes. Tu as vu ? Au départ, nous autres, on est pour eux des mécréants. Bon, il n'y a qu'à démentir ce préjugé en mettant partout des "ma mère très affectionnée", "respect des mânes ancestraux", "amour de la coutume et des traditions", et le tour est joué. C'est bon à savoir, ça, non ? Il a suffi que je me souvienne de ce que j'avais observé chez ma mère. Ah oui, il ne faut surtout pas oublier la rage du tam-tam ; à lui seul, le tam-tam peut te valoir l'amitié d'une armée de paysans. C'était quand même assez bien réussi, notre soirée, pas vrai, Le Péquenot ? Heureusement que tu m'as. Parce que sans moi, je ne sais ce que tu ferais.

Le lendemain, Mor-Kinda, dit Le Jongleur, pouvait marcher de nouveau à peu près normalement : guéris grâce au repos que favorisèrent ces deux jours d'arrêt, ses jambes et ses pieds avaient retrouvé à peu près toute leur agilité antérieure.

Il s'en fallait qu'il en allât de même pour l'enfant, contrairement aux promesses du vieillard qui le soignait. Il était toujours couché en chien de fusil sous la vieille couverture jetée sur lui ; il grelottait comme la veille malgré le feu de bois flambant sans cesse près de lui. À ces symptômes s'en étaient ajoutés deux autres ; la veille, l'enfant ne s'était guère alimenté pendant que ses compagnons festoyaient avec leurs nouveaux amis. Évariste toussait aussi en se convulsant et en expectorant grassement et abondamment, ou bien délirait en geignant tout doucement. Quand ils furent à nouveau seuls, Mor-Zamba confia ses inquiétudes à Jo Le Jongleur au sujet d'Évariste.

– Les vieux paysans qui promettent de guérir promptement une affection, déclara-t-il amèrement, ce n'est jamais bien sérieux ; j'aurais dû m'en souvenir.

Pour toute réponse, Le Jongleur alla décrocher une des sacoches de la Raleigh et entraîna son ami dans la pièce d'honneur de la petite maison mise à leur disposition, la chambre à coucher du maître de céans, embellie surtout par un lit de bois garni d'une couverture et où les deux voyageurs s'étaient bien gardés de venir dormir. Le Jongleur déversa le contenu de la sacoche sur la couverture tendue. Alors, Mor-Zamba se mit à examiner avec un effroi émerveillé et en tremblant d'émotion l'abondante pharmacie et le matériel médical répandus soudain sur le lit ; il lui semblait qu'il y avait là de quoi soigner pendant plusieurs semaines un bataillon en campagne.

Le Jongleur s'était dépassé en pillant l'infirmerie du lycée ; négligeant deux seringues à injecter ainsi que des compresses et des bandes à panser, Mor-Zamba fut attiré par un thermomètre dans un étui étincelant et par de nombreuses boîtes d'antibiotiques. Il alla aussitôt prendre la température du malade et revint en déclarant :

– Plus de quarante degrés ! Il fallait s'y attendre. Je crois savoir ce que c'est. Au camp Gouverneur-Leclerc, c'était classique et j'ai soigné mille cas de cette affection. Forcément. On livrait aux intempéries, sans préparation, des gens qui n'en avaient pas l'habitude. C'est ce que nous avons fait aussi, sans réfléchir, et avec un gosse encore. Au moins les toubabs le faisaient toujours avec des adultes. Je vais lui administrer de la pénicilline tout au long de la journée : c'est certainement une bronchite. Et aujourd'hui, une bronchite, ça se soigne avec des antibiotiques.

Comme il se penchait de nouveau sur le lit pour choisir parmi les boîtes le médicament qu'il lui fallait, il eut tout à coup un mouvement de recul, comme un paysan que glace l'horreur en découvrant qu'il a manqué poser le pied sur un crotale. Le Jongleur venait de déballer sur le lit le reste de son butin du plateau scolaire : ce qui fascinait Mor-Zamba, c'était, pareille à l'œil sournois et funeste d'un reptile, la lueur froide d'un grand fusil à deux canons superposés, d'une très petite arme en acier chromé qu'il reconnut plus tard pour un revolver et d'un mousqueton inattendu, toutes armes couchées parmi des boîtes de carton pleines de munitions, comme il apprit à la longue.

Mais il y avait là aussi une quantité prodigieuse de chemises kaki à épaulettes, peut-être toute la réserve de Sandrinelli, sans compter une paire de jumelles, un immense couteau à cran d'arrêt voisinant avec la grande lampe-torche classique, une lampe électrique minuscule ressemblant à un stylographe, une paire de chaussures de brousse que Le Jongleur appelait des « pataugas », et une demi-douzaine de couvertures qui avaient servi à envelopper tout ce matériel.

– Cache-moi ces armes ! supplia Mor-Zamba revenu de sa suffocation. Cache-moi ces armes, cache-les donc.

– Du calme, vieux ! Du calme ! Je l'avais bien dit, que tu allais t'épouvanter en découvrant mon butin du plateau scolaire. Es-tu émotif ! On dirait une petite fille. Moi qui te prenais pour un vrai combattant ! Oui, je vais envelopper ces armes dans le même ballot que celles d'Ouragan-Viet.

– Alors fais-le vite.

En réalité, Mor-Kinda défaisait sans hâte un petit carré de linge et exposait au jour plusieurs liasses épaisses de billets de banque, sous le regard de son ami dont la respiration se faisait plus haletante à mesure qu'il prenait conscience de ce nouveau prodige du diabolique vaurien.

– Nom de Dieu ! Nom de Dieu ! répétait-il.

– Heureusement que tu m'as, hein, Le Péquenot. Autrement, je voudrais bien savoir ce que tu ferais.

– Cela aussi, tu l'as trouvé au groupe scolaire ?

– Mais non, dans notre cagnotte, tu sais bien. Sacré Mor-Zamba ! Tu me feras mourir de rire. Où veux-tu qu'on trouve tant d'argent à la fois sinon chez les toubabs ? Tu sais, mon beau-frère avait beau être méchant, il était loin d'être bête. Rappelle-toi ce propos qu'il nous tenait fréquemment : "L'argent, le vrai, il n'y a encore que chez les toubabs qu'on en trouve." En fait, c'est moi qui lui avais enseigné cette vérité-là, et sans avoir été à l'école encore, enfin presque pas. Oui, j'ai ramassé la galette chez Sandrinelli; c'est la caisse du groupe scolaire.

Quand, une demi-heure plus tard, Mor-Zamba qui était allé soigner l'enfant revint auprès de Jo Le Jongleur, il ne s'était pas départi d'un air de frayeur qui lui faisait considérer son compagnon avec une fixité hagarde, comme si l'arsouille avait commis sous ses yeux récemment un inqualifiable sacrilège.

– Alors, toubib, ça va les affaires ? lui fit Jo Le Jongleur pour le taquiner joyeusement.

– Dès que le petit peut se mettre debout, déclara Mor-Zamba en se dominant péniblement pour ne pas laisser chevroter sa voix, dès que le petit peut se mettre debout, tu m'entends bien ? sans attendre une minute de plus, mais alors immédiatement, eh bien, nous mettons les bouts. Un toubab ne se laisse pas spolier de ce genre d'objets, et en si grande quantité, sans faire des pieds et des mains pour les récupérer et châtier les coupables. Tu peux toujours courir désormais, mon gars, tu l'auras toujours au cul, le Sandrinelli, tu peux me croire. Tu ne les connais pas, ces gens-là.

– Oh ! que si, Le Péquenot, oh ! que si. Je peux même te dire que s'il y a des gens que je connais bien, et même mieux encore, c'est ceux-là. Ils sont comme tout le monde, mon vieux, non point inlassables, nobles, prévoyants, supérieurs, comme ils voudraient bien que nous les imaginions, mais paresseux, mesquins, stupides et sordides. Sandrinelli aura bientôt oublié tout ce que je lui ai pris, tout bêtement parce qu'il l'aura bientôt remplacé, va. Ce n'est rien du tout pour lui, à peine comme pour toi une bouteille de bière. Qu'est-ce qui t'effraie le plus ? Le fusil à deux canons ? Il ne partira pas tout seul, va. Le revolver ? C'est un joujou, ça n'a jamais tué personne. Le mousqueton alors ? Il y a des années que je l'ai et, tu vois, il ne m'est toujours rien arrivé. Rappelle-toi la nuit où nous avons surpris des Saringalas en train de torturer et sans doute d'assassiner Ruben. Oui, oui, oui, tu te souviens que les mamelouks n'ont jamais retrouvé le troisième mousqueton ? Le voici. Avoue que ce n'est pas d'hier. Maintenant, si tu tiens à ce qu'on décampe d'ici tout de suite, tu n'as qu'à les formuler, grand-père, et tes ordres seront tout de suite exécutés...

Mor-Zamba retrouva très vite les gestes, les paroles, toute la réussite de l'irremplaçable infirmier adjoint du camp de travail Gouverneur-Leclerc, mais la pénicilline, traitement sans doute peu adéquat, fut lente à produire son effet sur le jeune malade. Au grand désespoir du médecin de fortune, il fallut cinq bons jours à Évariste non même pas pour se rétablir, mais pour retrouver seulement la force de se tenir fermement sur ses jambes. Cela suffit à Mor-Zamba pour arracher ses deux cadets aux délices rustiques de leur première mais ô combien mémorable étape.

Ils traversèrent un pays de montagnes. Sans cesse il leur fallut tantôt s'arc-bouter pour dompter la Raleigh quand elle s'emballait sur les descentes, tantôt ahaner pour la pousser sur les montées où les trois voyageurs s'essoufflaient, ruisselant de sueur sous le soleil qui les cuisait. Mais sous les frondaisons des vallées, il faisait tout à coup très sombre, on était saisi d'une humidité très fraîche, presque glacée.

Il arrivait qu'on croise ou qu'on dépasse d'autres groupes de voyageurs. D'abord, on discernait des voix parmi les mille et un appels de la forêt, jaillies ici et là comme une flambée fugace. Puis, on s'approchait, on en venait à saisir des bribes éparses de conversation. Alors, on scrutait, mais vainement, l'ombre des sous-bois, brûlant d'apercevoir enfin ceux qu'on entendait si distinctement. Que leur apparition se fît attendre si longtemps, c'était comme un petit mystère dont on était angoissé. Et soudain on se trouvait nez à nez avec eux : ils se serraient sur un tronc d'arbre ou sur un rocher, faisant halte avec insouciance pour se restaurer. On échangeait avec eux des saluts amicaux, souvent on était invité à partager une modeste collation puisée dans des provisions qui commençaient à se racornir ou à rancir. En ces occasions-là, malheureusement trop rares, Jo Le Jongleur ne manquait jamais d'extirper soudain d'entre les bagages de la Raleigh, qui était en quelque sorte sa manche de magicien, un flacon de liqueur d'importation ou une bouteille de gnole indigène qu'il y avait glissée on ne savait ni quand ni comment ; il en offrait à chacun une mesure parcimonieusement versée dans un verre minuscule qu'il portait toujours sur lui; à la fin, la tête renversée, le goulot calé entre les dents, il se gorgeait d'alcool en le laissant couler dans son gosier avant de se rincer longuement la bouche, les joues boursouflées d'air autant que de boisson.

C'était un pays très peuplé; les Koléens traversaient tant de beaux villages que, pour faire étape, ils n'avaient que l'embarras du choix. En diminuant son endurance, la convalescence d'Évariste allongea le délai prédit par le paysan au sabre d'abattage pour rejoindre à nouveau la coloniale trois : au lieu de quatre ou cinq jours, ils y mirent une semaine entière. En réponse à la question que leur posait obsessionnellement Mor-Zamba, les riverains de la route assuraient, à la grande satisfaction de Jo Le Jongleur, qu'ils n'avaient observé aucun passage insolite.

S'engageait alors chaque fois une polémique entre Jo Le Jongleur et Mor-Zamba, l'un s'efforçant de démontrer la stupidité de ses craintes à l'autre qui, au contraire, les justifiait ardemment. À son argumentation déjà connue, Jo Le Jongleur ajoutait que Sandrinelli, bien loin de pouvoir imaginer que son ancien *boy* était associé avec deux autres lascars, était incapable de deviner laquelle des six sorties de la capitale son voleur avait empruntée, à supposer qu'il fût bien sorti de Fort-Nègre. Mor-Zamba imaginait que, à tout hasard, Le Gaulliste sillonnait successivement les six routes qui rayonnaient de la capitale; avec une bonne voiture, c'était une affaire aisée.

– Je vois cela d'ici, affirmait Le Jongleur en s'esclaffant sardoniquement. Je vois très bien cela ; Sandrinelli ignore sans doute laquelle des six sorties de Fort-Nègre nous avons empruntée, mais il sait fort bien à quelle distance environ nous nous trouvons, soit à cent cinquante, peut-être deux cents kilomètres de la capitale. Et alors imaginons cet homme parcourant chaque jour cette distance aller et retour sur chacune des routes desservant la capitale. Tu te rends compte ? Six fois deux cents kilomètres à multiplier par deux. Oui, et pendant ce temps-là, qui donc servira de nounou à Baba Toura Le Bituré ? Car notre immortel héros a besoin qu'un homme d'expérience veille sur lui ; ce n'est pas parce qu'il a été bombardé Président de la République que ça va changer. Voyons, Le Péquenot, avoue que tu délires. Et toi, Évariste, quelle est ton idée ?

– Pas le moindre doute : Sandrinelli, c'est fini, déclarait l'enfant à la fois sentencieux et sinistre.

Ils se traînèrent alors sur de petits chemins de traverse si exigus qu'en les comparant avec leurs expériences précédentes, ils éprouvaient un véritable désespoir. Pousser à trois la Raleigh était devenu une torture épouvantable, surtout pour le timonier ; c'était déjà une tâche ardue que de s'avancer en file indienne sur ces sentes. Après deux journées, ils renoncèrent à cette solution et, à défaut d'un grand raccourci doublant la route coloniale, ils se résignèrent à marcher de nouveau la nuit, quitte à faire étape et à dormir le jour. Aguerri et trempé maintenant, Évariste supporta fort bien les fatigues de cette formule.

Ils étaient partis de Kola-Kola depuis une quinzaine de jours quand ils atteignirent Dinkamenguéla, ville-terminus de la coloniale trois, à deux cent soixante-huit kilomètres de Fort-Nègre. Ils firent tout de suite ausculter la Raleigh par un homme de l'art qui les assura de la bonne santé des principaux organes de la machine, leur conseillant toutefois de changer les chambres à air, moyennant quoi, à l'en croire, la bicyclette pourrait encore couvrir jusqu'à mille kilomètres sans exiger aucun soin supplémentaire.

Ils séjournèrent une dizaine de jours à Dinkamenguéla, le temps de choisir avec soin et d'acquérir un abondant équipement que Le Jongleur, avec un masque de mystère, disait être absolument indispensable. Ils se fournirent ainsi en innombrables shorts kaki ; l'ancien mauvais garçon, qui se comportait en chef parce qu'il détenait le nerf de la guerre, fit aussi acheter à chacun des trois, exactement à sa pointure, deux paires de chaussures de brousse, qu'il appelait « pataugas » avec des airs de connaisseur.

– À quoi bon tout ceci ? demandait parfois Mor-Zamba.

– À quoi bon ? répondait Le Jongleur. Mais c'est pour nous déguiser plus tard, voyons, Le Péquenot.

Mor-Zamba n'insistait point, humilié de devoir avouer sa perplexité à l'arsouille, toujours sûr de lui.

Le Jongleur emmena plusieurs fois l'enfant au quartier musulman de la ville ; là, il l'obligeait à fraterniser, comme lui-même, avec les gens du Nord, à se familiariser avec leurs traditions alimentaires, vestimentaires, voire religieuses, ainsi qu'avec leur langue. Chacune de leurs visites là-bas lui était une occasion d'acquérir un nouvel article, qu'il marchandait interminablement dans une sorte de gaieté bouffonne, au milieu des cris et des protestations qui allaient jusqu'aux ruptures aussitôt suivies de réconciliations pittoresques. D'abord ce furent des babouches, puis une sorte d'immense robe avec des manches très amples : Le Jongleur la revêtit aussitôt, ce qui fit pousser des cris d'émerveillement aux assistants. Une autre fois, ce fut un ustensile en métal devant servir aux ablutions et ressemblant à une bouilloire : ce jour-là, Évariste crut comprendre que son compagnon avait décidé de se convertir à l'islam et commença à le mépriser sinon à le haïr. Une autre fois, ce fut un grand chapeau de paille que Le Jongleur allait d'ailleurs porter, presque sans interruption, jusqu'à la fin du voyage. La dernière fois enfin, il se fit offrir – Évariste ne put savoir à quel prix – une sorte de culotte longue et étroite, comme les gens du Nord en portaient sous leurs grandes robes ; il acquit aussi un turban et, pour l'enfant qui se laissa faire sans trahir ses réticences, une tunique moulante taillée dans une toile épaisse et rugueuse.

Quand ils repartirent de Dinkamenguéla, ils se retrouvèrent sur une piste si rudimentaire qu'aucun véhicule à moteur ne s'y était sans doute jamais aventuré. Comme Fort-Nègre leur paraissait lointain ! C'était vraiment maintenant comme un autre monde, un monde peut-être imaginaire.

L'assurance excessive de Jo Le Jongleur gagnait insidieusement ses deux compagnons, et les trois rubénistes se persuadaient enfin unanimement d'avoir échappé à jamais à Sandrinelli et même aux mamelouks de Baba Toura Le Bituré. Relâchant leur vigilance, ils ne s'enquéraient plus aussi soigneusement à chaque étape de la configuration du chemin qu'ils parcourraient le lendemain, de l'état d'esprit des populations, des risques de mauvaises rencontres, mais ils allaient de l'avant, s'enfonçaient, obstinés et aveugles. Le pays n'était pourtant pas exempt d'embûches pour nos voyageurs, d'autant plus vulnérables qu'ils ignoraient qu'ils étaient à la merci d'une surprise funeste. Si les villages paysans étaient d'une morne placidité, on pouvait toujours frôler ou même traverser une des bourgades dispersées à travers la forêt, très diversement marquées, même dans cette contrée écartée, par le combat qui avait précédé l'indépendance. Ici ou là, d'une façon toujours inattendue, une personnalité rubéniste exceptionnelle, commerçant, fonctionnaire ou même ecclésiastique, avait créé de toutes pièces, sous la colonisation, un foyer de révolte et d'agitation que la soldatesque de Baba Toura, amenée en hâte du jour au lendemain dès la proclamation d'indépendance, s'efforçait de réduire à coups d'exactions et même, souvent, d'atrocités.

Mais la surprise et le drame pouvaient aussi guetter nos voyageurs, comme il arriva un jour, au débouché de leur sentier ou de leur piste sur une route carrossable. Ce matin-là, ce fut une agglomération paysanne figurant une immense croix dont la plus grande branche, prolongeant la piste sur laquelle ils cheminaient, était faite d'une chaussée rustique flanquée des deux traditionnelles rangées de maisons basses aux murs de torchis. L'autre branche, très loin là-bas, devant eux, était représentée par la route carrossable, s'étirant elle aussi entre deux alignements de maisons basses. Comme il arrivait souvent, la place formée par l'intersection des deux voies s'ornait d'une maison de notable, imposante, couverte de tôle ondulée, dressée sur un terre-plein et dominant le carrefour.

En arrivant à la hauteur des premières maisons, les voyageurs pouvaient apercevoir, au loin, sur la place, devant la maison du notable, un homme en uniforme, très grand, sans doute très robuste, aux prises avec un cortège de femmes qu'il semblait rudoyer et qu'il ne tarda pas à malmener, à molester, les contraignant finalement à abandonner la chaussée de terre rouge et à pénétrer dans la maison imposante au toit de tôle ondulée.

Mor-Zamba, dont le sens du danger était le mieux aiguisé, avait été frappé le premier par le comportement brutal de l'homme en uniforme; il alerta aussitôt ses deux compagnons en leur conseillant de se dissimuler derrière un palmier et d'observer la scène lointaine.

Chapitre III

Voici une affaire sérieuse, mes enfants, déclara Jo Le Jongleur entre deux sifflotements et tandis qu'il ajustait les jumelles qu'il venait de retirer d'une sacoche, pour la première fois.

Bientôt d'autres femmes apparurent sur la place du carrefour, presque sur les talons des précédentes dont peut-être un coude de la route leur avait caché l'humiliation ; car Jo Le Jongleur, qui distinguait jusqu'au moindre détail de leur mise et de leur allure, les contemplait non sans appréhension tandis qu'elles s'avançaient en une bande allègre, bien prises dans leurs robes de cotonnade légères et courtes. Il lui semblait parfois que ces très jeunes femmes s'arrêtaient pour se trémousser avec grâce et reprenaient aussitôt leur marche éparpillée. *Voilà des villageoises,* pensa Mor-Kinda, *qui vont paisiblement au-devant d'une noce. Elles chantonnent sans doute.*

Dans le champ de la lunette se dressa aussitôt comme un cauchemar la stature gigantesque d'un homme en uniforme, la main droite levant un fouet, la gauche pointant un index sur la maison de notable au toit de tôle ondulée, et enjoignant sans doute aux femmes de s'en approcher et d'y pénétrer. Regroupées soudain comme une volée alarmée, les femmes se figeaient dans une attitude probable de résistance : Jo Le Jongleur, transporté d'admiration, s'en persuada quand il vit certaines d'entre elles gesticuler tout à coup dans son objectif, fantomatiques, et se remettre en marche avec des visages fermés en tentant de déborder le colosse par les flancs. Alors l'orang-outang se déchaîna : il bousculait les malheureuses qu'il envoyait se meurtrir en roulant sur le gravier de la chaussée cul par-dessus tête; il brandissait le fouet, sans doute un nerf de bœuf, cinglant à gauche, cinglant à droite.

Sous la douleur cuisante, des femmes se tordaient pathétiquement, d'autres portaient vivement la main à l'endroit où elles avaient été frappées et s'y frottaient avec frénésie.

– Salaud! salaud! salaud! grognait le sapak en serrant les poings.

– Et encore, tu ne vois pas tout, lui fit Jo Le Jongleur en brandissant les jumelles. Qu'est-ce que tu dirais si tu avais ça entre les mains! Voilà un monsieur qui a besoin d'une petite leçon, tu ne crois pas, mon petit père?

– Une leçon! approuva le sapak. Mais quelle leçon?

– Il y en a toujours une, déclara Mor-Kinda. Hein, grand-père?

Trop ému, Mor-Zamba ne s'entendit même pas interpeller. Surgis de la maison de notable, trois autres hommes en uniforme venaient à grandes enjambées à la rescousse du colosse; plus petits, ils portaient un mousqueton en bandoulière et brandissaient aussi chacun un long fouet. Ils cernèrent les paysannes, les contraignirent à abandonner la chaussée et les conduisirent dans la maison au toit de tôle, en les poussant devant eux comme un troupeau de moutons.

Tout le reste du village demeurait étrangement silencieux et désert, comme si ses habitants ordinaires s'étaient enfuis. En auscultant plus attentivement l'énigmatique désolation de ce décor, les trois rubénistes finirent par percevoir une timide rumeur vers laquelle ils se dirigèrent aussitôt au jugé; ils parvinrent ainsi à l'entrée d'une maison proche, occupée par de nombreux jeunes gens. Attroupés sur le seuil, mais de façon à n'être pas aperçus de l'extérieur, ils observaient la scène de violence à rebondissements, comme un spectacle à peu près familier. Suivant sa tradition personnelle, Jo Le Jongleur s'offrit tout de suite à régaler tout le monde si l'on consentait à mettre à couvert la Raleigh et son chargement, condition à quoi on acquiesça aussitôt unanimement. Tandis que les voyageurs étaient invités à prendre place au milieu de leurs hôtes, la machine était prestement escamotée dans une pièce basse contiguë sur laquelle la porte fut promptement refermée.

– Maintenant, ordonna Jo Le Jongleur en se calant avec assurance, faites venir la boisson, sans vous soucier du prix, ce sera mon affaire. Mais dites-moi, ces hommes en uniforme sur la place du carrefour, sont-ce des Saringalas ?

— Même pas, lui répondit-on d'une voix désabusée. Ils parlent notre langue, avec un peu d'accent peut-être. Ces gens-là viennent plutôt du pays d'Oyolo.

Mor-Zamba s'était saisi des jumelles, source d'effarement pour les jeunes villageois, et observait à son tour les principaux acteurs de la scène du carrefour.

— À mon avis, dit-il soudain tout en mettant la lunette au point, ce ne sont pas de vrais soldats. J'ai connu de près ce genre de lascars, des supplétifs qui servaient de gardiens de parc ou de plantons dans les villes avant l'indépendance. Ils ne recevaient aucun entraînement militaire et n'allaient pas au feu, quelle que fût la circonstance. On les exhibait parfois ici ou là pour faire peur aux populations et leurs armes ne pouvaient tirer qu'à blanc. Je parie que ceux-là n'ont même pas un semblant de munitions.

— Ils arborent parfois des ceinturons apparemment bien garnis de balles, expliquèrent les villageois.

— Des cartouchières ! fit sentencieusement le jeune sapak Évariste en français.

— Cela ne veut encore rien dire, persista Mor-Zamba.

— Pas d'accord ! déclara Jo Le Jongleur. Il faut imaginer le pire. Le Bituré et Sandrinelli sont peut-être tellement à court de soldats qu'ils ont fait donner une instruction militaire même sommaire aux plantons des gouvernorats de province, avant de les faire parader dans les villages les plus reculés pour intimider les populations.

Les jeunes villageois confirmèrent d'une certaine façon l'hypothèse de Jo Le Jongleur : l'homme qui organisait ces exactions, le colosse à qui le sapak Évariste, l'apercevant plus tard au début de la soirée, allait découvrir de la ressemblance avec Gengis Khan, se donnait pour un sergent et commandait une patrouille de trois individus qui sillonnaient la route depuis quelques mois. Ils disaient avoir été détachés d'une garnison qui, sous les ordres d'un officier noir promu à l'occasion de l'indépendance, s'était installée à une cinquantaine de kilomètres plus au nord. Ce qui est certain, c'est que le sergent et ses acolytes ne semblaient pas avoir d'autre mission que de tourmenter les paysans. Aucun excès ne leur paraissait trop barbare.

Le chef de la patrouille, vrai butor, était un monstre toujours entre deux vins et insatiable de luxure. Il ne connaissait qu'une unique méthode de séduction : quand il avait jeté son dévolu sur une passante, seule ou accompagnée de ses enfants et même de son mari, il l'enfermait dans une maison de notable réquisitionnée à cet effet et, en attendant la nuit, il se goinfrait de nourriture autant que de boisson, trop superstitieux pour ne pas retarder le grand régal jusqu'à la tombée de la nuit.

— La garnison donne-t-elle souvent d'autres signes de vie ? s'inquiéta Jo Le Jongleur.

— Non, lui répondit-on ; mais impossible de mettre son existence en doute. On y atteint facilement en pirogue, et des habitants de notre village qui l'ont aperçue en passant sur le fleuve, peuvent témoigner qu'elle existe bel et bien.

– Ce n'est pas vraiment ce que je voulais dire, rectifia Jo Le Jongleur, mais plutôt ceci : est-ce qu'elle envoie souvent d'autres soldats relever ceux-ci ou simplement les inspecter ?

– Jamais, répondirent les villageois ; elle ne doit pas disposer de véhicules ni peut-être d'aucune réserve. On dirait que chaque patrouille prend son territoire en charge pour une période indéfinie. On dit que les garnisons s'échelonnent ainsi le long de la route jusqu'à Oyolo, et même au-delà, en direction du nord.

Côté sud, la route, qui n'était autre que la coloniale treize, piquait tout droit vers le pays du cacao qu'elle traversait de part en part ; auparavant, à quelques dizaines de kilomètres, elle passait au large d'une Mission catholique où l'on venait d'achever la construction d'une église en brique, œuvre splendide, selon les villageois, sans doute même la plus belle de la République. Ils insistaient sur ce point, bien qu'ils ne connussent de la République que leur sauvage canton.

La plus belle église de la République était pour le moment ressentie comme un malheur par les jeunes villageois, paradoxalement. Le supérieur de la Mission qui s'enorgueillissait de ce chef-d'œuvre d'architecture, un certain Étienne Pichon, avait décidé de procéder à sa consécration solennelle dimanche, dans trois jours et, pour cette cérémonie sans précédent, avait battu le rappel de ses ouailles dispersées sur un vaste territoire s'étendant à des dizaines de kilomètres à la ronde. Leur présence était une obligation, sous peine de péché mortel. Mais les femmes et les jeunes filles étaient bien les seuls fidèles du père Étienne Pichon assidus aux cérémonies même solennelles, avec les enfants qui fréquentaient en masse l'école de la Mission; elles s'étaient lancées sur les routes et les chemins, vrais animaux processionnaires. Ces essaims de femelles livrées aux aléas du voyage sans aucune protection, quelle proie rêvée, quelle fête pour le sergent et ses hommes!

Ces diverses explications étaient le fait non d'un seul des jeunes villageois, mais peut-être de tous, l'un complétant, l'autre commentant, un autre illustrant. Certains interlocuteurs s'étaient efforcés de donner un apparent détachement à leurs interventions, comme pour se justifier d'avance de leur apathie; leurs rires égrillards devaient attirer l'attention de l'étranger sur le caractère somme toute mineur de l'affaire; car n'est-il pas vrai que personne ne s'aviserait de déclarer la guerre pour une femme culbutée? Jo Le Jongleur ne connaissait que trop cette catégorie de gens fort répandue à Kola-Kola et avec laquelle il n'avait été que trop souvent aux prises. À peine était-il surpris que dans ces contrées si éloignées de la capitale et de la pression impérieuse des toubabs, où les mœurs et l'humeur guerrières des ancêtres auraient pu être mieux sauvegardées, tant d'hommes si jeunes et si bien portants fussent aussi peu exigeants sur leur dignité. Un petit nombre seulement n'avaient pas dissimulé une colère au demeurant mal contenue. Jo Le Jongleur décerna aussitôt une sympathie ostensible à cette élite et s'appliqua à exciter le sentiment de vengeance qu'il voyait couver en ces jeunes gens, surtout lorsqu'on eut apporté et servi un ratafia local et que chacun, à l'exception du sapak, en eut bu une rasade.

– À Fort-Nègre d'où nous venons, déclarait insidieusement Jo Le Jongleur, les Saringalas ne respectent même pas les épouses et les mères. Moi qui vous parle, les gars, j'ai été témoin un jour d'une scène terrible. Sur un pont qui commande l'entrée ouest de la ville, je vois un garçon immense, mousqueton en bandoulière, revolver à gauche, revolver à droite, brodequins cloutés, ceinturon, et tout et tout. Adossé au parapet de béton, il guette les nombreuses paysannes qui, en hâte à cette heure très matinale, se dirigent vers le marché couvert. Voilà tout à coup ce salaud qui fait signe de la main à un groupe de fillettes de s'approcher et leur demande devinez quoi. Eh bien, de lever leur petite robe. Et lui d'inspecter soigneusement, en se penchant et même en touchant avec ses énormes pattes de gorille. Vous me croirez si vous voulez, mais il a bel et bien retenu toutes celles qui portaient le plus petit duvet. Voilà les Saringalas à Fort-Nègre. Mais, ceux-là, vous me dites qu'ils parlent notre langue, ce sont des enfants du pays. Alors, ils doivent bien respecter au moins les épouses et les mères, tout de même ?

– On voit bien que tu ne connais pas notre terrible sergent, répondit aussitôt un grand garçon au regard passionné, sur lequel comptait déjà Jo Le Jongleur, l'ayant remarqué dès le début. Parce que c'est surtout du sergent qu'il faut parler; c'est lui qui donne le ton à ses hommes, bien loin de les modérer. C'est une bête sauvage qui ne supporte aucun obstacle, aucune restriction à l'assouvissement de ses instincts. Avec lui, il n'y a ni enfants, ni épouses, ni mères. Au besoin, il trousserait des aïeules.

– Avoue que c'est bien fait aussi pour ces idiotes, interrompit un autre garçon au tempérament visiblement flegmatique, mais à l'esprit sans doute très résolu; oui, bien fait! Elles n'avaient qu'à demeurer dans leurs maisons, au milieu des leurs. Suffira-t-il donc toujours que le premier énergumène venu agite l'épouvantail du péché mortel pour précipiter nos femmes loin de leurs hommes, loin de leurs enfants?

– C'est grave, le péché mortel? demanda Mor-Zamba, qui n'avait reçu aucune initiation aux mystères insondables du christianisme.

– C'est certainement très grave pour le père Étienne Pichon, lui répondit Jo Le Jongleur en se retenant de s'esclaffer, et excellent pour le sergent qui vient d'engranger une abondante récolte, une récolte miraculeuse même, et qui doit attendre impatiemment la nuit maintenant pour savourer son plat préféré. À sa place, les gars, comment assaisonneriez-vous l'approche de ces moments de délices?

Le regard de Jo Le Jongleur flamboyait comme celui d'un homme qui est en proie à une illumination soudaine. Les jeunes villageois lui répondirent qu'ils connaissaient si bien le sergent qu'ils pouvaient prédire à coup sûr que du poulet au riz arrosé de beaucoup de sauce pimentée et de quelques bouteilles de Kiravi serait pour l'homme en uniforme une première extase en attendant le paradis de la volupté.

— Voulez-vous une fois enfin venger l'honneur de vos femmes et vous faire respecter vous-mêmes, comme des hommes? demanda tout de go Jo Le Jongleur aux jeunes villageois interloqués.

— Que pouvons-nous contre eux? lui répondit-on en chœur. Ces gens-là ont des fusils, eux. Est-ce que nous allons nous jeter coupe-coupe levé contre une troupe armée de fusils? C'est le fusil qui commande, tu le sais bien.

— Le fusil ne commande pas toujours, fit Jo Le Jongleur songeur et comme pour lui-même, sans intention de dialoguer avec personne, ce qui accrut la curiosité de ses hôtes.

— Comment peux-tu dire cela? lui demandèrent ces derniers.

— Il y avait une fois, commença Jo Le Jongleur, deux jeunes gens, deux frères qui avaient décidé de se jeter dans le vaste monde. Ils allèrent tour à tour et séparément consulter leur père et leur mère, ayant l'intention d'emporter le viatique de la sagesse parentale, legs inestimable des ancêtres. Ils leur soumirent les diverses situations devant lesquelles la vie allait peut-être les mettre. Entre autres questions, ils leur posèrent donc celle-ci tour à tour et séparément : "Je suis dans un bois où je me crois seul. Tout à coup apparaît devant moi comme une splendeur la plus jolie jeune fille du monde. Vais-je lui dévoiler mon désir sans détour? ou bien devrai-je essayer de la séduire ?" Voici la réponse que la mère fit à chacun successivement : "Mon fils, si tu veux accéder à la domination des autres, et particulièrement à la possession des femmes, sois beau, sois grand, sois fort, sois fier, et attends. Quant à la jeune splendeur que tu évoques, mon fils, montre-lui ton désir sans détour, et attends dédaigneusement qu'elle se jette à tes pieds en gémissant. Sinon, quel cuisant remords la poursuivra toute sa vie durant." Voilà ce que dit la mère. Le père, lui, leur tint ce discours successivement : "Mon fils, il n'y a point de femme que tu n'obtiennes par la ruse. Piège-la, mais ne la dompte pas. Au lieu d'étaler ton désir, fais-le oublier au contraire. La virilité et la force, c'est tout un : déploie-les ; elles effraient ou elles humilient le partenaire. Quant à la jeune splendeur que tu as évoquée, amène-la à ton désir par des voies détournées ; qu'elle y vienne sans s'en douter ; au lieu de l'effaroucher, la surprise la ravira déjà conquise." Voilà ce que conseilla le père.

« Eh bien, les gars, que croyez-vous qu'il advint des deux frères dans la vraie vie, la vie réelle, la vie des labeurs et des souffrances, et non plus seulement la vie des mots et des fables ? L'aîné des deux jeunes gens, pour s'être conformé aux maximes paternelles, obtint les faveurs universelles des femmes. Au cadet, qui s'était fié à sa mère, aucune femme jamais ne se donna.

« Si la victoire sur l'ennemi était pareille à la splendeur d'une jeune femme convoitée par tous, n'est-il pas manifeste, les gars, que le fusil symboliserait la virilité et la ruse la séduction ? Rappelez-vous : il faut amener la belle fille à notre virilité sans qu'elle s'en doute, par des chemins détournés.

Mor-Zamba avait beau savoir d'expérience que l'alcool produisait presque toujours cet effet-là sur son compagnon, il fut aussi abasourdi par ces fariboles que leurs hôtes, les jeunes villageois; la fascination exercée sur lui par Mor-Kinda ne le réduisait pas moins que les autres à une docilité passive, au moins momentanément. Une heure à peine après l'entrée des rubénistes dans le village, l'arsouille s'était impatronisé comme général en chef et distribuait à une troupe enthousiaste et truculente de jeunes paysans des ordres qu'ils exécutaient avec un sens de la discipline plutôt rare même parmi des soldats chevronnés.

La route coloniale treize offrait au voyageur deux particularités connues des administrateurs et de bien d'autres responsables d'un niveau élevé, au point d'être devenues en quelque sorte proverbiales. Contrairement aux autres axes routiers le long desquels les commerçants blancs, détenteurs jaloux du monopole de ces activités tant que dura la colonisation, avaient préféré s'agglutiner en bourgades perdues comme des oasis dans l'immensité d'un véritable désert d'échanges monétaires, ici, au contraire, des bazars bien garnis et de petites boutiques gérées par toute sorte de gens et même par des Africains s'égrenaient comme un long chapelet, apportant à la contrée un masque trompeur de prospérité et même de progrès. On se fournissait là assez rapidement et assez facilement en denrées extrêmement rares et très coûteuses ailleurs.

En outre les riverains de cette importante voie avaient la réputation injurieuse de s'être laissé subjuguer et même abâtardir par quelques décennies d'évangélisation missionnaire, au point d'être désormais dépourvus de toutes les vertus ancestrales de courage et de vaillance. Leur inaptitude à une révolte élémentaire était le lieu commun des conversations et si certains s'en félicitaient et s'en réjouissaient, d'autres le déploraient amèrement. La soumission obséquieuse de ces populations avait attiré de nombreux trafiquants européens, séduits par l'espoir de profits rapides extorqués dans la sécurité et l'impunité, et qui s'efforçaient maintenant de se tenir avec ostentation à l'écart de l'effervescence politique des Indigènes, sans doute pour ne pas attirer les représailles du P.P.P., s'il venait un jour à créer des cellules dans la contrée. Pour le moment, le parti était loin du compte.

Jo Le Jongleur lança deux commandos sur la route, l'un vers le nord, l'autre en direction du sud, chargés chacun d'une mission précise et circonstanciée de ravitaillement. Il fut le premier surpris de la vélocité des villageois qui, après avoir parcouru à pied jusqu'à dix kilomètres au moins dans un cas pour atteindre un bazar, étaient de retour bien avant le déclin du jour. Ils rapportaient tous les ingrédients d'un festin dont les participants, invités et spectateurs, allaient se souvenir plus longtemps que ne l'imaginait d'abord l'organisateur lui-même. La préparation de ces comestibles fut confiée aux plus expertes matrones du village, que Mor-Kinda prit soin de rétribuer sans délai au moment même où il les sollicitait, fouettant ainsi un zèle incertain. Vers sept heures, tandis que la nuit tombait, ses nouveaux amis apportèrent l'assurance à Jo Le Jongleur qu'il pouvait donner le signal de la bataille, libre de toute inquiétude.

Une nombreuse délégation, à laquelle la tenue citadine pourtant bien éprouvée de Mor-Kinda lui-même et de Mor-Zamba conférait la solennité et la pompe nécessaires, se rendit auprès du sergent trônant avec des airs de férocité sans réplique au milieu de ses trois acolytes sur la véranda de la maison de notable. Prodiguant courbettes, salamalecs et toutes les autres manifestations d'hyperbolique servilité, Jo Le Jongleur prit la parole pour déclarer qu'il s'était bien hardiment autorisé, à l'aube de cette ère de liberté, à convier un grand soldat dont la réputation de vaillance était établie, un héros de l'indépendance, ainsi que ses hommes, à un modeste repas confectionné avec de bien faibles moyens mais un immense patriotisme.

C'était l'hommage d'admiration d'humbles fonctionnaires, arrivant de Fort-Nègre, en route pour leur pays natal dans l'intention d'y couler six mois paisibles d'un congé mérité par de longues années au service de la nation, à de courageux soldats protégeant avec plus de bienveillance paternelle que de rudesse militaire la tranquillité de leurs braves concitoyens. Car, si la patrie était une mère majestueuse, dont le cou élancé s'ornerait de plusieurs colliers, l'un de ceux-ci, composé de perles, ne symboliserait-il pas l'armée, tandis qu'un autre, certes moins éclatant, figurerait la fonction publique? Le mauvais garçon de Kola-Kola, qui avait stimulé son inspiration selon sa manière, parla encore longtemps avec la même éloquence, bien que le destinataire de cette harangue de mirliton eût, dès le mot « repas », substitué une expression de vif intérêt à la morgue cruelle peinte d'abord sur sa large face d'homme stupide.

Les vaillants soldats n'attendirent même pas que l'orateur se fût tu pour se lever et fraterniser avec les fonctionnaires de Fort-Nègre, y mettant l'ardeur démonstrative de naufragés demeurés trop longtemps éloignés de leurs familles, et ce fut l'occasion d'embrassades bien émouvantes à la vérité, dans une confusion qui n'empêcha pas Jo Le Jongleur de remarquer que le sergent pénétra un moment à l'intérieur de la maison, où il l'entendit donner des instructions d'une fermeté confinant à l'imprécation, à des individus qu'on distinguait mal, et dont Mor-Kinda entendit parler plus tard, au cours du festin, comme des nombreux larbins des quatre hommes en uniforme. Très aisément mis en confiance, le sergent et ses hommes, en vrais soldats, ne voulurent pourtant abandonner cette maison où ils tenaient enfermées de pauvres femmes, que le fusil en bandoulière, sanglés dans une martiale cartouchière manifestement garnie, traînant la sandale de plastique.

Les hommes en uniforme furent accueillis dans une maison assez spacieuse, non loin de celle où avait été remisée la Raleigh jalousement gardée par le sapak, et on peut bien dire que les reîtres n'y allèrent pas par quatre chemins et qu'à peine arrivés, ils s'attablèrent sans façon. En professionnel qui avait été stylé par les toubabs de Fort-Nègre, la capitale, Jo Le Jongleur fit merveille comme d'habitude : il s'empressait, se multipliait tant autour des hommes en uniforme qu'on eût dit qu'à lui seul il les enveloppait tous quatre. Sa faconde jetait un compliment à chacun, inventait à plaisir des anecdotes plus cocasses les unes que les autres, débitait à perdre haleine des tirades burlesques, distribuait une sagesse de quatre sous au travers de paraboles originales jusqu'à l'extravagance.

Un habitué du mess le plus distingué de Fort-Nègre n'eût guère trouvé à redire devant la table dressée pourtant avec les moyens de ce très pauvre village, par les soins de Jo Le Jongleur il est vrai. Celui-ci se garda bien de faire venir tout de suite les plats ; il commença par servir des boissons très fortement alcoolisées, en guise d'apéritifs. Suivant ses instructions, Mor-Zamba ainsi que trois jeunes gens du village, seuls attablés avec les reîtres, faisaient mine d'absorber le contenu de leurs verres avec avidité pour hâter la mise en appétit de leurs quatre hôtes, qui d'ailleurs n'avaient guère besoin de l'exemple des autres.

Avec l'arrivée des poulets dont les morceaux coupés menu surnageaient dans une abondante sauce cramoisie d'excellente apparence, la chaleur communicative rapprocha les convives au point qu'on vit Jo Le Jongleur échanger des bourrades avec le terrible sergent, gigantesque et moustachu, vrai Gengis Khan de carrefour, comme deux hommes liés de tout temps par l'intimité. Parfois l'un se penchait à l'oreille de l'autre.

lui faisant une confidence sans doute salace, car on les voyait aussitôt tressauter en étouffant leurs rires.

Pour Mor-Kinda, le sergent ne buvait jamais suffisamment, ne vidait jamais son verre assez promptement : à peine Gengis Khan venait-il de lever le coude que l'arsouille le taquinait discrètement pour lui signaler qu'il était servi. Il n'en usait pas autrement avec les trois autres reîtres, secondé encore qu'assez mollement par Mor-Zamba pour qui, au fond, la fin ne justifiait pas les moyens.

C'est alors que survint une péripétie tellement caractéristique du personnage de Jo Le Jongleur, dans un enchaînement si naturel des gestes de chacun et des événements de la soirée, si déterminante pour la suite de leur aventure, si conforme aux calculs prêtés plus tard, rétrospectivement, à son compagnon, qu'aucune dénégation de ce héros diabolique n'a pu ôter de l'esprit de Mor-Zamba qu'elle avait été magistralement préméditée. En en jugeant par l'assurance extraordinaire, l'enthousiasme quasi délirant qu'il puisa soudain dans cette circonstance, on doit pourtant penser que, loin de l'avoir préparée, Jo Le Jongleur l'accueillit lui-même comme le gage miraculeux d'on ne sait quelle connivence fortuitement révélée avec la Providence. Au demeurant, Mor-Zamba reconnaît que c'est à partir de ce prodige que son compagnon cessa d'éprouver le moindre doute sur ses propres capacités et sur la réussite finale de leur entreprise. Selon lui, l'ancien mauvais garçon de Kola-Kola se comportera désormais comme si le premier caprice de son esprit, même troublé par les fumées de la boisson, participait de la connaissance mystique.

En pénétrant dans la maison du festin, les quatre reîtres s'étaient défaits de leurs mousquetons sans autre forme de procès, ainsi que des cartouchières, et les avaient jetés pêle-mêle dans un recoin. Ce manque de méthode et cette médiocre vénération pour le fusil laissaient soupçonner même aux yeux d'un profane, à condition qu'il soit pourvu d'une certaine sagacité, combien peu des individus si prompts à se débrailler devaient avoir l'âme réellement militaire. Or, il venait d'apparaître tout à coup à Jo Le Jongleur que l'atmosphère extrêmement chaleureuse de la soirée conjuguée avec l'ensorcellement des alcools, avait désarmé jusqu'à l'ultime réticence des bandits en uniforme, qui, peut-être, n'en avaient jamais eu ; mais il doutait encore s'il pouvait étendre à l'infini, comme il le désirait, les limites de ce jeu sinistre. Depuis quelques instants, il s'était donné, comme il y excellait, le masque d'excitation extrême de l'homme parvenu au bord de l'extase éthylique et dont les crimes les plus abominables ne peuvent plus appeler que l'indulgence et même la complicité. Mor-Kinda, qui venait de verser une lourde rasade d'alcool à chacun des convives et qui s'était empressé d'engloutir la sienne, se précipita soudain vers le recoin transformé en arsenal par le laisser-aller de Gengis Khan et de ses hommes. Sans se préoccuper de la surprise des soldats, en homme qui n'était qu'à court de bons tours, mais ne nourrissait aucune intention maligne, il avait saisi un mousqueton, avait mis l'arme à l'épaule, hurlait des commandements qu'il s'efforçait d'exécuter.

Un moment interloqués, puis amusés, et enfin égayés par cette pitrerie, les quatre bandits s'esclaffaient en chœur ; ils se tinrent les côtes quand Jo Le Jongleur, l'arme à l'épaule, la poitrine bombée, la jambe raide, prétendit défiler dans l'espace octroyé par l'avaricieux encombrement de la salle. C'est à ce moment-là que Mor-Zamba crut venu le dénouement tragique qu'il redoutait : il vit Gengis Khan se dresser et s'extraire pesamment et bruyamment de la sorte d'alvéole où la goinfrerie avait jusque-là miraculeusement tenu replié son volumineux personnage ; il se précipitait à son tour, croyant prévenir le drame, mais Gengis Khan avait déjà bondi auprès de Jo Le Jongleur, qu'il n'avait pas pris par la peau du cou, à la stupéfaction de Mor-Zamba, mais devant qui il se tenait à peu près droit et même raide, mains aux hanches et talons joints, glapissant dans une langue inconnue quelque chose qui devait être un flot d'observations sévères sur la tenue et les aptitudes militaires médiocres de sa jeune recrue.

La farce improvisée déborda bientôt à l'extérieur de la maison où, malgré la nuit depuis longtemps tombée, Gengis Khan tint à administrer dans les règles une leçon de tir à son nouvel ami. Ses acolytes, dressés à se plier avec promptitude à tous les caprices de leur chef, eurent bientôt confectionné une cible lumineuse avec une lampe à huile coiffée d'un rustique abat-jour pareil à un dais, qu'ils allèrent placer à quelques centaines de mètres. Puis ils s'emparèrent de flambeaux que brandissaient dans la nuit des badauds auxquels le tumulte insolite donnait enfin le courage de se montrer, et ils délimitèrent le champ de tir à grand renfort de gestes et d'ordres cassants qui écartaient impérieusement les imprudents.

Du perron où il se tenait debout, Mor-Zamba vit le sergent et Jo Le Jongleur étendus dans la poussière, épaule contre épaule. Ce fut l'instructeur qui ouvrit longuement le feu, accompagnant chaque coup d'un volubile commentaire de satisfaction ou de dépit selon les cas, tandis que la fusillade secouait le village, enflée par les bois proches sur lesquels son fracas cascadait comme sur des parois de métal. Quand il faisait mouche, ce qui arriva souvent malgré son état, la flamme élancée du fanal s'affolait ou, parfois, s'éteignait, et alors ses hommes allaient aussitôt remplacer la mèche.

Quand Gengis Khan eut tiré une demi-douzaine de balles, il tendit l'arme à sa jeune recrue, se leva en se frottant les cuisses et la poitrine, remit le genou à terre, se pencha sur Jo Le Jongleur toujours étendu sur le ventre, lui expliqua le fonctionnement de l'arme et la bonne méthode pour viser, appuya sa tête contre celle de son élève pour mettre en joue en même temps que lui. Derrière le manège des deux hommes, à distance respectueuse, ondoyait une haie de flambeaux rougeoyants tenus très haut par des paysans qui tiraient le cou pour mieux contempler cette scène peut-être irréelle.

C'était, selon Mor-Zamba qui n'allait plus en démordre par la suite, une leçon de tir sur mousqueton trop providentielle pour être fortuite. Le fait est que même si Jo Le Jongleur se montrait si maladroit que son tir ne frappa jamais la cible – trop ému peut-être, à moins que, de peur d'éveiller les soupçons, il n'eût décidé de faire l'âne comme il lui arrivait souvent – on pouvait compter sur lui pour ne pas oublier de sitôt ces inestimables rudiments.

Quand, au terme du fantasmagorique exercice de tir, *extravagant gaspillage de munitions*, songeait Mor-Kinda à part soi, Gengis Khan et son élève, harassés, voulurent regagner la salle de leurs agapes interrompues, ils durent se frayer la voie à travers une foule étonnamment dense pour les rubénistes qui n'oubliaient pas qu'ils avaient pénétré quelques heures plus tôt dans un village presque fantôme.

La présence de ces centaines de témoins répandus dans les ténèbres, la lenteur avec laquelle ils se dispersèrent, ne lui laissant le champ libre enfin qu'à minuit passé, forcèrent Jo Le Jongleur à prolonger la beuverie des tirailleurs au-delà de l'heure d'abord prévue. Il en était agacé, surtout en observant combien ces animaux sauvages considéraient comme allant de soi qu'on leur témoignât une extrême déférence et même beaucoup d'affection.

Il décida tout à coup de brusquer les événements. Il harcela ses hôtes de sollicitations multiples et contradictoires ; il les incitait dans le même temps à boire, à manger, à écouter ses tirades saugrenues, à conter leurs exploits guerriers, à faire étalage de leurs convictions politiques, évidemment favorables à Baba Toura (qu'ils appelaient avec une pointe de fierté Baba Soulé, c'est-à-dire Baba Le Bituré). Ainsi écartelés, Gengis Khan et ses hommes furent bientôt aux abois.

Mor-Zamba, qui perdait rarement le mauvais garçon de vue, frémit en prenant conscience soudain que, dans la confusion savamment orchestrée, Jo Le Jongleur n'avait pas cessé d'arroser d'une sauce qu'il n'avait servie à personne d'autre, les montagnes de riz qu'il accumulait sans répit dans les assiettes des tirailleurs. *Je suis une cloche*, se dit-il. Comme il arrivait souvent à Kola-Kola, Jo Le Jongleur l'avait soigneusement tenu à l'écart d'une diablerie dont le sens et l'économie lui sautaient brusquement aux yeux. Comme d'habitude, l'illumination le saisissait trop tardivement pour qu'il pût influer sur le cours des événements et le redresser, préoccupé qu'il était toujours de prévenir la catastrophe dont les mille visages l'assiégeaient sans cesse Avec une précipitation hagarde, il sortit en jouant des coudes, gagna la maison où l'enfant était censé monter la garde auprès de la Raleigh, le réveilla sans ménagement. Le tout chez lui était de s'ébranler, ensuite il montrait une agilité physique et intellectuelle qui démentait une complexion où semblait dominer une sorte de pesanteur.

— Voilà l'autre qui fait encore des siennes, expliqua-t-il à l'enfant qui se frottait les yeux à la lueur d'une lampe à huile, tandis que lui-même extrayait la Raleigh de la pièce basse, étroite et ténébreuse comme un caveau, où elle avait été dissimulée. Un jour tout cela se terminera mal et il sera pris à son propre guêpier. Pour cette fois, nous allons nous mettre en route tout de suite, nous, sans attendre de le voir s'engloutir dans sa propre trappe, et peut-être d'y être entraînés. Foncièrement, cet homme-là est un perfide violent, une vraie vipère, de la graine d'assassin. Tiens-toi prêt en m'attendant, je suis de retour dans une seconde.

Il revint auprès de Jo Le Jongleur, dans le dessein de l'informer que l'enfant et lui-même avaient décidé de le devancer; quand il en aurait fini, il n'aurait plus qu'à les rejoindre sur la route de leur voyage. Mais il fut surpris par l'accélération du drame. Quand il rentra, il tomba en arrêt devant la scène sinistre qui s'offrait à lui : les quatre hommes en uniforme, « les quatre bandits armés » comme disait le sapak qui, à peine réveillé tout à l'heure, s'était enquis de leur sort, dodelinaient de la tête, en proie à une somnolence insurmontable; ils marmonnaient en chœur d'une langue si pâteuse qu'ils semblaient plutôt geindre, la lèvre pendante, la paupière tendue, les cils frémissant sur le globe mi-clos et révulsé. Ils étaient environnés d'une meute figée dans diverses attitudes de férocité et d'avidité piaffante qui précèdent de peu la curée. Apparemment, les dépouilles étaient déjà distribuées ainsi que les rôles; chacun des jeunes gens tenait les yeux attachés sur un seul des quatre bandits, guettant un signe pour se jeter sur lui et le soumettre à un traitement déjà convenu.

– Et n'oubliez pas, les gars, recommandait Jo Le Jongleur, commencez par libérer les femmes ; et puis pas un mot à aucun homme d'âge. Vous ne savez rien, vous n'avez rien vu, vous étiez tous absents. D'ailleurs, il ne s'est rien passé. C'est le moment, les gars, *catch him !*

La lampe à huile s'éteignit aussitôt, comme soufflée par les derniers mots du chef de la conjuration, tandis que, dans un bref tintamarre assourdi par des grognements rageurs, les bandits armés avaient été culbutés aussitôt sur le sol de terre battue et submergés d'une vague d'ennemis qui s'acharnaient sur eux en grouillant comme des fourmis sur un boa agonisant.

– Décampons ! vint chuchoter Jo Le Jongleur à l'oreille de Mor-Zamba, pétrifié de surprise horrifiée, que l'ancien mauvais garçon avait repéré malgré les ténèbres et la bousculade.

Les trois rubénistes se rassemblèrent quasi instantanément, retrouvant sans peine, en dépit de la nuit et de ses embûches, les gestes et les dispositions d'esprit familiers à leur état de voyageurs envoûtés. Néanmoins les circonstances avaient été à ce point contrastées qu'ils eurent encore pendant de longues minutes l'impression en marchant de patauger dans une nuit plus vaseuse qu'un marécage. Mor-Zamba et Évariste poussaient seuls la Raleigh et ne s'en souciaient pas encore.

Une lune timide parut ; alors seulement Mor-Zamba et l'enfant remarquèrent que Jo Le Jongleur peinait et clopinait à l'écart, sous un gros bagage tourmenté de protubérances. Le géant proposa à son compagnon de le soulager en lui prenant le colis ; l'autre refusa sans courtoisie, déclarant qu'il n'était pas question qu'il confie le bagage à qui que ce soit en attendant qu'il soit mieux aménagé et mieux ficelé ; à ce moment-là, au demeurant, le bagage trouverait peut-être place sur la Raleigh. Cependant, il semblait de plus en plus mal à l'aise, changeant fréquemment le paquet d'épaule. Comme le jour se levait, il fit valoir à ses amis qu'ils marchaient depuis assez longtemps pour qu'il soit très raisonnable de s'arrêter dans le premier village à venir afin d'y passer la journée en dormant tranquillement. Ses compagnons se figurèrent que, accablé par le fardeau dont les protubérances devaient lui scier les épaules et par la fatigue si longtemps accumulée, Jo Le Jongleur criait grâce. Cela, qui lui ressemblait peu, devait bien arriver un jour.

– Ne vous faites pas de souci, mes enfants, et ne craignez rien, déclarait Jo Le Jongleur poursuivant à haute voix une méditation particulière. Mon petit doigt me dit qu'il faut compter cinq ou six jours, peut-être davantage, avant que la garnison s'inquiète pour sa patrouille, sans doute une quinzaine de jours avant qu'elle soupçonne le drame. Et combien de temps avant qu'elle découvre la vérité ?

– L'éternité, si ça se trouve, opina le sapak.

– Tu l'as dit, mon fils, approuva Jo Le Jongleur. Ne vous faites surtout pas de souci, j'ai d'excellentes recommandations.

Le premier village rencontré après le lever du soleil était un petit hameau, un trou perdu au fond de la forêt, où personne ne s'aviserait de venir s'enquérir des redoutables rubénistes inconnus qui avaient pu soulever un village de couards contre quatre lions de Baba Soulé et de Sandrinelli. Sans hésiter, Jo Le Jongleur mena ses amis jusqu'à la porte d'une maison de paysans, une nombreuse famille qui les accueillit avec des airs de complicité. Sans oublier de se recommander d'un personnage dont le nom revenait dans la conversation comme celui d'un ami commun, Jo Le Jongleur se mit presque aussitôt à bavarder avec eux sur un pied d'extrême familiarité. Il se conduisait avec une parfaite assurance et une autorité insolente, précisant à l'usage de la famille le traitement à accorder à chacun des trois voyageurs; il recommanda à la mère de mettre de l'eau à chauffer pour les pieds endoloris de son oncle – il désignait ainsi Mor-Zamba –, à qui son âge avancé ne pardonnait plus les longs parcours à pied; il conseilla à l'homme de préparer une couche confortable pour l'enfant, qui avait besoin de dormir longtemps pour compenser une privation excessive de sommeil ces derniers jours; quant à lui-même, il allait s'allonger sur un lit de bambou et, pourvu qu'on ne troublât point son repos, il se tiendrait le plus heureux des hommes. Aux jeunes de la maison, il demanda de veiller sur la Raleigh, ayant observé qu'elle les fascinait.

Ils passèrent toute la journée à dormir dans l'unique salle de cette maison basse, au milieu des éclats de voix des querelles familiales, des va-et-vient, des bruits et des fumées occasionnés par les activités ménagères. Ils furent réveillés à deux reprises pour partager le rustique repas confectionné par la mère ; mais ils se recouchèrent chaque fois et se rendormirent.

Alors que la nuit était tombée depuis quelques heures, les trois Koléens se réveillèrent et s'apprêtèrent à reprendre la route. Ils furent alors rejoints par quatre individus dont les silhouettes furtives se glissèrent successivement dans la maison comme des grenouilles sautant dans une mare. Manifestement, Jo Le Jongleur avait rendez-vous avec eux, bien qu'il n'en eût rien dit à ses compagnons. Les nouveaux venus avaient apporté des sacs de jute noircis par la patine, dans lesquels ils enveloppèrent le ballot de Jo Le Jongleur, avec des gestes lents et précautionneux, ayant soin de ne pas réveiller la famille dont les membres étendus çà et là sur des lits de bambou semblaient dormir à poings fermés.

Puis Jo Le Jongleur ordonna le départ, et les voyageurs, au nombre de sept maintenant, quittèrent silencieusement la maison et le dernier tira derrière lui l'étroite porte de bois blanc.

Les quatre nouveaux venus poussaient la Raleigh, la tâche leur étant facilitée par une incomparable connaissance du terrain. Jo Le Jongleur consentit enfin à se défaire de son paquet, dont le nouvel emballage atténuait les protubérances, et le confia à la garde de Mor-Zamba.

L'ancien mauvais garçon attendit patiemment jusqu'à la première halte, alors que la forêt prodiguait les signes du réveil des animaux et de l'imminence de l'aube, pour s'adresser ainsi aux quatre jeunes paysans :

– Alors, les gars, avez-vous bien fait les choses ?

Les quatre paysans firent signe aux Koléens de se serrer autour d'eux pour recevoir la confidence sollicitée. Les jeunes gens du village avaient immédiatement dépouillé les quatre soldats de tous leurs vêtements ; à la vue de ces immenses corps totalement nus, à la fois terribles et livrés ainsi à leur pouvoir par un sommeil invincible, l'idée leur était venue de les transporter dans le sein de la forêt pour leur trancher la verge avec une machette. Deux hommes connus pour leur ardeur scrupuleuse à toute besogne et pour leur compétence avaient été chargés d'affûter plusieurs machettes pour faire bonne mesure, à l'aide de limes et avec l'art et l'efficacité désirables pour un office à la vérité assez rare dans la contrée. Ils s'étaient attelés à cette besogne, mais ils ne semblaient pas pouvoir en venir à bout dans un délai raisonnable, et ils se rebiffaient quand on voulait les presser, arguant que, puisqu'on attendait d'eux de la belle ouvrage, il ne convenait pas de les contraindre au bâclage ; mais, d'un autre côté, ils se montraient jaloux de leur élection et refusaient l'aide qu'on leur proposait de toutes parts. Et le temps passait. Quelqu'un avait alors tout à coup fait remarquer que ce supplice ne manquerait pas d'occasionner l'effusion d'un flot de sang, ainsi qu'il arrivait quand on castrait des cochons. L'imagination d'une telle éventualité remplit aussitôt d'écœurement tous les assistants, de telle sorte qu'il fallut renoncer à couper la verge des bandits armés.

Alors, ils avaient eu l'idée de les noyer en les jetant dans le fleuve qui coulait à quelques centaines de mètres derrière le village. Mais quelqu'un avait objecté, alors que les préparatifs s'avançaient, que les corps des noyés remontaient à la surface de l'eau, comme un bouchon de liège, après quelques jours ; dans ce cas précis, comment savoir si les cadavres des tirailleurs dériveraient suffisamment loin du village pour soustraire celui-ci à la suspicion et à la vindicte de la garnison ?

Finalement, on avait décidé d'attacher les quatre prisonniers sur un radeau, et de les laisser flotter sur le fleuve, le courant devant les emporter en aval, c'est-à-dire dans la direction de la garnison. Cette solution-là avait enfin emporté l'unanimité des suffrages. Toutefois, la réaliser avait représenté un tel labeur que, ayant tenu à escorter le radeau avec leurs barques pour bien s'assurer qu'il s'éloignait de leurs parages, les villageois n'étaient pas même encore parvenus au large de la garnison quand l'aube les avait surpris. Ils avaient dû dissimuler leurs barques en les enfouissant dans les buissons qui couvrent les rives, espérant venir les reprendre plus tard, quand tout ce tumulte serait apaisé, et ils avaient regagné leur village en empruntant les sentiers de la forêt, comme d'honnêtes chasseurs.

Les rubénistes n'en croyaient pas leurs oreilles en entendant ce récit.

De plus en plus muets d'abasourdissement à mesure que se dévoilait avec ingénuité tant de veulerie, ils avaient laissé parler les jeunes villageois comme s'ils avaient écouté les habitants d'une autre planète. Évariste, le sapak, se ressaisit le premier et demanda avec une sombre vivacité :

— Mais, bon Dieu ! pourquoi ne pas les avoir tués ?

Les jeunes villageois se taisaient, peut-être mortifiés de n'avoir pas songé à une solution aussi simple : la nuit était encore trop noire pour déchiffrer l'expression de leur visage. Jo Le Jongleur intervint alors à son tour :

— Vrai, on dirait que vous n'avez omis aucun prétexte pour éviter d'infliger à ces bandits le seul châtiment mérité par eux. Comment ! Voilà des animaux féroces qui ont passé des mois à humilier vos mères, vos sœurs, vos épouses, en les brutalisant, en les prenant presque sous vos yeux. Quant à vous – mêmes, c'est tout juste s'ils ne vous avaient pas réduits en esclavage. Ils réquisition-naient vos maigres biens, ils vous battaient, ils vous auraient massacrés à la moindre résistance : c'était la ter-reur. On vous livre ces porcs ; au lieu de les égorger comme ils le méritent mille fois, que faites-vous ? Vous vous empêtrez dans les plus ridicules scrupules. Vous seriez de petits vieillards réchappés des anciens temps, vous ne radoteriez pas autrement. Par exemple, après leur avoir tranché la verge, qu'est-ce qui vous aurait obligés de rester là à regarder jaillir les flots de sang ?

— Et que fais-tu de leurs beuglements ? protesta un des villageois. Parce que, dis, un porc qu'on égorge, j'aime autant te dire tout de suite que cela s'entend. Je ne sais si tu as déjà essayé.

— Eh, il n'y avait qu'à leur mettre un bâillon, fit sen-tencieusement Évariste, avec la condescendance de l'homme de grande expérience.

– Ben voyons, reprit Jo Le Jongleur, sans aucune colère dans la voix ; c'est pour ainsi dire l'enfance de l'art. Ensuite, vous renoncez à précipiter ces coquins au fond du fleuve, sous prétexte qu'en remontant bientôt à la surface les corps auraient désigné le village à la vengeance de leurs petits amis ; vous ne pouviez pas les coudre dans des sacs de jute et les lester de pierres ou plus simplement du gravier qui couvre la chaussée de la coloniale treize ? Ainsi vous étiez assurés que les poissons auraient tout le temps de les dévorer. Vous n'allez tout de même pas nous faire croire que cette astuce était au-dessus de votre imagination ? Oui, mais ils vont quand même clamser, vos bonshommes. Vous voulez savoir pourquoi ? Je ne vous avais pas dit la dose de somnifère que je leur ai fourrée. À vrai dire, je l'ignore moi-même. Écoutez, les gars, autant que je puisse me rappeler, il y avait bien dix ou vingt fois la dose qu'il fallait à Sandrinelli, petit homme mais pas une mauviette, pour dormir d'une heure du matin environ à onze heures ou midi. Parce que, contrairement à la bonne femme, le mari n'avalait cette saloperie-là que dans la nuit du samedi au dimanche, vu que les autres jours il fallait qu'il soit debout avant sept heures.

– Il était donc sujet aux insomnies ? demanda le sapak.

– Et comment ! répondit Jo Le Jongleur. C'est qu'il ne dormait pour ainsi dire plus, ce salaud-là. Forcément, il ne devait pas avoir la conscience tout à fait tranquille, avec tous ces gens qu'il avait fait assassiner, sans compter les pauvres types qu'il avait salis en les mêlant à ses ignobles combines – moi, par exemple. Alors, vos coquins à vous autres, s'ils restent deux ou trois jours de suite, comme il est probable, liés à leur radeau, endormis, exposés au soleil et à tout le reste et nus de surcroît, faites-moi confiance, quand on les retirera de là, ils ne seront pas beaux à voir.

Le jour était venu et, après la halte, les rubénistes prenaient leurs dispositions pour se remettre en route. Les jeunes villageois, eux, avaient changé d'attitude : leurs voix étaient mal assurées, leurs regards, fuyants ; ils semblaient très profondément bouleversés. Ils disaient maintenant qu'ils désiraient quitter incessamment leurs nouveaux amis et regagner leur village pour être en mesure de prévenir le malheur qui venait de leur être prédit.

– Malédiction, malédiction, scandaient tristement les quatre villageois en se griffant fébrilement les avant-bras, au bord des larmes.

– Quelle malédiction ? ricana Jo Le Jongleur.

– Le sang versé appelle la malédiction sur l'assassin, apprends-le, lui répondirent en chœur les quatre jeunes paysans. Le sang versé crie vengeance dans la nuit jusqu'au châtiment du meurtrier. Tu crois entendre dans les ténèbres les hululements du hibou ; en réalité, c'est le sang versé qui appelle la vengeance et se lamente.

– Pas possible ! commenta le sapak sur un ton franchement insultant. Dites donc, vous autres, vous n'avez pas dû inventer ça tout seuls. Qui a bien pu vous raconter de telles sornettes ? Est-ce que ça ne serait pas le nommé père Étienne Pichon, par hasard, votre missionnaire, l'homme à la magnifique église ? Un vieux bonhomme, sans doute un malin qui doit savoir comment s'y prendre avec les péquenots pour les remplir de frayeur et les mener ensuite par le bout du nez.

– Hier pourtant, renchérit Jo Le Jongleur, vous paraissiez vous gausser avec indignation de ses fariboles sur le péché mortel.

– Oh, mais c'est que ce n'est pas pareil, s'écrièrent en chœur les paysans, mais alors pas du tout pareil. Le péché mortel, c'est vrai que personne ne l'a jamais vu ni entendu, mais l'appel du sang versé, le hibou et ses hululements la nuit, ce n'est pas une fable, ça ; c'est une chose certaine – il suffit d'avoir de bonnes oreilles.

– Menteur ! fit méchamment le sapak en se tirant cruellement les deux oreilles et en tournant la tête dans tous les sens. Tiens, on m'a toujours dit que j'avais de bonnes oreilles, et pourtant, dis, je n'entends rien.

Finalement, pour persuader les quatre paysans d'honorer des engagements qu'il avait tenus secrets jusque-là sans doute afin de dérouter les deux autres Koléens et conserver le privilège de l'initiative, Jo Le Jongleur fut contraint de recourir à des menaces – regrettables selon son propre aveu, scandaleuses au gré de Mor-Zamba qui, pour s'être volontairement confiné dans un silence de glace, n'en pensait pas moins.

– Vous ne nous quitterez pas avant l'étape convenue l'autre nuit, trancha l'ancien domestique de confiance de Sandrinelli. Vous êtes liés par l'avance d'argent que vous avez acceptée. Est-ce que je vous ai forcés d'empocher mon argent, moi ? De mon côté, je vous verserai alors le restant de votre salaire. Eh bien, en route et tout de suite. Sinon, je n'ai pas besoin de vous rappeler combien je dispose de fusils : vous les avez vous-mêmes emballés deux fois. Et je sais m'en servir en plus. Vous allez désormais m'obéir comme vous obéissiez aux bandits armés qui violaient vos femmes sous vos yeux – délicieux spectacle. À cette différence près que, moi, je vous paie vos services et je ne viole pas vos femmes. Et n'allez pas essayer de nous faire croire que vous avez perdu au change.

Mor-Zamba manœuvra pour une fois très habilement dès la deuxième halte après le lever du jour pour entraîner discrètement Jo Le Jongleur à l'écart des autres voyageurs et lui confier dans le creux de l'oreille que la différence n'était pas si grande qu'il se le figurait pour ces pauvres bougres. Il lui exposa amèrement qu'en compromettant à jamais la tranquillité d'esprit de ces malheureux, il leur avait ôté leur bien le plus précieux.

– Ne te tracasse donc pas, grand-père, lui répliqua le mauvais garçon. Les quatre bandits en uniforme de Baba Soulé vont sans doute clamser comme je disais, alors que Dieu ait leur âme (ici il souleva solennellement son grand chapeau de paille). Mais suppose qu'on les récupère vivants, alors de deux choses l'une : ou bien ils sont sauvés par des paysans du coin, et, crois-moi, ces lascars ne retourneront pas à leur garnison, parce qu'un militaire qui se laisse dépouiller de son fusil par le premier passant venu, c'est ça qui conduit tout droit au poteau d'exécution. Donc la garnison ne saura rien, ces gars-là auront disparu, un point c'est tout, ni vu ni connu. Ces choses-là arrivent dans toutes les armées du monde; il n'y a aucune raison pour que nos armées à nous fassent exception. Personne ne sera donc inquiété. Ou bien ils sont repêchés par les leurs, alors, c'est vrai, je prévois le pire pour tout le village, femmes, enfants, vieillards compris. Mais que veux-tu, dans une guerre, il faut bien qu'il y ait des morts, ça s'est toujours passé comme cela, comme disait Sandrinelli, et là il avait raison, lui qui mentait si souvent. Le Bituré fait la guerre aux *Blacks*, ses frères, pour le compte des toubabs, ses maîtres; il y a déjà eu des morts par milliers, il y en aura d'autres. Il faudra te faire à cette idée à la fin, grand-père. Il faut savoir, tout de même! Tu as donc peur du sang, comme les paysans? Toi aussi tu entends la voix du hibou la nuit et les appels du sang versé réclamant la vengeance? Mais, bon Dieu, qu'est-ce que vous avez donc tous à délirer comme ça? Notre peuple n'a-t-il vraiment aucune disposition militaire? Alors, on n'est pas du tout des guerriers, nous autres? Serait-ce vrai qu'on est juste faits pour obéir, comme disait cette fripouille de Sandrinelli? Toi, Le Péquenot, tu devrais bien pouvoir répondre à cette question-là, après tout ce que tu as subi. Oui ou non, sommes-nous juste faits pour obéir, nous autres? Eh bien, moi, ça ne me plaît pas beaucoup d'être toujours dans le camp des vaincus. Restes-y, toi, si c'est ton idée.

Le débat tourna court, Mor-Zamba s'étant encore une fois replié dans le silence. Ce jour-là ainsi que les suivants, les quatre paysans témoignèrent d'une mauvaise volonté ostensible, dans l'intention de faire voir qu'ils ne s'étaient soumis que pliés par la violence, et avec l'espoir de donner ainsi mauvaise conscience à leurs bourreaux. Il fallait constamment que l'on soit derrière eux pour leur faire presser le pas – c'en était assez pour alourdir l'atmosphère d'une troupe cependant bien peu nombreuse. Quand Jo Le Jongleur ne surveillait pas lui-même ses otages, il affectait à cet office le sapak, qui était loin d'y répugner. Pendant trois jours et trois nuits, ils se livrèrent à une marche rapide, dormant peu, mangeant à la hâte, ne s'arrêtant que pour accorder le répit indispensable d'un somme aux deux plus jeunes voyageurs de la troupe, le sapak Évariste et l'un des quatre paysans. Cette allure qui évoquait une fuite éperdue était surtout destinée à soulager l'extrême anxiété de Mor-Zamba, peu influencé par l'humeur triomphante de Jo Le Jongleur.

– Marchons, marchons ! déclarait Jo Le Jongleur, à chaque arrêt, au moment de repartir. Je courrais, je volerais volontiers, mais pour le plaisir ; car qui viendrait nous dépister ici, réfléchis un peu ?

Mor-Zamba objectait que le grand nombre de gens lancés à leurs trousses multipliait les chances de leurs ennemis.

À la fin de la troisième journée, comme le géant venait encore de formuler cet argument, le mauvais garçon lui déclara énigmatiquement, mi-figue mi-raisin :

– Si tu souhaites que nous allions encore plus vite, grand-père, tu n'as qu'à parler et ton désir sera aussitôt exaucé. Alors, oui ? Tu veux qu'on aille plus vite ? Eh bien, nous irons plus vite.

Cette nuit-là, ils ne se levèrent que peu avant l'aube et, à l'instigation de Jo Le Jongleur, abandonnèrent sans délai le village qui venait de les héberger, pour faire halte presque aussitôt sortis du hameau. Mor-Zamba que l'incohérence des initiatives du mauvais garçon agaçait de plus en plus n'eut pas le temps de manifester sa mauvaise humeur. Avant que le géant eût déposé son fardeau, Jo Le Jongleur déjà finissait de verser leur dû aux quatre paysans qui, sans plus attendre et tout en balbutiant de vagues remerciements, prirent le large précipitamment. Dès qu'ils eurent disparu à la vue des voyageurs koléens, Jo Le Jongleur s'éclipsa derrière un buisson et ne tarda pas à reparaître, déguisé en une sorte de personnage militaire, ayant revêtu divers accessoires volés au groupe scolaire du 18-Juin ou pris sur les quatre bandits en uniforme. En chaussures de brousse, short kaki, chemisette à épaulettes et poches pectorales, chéchia de tirailleur à pompon, il pétrifia de surprise Mor-Zamba en même temps qu'il jetait le sapak dans une crise irrépressible de fou rire.

Le géant se ressaisit pourtant tout à coup pour exprimer une opposition extrêmement ferme lorsque Jo Le Jongleur, qui venait d'encombrer sa stature assez brève d'un mousqueton, prétendit parfaire son travestissement agressif avec une cartouchière garnie. Le géant en vint à menacer ses amis de les abandonner là, sur-le-champ, à moins que le mauvais garçon ne renonce à sa fantaisie.

– Mais enfin, grand-père, suppliait Jo Le Jongleur, que crains-tu qu'il nous arrive? Tu n'as donc pas encore compris que dans cette contrée le droit du plus fort est encore plus implacable et plus redouté qu'à Fort-Nègre? Et le plus fort, qui est-ce, devine? Le porteur de fusil, ben voyons. Qui devrait le savoir mieux que le frère d'Ouragan-Viet?

– Je veux bien que tu portes un fusil, puisque cela t'amuse, répondait Mor-Zamba, mais certainement pas des cartouches à portée de ta main. Pas question de jouer avec le feu. Pas question…

Les supplications, les explications, les larmes mêmes du mauvais garçon n'ébranlèrent pas la position de Mor-Zamba, et le soldat improvisé dut s'incliner. Mais ce fut pour lancer aussitôt une nouvelle offensive, sur un terrain cette fois imprévisible. Parmi le bric-à-brac sur lequel il avait fait main basse au groupe scolaire du 18-Juin, il avait découvert du papier à en-tête de la République française et du Haut-Commissariat; avec une feuille de ce papier, il confectionna ce qu'il appelait un ordre de réquisition, sur lequel il apposa le sceau du groupe scolaire du 18-Juin, dont usait Sandrinelli dans la correspondance officielle. Le document ainsi obtenu avait bien meilleure allure que le déguisement guerrier de Jo Le Jongleur et l'on peut même dire que, à première vue, son authenticité était irrécusable, ce que fit d'ailleurs observer Jo Le Jongleur par ce commentaire bien conforme à une mentalité où le cynisme avait commencé ses ravages très tôt, Georges Mor-Kinda étant adolescent :

– Cette fripouille de Sandrinelli n'en faisait pas plus, et ça marchait toujours. Il n'y a pas de raison que ça ne marche pas davantage pour nous.

En traversant le premier village que leur offrit le hasard, Mor-Kinda abandonna tout à coup la chaussée et gagna une maison ayant les apparences d'une habitation de notable, suivi par ses deux compagnons. À l'intérieur, ils trouvèrent ce à quoi ils s'attendaient : un homme assez âgé et maigre, le torse nu, les hanches savamment enveloppées d'un pagne aux replis tortueux, tirait d'une sorte de calumet des bouffées de fumée cotonneuses. Il semblait avoir passé la nuit dans l'attente haletante de ce délicieux moment, comme le Bédouin égaré dans les dunes rêve d'une source limpide. Jo Le Jongleur lui mit son ordre de réquisition sous le nez et exigea dans les meilleurs délais quatre hommes pour assurer sur trente kilomètres le transport d'un important courrier officiel, tout en accompagnant des fonctionnaires en mission. Évariste et Mor-Zamba, qui l'écoutaient attentivement, ne surprirent aucun signe de trouble dans sa voix. Le miracle eut lieu ; après les avoir priés de s'asseoir, le vieillard sortit, sans doute pour se concerter avec d'autres notables du village, et revint moins d'une heure plus tard, accompagné de quatre jeunes gens ahuris portant chacun un poulet, présent du village aux voyageurs.

Par la suite, ils eurent toujours tous les porteurs qu'ils voulurent, chaque fois qu'ils les exigèrent.

CHAPITRE IV

*I*LS FURENT ENCORE TÉMOINS ou acteurs de bien des événements, souvent cocasses, pathétiques parfois, qui d'ailleurs nous ont été sans doute rapportés aussi, mais qui sont sortis depuis de la mémoire de la cité, parce qu'ils n'exercèrent point d'influence sur l'aventure des voyageurs, n'en ayant pas menacé l'issue ni accéléré le cours.

Ils marchèrent le jour, ils marchèrent et dormirent la nuit, tout au long du restant du chemin qui eût encore paru une éternité à des voyageurs moins hallucinés. Rien de tel pour abolir la souffrance d'une longue route que l'extase secrète d'une mission inouïe, semblable à celle dont s'étaient chargés les trois amis.

C'était comme s'ils avaient été condamnés à tourner perpétuellement en rond, revenant traverser les mêmes vallées trop ombragées, cheminant, après un répit illusoire, sous les mêmes voûtes de frondaison où suintait toujours la même humidité glacée, se retrouvant périodiquement en train de gravir les mêmes côtes sous le soleil dont l'ardeur leur cisaillait les épaules et la nuque, voguant laborieusement sur les mêmes radeaux.

Il leur semblait qu'ils foulaient, à quelques jours ou à quelques heures d'intervalle, les mêmes berges, tantôt hautes, tantôt de plain-pied avec l'eau, le long des mêmes rivières, des mêmes fleuves aux clapotis alanguis. Comme emportés dans un cercle maudit, ils traversaient les mêmes villages, demandaient l'hospitalité aux mêmes populations, qui leur offraient chaque fois le même accueil aux mille sourires condescendants d'abord, mais bientôt grimaçants de crainte. Mor-Zamba se remémore encore les ravages de cette errance avec la fascination d'un homme qui revit un cauchemar, alors que Georges Mor-Kinda, appelé plus souvent encore Jo Le Jongleur, ne s'est jamais dégagé de leur sinistre envoûtement.

De toutes les saisons de l'année, la sécheresse est celle qui ressemble le plus à un long voyage ; on traverse là aussi une interminable succession de journées au ciel de plomb fondu ; les nuits privées de sommeil ont une raideur cadavérique ; une soif fébrile retourne les corps sans répit ; l'espérance rôde en serrant la queue à la vaine poursuite d'un mirage de fraîcheur. Un jour pourtant la nuée, que personne n'attendait plus, se répand sans être aperçue au firmament, jusqu'à ce que, tout à coup, cette immense flaque glauque voile le soleil pourtant au zénith. Un long grondement rampe, très loin, furtivement, comme une baguette souple, qui s'insinue en se tortillant. La bourrasque miraculeuse surprend l'enfant nu attardé à l'écart du hameau.

Les deux rubénistes et le sapak s'aperçurent que les nuées avaient commencé à s'accumuler pour former l'orage de leur arrivée à Ekoumdoum, alors qu'ils étaient en route depuis neuf semaines, selon le compte précis de Jo Le Jongleur, seul à avoir gardé une notion exacte du temps. Or donc, ce matin-là, tandis que la mi-journée approchait, le soleil n'étant pas encore au plus haut du firmament, toute la personne de Mor-Zamba offrit soudain le même spectacle de perplexité et de jubilation mélangées qu'on observe chez un animal de proie dont la narine retroussée et frémissante vient de happer la senteur d'un lointain gibier dans le pli galopant de la brise. On le vit suspendre son pas, puis lever la main comme pour ordonner une halte à ses compagnons et aux porteurs ; il pencha la tête d'un côté, puis de l'autre ; il tourna plusieurs fois sur lui-même, lourdement, en élargissant sans cesse le cercle de ses évolutions ; enfin, on le vit avec stupéfaction tendre les deux mains comme s'il avait voulu presser un être aimé sur son sein et on l'entendit s'écrier :

– Grands arbres sans âge, votre rassemblement n'a pas de pareil ailleurs, dans le monde, je le sais ; vastes fourrés, mes amis, vous vous déployez en volutes boursouflées qui ne me sont point inconnues, sans m'être tout à fait familières. Oui, vous me vîtes passer ici même il y a environ vingt ans. J'étais presque un enfant et les chaînes de l'esclavage broyaient mes hanches, je ne parle pas du fusil dont le canon était pointé dans mon dos. Vous me revoyez aujourd'hui allant dans l'autre sens, libre, instruit par le malheur, ayant miraculeusement échappé à la mort, ayant moi-même tué un homme, avec ces mains – mes mains qui, certains jours, me font horreur, ô mes amis…

– Non, mais est-ce que tu parles sérieusement ? protesta Jo Le Jongleur qui venait de rejoindre son compagnon et de déposer à terre son sac d'armes dont il n'avait pas voulu se séparer ce jour-là. Tu te repens d'avoir zigouillé un Saringala enragé, et encore pas à froid, mais dans la confusion éperdue d'un corps à corps ressemblant d'ailleurs davantage à une débandade qu'à un assaut ? Et c'est cet acte de désinfection et de salubrité publique que tu t'obstines à regretter ? Eh bien, ça promet. Bon, ça va, nous en reparlerons. Mais ça n'est pas le tout, grand-père. À combien de jours de marche sommes-nous de ton bled ?

– Trois ou quatre, cinq tout au plus, si c'est d'Ekoumdoum que tu veux parler, répondit le géant.

Si l'amitié était un fruit attendri par la chaleur du soleil, le dissentiment serait, lui, le ver qui y creuserait avec une sournoiserie inexorable une cavité toujours plus profonde. Ainsi, alors qu'au-dehors elle ferait admirer ses teintes et ses rondeurs appétissantes, à l'intérieur, rongée par une galerie perfide, disloquée par une termite tenace, elle s'effriterait insensiblement. Quel médecin à la science pénétrante éclairerait à temps ces ténèbres pour diagnostiquer et enrayer un mal à la longue mortel ? Pour la deuxième fois, et à une fréquence frappante dans les circonstances singulières de ce voyage, la mésintelligence venait d'enfoncer presque sans bruit un coin dans le roc cimentant l'alliance de deux hommes d'autant plus attachés l'un à l'autre jusque-là qu'ils étaient tout à fait dissemblables. Et le destin avait voulu que deux fois leur désunion s'alimente à une même source qui remplissait l'un d'amère répugnance et plongeait l'autre dans l'ivresse et la joie.

Le reste de la journée, Mor-Zamba donna tous les signes d'un émoi extrême qui, au lieu de s'atténuer, crût au contraire avec l'écoulement des heures. Il en vint bientôt à proposer aux deux autres Koléens de faire un détour à Tambona, cité demeurée telle qu'une étoile lointaine, scintillante et mystérieuse dans le souvenir fuligineux de l'enfant errant, et dont ils venaient d'apprendre, par hasard, qu'elle était seulement à une journée sinon à quelques heures de marche. Puisque le moment de vérité de leur entreprise approchait, ils réfléchiraient là à loisir sur la conduite qu'ils allaient devoir adopter. En l'entendant, ses compagnons prirent eux-mêmes conscience de leur propre émotion en même temps que de leur épuisement ; et c'est bien volontiers qu'ils convinrent que quelques jours de recueillement et de diversion leur feraient le plus grand bien.

Tambona, cité quasi mythique jusqu'à Ekoumdoum où son nom n'avait pas manqué de retentir jadis aux oreilles de l'enfant errant comme tous ceux de pays favorisés du ciel mais non point inaccessibles, chatoyait dans toutes les provinces du sud-est de la République du privilège d'avoir été visité par une grâce qui resta longtemps indéfinissable pour Mor-Zamba et dont il perça pourtant sans difficulté l'énigme dès que les deux rubénistes et le sapak, débarrassés un peu plus tôt de leurs porteurs, y furent arrivés.

Tambona n'était pas, comme Ekoumdoum, en quelque sorte glissé sous une ride de la jungle, mais se répandait en une vaste agglomération, déployée à l'air libre et avec fantaisie de toutes parts. La cité proliférait à partir d'un cœur formé surtout de quelques comptoirs où s'affairaient des personnages à peau claire dont la race et l'origine, comme n'allaient pas manquer d'apprendre les Koléens, étaient une perpétuelle et vaine interrogation pour les Tambonas eux-mêmes, fondateurs et possesseurs de ces lieux. Ces derniers étaient des hommes affables et même prospères, en comparaison des autres cités de cette contrée, la plus déshéritée de la République, où leur réputation suscitait un étonnement plus admiratif qu'envieux.

Très à l'écart, sur une douce colline d'où le regard embrassait d'un même mouvement la vallée sur laquelle la cité accroupie poussait des appendices tantôt étirés, tantôt trapus, les voyageurs vinrent souvent visiter un établissement qui se remarquait par la propreté pimpante des lieux, le grand nombre et la judicieuse disposition des édifices pleins d'agrément malgré une modestie confinant à la pauvreté, ainsi que par la discrétion et la diligence courtoise de ses habitants. Jo Le Jongleur ne se retenait pas d'évoquer son ancien maître, Sandrinelli, dit Le Gaulliste, en observant l'autorité réservée mais dépourvue de morgue, le désintéressement attristé, comme désa-

124

busé, le renoncement sans panache du couple d'Européens qui dirigeait et sans doute avait fondé ce que les rubénistes eurent bien vite identifié pour une mission protestante. Les deux époux, qui commençaient à grisonner aux tempes, avaient le teint très rose, contrastant étonnamment avec la couleur des commerçants de la vallée, très bruns, plus proches des mulâtres de Fort-Nègre. On menait là une vie réglée, laborieuse et paisible, qui arrachait des commentaires d'attendrissement et d'admiration à Mor-Zamba, ravi de ce qui lui semblait le comble de l'harmonie, de la simplicité rustique et de l'activité à la fois utile et exaltante.

Le dimanche, une chapelle de pisé sans ornement, où pénétrait abondamment la lumière du soleil tandis que le plafond élevé chassait toute impression de mystère superflu, accueillait une foule composée à parts égales de curieux et de fidèles rompus au chant en chœur, les uns par la force de l'habitude, les autres par l'ivresse mystique. De toutes les curiosités de Tambona, c'était celle-là qui, dès le premier jour, avait plongé Jo Le Jongleur dans les plus profonds abîmes de perplexité : cet esprit jamais en repos supputa immédiatement le parti que les rubénistes pouvaient tirer d'une communauté aussi bien disposée envers le Créateur et ses créatures. À Mor-Zamba qui lui faisait grief de son cynisme et auquel il répondait habituellement par des sornettes incohérentes, il finit par déclarer un jour, sur un ton de gravité qui n'excluait pourtant pas le culte de l'énigme :

– Tu en douteras peut-être, Le Péquenot, mais depuis ma rencontre avec Ouragan-Viet, je ne suis plus le même homme. Entre autres bizarreries, il m'arrive maintenant, comme à ton frère (parce que, pour moi, c'est ton frère à jamais, quoi que tu en dises), eh bien, comme à lui cette nuit-là, rappelle-toi, il m'arrive de me transporter cent ans, deux cents ans dans l'avenir. Vrai, tout à coup, c'est un autre monde, dont je ne puis douter, que je touche pour ainsi dire du doigt. Les nôtres sont là dans leurs villages, dans leurs communes, dans leurs villes, débarrassés des Sandrinelli, des De Gaulle, des Saringalas, des Baba Toura ; comme tous les peuples du monde, ils vaquent à l'accomplissement de leurs ambitions politiques ou matérielles ; ils travaillent, ils rient pour fêter les naissances, ils pleurent aux deuils des parents et des amis. En somme, ils sont devenus quelconques. Dis-moi, grand-père, crois-tu qu'il leur sera aisé alors de se figurer quel mal nous avons eu, nous leurs ancêtres, à libérer notre race ? Nous nous donnons bien de la peine et de la souffrance aujourd'hui, sans aucun espoir raisonnable d'en tirer un bénéfice. Nous travaillons au fond pour le profit de gens qui ne nous sauront jamais gré de rien, pour cette raison qu'il ne se trouvera alors personne pour leur raconter notre histoire à nous autres. Sacré Ouragan-Viet, connaîtrons-nous jamais, quant à nous, ta véritable histoire, celle que tu n'eus pas le temps de nous raconter ? Et je ne parle pas de la suite des événements.

Les rubénistes s'accordaient pour considérer Tambona comme un Fort-Nègre en puissance, plutôt qu'en réduction comme Mor-Zamba avait d'abord été tenté de le penser. C'était bien la même composition, la même disposition des éléments, les mêmes symboles, la même goutte de lait tourbillonnant au milieu d'une mare de café noir ; et pourtant Tambona et Fort-Nègre paraissaient d'abord deux mondes situés aux antipodes l'un de l'autre. Contrairement à Fort-Nègre, creuset de sang, de haine et de convulsions, Tambona semblait vouloir se donner pour un asile de charité et même d'affection fraternelle.

– Une goutte de lait dans une mare de café, certes, certes, opinait souvent Jo Le Jongleur dans sa nouvelle et intermittente sagesse, mais la couleur des eaux a-t-elle jamais suffi à faire la réputation d'un lac ? C'est plutôt une question de germe que de dosage. Attends un peu qu'un Sandrinelli ou un Maestraci soit jeté là-dedans comme le virus d'une épidémie dévastatrice. Le temps en est-il encore si loin ? C'est la présence des crocodiles qui rend sinistres des eaux et leurs rives. On dit que les germes voyagent vite, poussés par le vent ; et par ces temps, les virus deviennent des crocodiles. Il suffirait d'un rien pour que Tambona devienne réellement un petit Fort-Nègre. Alors, les gars, je vous le dis en vérité, tout serait perdu. Tout sera-t-il perdu ?

Après avoir tenté sans succès d'approcher le couple de missionnaires eux-mêmes, les voyageurs, qui ne doutaient de rien, avaient dû, finalement, se résigner à se lier avec les domestiques ; ils n'eurent pas qu'à regretter un échec qui, d'abord, leur avait causé bien du dépit. Comme Jo Le Jongleur leur en remontrait sur leur propre état, les serviteurs consentirent à payer ses services de fréquentes confidences qui instruisirent providentiellement les rubénistes. Les Koléens apprirent ainsi qu'en remontant le fleuve sur une péniche à moteur dont le service était mensuel, on parvenait, au terme d'une dizaine de jours de navigation interrompue quotidiennement à la tombée de la nuit, à Ndogmetano, une agglomération considérable, presque une grande ville; c'est là que les commerçants allaient s'approvisionner et en même temps placer la production de la cité.

Ekoumdoum, à les en croire, était situé en aval de Tambona, au demeurant inaccessible par l'eau; des chutes commençant presque dès la sortie de Tambona rompaient fréquemment le cours du fleuve sur lequel la navigation était rendue de ce fait longtemps impraticable dans cette direction-là. Quelques trafiquants hardis, de l'espèce qu'aucune difficulté ne décourage, auxquels il arrivait même parfois que se mêle un homme blanc réputé pour une tête brûlée quittaient de temps en temps Tambona à pied avec l'intention de gagner le pays d'Ekoumdoum. Ils emmenaient des porteurs ou bien emportaient eux-mêmes leur ballot sur la tête. Ils marchaient d'abord pendant quatre jours au bord du fleuve, longeant ainsi pendant la moitié de la route à peu près la succession des chutes; après quoi, ils s'associaient pour louer un radeau ou un sampan indigène fait d'une hutte posée sur deux pirogues jumelées; c'est ainsi qu'ils gagnaient traditionnellement Ekoumdoum. Les domestiques des missionnaires adventistes ne connaissaient pas d'autre chemin pour aller à Ekoumdoum ; ils ne croyaient pas qu'on y accédât par la route carrossable.

Selon eux, et ils s'en tenaient à ce qui se disait, car, bien évidemment, ils n'avaient personnellement aucune expérience véritable de cette cité trop lointaine et trop peu engageante, Ekoumdoum n'avait point changé, la civilisation n'y étant pas encore parvenue, si bien que ces gens-là demeuraient désespérément attachés aux mœurs ancestrales, fort rudes et même, pour lâcher le mot, franchement sauvages. C'était au point que leurs patrons, le couple de missionnaires adventistes, après de longues années de simples soupçons comme il convient à des hommes scrupuleux à l'image du Christ, venaient d'acquérir la conviction du cannibalisme des Ekoumdoum. Aucun homme raisonnable n'allait jamais de ce côté-là, à moins que, pressé par le besoin d'argent, il ne voulût écouler à prix d'or quelques ampoules de mauvaise pénicilline, des tablettes de vermifuge pour jeunes enfants, ou d'autres produits trop souvent frelatés de pharmacie rudimentaire, qui étaient la marchandise suscitant le plus de convoitise chez cette population arriérée et bestiale. Les voyageurs feraient mieux de renoncer à leur projet insensé et d'aller chercher sur d'autres chemins des cités plus accueillantes au négoce.

Cependant, dès que les questions des rubénistes se faisaient plus pressantes, les domestiques des adventistes s'embrouillaient, rapprochaient à tort des noms de clans qui n'avaient aucune affinité, sombraient dans la confusion.

– Ces gens-là sont des illettrés qui mélangent tout, finit par dire un jour le sapak à bout de patience. Il est dommage que nous n'ayons pu converser avec les patrons eux-mêmes. Tout de même, cette histoire de cannibalisme !…

Le géant s'employa avec zèle tous les jours qui suivirent à rassurer l'adolescent en lui exposant inlassablement la délicatesse et même la parfaite affabilité de mœurs des Ekoumdoum. Le sapak ne demandait pas mieux que d'en convenir, mais il exigeait qu'en échange Mor-Zamba satisfasse sa curiosité anxieuse et jamais assouvie à propos des Ekoumdoum, laquelle se traduisait en une manie de questionner bien proche de l'esprit d'inquisition. Jo Le Jongleur ne pouvait bien entendu laisser passer une circonstance aussi plaisante ; il la mit donc à profit pour affubler le géant du nouveau surnom de Cannibale, auquel jusqu'à leur arrivée à Ekoumdoum il donna la préférence sur les nombreux autres.

Il était aisé au géant de mettre en évidence l'absurdité de cette accusation de cannibalisme, bien caractéristique, disait-il, de l'imagination délirante des missionnaires ; il n'avait qu'à attirer l'attention de ses compagnons sur la similitude à plusieurs égards des coutumes des Ekoumdoum et des Tambona. L'administration, par exemple, était assurée de la même façon chez les uns et les autres. Tout semblait dépendre d'un chef inaccessible et même invisible, sans doute un homme aux origines ténébreuses, peut-être même un étranger que la colonisation avait imposé à la cité des

Tambona, comme elle avait d'autorité placé Mor-Bita à la tête des Ekoumdoum, et que la terreur, le temps et l'esprit de routine et de soumission avaient fini par faire accepter à une population en proie au désarroi. Aucune police, hormis deux ou trois individus peu recommandables, arborant un uniforme crasseux, sorte de gardes ou plutôt de plantons attachés à la personne du maître, auxquels la douceur de mœurs des administrés laissait tout loisir de déambuler avec indolence à travers la bourgade. Le fait est pourtant, comme les rubénistes ne manquèrent pas de le remarquer, qu'il ne se commettait ici ni crime, ni vol, ni rixe – tout comme à Ekoumdoum, insistait Mor-Zamba.

– Mais dis donc, commentait Mor-Kinda, c'est bon à savoir, tout ça.

Quand ils quittèrent Tambona, environ un mois après leur arrivée dans cette cité, les rubénistes emmenaient un vrai trésor de réflexions adaptées à leur entreprise ainsi qu'une escorte de quatre convoyeurs bénévoles recrutés à Tambona par Jo Le Jongleur à l'aide d'une technique éprouvée. Ces derniers ne manifestaient aucun intérêt pour les projets des voyageurs ; ils ne cherchèrent jamais à les connaître, faute sans doute de curiosité – moins passivement dociles, ils auraient peut-être détourné les rubénistes de leur décision de gagner Ekoumdoum par la route, de préférence à la solution traditionnelle qui les aurait menés le long du fleuve d'abord jusqu'à la dernière chute, puis sur un radeau banal dérivant dans l'indifférence des villages riverains jusqu'à Ekoumdoum, en toute quiétude.

La route, dans un premier temps, se révéla hérissée d'aléas ; il s'y rencontra un nombre d'usagers que les rubénistes n'auraient pas pu prévoir, et même des tracteurs remorquant de longues plates-formes chargées de grumes, extrêmement espacés il est vrai. Il fallut se soustraire à tout danger de contrôle ou même de simple curiosité en voyageant uniquement la nuit, et plier ainsi les convoyeurs originaires de Tambona à une nécessité qu'ils ne pouvaient apprécier ni comprendre.

Le pire, presque l'inimaginable, ce fut lorsque, parvenus à un embranchement, ils s'entendirent, après une journée d'enquête, désigner pour la bretelle desservant éventuellement Ekoumdoum une sinistre trouée qui évoquait le sommaire abattis résultant d'une chevauchée de pachydermes pris de panique. C'était un spectacle poignant et même, pour Mor-Zamba qui connaissait l'épopée d'un ouvrage ayant mérité autrefois le nom de route, vraiment consternant.

La chaussée disparaissait sous le moutonnement de hautes et folles herbes et des touffes d'arbustes jaillis des tranchées latérales ; seul était miraculeusement épargné, tout au milieu, un ruban sinueux, à peine moins délié qu'une fine corde, la piste où les bêtes et les hommes, qui venaient les chasser là de préférence aux fourrés et aux sous-bois de la forêt contiguë, se faisaient parfois vis-à-vis tout à coup, se fusillant à bout portant du regard. Sur chaque talus se dressait, abrupt, vertigineux, un rempart de végétation, au sommet duquel, en entrecroisant leurs bras monstrueux tendus des deux côtés, les arbres tressaient une voûte drue, percée de trous irréguliers par où filtrait le soleil, « mangée aux mites » aurait-on dit. Le moindre orage en martelait le toit comme sous le pas fracassant de titans, alors on l'entendait en retenant son souffle crever et s'effondrer en cascade; les débris, après une angoissante avalanche, venaient s'écrouler tout près des voyageurs, manquant de peu les assommer. Il y avait sans doute fort longtemps qu'aucun véhicule n'avait plus osé s'aventurer ici et, selon une hypothèse du sapak qui faisait étalage d'un sang-froid crâne, le dernier avait dû faire naufrage, pareil aux galions jadis sur le chemin des Indes occidentales, et son épave gisait sans doute encore sur quelque bas-côté par quelques mètres de fond sous les vagues de broussailles.

Des particularités, qui n'avaient pas frappé autrefois l'enfant trop ignorant du progrès, désolaient maintenant Mor-Zamba comme les stigmates d'une malédiction qui n'avait pas cessé d'accabler Ekoumdoum, alors même que cette route pouvait encore justifier la fierté des riverains. Point de pont enjambant les rivières, mais des troncs d'arbres grossièrement équarris, mal joints, jetés de guingois; parfois l'un d'eux s'était effondré et une sorte de fosse béait comme l'entrée d'un gouffre au beau milieu d'un ouvrage d'art d'une rusticité déjà excessive. Comme autrefois, le soubassement était miné par l'écoulement tortueux et tumultueux des eaux de pluie et se défonçait en fondrières qui interrompaient même la progression d'un piéton leste et libre de toute entrave. Mais maintenant c'est en s'ébrouant dans les hautes herbes et en pataugeant grassement dans les flaques qu'on était contraint de négocier son chemin, presque à chaque pas, non sans jongler avec les lois de l'équilibre à la manière des ouistitis. Mor-Zamba comprenait peu à peu que la route n'avait même pas encore été achevée quand elle avait dû être abandonnée, sans doute peu de temps après sa capture.

Pendant leur enquête à l'embranchement, ils avaient entendu estimer approximativement à quatre-vingts kilomètres la distance restant à parcourir pour se rendre à Ekoumdoum; en tenant compte de la difficulté de progresser, ils s'étaient d'abord attendus à une marche d'une semaine environ. Pourtant, deux jours après qu'ils eurent emprunté l'abominable tronçon, la piste d'éléphants parut s'améliorer tout à coup comme par miracle, et ils purent hâter le pas. Persuadés unanimement d'être enfin hors d'atteinte des autorités de la République, ils ne voyageaient plus que le jour; ils tiraient profit du soleil jusqu'à son ultime rayon, ne demandant le gîte aux paysans qu'une fois la nuit tombée, veillant à repartir le lendemain bien avant l'aube.

À mesure qu'ils approchaient d'Ekoumdoum, les villages se faisaient plus rares, moins peuplés, ressemblant même parfois à des campements provisoires; c'était comme si le désert, telle une sorte de lèpre, avait frappé la contrée, rongeant inexorablement les villages isolés, de même que la vraie lèpre grignote les extrémités des membres. Ils ne devaient saisir toute la portée de ce phénomène que bien plus tard, dans la cité natale d'Ouragan-Viet, alors qu'ils seraient aux prises là-bas avec des adversaires qu'aucun scrupule ne troublerait. Des villages étaient en effet abandonnés, sitôt la récolte achevée, par quelque clan d'une cité qui, sans prétendre à la puissance d'Ekoumdoum, exerçait pourtant à son exemple des influences successives et contradictoires d'attraction et de répulsion sur les petites communautés dispersées dans son voisinage forestier immédiat. À certaines saisons, ces familles se rapprochaient de la cité tutélaire au point de faire corps apparemment avec elle ; à d'autres, elles s'en écartaient spontanément, sans doute contraintes par les nécessités de la subsistance.

Les rubénistes se séparaient maintenant chaque nuit de leurs convoyeurs afin de se concerter sur la tactique qu'ils appliqueraient à leur arrivée à Ekoumdoum. Mor-Zamba avait commencé par proposer que les voyageurs se présentent sans façon devant la cité et y pénètrent en toute simplicité : Ouragan-Viet n'avait-il pas prédit qu'ils seraient portés en triomphe ?

– On voit bien que tu ne connais pas l'histoire de l'homme qui ne voulait pas se retourner, avait lancé Jo Le Jongleur en ricanant et en guise de commentaire.

Après s'être réjoui un long moment des expressions abasourdies de ses deux amis, que cette nouvelle énigme semblait dérouter encore plus que les précédentes, bien qu'ils y devinassent une nouvelle bourde conçue en vue de les mystifier, l'ancien domestique de Sandrinelli dit Le Gaulliste condescendit enfin à éclairer leur lanterne.

– Voyons, voyons! L'homme qui ne voulait pas se retourner, c'est une fable qui traîne partout où il y a un sage, et qui mérite ce titre. Il y avait une fois deux frères qui voulurent soudain se jeter à travers le vaste monde ; mais auparavant, ils tinrent à consulter, chacun à son tour, leur père et leur mère, leur soumettant en hypothèses diverses situations devant lesquelles ils imaginaient que les vicissitudes de l'existence les placeraient un jour. Entre autres questions, ils leur demandèrent chacun à son tour : "Supposé que, sur un chemin désert, j'entende marcher furtivement derrière moi. Que dois-je faire?" "Eh bien, avait prescrit la mère en souriant, poursuis ta route en toute sérénité. Le monde n'est qu'harmonie, douceur et affection, mon fils tant aimé. À quoi bon craindre ? Fie-toi toujours à la providence." "Mon fils, avait répondu le père en crispant la mâchoire, retourne-toi vivement, ton arme levée ; frappe à mort, n'aie point de merci, sinon c'est ta vie même qui te serait ôtée. Notre monde maudit grouille de gens pervers et méchants. Jour et nuit, n'oublie pas de te méfier. Sois toujours un vrai combattant, mon fils."

« L'aîné des deux jeunes gens retint le conseil du père, l'autre celui de la mère. L'un fut victorieux en temps de paix comme à la guerre, et devint un habile conducteur d'hommes avant même sa maturité. L'autre fut capturé sans coup férir par des pirates qui écumaient la côte en quête d'esclaves. Ce fut d'ailleurs le premier homme noir déporté dans les Amériques et vendu à l'encan sur un champ de foire ; combien d'autres devaient le suivre et, par sa faute, connaître le même affreux destin.

« Il est vrai que la nuit précédant le 1er janvier, date de la déclaration de l'indépendance, étant entré clandestinement dans Kola-Kola, le plus célèbre faubourg de notre capitale, ton frère Ouragan-Viet, grand chef de combattants, qui avait guerroyé sous tous les cieux, vint te rejoindre en catimini, et t'assura que si tu retournais à Ekoumdoum, votre cité, tu y serais accueilli triomphalement, malgré les conflits du passé. J'étais moi-même témoin de vos retrouvailles et je ne pus faire autrement que d'entendre ces propos.

« Songe cependant qu'Ouragan-Viet, en faisant cette prédiction, était sous le coup de souvenirs remontant à près de vingt années. En est-il toujours de même aujourd'hui ? Le temps qui s'en va n'emporte-t-il donc que ses bras ballants, comme un voyageur sans bagages ? Qu'as-tu fait, grand-père, de ta coutumière prudence ? Peux-tu dire ce qu'il a pu advenir d'Ekoumdoum depuis si longtemps ? J'imagine, pour ma part, une histoire bien différente de la tienne. Tu parais tout à coup, comme un fantôme, dans la cité d'Ekoumdoum. Contrairement à ton espérance, les habitants de la cité, au lieu de se jeter aussitôt à ton cou, s'avisent tout bonnement de se terrer dans leur tanière, comme des lièvres tremblants. Rappelle-toi, tu as vu cela mille fois à Kola-Kola quand Ruben était aux prises avec les toubabs et leurs amis. Avec les culs-terreux d'ici maintenant, ce sera la même histoire qu'hier avec les vagabonds faméliques de là-bas. Personne n'y peut rien, les gens sont ainsi faits qu'ils resteraient éternellement terrés dans leur tanière afin de n'avoir pas à prendre parti, surtout quand ils sont sous l'emprise de la terreur.

« Et ils seront sous l'emprise de la terreur. Pourquoi ? Écoute bien. Et si le vieux chef avait disparu et rejoint à jamais ses ancêtres inconnus au royaume d'Essamdziki ? Et si lui avait succédé son héritier, un jeune homme aux passions ardentes, à la haine fougueuse et implacable, à la présomption sans borne ? Crois-tu qu'il te transmettrait de bonne grâce, lui, son fauteuil et les autres attributs de son médiocre pouvoir, comme s'il avait été préparé toute sa vie à ce moment béni ? Sachant tes intentions et qu'un affrontement vous dressera tôt ou tard l'un contre l'autre, ne voudra-t-il pas prendre les devants ? Et voilà le fauve dans la gueule duquel tu n'hésites pas à te jeter spontanément, espérant que les Ekoumdoum s'empresseront d'arbitrer en ta faveur en te portant en triomphe.

« Non, grand-père, les Ekoumdoum, qui sont gens raisonnables, attendront l'issue de la bataille pour se rallier au plus fort. Qu'adviendrait-il de nous si nous adoptions ta proposition ? Au mieux, on nous dépouillerait d'abord de notre armement, et, quand nous serions nus comme des vers de terre, on se saisirait de nous et on nous jetterait dans quelque cul-de-basse-fosse que le jeune chef ambitieux et cruel vient de faire bâtir et dont peut-être nous serions les premiers pensionnaires. Et, une nuit, tandis que le tonnerre assourdirait la cité et que l'orage se déchaînerait, cet homme insensé et pervers nous ferait égorger et laisserait courir le lendemain la rumeur de notre fuite. Cette histoire n'est pas un cauchemar ; n'oublie pas que c'est ainsi que Baba Le Bituré en use toujours avec ses rivaux.

« Passe encore de mourir, car j'ignore ce que c'est – c'est vrai, chacun devrait pouvoir mourir plusieurs fois, pour être à même de parler de la mort en connaissance de cause. En revanche, je sais bien que je ne me suis pas donné tant de peine, en rassemblant mon bel arsenal, pour souffrir qu'une espèce de jeune cannibale vienne m'en dépouiller. Alors là, pas question. Et pourquoi ne pas aller lui en donner livraison tout de suite, dans un geste sublime d'allégeance ? Rappelle-toi, grand-père, l'histoire de l'homme qui ne voulait pas se retourner, et qui fut capturé par les pirates, déporté dans les Amériques, et vendu le premier à l'encan sur un champ de foire ; songe quelle effroyable voie sa faiblesse fraya au malheur de tant de nos frères. Il faut combattre, grand-père, le tout est de savoir comment.

– Bon Dieu ! s'écria un jour Évariste le sapak, oubliant tout à coup le ton de conjuration que les Koléens adoptaient dans ces débats, bon Dieu, créons un maquis, c'est le sens de notre voyage, c'est notre unique mission, c'est notre raison d'être ici.

Jo Le Jongleur s'était bien gardé de commenter la proposition du sapak, la laissant à dessein en suspens pour jouir longtemps du spectacle de l'adolescent s'enivrant d'un rêve dévorant, et non par scepticisme comme le crut Mor-Zamba qui, deux jours avant leur arrivée à Ekoumdoum, leur fit cette confidence :

– La proposition d'Évariste n'est pas une si mauvaise idée, après tout. Vivre de longues semaines au fond de la jungle, ce n'est pas aussi difficile qu'on pourrait croire. Rappelle-toi, Jo : je t'ai souvent raconté que nous avions passé, Ouragan-Viet et moi, un mois, peut-être même deux dans la forêt, tout seuls. Te souviens-tu ?

– Un mois ou deux dans la forêt, évidemment c'est appréciable, commenta Jo Le Jongleur d'un air ambigu.

– Écoutez, reprit Mor-Zamba, il me suffirait de quelques jours de recherche dans la jungle pour retrouver l'endroit où nous étions établis ; et nous n'avions pas, de beaucoup, l'équipement dont nous disposons maintenant. C'est très simple, congédions tout de suite nos convoyeurs ; nous serons déjà débarrassés de tout témoin indiscret. Comme nous ne trouverons sans doute plus de hameau ni même de campement pour nous héberger d'ici à Ekoumdoum, laissez-moi vous offrir chaque jour le gîte dans une hutte que j'aurai chaque fois édifiée de mes mains en quelques instants avec les moyens du bord. Vous jugerez ainsi de la facilité de réaliser la proposition d'Évariste.

En réalité, ils tombèrent sur un campement désert quelques instants après que Mor-Zamba eut prononcé ces paroles ; de plus il était trop tard pour libérer les convoyeurs originaires de Tambona, de sorte qu'il fallut attendre le lendemain à l'aube pour le faire. Mais il est vrai qu'ensuite les rubénistes ne dormirent plus que sous l'abri précaire que, chaque fois, Mor-Zamba élevait en quelques instants sous leurs yeux en n'utilisant que les matériaux offerts généreusement par la forêt. C'est toutefois Jo Le Jongleur qui, avec son éloquence verbeuse et son imagination téméraire, imposa finalement sa tactique ; elle consistait, selon ses propres termes, dans un premier temps, à être dans la place d'Ekoumdoum sans être à la merci de la fougue du jeune chef, ce personnage qui, pour lui, n'avait plus rien de fictif. Cela ne pouvait s'obtenir qu'en s'introduisant incognito dans la cité, afin d'observer tout à loisir, d'interroger s'il le fallait, très habilement cela va sans dire – et peut-être, pensait secrètement Jo Le Jongleur, de prendre des initiatives fulgurantes qui stupéfieraient l'ennemi et le contraindraient à baisser les bras. Comme le savait bien Évariste le sapak, c'était là un projet arrêté depuis longtemps dans l'esprit du mauvais garçon koléen ; il avait si peu douté de le faire accepter par ses compagnons qu'il en avait commencé l'exécution depuis plus d'un mois en se procurant une gandoura et tout un accoutrement de croyant musulman.

Enfin, la veille de leur arrivée à Ekoumdoum, Jo Le Jongleur se travestit en saint homme Haoussa, avec une vaste gandoura de cotonnade, un gros chapelet, et un grand chapeau de paille posé sur le sommet du crâne par-dessus un turban. Il y mit enfin la touche d'inévitable originalité, ce qu'il aurait voulu faire admirer par un observateur pénétrant comme sa signature personnelle, en ajoutant à cet ensemble une paire de lunettes fumées, derrière lesquelles il pouvait voir sans être vu. Évariste le sapak déçut cruellement l'attente de Jo Le Jongleur en ne se montrant pas, cette fois, l'admirateur clairvoyant, et parfois sarcastique mais, à ce titre, redoutable et nécessaire, qu'il avait été durant la longue marche. Loin de le mettre en joie, le nouvel avatar du mauvais garçon de Kola-Kola aggrava la perplexité et la tension agressive qui gagnaient l'adolescent au fur et à mesure que le but de leur voyage approchait, tel un jour fatidique auquel on a peine à croire, tout en le redoutant.

Ils ne rencontrèrent point âme qui vive ce jour-là ; de plus, leur étape fut abrégée par un orage soudain suivi de plusieurs ondées. Jo Le Jongleur et Évariste le sapak, obéissant pour une fois sans réplique aux injonctions de leur aîné, restèrent terrés l'après-midi et toute la nuit dans la hutte confectionnée par Mor-Zamba qui, jonglant avec les bois, comme un nageur acrobate avec l'eau, disparaissait derrière un arbre, pour reparaître sous un buisson. Une courte escapade du virtuose lui donna le loisir de pêcher on ne sait où des gardons, des brèmes, des ablettes dont la fraîcheur étincelait à l'air ; il les fit cuire à la mode des Ekoumdoum, en les assaisonnant de beaucoup de piment et d'un peu de sel, enveloppés dans des feuilles de bananier, et à même la braise rougeoyante d'un grand feu de bois ; avec le manioc qui leur restait de la veille, il régala ses deux compagnons qui doutèrent de moins en moins des heureux augures de leur mission.

Mor-Kinda, qui s'efforçait de se cuirasser contre l'émotion depuis leur départ de Fort-Nègre, s'émerveillait en silence des talents pratiques de cet immense animal, de tant d'adresse manuelle, d'une telle disponibilité de réflexes si longtemps délaissés par la force des choses. Détournant son regard dès que le géant paraissait diriger ses yeux vers lui, il l'observait sans se lasser quand l'autre ne pouvait le remarquer et découvrait un autre Mor-Zamba, gigantesque mais léger, massif mais en même temps, eût-on dit, effilé et même affûté, adapté à la reptation parmi les ronces autant qu'à la glissade entre les lianes, à l'escalade d'un fût, au dépistage d'une bestiole venimeuse ou à la détection d'un fruit comestible. Son oreille frémissante, son œil aux aguets, son éternelle mastication de colosse à l'estomac jamais tout à fait plein, son visage pensif, sa parole rare, son activité toujours fructueuse donnaient à ses deux cadets un sentiment de sécurité qui les plongeait dans une tiède euphorie au milieu du crépitement assourdissant et du ruissellement pénétrant du déluge.

De bonne heure le lendemain, Mor-Zamba, qui venait d'offrir un dernier repas de poisson au piment à ses cadets, leur déclara brusquement :

– C'est ici que nous nous séparons, les gars, tout compte fait.

S'ensuivit une ultime délibération destinée à permettre aux trois Koléens d'esquisser avec un minimum de précision le premier acte de leur conquête d'Ekoumdoum et d'en scruter de près les détails scabreux. Carte blanche était laissée à Mor-Kinda, appelé aussi Jo Le Jongleur, pour exécuter, avec tout le bonheur que lui permettaient des circonstances imprévisibles, et avec l'assistance du sapak Évariste, la délicate mais indispensable manœuvre de pénétration incognito à l'intérieur de la cité. Mor-Zamba, qui risquait d'être prématurément reconnu en se montrant maintenant à Ekoumdoum et d'exposer ses camarades à tous les périls inhérents à une situation si malencontreuse, se dissimulerait d'abord dans la forêt et y aménagerait des caches nécessaires à la sauvegarde de leur abondant matériel, ainsi qu'un asile garantissant la meilleure sécurité en prévision de quelque tour désastreux des événements qui contraindrait le duo d'éclaireurs à se dérober précipitamment à l'hostilité d'un ennemi supérieur en nombre et en force, ou dans toute autre hypothèse malheureuse. Un débat bref mais d'une rare vivacité et cependant conclu à l'unanimité, institua que les deux éclaireurs ne porteraient aucune arme à feu sur eux, seule recette assurée pour déjouer la tentation catastrophique de s'en servir inopportunément.

Les deux éclaireurs se rabattirent sur les quelques objets dont la nécessité, une fois qu'ils seraient dans Ekoumdoum, n'était point sujette à caution ; ils en firent un baluchon auquel ils donnèrent volontairement des proportions modestes, ainsi qu'une apparence plutôt sordide, et même crasseuse, espérant ainsi se prémunir contre la convoitise hardie de quelque paysan trop déluré.

Mor-Kinda ordonna au sapak Évariste de revêtir la tunique étroite, de toile rugueuse et grise, qu'il avait acquise à son usage, mais veilla à la maculer préalablement de boue de latérite puisée dans les tranchées d'écoulement flanquant la chaussée, jusqu'à ce qu'elle parût avoir été sévèrement éprouvée par les incessantes avanies d'une longue route. Quant à ses propres vêtements de saint homme musulman, ils n'avaient pas besoin d'un tel traitement et, sans aucun artifice, arboraient déjà tout naturellement d'immenses taches rouges que Jo Le Jongleur prétendait du meilleur effet.

– À vous de jouer maintenant, les gars, leur déclara enfin Mor-Zamba, à qui son prestige récent d'homme rompu aux embûches de la vie des bois conférait une autorité accrue. Rassurez-vous, je ne serai jamais plus éloigné de vous que votre ombre même, veillant sur vous alors que vous ne m'apercevrez même pas. Et dès que nous en aurons ensemble décidé ainsi, j'émergerai enfin au grand jour pour achever le succès de notre noble mission. Pour me rencontrer, quel que soit le jour, que l'un de vous deux se faufile jusqu'à la route, au plus profond de la nuit, quand tout dort ; le cri du hibou retentira alors, et il n'aura plus qu'à marcher dans la direction indiquée ainsi. Bonne chance, les gars. Et n'allez surtout pas oublier l'homme qui ne voulut pas se retourner.

– Compte sur nous, lui répondit Jo Le Jongleur.

Quand Mor-Kinda et le sapak Évariste se retrouvèrent au milieu de la chaussée broussailleuse, marchant côte à côte, et même serrés l'un contre l'autre, ils ne manquèrent pas de faire – avec surprise d'abord, puis avec stupéfaction et, à un certain moment, avec une profonde angoisse – cette observation vraiment insolite et qui, plus tard à leurs yeux, symbolisera parfaitement la mentalité collective des Ekoumdoum : des gens qu'ils apercevaient au loin, venant dans leur direction, s'évanouissaient tout à coup avant d'être parvenus à leur hauteur, comme s'ils s'étaient volatilisés et confondus avec la nature; après quelques minutes, entendant parler derrière eux et se retournant, les deux Koléens, qui en jugeaient plutôt par le nombre des membres et le profil collectif du groupe, que par leur habillement extrêmement sommaire et peu différencié, croyaient reconnaître les paysans qu'ils avaient vus venir au-devant d'eux un moment plus tôt. De toute évidence, les paysans quittaient la chaussée et se dissimulaient derrière un buisson pour observer les étrangers plus à loisir. Une fois cependant, au lieu de se jeter dans les sombres replis de la forêt voisine, une nombreuse troupe d'aborigènes, à vue d'œil fort jeunes, poursuivit crânement sa marche à la rencontre du saint homme musulman et de son disciple sur lequel semblait s'appuyer son grand âge, à moins que ce ne fût une mystérieuse infirmité. Les deux étrangers s'étaient immobilisés, se préparant sans aucun doute à nouer une conversation pacifique, mais la troupe turbulente de jeunes paysans soudain se fendit en deux unités qui, pressant le pas en chœur et grimaçant de toutes leurs guenilles, contournèrent les Koléens sur les deux flancs, par une habile manœuvre de chasseurs, et filèrent tête baissée, certains escaladant le talus avec agilité, d'autres agitant la tête en signe de dénégation, pour faire comprendre qu'ils ne tenaient pas à se lier avec des étrangers.

De vrais cannibales, ma foi, marmonna Jo Le Jongleur, en soupirant. Mais où nous sommes-nous donc égarés, toi et moi, sapak de mon cœur?

DEUXIÈME PARTIE

La démence du père Van Den Rietter

Chapitre premier

C'ÉTAIT, aime à nous confier aujourd'hui Jo Le Jongleur à la fois nostalgique et rétrospectivement émerveillé, c'était comme si, après nous avoir attaché un bandeau sur les yeux, on nous eût ordonné d'aller chasser le phacochère.

– Parle pour toi, mon Commandant, lui rétorque parfois le sapak Évariste ; c'était bien pire encore. Quand tu vas à la chasse au phacochère, mon Commandant, même avec un bandeau sur les yeux, au moins tu es éveillé. Non, c'était plutôt comme ces songes qu'apporte le demi-jour, quand une mauvaise position du bras ou de la tête ou une autre cause maintient les paupières du dormeur seulement mi-closes : tu n'es pas vraiment dans le songe et tu n'es pas non plus vraiment dans la vision éveillée. Tu voudrais par un sursaut de volonté basculer dans l'une, mais c'est l'autre qui paraît t'entraîner irrésistiblement. Connais-tu cela, mon Commandant ? Tu vois, il y a des jours maintenant où je me demande si notre mission d'observation n'aurait pas dû consister à établir tout de suite le contact avec la vieille maman d'Ouragan-Viet. C'était si facile! Quand tu jouais les sorciers chiromanciens, il suffisait de suggérer à n'importe lequel de tes patients que tu voyais dans sa parentèle un jeune héros, un soldat élancé, le fusil à la main, semant la terreur chez les Blancs, dans leur propre pays. Enfin, tu aurais pu dire cela ou autre chose; je suis sûr qu'on t'aurait tout de suite amené la vieille mère d'Ouragan-Viet. Pourquoi ne l'as-tu jamais fait au juste?

– Pourquoi? Mais c'était montrer toutes tes cartes tout de suite, eh! patate. Autant déclarer tout de go à qui voulait nous entendre : "Dites, comment accède-t-on à la chambre à coucher du chef? J'ai mission d'étrangler ce monstre dans son lit…" Pourquoi ne pas leur déclarer cela tout de suite? C'est ce qu'a fait ce malheureux Ezadzomo et tu sais bien ce qui lui est arrivé. Et puis fiche-moi la paix : laisse-moi d'abord te débiter ma salade. Donc, moi j'ai un bandeau attaché sur les yeux, et je dois chasser le phacochère; ça n'est quand même pas banal, ça, non? Quand je dis sanglier ou phacochère, je pourrais aussi bien dire éléphant, python, est-ce que je sais? Je jette mes mains au hasard, dans toutes les directions, pauvre de moi! Quand elles se posent, comment savoir si ce n'est pas sur une vipère géante ou sur un *ayang* aussi pugnace que ton agresseur?

– Alors là, je t'en prie, mon Commandant, parle pour toi, parce que, moi, tu permets? je sais ce que c'est. Quand tu tripotes un reptile, surtout sans t'y attendre, c'est une sensation aussi désagréable que terrifiante, c'est à la fois mou et élastique, plat et rebondi, lisse et velu, glacé et moite; c'est le cauchemar. Non, je te dis, c'était comme si tu ne pouvais voir ni avec les yeux du songe ni avec les yeux de la vie éveillée, parce que cela non plus, ce n'est pas banal. Tu veux porter la main à tes paupières pour les dégourdir en les frottant, mais c'est ton bras qui est ankylosé; c'est tout ton corps, tous tes membres qui sont paralysés, enserrés dans un garrot sournois. Te voilà à la discrétion de l'ennemi, terrassé avant même d'avoir combattu; c'est la panique.

Le fait est que, pour qui embrasserait d'un seul regard les diverses péripéties du combat qu'ils menèrent contre le chef et ses alliés, tout se déroula comme si nos Koléens avaient d'abord été terrassés avant même que de livrer bataille, ainsi qu'il arrive souvent dans les entreprises engagées sous les auspices du triomphe facile, obtenu presque sans coup férir.

Contredisant d'avance la fable imaginée plus tard par le sapak, l'inconnu aux mille rictus ne les paralysa pas plus que les trombes de ténèbres de leur première nuit sur la route. Jo Le Jongleur en fut même stimulé à son accoutumée, lui qui entra dans Ekoumdoum sous son avatar le plus stupéfiant, arborant tous les attributs d'un croyant éminent d'Allah, jusqu'au jeune disciple soumis, chargé des accessoires de la piété, et marchant rigoureusement dans les pas du maître.

Ils pénétrèrent dans la cité, non point comme le fit l'enfant errant près de trente ans avant eux, en enjambant la tranchée flanquant la chaussée cailloutée, mais par un terre-plein rudimentaire recouvert de sable et de gravier, qui conduisait maintenant sans effort le voyageur jusqu'aux premières maisons : c'est là que nos deux voyageurs, qui craignaient de paraître forcer l'accueil des habitants, s'installèrent sans hâte, en hommes qu'aucune convoitise ne tourmentait.

Le prétendu croyant d'Allah, qui portait des lunettes fumées pour dissimuler son âge véritable, s'accroupit pesamment sur une natte déployée avec des gestes lents et solennels par son jeune disciple et commença aussitôt ses ablutions. Déjà une haie d'enfants nus ou déguenillés se formait à bonne distance; ils accouraient éperdument en se jetant *Haoussa !* comme un mot de passe, puis, tout à coup, ils se figeaient et le cri s'étranglait dans leur bouche. Debout, le jeune disciple obséquieux tendait à son maître les ustensiles du rite, au fur et à mesure que sa progression les requérait. Le vieux sage musulman, qui s'était d'abord longtemps battu pathétiquement la poitrine de sa main droite et avait élevé plusieurs fois les deux bras vers le ciel, se prosterna soudain dans une paroxystique allégeance à Allah, tourné vers l'assistance d'enfants qui formaient maintenant une foule sans cesse grossissante, et non, comme il aurait dû le faire, dans la direction de la ville natale du Prophète. C'était là un spectacle vraiment inconnu, qui ne manqua pas de retenir les habitants adultes d'Ekoumdoum, descendus du haut de la cité par groupes sporadiques et d'un pas dédaigneux, dans la seule intention de s'assurer que leurs enfants ne couraient aucun danger.

Le croyant d'Allah gardait dans ses prosternements interminables son immense chapeau de paille, s'étant avisé au dernier moment qu'un bon musulman de la secte qu'il était censé représenter devait montrer un crâne ras bien différent de sa lourde tignasse d'élégant Koléen ; il évoquait ainsi une vision fantastique qui laissait pantois les habitants adultes de la cité, partagés entre l'envie de rire et la perplexité admirative. Pour mieux les ravir et les dérouter, le croyant d'Allah aux talents multiples entreprit de les régaler de cette psalmodie dont les disciples de Mahomet possèdent seuls le secret et qui fit dire plus tard au sapak que c'était miracle qu'il n'eût pas alors cédé à une hilarité bien malencontreuse.

– *Kuba, kuba nin Allah ! Saraka kusirina malam ahia, kusirina malam ahia, kusirina malam ahia, kusirina malam ahia !*

Le jeune disciple avait en effet reconnu dans ces paroles d'ailleurs mystérieuses pour lui le cri familier du mendiant du carrefour John-Holt à Fort-Nègre : pendant de nombreuses années, des milliers d'écoliers avaient écouté ce refrain étrange avant de se rendre à leur école où ils avaient concouru à qui l'imiterait avec le plus de virtuosité, de sorte que, parmi eux, le mendiant à la gandoura était une des figures les plus populaires de la capitale.

– *Kuba, kuba nin Allah ! Saraka kusirina malam ahia, kusirina malam ahia, kusirina malam ahia, kusirina malam ahia…*

Jo Le Jongleur exhalait cette étrange incantation avec une ferveur et des élans de charité dont l'éloquence devait remuer l'âme des assistants, car leur cercle, si lointain d'abord, se resserrait peu à peu autour des voyageurs. Leurs têtes s'étageaient en gradins, les spectateurs des premiers rangs, les plus jeunes enfants, abîmés dans l'extase, les adultes, à l'arrière-plan, observant d'un œil tantôt critique, tantôt ébahi.

Il semblait au pieux musulman que sa cérémonie, qui se prolongeait au milieu du silence désespérément obstiné de l'assistance, allait bientôt déborder sa connaissance de la liturgie d'Allah et l'entraîner sur la pente périlleuse de l'improvisation. Même quand il eut observé que les spectateurs se communiquaient leurs impressions entre eux par des chuchotements de bouche à oreille, pour la première fois, l'incertitude de sa position et des moyens de gouverner les événements ne laissa pas de lui donner des sueurs froides. L'invitation providentielle qu'il attendait, et dont il venait de commencer à douter, s'esquissa pourtant de la façon miraculeuse qu'il avait espérée, un peu comme s'il l'eût mise en scène lui-même.

Un cortège de femmes âgées, portant au dos la hotte de bois et de provisions traditionnelle au retour des champs, s'était arrêté devant les deux étrangers et contemplait la scène dont leur présence tout à fait inattendue gratifiait l'entrée de la cité. Jo Le Jongleur vit tout de suite, à l'expression de ces visages où se lisait un instinct maternel certes plusieurs fois mis à contribution, mais jamais assouvi, qu'elles n'allaient pas se fondre stupidement dans la foule des badauds. En jouant des coudes, l'une d'elles ne tarda pas à s'avancer vers les deux croyants musulmans – incarnation de la vieille sorcière édentée qui hante les nuits des petits enfants imaginatifs, c'était la plus petite, la plus maigre, celle sur qui le temps avait sans doute le plus cruellement exercé ses ravages. Éperdue de compassion, les joues baignées de larmes, elle déclarait tout en se frayant la voie vers les deux voyageurs :

– Mon Dieu ! Mon Dieu ! Ne voyez-vous pas que ces malheureux vous supplient de leur donner un peu de nourriture ? Voilà sans doute des jours qu'ils n'ont rien mis dans leur estomac. Comment auraient-ils pu savoir, en venant de notre côté, qu'ils marcheraient si longtemps avant de rencontrer un village habité ? Qui leur aurait dit que tous les autres clans se sont peu à peu repliés dans la cité ? Qui sait dans quelle contrée étrangère, au milieu de quelles populations insensibles, l'un de nous, peut-être, tend à cette heure la main pour recueillir quelque pâture, de quoi survivre encore un jour ? Oubliez-vous que quelques-uns des nôtres ont émigré à Mackenzieville ? Peut-être endurent-ils en ce moment même eux aussi une famine cruelle.

Les spectateurs des premiers rangs, les enfants les plus jeunes, se réveillant soudain, s'ébrouèrent, ricanèrent sans joie, se mirent à murmurer apparemment sans aménité à l'égard de la vieille femme dont l'intrusion avait rompu le charme. Derrière eux, les plus âgés se prenaient sans façon à témoin les uns les autres de la présomption des commères qui se figuraient que chacun sur terre ne rêvait d'abord que de manger et que la nourriture apportait à coup sûr le bonheur et la paix.

La vieille grand-mère édentée, s'obstinant, pariait hardiment sur la justesse de son interprétation des événements ; elle s'avançait tout près des étrangers et même posait la main sur l'épaule du jeune disciple, plus soumis, plus docile que jamais, certainement le plus éprouvé par la privation de nourriture et les longues journées de marche, à en juger par ses membres longs et grêles et ses vêtements couverts de poussière et même, par endroits, de plaques de boue.

– De quel pays viens-tu, mon petit gars ? lui demandait-elle. As-tu seulement une maman ? Réponds-moi, mon petit ; ta mère sait-elle seulement ce qui t'arrive ?

Au lieu de répondre, le sapak, qui connaissait fort bien son rôle, tantôt baissait la tête, tantôt fixait un regard vide dans les yeux de son interlocutrice, en enfant bien élevé, mais qui, ignorant la langue de ses hôtes, doit se priver la mort dans l'âme du plaisir de converser avec eux.

Quand les questions de la vieille grand-mère se firent pressantes, le maître lui-même se vit contraint d'intervenir, avec beaucoup de peine il est vrai, car il parlait très imparfaitement la langue des Ekoumdoum. Il expliqua avec de larges gestes de la main vers le ciel qu'il était un homme de Dieu qui, en accomplissement d'une promesse sacrée, effectuait un périple ne devant se terminer qu'avec l'achèvement de sa propre vie : le bref et misérable séjour de l'homme pieux dans cette vallée d'illusions n'est qu'une quête incessante pour la perfection suprême qu'est Allah, le seul Dieu, celui dont Mahomet est le Prophète. Le sage musulman ajouta qu'Allah prendrait à jamais sous Sa protection et comblerait éternellement de Ses bienfaits les demeures et les cités où il adviendrait que lui El Khalik, son serviteur, séjournerait ne fût-ce qu'un instant. Le maître dit encore que, malgré ses airs juvéniles, son disciple avait acquis lui aussi une telle sérénité qu'aucune vicissitude humaine ne le prendrait plus jamais au dépourvu et que, quelle que soit la date, quel que soit le lieu de son propre décès, l'enfant, en digne héritier mystique, saisirait à sa suite le bâton de l'éternel voyage, sous la protection d'Allah, le seul Dieu, celui dont Mahomet est le Prophète. Le serviteur d'Allah, si jeune, si désarmé qu'il paraisse, étant exempt de souillure, ne redoute pas plus la route que la fourmi, pourtant bien menue, ne craint le chemin que tassent sans répit le pied brutal du chasseur et même le pilon dévastateur du pachyderme.

Ainsi parla El Khalik, serviteur d'Allah, le seul vrai Dieu, celui dont Mahomet est le Prophète.

Pendant que discourait ainsi ce sage musulman décidément disert, malgré une connaissance très imparfaite de la langue de ses auditeurs, une circonstance naturelle vint ajouter au caractère merveilleux de la situation. Dans ce décor où les rubénistes avaient observé que le coucher du soleil est déjà ordinairement précoce, une immense nuée orageuse, suivie d'un roulement continu du tonnerre, vint boucher la cité en coiffant soudainement la forêt comme le couvercle ferme un chaudron. Le sapak se souvient encore qu'il jeta un coup d'œil furtif sur la montre que Jo Le

Jongleur portait à son poignet et qu'il n'était pas plus de quatre heures de l'après-midi. C'était déjà le crépuscule et même, pour ainsi dire, la nuit et, sous la double menace, l'instinct de conservation débanda prosaïquement la fête de la première rencontre des rubénistes avec les paisibles citoyens d'Ekoumdoum, canton éloigné et d'ailleurs méconnu de la jeune République où, depuis trois mois, régnait sans partage Baba Toura, appelé aussi plus familièrement Le Bituré, Baba Soulé ou Massa Bouza.

Dans la pauvre maison de la vieille femme édentée, où furent emmenés les deux pieux serviteurs d'Allah, plusieurs familles associées par l'exigence de l'hospitalité vinrent leur prodiguer, comme l'avait imaginé Jo Le Jongleur, les soins attentifs dus aux étrangers accueillis pour la première fois au milieu des Ekoumdoum. Au moment de les conduire enfin dans le gîte qui leur était réservé, la vieille femme édentée que leur détresse supposée avait tout à l'heure fait fondre de commisération posa à Jo Le Jongleur cette question qui, sans doute, lui brûlait les lèvres depuis le début de la soirée :

— Étranger, as-tu bien dit que ton passage dans une maison ou dans une cité est une bénédiction éternelle pour ses habitants ?

— N'en doute point, sainte et vénérable femme, désormais protégée d'Allah, déclara Jo Le Jongleur en levant solennellement et étendant son bras droit. *Dankal bino, dankal bino.* El Khalik sait tout, parce qu'Allah a posé sa main sur l'épaule de son serviteur El

Khalik, comme celui-ci lui-même s'avance la main posée sur l'épaule de son jeune disciple, non pour s'appuyer sur sa faiblesse, mais pour lui donner confiance et certitude. *Dankal bino, dankal bino*, ta maison est désormais bénie, sainte et vénérable femme, jusqu'à la millième génération, je veux dire à jamais. Tant que les fleuves ramperont vers l'océan, tant que la gent ailée sillonnera l'atmosphère et les reptiles, la terre humide, qu'à chaque aube l'astre de splendeur émergera à l'horizon de La Mecque, ton nom, ma reconnaissance et la bénédiction d'Allah retentiront partout où le destin m'appellera et m'accompagneront même outre-tombe.

La vieille femme fondit en larmes et pleura, en grimaçant, de joie et de gratitude.

Quand ils furent enfin seuls dans leur gîte, le sapak demanda sur un ton de colère impatiente à son aîné si ce dernier ne pensait pas que, tout de même, il en faisait trop.

– Alors, tu n'as rien pigé encore, galopin ? On n'en fait jamais trop avec les culs-terreux question superstition ; c'est là que nous allons mettre le paquet, tu as compris ? La longue marche que nous venons de faire m'a beaucoup instruit, pas toi, galopin ? Finalement, tu vois, il n'y a que deux chemins pour amener les gens où tu veux qu'ils viennent. Il y a d'abord le fusil ; j'y croyais beaucoup au début ; j'y crois toujours, remarque bien, mais un peu moins. Parce que, si tu réfléchis bien, galopin, l'ennui avec le fusil, tu sais quoi ? Eh bien, ça te rend stupide ; tu te crois invulnérable, alors tu ne calcules plus, tu ne veilles plus. Il faut toujours calculer, pas vrai, galopin? Un type qui ne calcule pas, tu sais quoi? Eh bien, il est fichu. L'ennui quand on détient le fusil, c'est de se croire dispensé de penser et de calculer. Alors, il s'en trouve toujours un qui calcule et qui finit par te dérober ton fusil. Rappelle-toi les miliciens que nous avons maîtrisés une nuit. Ce n'étaient plus des hommes, mais des brutes à la merci du premier venu pourvu qu'il ait de l'idée. En revanche, la superstition, c'est autre chose. D'abord, tu es toujours aimé des gens, au lieu que le type qui tient le fusil se fait détester. Et puis, tu es toujours obligé de calculer, d'imaginer autre chose, de corser ta comédie; en somme, tu es toujours sur tes gardes, tu ne roupilles pas; c'est bon, ça. Si j'ai bien compris, Ouragan-Viet ne me féliciterait pas: selon lui, il ne faudrait jamais tromper personne. Alors, même une ruse de guerre serait interdite? Il n'y aurait plus moyen de faire la guerre, ni de faire l'amour, ni même de faire la chasse au vrai gibier, parce que la chasse, au fond, c'est un mensonge continuel, réfléchis un peu. Alors, nous qui, au fond, chassons en quelque sorte, comment réussirions-nous sans ruse? Tu vois ce que je veux dire?

– Ce n'est pas ainsi que j'imaginais les choses, fit l'enfant.

– En tout cas, au point où nous en sommes, il s'agit d'abord de ne pas flancher, d'aller jusqu'au bout, d'accord?

– Moi non plus, je n'aime pas qu'on trompe les gens, bougonna le sapak en se détournant, à moins que ça ne soit pour soulager leur souffrance.

– C'est ça, galopin, tu me diras comment il faut faire.

Cette nuit-là même, tandis que le sapak dormait à poings fermés en enfant recru de fatigue et d'émotions, Jo Le Jongleur alla rejoindre Mor-Zamba sur la route, en tâtonnant hardiment dans les ténèbres. Il relata triomphalement le succès de son stratagème conçu pour se faire prier d'accepter l'accueil de la cité :

– Tu comprends, disait-il, je ne voulais pas me mettre dans la position du demandeur ; je n'aime pas avoir à demander, ça me déprime, que veux-tu.

Tout à ses rêves d'action, il répondit fort mal aux nombreuses questions de Mor-Zamba, indice pourtant éloquent d'une émotion très péniblement contenue. Aux confidences même partielles et chaotiques de son ami, Mor-Zamba venait de s'aviser que c'était dans sa propre maison, celle qu'il avait édifiée de ses mains une vingtaine d'années plus tôt, que la cité hébergeait le sapak et l'ancien mauvais garçon de Kola-Kola ; il n'en dit rien à son ami, insistant seulement pour qu'il lui décrive leur gîte.

– De toute façon, lui déclara Jo Le Jongleur, tu aurais tort d'essayer de venir, tu courrais grand risque d'être aperçu et reconnu. Pour entrer dans la baraque, il faut piétiner longtemps dans la cour. C'est un truc que je n'avais jamais vu auparavant, mais que tu dois connaître, toi, puisque, finalement, tu es quand même chez toi ici. Eh bien, en guise de porte, ce sont des bouts de bois superposés et soutenus par deux poteaux plantés de chaque côté de l'ouverture et faisant en quelque sorte office de montants. Alors, tu vois ça d'ici, il faut soulever les bouts de bois l'un après l'autre ; ça peut prendre du temps. À part ça, il n'y a pas lieu de se plaindre ; c'est vaste, il y a même une pièce intime où se réfugier pour se dérober, par exemple, aux regards indiscrets des visiteurs.

– Et le toit ?

– Quoi, le toit ?

– Est-ce qu'il est en bon état ? As-tu observé des trous dans le chaume tressé ?

– Le chaume tressé ? De quoi parles-tu ?

– Mais oui ! La couverture des maisons ici est faite de chaume tressé, tu ne savais pas ? Suivant l'épaisseur de la natte, c'est-à-dire selon le courage de l'artisan, la couverture résiste plus ou moins longtemps aux intempéries. La pluie, par exemple, y creuse des fentes et même, à la longue, des trous béants.

– Ah oui, je vois ce que tu veux dire, mais je n'ai pas fait attention à ça, tu vois ?

– Il n'y a pas de clair de lune d'ailleurs, reconnut Mor-Zamba.

Nous avons tressé des nattes épaisses comme personne peut-être ne l'avait fait avant nous, songeait Mor-Zamba ; *c'était de la belle ouvrage, j'aimerais savoir comment elle a résisté aux pluies pendant tant d'années.*

CHAPITRE II

*L*ES RETROUVAILLES DE MOR-ZAMBA avec les bois, la forêt et la jungle demeurent encore dans son souvenir, à en juger par l'évocation qu'il en fait parfois – une période de délicieuse euphorie, redoublée par la possession de l'abondant matériel raflé par Mor-Kinda en divers lieux, et qui facilitait tellement les besognes du géant qu'elles s'offraient à lui comme autant de jeux.

Quant aux deux éclaireurs, leur impulsive jeunesse subit péniblement les secousses et le fracas du début de leur séjour dans la cité ainsi qu'on pénètre dans les tourbillons et les remous d'un ouragan. Sous le masque de croyants absorbés par les exercices de piété de leur foi, et ne prêtant guère attention aux agitations et aux vains désirs qui composent l'existence des gens ordinaires, ils devaient se livrer à l'observation la plus minutieuse d'un adversaire indistinct d'abord, puis mystérieux et à la fois foisonnant et insaisissable, terne et chatoyant, silencieux et rugissant.

C'est d'abord avec les femmes âgées, leurs meilleures amies, qu'ils apprirent à jouer serré. Le soir, elles venaient en groupe leur porter leur repas et ne repartaient jamais sans avoir conversé longuement avec les étrangers qui s'adonnaient à une religion si mystérieuse et qui leur promettaient plus d'indulgences et même de récompenses matérielles que le père Van den Rietter. C'étaient presque toutes des veuves, et elles parlaient un peu de Van den Rietter comme si celui-ci avait tenu dans leur esprit la place du mari disparu. Elles exaltaient naïvement en lui le chasseur courageux et habile dont le fusil ne retentissait jamais en vain, l'ami fidèle qui, étant retourné chez lui en Europe, ne les avait pas oubliées, mais était revenu parmi ses ouailles, l'administrateur qui leur avait fait connaître la prospérité.

– Tiens ! Comment cela ? leur demanda un jour Jo Le Jongleur, dans l'espoir de s'entendre décrire la mission et la croissance rapide de l'établissement, qu'il se proposait quant à lui de visiter bientôt clandestinement.

De tous les travaux attribués au Père Van den Rietter, il semblait que les veuves tiraient surtout fierté de l'arrivée de frère Nicolas qui avait organisé l'approvisionnement de la cité en ustensiles symbolisant ici le progrès et vendus, à la Mission, dans un important bazar que frère Nicolas ouvrait trois fois par semaine.

– Étranger, lui déclarèrent-elles, peux-tu bien imaginer ce que nous étions avant l'arrivée de frère Nicolas ? Des animaux de la plus vile espèce, des taupes, des cloportes, mais certainement pas des êtres humains. Nous devions attendre une année entière pour nous procurer le coupon de cotonnade dont nous rêvions ; encore nous était-il cédé à prix d'or par cette race de voleurs qui venaient ici piller le fruit de notre labeur. Frère Nicolas est arrivé ; tous les mois, il se rend avec sa péniche jusqu'à Mackenzieville et nous ramène à profusion toutes les bonnes choses que prodigue la civilisation. Tiens, il est justement à Mackenzieville en ce moment, il ne va pas tarder à revenir, et toute la cité sera en fête, car le retour de frère Nicolas est toujours un bonheur pour la cité.

Les veuves avaient apporté ce soir-là et offert à leur hôte la calebasse de vin qui est l'assaisonnement traditionnel des veillées à Ekoumdoum, mais le croyant d'Allah, incarnation de la sobriété et du détachement, y avait à peine trempé les lèvres, pressant au contraire ses amies de se verser fréquemment chacune une rasade. Il s'ensuivit une animation à la faveur de laquelle les vieilles femmes, assez réservées auparavant, parurent plus enclines que de coutume à s'abandonner. Roulant toujours sur les deux missionnaires, la conversation, de fil en aiguille, aborda tous les thèmes, mais principalement celui des artisans que frère Nicolas amenait sans cesse de Mackenzieville, chaque fois qu'il y allait à bord de sa péniche. Plus que l'ébéniste, plus que le menuisier-charpentier, pourtant reconnu extrêmement habile à former des apprentis dans un délai rapide, plus que le maçon, si apprécié des missionnaires que la Mission s'était assuré exclusivement ses services, plus que tous les autres hommes de métier ins-

tallés dans l'enceinte de l'établissement fondé par Van
den Rietter, les veuves s'extasiaient sur le talent du
tailleur, dont elles s'accordèrent vite pour déclarer que
la dernière illustration en était la robe d'*amwalli* que
portait Ngwane-Eligui à la messe le dimanche précédent ; ce point fut acquis après un débat dont Jo Le
Jongleur se rappelait encore cet extrait longtemps, très
longtemps après :

– C'est donc lui qui avait fait cette robe, ce chef-
d'œuvre ? s'était écriée une veuve. Je me disais aussi à
la grand-messe l'autre jour, en détaillant cette petite
diablesse.

– Qui d'autre aurait pu faire une telle robe ici ? avait
dit une autre veuve. À côté de cet homme-là, tous les
tailleurs devraient se cacher dans un trou, surtout les
nôtres : ils ont des excuses, c'est vrai, leur tradition est
si récente. Qu'étions-nous avant notre frère Nicolas ?
Rien, sinon des taupes, comme nous le dit si souvent le
père Van den Rietter.

– C'est une robe comme celle-là, et en *amwalli*
encore, qu'il faut que je me fasse faire, dès que frère
Nicolas sera revenu de Mackenzieville et pourvu
qu'il ait la bonne inspiration de ramener des tonnes
d'*amwalli*, avait déclaré une troisième veuve, car c'est
à l'évidence la cotonnade préférée des femmes
d'Ekoumdoum et le stock de frère Nicolas ne dure
jamais plus de quelques jours. Dieu, notre Père, permets que je me fasse faire une telle robe en *amwalli*,
avant ma mort, ne serait-ce que pour en envelopper
ma misérable dépouille.

– Elle ne l'aura pas portée bien longtemps, la pauvre fille !

– Tu veux dire qu'elle ne l'aura pas exhibée long-temps, comme à la parade ; car rien ne l'empêche de la porter dans le palais de son mari, au moins pour son propre plaisir.

– Pourquoi donc ? Le père Van den Rietter l'a rendue ? Il n'a pas voulu la garder ?

– Quoi ? Tu ne savais pas ?

Très vite, d'autres catégories d'habitants de la cité vinrent, à la suite des veuves, se lier d'amitié avec les deux croyants d'Allah dont leur suavité de mœurs et leur extrême piété avaient rapidement et largement étendu la réputation. Les jeunes enfants, à l'exclusion des petites filles pourtant presque toujours mêlées à leurs frères dans la plupart des activités quotidiennes, ne furent pas les moins ardents à se presser autour du sage et serein musulman assis en tailleur sur une natte, à la manière des derviches tourneurs, tantôt à l'inté-rieur de sa maison, tantôt sur l'étroite terrasse. Il arri-vait parfois que le croyant d'Allah prenne la main d'un des enfants, en contemple gravement les lignes et, en hochant la tête, déclare au petit homme au crâne ras dont le sourire aussitôt se figeait :

– Allah ! J'aperçois là, derrière toi, oh ! un homme grand, immense, à la prunelle sanglante, grimaçant un rictus et brandissant une machette effilée qui peut, à l'occasion, être très meurtrière. C'est un homme dont la bouche résonne de glouglous de haine et d'envie. Qui est-ce, mon enfant ?

– C'est mon oncle, bien sûr ! répondait l'enfant. Il en veut à mon père parce que le gibier ne va jamais se prendre dans ses collets à lui, mais toujours dans ceux de mon père à moi. Alors, il dit que ce n'est pas normal, que mon père lui a jeté un sort. C'est pour ça qu'il est haineux.

– *Dankal bino, dankal bino*, reprenait Jo Le Jongleur, et pourtant je n'ai jamais été chez vous. El Khalik voit tout ! El Khalik, le maître de Nourédine, marche la main dans la main d'Allah.

– Qui est Nourédine ? demandaient les enfants en chœur.

– Nourédine, c'est le grand garçon là-bas, mon disciple.

– Et qui est le maître de Nourédine ?

– Le maître de Nourédine, c'est moi.

– Ah oui ? Alors, au lieu de dire : "Je marche la main dans la main d'Allah", tu aimes mieux dire : "Le maître de Nourédine marche la main dans la main d'Allah" ? Est-ce toujours ainsi qu'on parle dans ton pays ?

Bientôt, toute sorte de gens voulurent s'entendre dire la bonne aventure par le croyant d'Allah. Il en fut surtout ainsi quand les jeunes gens de la cité commencèrent à faire quotidiennement intrusion chez les deux pieux musulmans, conduits par un personnage aux airs avantageux, et à y demeurer interminablement, à la grande satisfaction de Jo Le Jongleur. Leur chef, qui devait être un jeune homme ou même un très jeune homme, puisque Mor-Zamba, après avoir entendu son portrait détaillé, ne le reconnut pas, était armé à toute heure du jour d'un antique accordéon dont il tirait toujours le même air. C'était un grand garçon, plutôt svelte, bien proportionné, se présentant de façon à être pris pour un homme de la ville, où les rubénistes surent d'ailleurs bien vite qu'il avait résidé quelque temps. Il portait une épaisse chevelure, toujours coiffée avec un soin extrême, des sandales de plastique en très mauvais état, un short kaki râpé, un tricot de corps sans manches, au poignet gauche un bracelet sans montre, sur le torse une toison déjà remarquable, sur laquelle il attirait encore l'attention en mettant, aux grandes occasions, une chemisette d'ailleurs rapiécée, qu'il se gardait de boutonner.

L'apparition de l'accordéoniste, appelé Mor-Eloulougou, eut lieu le jour où frère Nicolas revint de Mackenzieville, vers la fin de l'après-midi, alors que la fête prédite par les veuves, animée surtout par les enfants de l'école de la Mission, qu'on entendit chanter dans plusieurs quartiers de la cité, battait son plein. Si Mor-Eloulougou lui-même, accaparé par son mélodieux instrument, ouvrait rarement la bouche, il s'échangeait dans la bande qui l'escortait des propos dont la résonance belliqueuse stupéfia secrètement Jo Le Jongleur, trop peu habitué à tant d'imprudence verbale chez les habitants d'Ekoumdoum. Ce matin-là, le crieur avait sillonné la cité pour rappeler un règlement « toujours en vigueur », soulignait-il avec une fermeté confinant à la menace, ordonnant que tout gibier pris sur la rive droite du fleuve, sur laquelle la cité était précisément établie, devait être partagé à égalité avec le palais ; cela s'entendait aussi des poissons et des oiseaux, « à la seule exclusion des oisillons », ajoutait le crieur, qui répétait plusieurs fois cette dernière phrase. En entendant les protestations suscitées par cette affaire dans le jeune entourage de Mor-Eloulougou, Jo Le Jongleur s'émerveillait de découvrir que la pêche et la chasse, activités vitales pour les habitants de la cité, étaient sacrées à leurs yeux et que le chef, déjà coupable d'usurpation, avait, au jugement des plus jeunes, couronné son crime en tentant de les entraver.

Quand Jo Le Jongleur, qui désirait en savoir davantage, voulut stimuler leur révolte et leur arracher des confidences en prétendant qu'Allah, le seul vrai Dieu, Celui dont Mahomet est le Prophète, avait toujours prescrit de partager et non d'accaparer, et que priver son frère d'une denrée nécessaire à sa survie et l'assassiner, c'est tout un, il lui parut que leur colère retombait bien vite, et l'ancien domestique de Sandrinelli s'accusa de maladresse. Dans le brouhaha trépidant de leur première invasion, chaque nouveau venu qui pénétrait chez les pieux musulmans pour s'agréger au groupe de l'accordéoniste s'approchait joyeusement de ce dernier et lui disait :

– Alors ! Où en es-tu ? Est-ce pour ce soir au moins ? Ce serait justement le jour.

Sans s'extraire de son extase musicale, l'accordéoniste exécutait du bout des lèvres une moue très expressive, qui eût pu signifier le dégoût pour un étranger, mais que l'interlocuteur indiscret de Mor-Eloulougou interprétait ainsi :

– Non ! Ça y est ? C'est vrai ?

– Évidemment, tiens ! s'écriait non l'accordéoniste lui-même, trop pénétré du prestige de son office pour daigner en interrompre l'exercice, mais un acolyte. Évidemment, ça y est ! Qu'est-ce que tu croyais ? Qu'elle allait lui résister, celle-là ? Elle aurait bien été la première.

– Pas vrai ! rétorquait le nouveau venu. Ne dis pas cela de Ngwane-Eligui, je ne te croirais pas. Elle n'est pas comme les autres, celle-là au moins, c'est une coriace. Et le premier qui l'aura, ça risque de faire du bruit.

– Mais qui te parle d'elle ? faisait avec agacement le porte-parole de l'accordéoniste, tandis que son chef de file poursuivait sa sempiternelle rengaine. Moi, je te parlais de Ngwane-Assoumou.

– Ah oui ! Celle-là, d'accord, je veux bien te croire. Remarque que c'est déjà une belle prise, quoique ça soit loin de valoir Ngwane-Eligui.

– Dis donc, Ngwane-Assoumou n'est même pas là depuis dix jours, c'est quand même du rapide, non ?

– Oui, oui, d'accord, bien sûr, bien sûr, mais quand même, cela ne vaut pas Ngwane-Eligui. Alors, dis, comment l'as-tu trouvée ?

– Pas terrible ! proclamait la voix caverneuse de Mor-Eloulougou émergeant enfin de son extase et faisant en même temps tomber brusquement le vacarme de la salle. *My God*, j'avais plein d'eau partout, je n'aime pas ça. Et puis, non ! Elle crie vraiment trop fort, ça me trouble. Tu la veux ? Si, si, si, c'est facile, tu sais ?

Sur ce sujet-là aussi, les jeunes gens faisaient des réponses laconiques ou évasives aux tentatives de Jo Le Jongleur pour pénétrer leur mystère ; ou bien, avec des rires et des clins d'œil égrillards, ils finissaient par lui avouer :

— Ce sont des affaires de chez nous, ça : c'est de cette façon que nous nous occupons ici. Nous réglons ainsi nos comptes avec le Vieux Chimpanzé. Le Chimpanzé Grabataire et sa horde nous prennent tout, alors nous autres, nous lui prenons le reste. Et le reste, c'est encore beaucoup.

Nom de Dieu ! Qui donc est Ngwane-Eligui ? songeait Jo Le Jongleur impuissant. Cette nuit-là, il arracha à Mor-Zamba, qui jugeait pourtant son initiative, quelle qu'elle fût, dangereuse et, en tout cas, précipitée, l'autorisation de porter sur lui une assez forte somme d'argent, que le géant, qui était allé la chercher dans sa cache la plus proche, lui apporta quelques heures seulement plus tard.

Jo Le Jongleur annonça le lendemain à ses amies les veuves qu'Allah, qui avait décidé de récompenser leur hospitalité, lui avait inspiré dans son sommeil de leur offrir à chacune un coupon d'*amwalli* avec quoi se faire confectionner la robe de leurs rêves et il remit à chaque vieille femme ébahie le prix du coupon de cotonnade et de la façon. À la veillée on consomma plus de vin de palme que d'habitude, on chanta force cantiques qui n'excluaient d'ailleurs pas quelques complaintes profanes ni des romances brusquement surgies de la nuit des traditions si souvent moquées par Van den Rietter ;

on gratifia surtout l'étranger de quelques confidences, peu explicites il est vrai, faites d'ailleurs à mi-voix.

Quel tourment pour le malheureux chef que la présence de cette petite diablesse de Ngwane-Eligui dans sa résidence ; c'était la dernière acquisition du maître de la cité. Aussi farouche que jeune, belle au point de paraître provocante, ne s'était-elle pas d'abord refusée au père. Après tout, il est naturel que la jeunesse déteste tripoter les rides de l'âge. Qu'à cela ne tienne, on lui offrait d'entrer dans le lit du fils, de la chair ferme et fraîche aussi, un beau jeune homme élancé, revenu depuis deux ans seulement de Bataré où il avait séjourné longtemps pour faire son apprentissage. C'est toujours ainsi que cela se passait, c'était d'ailleurs le bon sens même. Si la femme ne veut pas d'un père pour époux, eh bien, qu'elle prenne une jeunesse, et c'est ce qu'on proposait à Ngwane-Eligui. Mais ne voilà-t-il pas que cette teigne se refusait aussi au fils, avec la même obstination, avec la même rage. Alors que faire ? Céder cette superbe enfant, comme on fait d'une laideron, à un serviteur pour récompenser sa fidélité ? Folie pure. La laisser se réfugier à la Mission, près du père Van den Rietter, à peine arrivée dans la cité ? Le maître et son fils n'avaient pu s'y résoudre.

Le lendemain, les nombreux jeunes enfants qui étaient venus rendre visite à leurs amis El Khalik et Nourédine ne les quittèrent guère de la journée : les deux étrangers les nourrirent comme il ne leur était jamais arrivé à une heure où leurs mères étaient aux champs. Voulant leur montrer qu'il tenait à les fêter, Jo

Le Jongleur leur fit apporter de nombreux plats de riz et de stockfisch qu'il avait envoyé acheter à la Mission et fait apprêter tôt dès le lever du jour.

Soudain, il se pencha, avec sa gravité coutumière en ces occasions-là, sur la main du plus déluré, et, au milieu d'un concert de joyeuses exclamations, il déclara :

— Le maître de Nourédine sait tout, El Khalik voit tout, parce que El Khalik marche la main dans la main d'Allah. *Dankal bino ! dankal bino…* Voyons donc ce qui se passe au fond de ta petite menotte, mon gars. Oh là là ! Eh bien ! tu seras un *big massa*, toi, un grand commandant : tu auras sous tes ordres des centaines, que dis-je ! des milliers de gens, si, le moment venu, tu acceptes d'aller à l'école, bien sûr. Je te vois beau, grand, couvert de galons. Peut-être que tu es colonel ; ah non ! plutôt gouverneur, oui, grand gouverneur, voilà ce que tu es quand tu es devenu grand. Mais auparavant, qu'est-ce que je vois là, tout de suite, auprès de toi ? Ah, tiens donc ! de jeunes femmes, très belles ma foi ! Elles semblent beaucoup s'amuser en ta compagnie…

— Ce n'est pas moi, c'est plutôt mes frères ! s'écria l'enfant, tandis que ses jeunes compagnons s'esclaffaient. C'est sûrement un de mes frères, et les jeunes femmes, ce sont celles du Vieux Chimpanzé Grabataire.

— Ah bon ? fit Jo Le Jongleur, machiavélique. Comment est-ce possible ?

— Oui, fit l'enfant, mes frères disent souvent que c'est une bénédiction que le Chimpanzé Grabataire

soit là, parce que, comme ils disent, sans lui il y a longtemps qu'ils seraient morts.

– Allons bon…

– Mais oui ! Parce que, comme ils disent toujours,
le Chimpanzé Grabataire est venu chez nous et il y a
implanté une formidable réserve de femelles. Tu
veux savoir comment il s'y prend, le Chimpanzé
Grabataire ?

À travers les propos des enfants, le chef apparais-
sait comme une sorte de monstre bouffon, auquel les
fonctions et l'argent avaient conféré le pouvoir de réaliser des rêves démentiels ; c'était aussi comme une
cible héréditaire à laquelle leurs coups devaient tout
naturellement être portés plus tard, comme si de lui
nuire n'eût pas été un crime, mais au contraire une
action toujours méritoire.

– Mais oui ! reprit le petit garçon déluré au milieu
du chahut de ses frères qui tantôt l'applaudissaient,
tantôt huaient le chef. Eh bien, le Chimpanzé
Grabataire est très riche, il a plein d'argent dans tous
les coins du palais, tu sais ? Sa grande maison, celle que
frère Nicolas lui a faite, qui est immense, avec beaucoup de chambres et de salles à manger. Eh bien, il a
aussi beaucoup de serviteurs, une armée de serviteurs
et même une police là-bas, dans son quartier. Alors, il
expédie ses gens dans tous les pays, très loin d'ici, et
même dans des contrées où les gens ne parlent pas
comme nous ; c'est vrai ça, il y a des femmes du
Chimpanzé Grabataire qui arrivent chez nous sans
parler comme nous ; après, elles apprennent, bien sûr,

et elles arrivent à parler, parce que notre langue est simple, mais très belle.

– Oui, une très belle langue, je suis bien d'accord. Et quand le Chimpanzé Grabataire a envoyé ses serviteurs dans tous les pays, qu'est-ce qu'ils font là-bas? demanda le sage musulman.

Cette fois, c'est un autre petit garçon, aussi déluré mais affligé d'un léger bégaiement, qui répondit, relayant spontanément l'orateur précédent.

– Ils ont plein de sous dans les poches, et quand ils aperçoivent une jolie jeune fille, mais très, très jeune, hein! – parce que le Chimpanzé Grabataire les préfère comme cela, mais pas trop petite quand même, parce que alors là ce sont les parents qui ne seraient pas d'accord! – alors, ils coursent la jeune fille, ils la rattrapent et ils l'emmènent chez ses parents, et ils disent aux parents: "C'est à vous cette enfant-là? Combien vous voulez qu'on vous en donne?" Alors les parents répondent qu'ils en veulent des cent et des mille, et tu sais quoi? les gens du Vieux Chimpanzé, ils payent aussi sec.

– C'est formidable, ça! s'écria le croyant d'Allah en frappant dans ses mains. Et après?

– Après? reprit le petit bègue, ils vont plus loin, ils attrapent une autre jeune fille très belle, et ainsi de suite. À la fin, ils les conduisent ici, ils les emmènent dans le palais, et le Chimpanzé Grabataire organise de grandes fêtes. Les autres vieux de la cité se rendent tous au palais; on leur offre à manger, à boire et tout. Et le Chimpanzé Grabataire se fait transporter au milieu

d'eux et leur déclare : "Voici mes nouvelles épouses !"
Et il leur donne encore plus à manger et à boire.

– Quel homme étonnant, ce Chimpanzé Grabataire !
commenta le sage musulman.

– Oui, mais parfois il a du mal aussi, fit un garçon
un peu plus grand que les autres, et qui avait déjà une
voix d'homme. Ma mère dit que maintenant les jeunes
femmes ne sont plus comme elles étaient dans sa jeunesse à elle.

– Comment ça ?

– Eh bien, continua le garçon, elles n'acceptent plus
les vieux, elles veulent des jeunes. Ma mère dit que c'est
parce que les temps changent, et les jeunes filles aussi.

– Et alors ?

– Elles s'enfuient et se réfugient à la Mission ; parfois, elles essayent de traverser la forêt, mais elles n'y
arrivent pas, elles sont reprises par les hommes du
Vieux Chimpanzé.

– Pas toujours ! protestèrent les autres enfants en
chœur.

– Sauf une, mais une seule ! précisa l'adolescent.

En deux jours, l'habileté de Jo Le Jongleur lui eut
permis de cerner les contours de la grave crise sociale qui
secouait la cité d'Ekoumdoum. La situation était en réalité bien plus extravagante que n'auraient pu l'imaginer
les rubénistes, puisqu'il n'était personne, parmi les
hommes qui comptaient dans la cité, qui ne fût de près
ou de loin impliqué dans le désastre imminent.

Aux yeux des jeunes gens qui entouraient Mor-
Eloulougou l'accordéoniste, Van den Rietter lui-même

était très suspect, qui hébergeait dans son établissement trente filles selon les uns – quarante, et peut-être plus selon les autres. Se bornait-il à offrir un asile, par générosité, à des malheureuses fugitives ? Ne désirait-il pas plus simplement prendre sa part de cette aubaine ?

– C'est vrai, reconnaissaient-ils, qu'il s'efforce toujours de leur trouver un brave mari parmi les célibataires de la cité ; et dès qu'il en tient un, il s'empresse de l'emmener auprès du Vieux Chimpanzé et il le contraint à signer une reconnaissance de dette en faveur de celui-ci. C'est vrai, c'est vrai, mais d'abord, est-ce qu'il devrait s'occuper de ces choses-là ? Et puis pourquoi garde-t-il les filles si longtemps chez lui auparavant ? Oui, il fait semblant de leur donner une instruction religieuse, il les force à aller à la messe chaque matin. Oui, mais le reste du temps, elles sont parquées dans des maisons de brique écartées où personne ne les surveille. C'est grave, ça, la nuit surtout, hein c'est très grave. La preuve…

C'est vrai que, selon tous les témoignages, les épouses du chef, celles du palais autant que celles de la Mission, avaient atteint un tel niveau de dévergondage que, chaque nuit, elles déjouaient tous les obstacles pour se répandre dans la cité et rejoindre des hommes forts et jeunes avec lesquels elles entretenaient des liaisons notoires. Ne désespérant point de les retenir dans les bornes de la fidélité, le vieux maître et son fils aîné n'étaient jamais à court d'imagination. Leur tribunal spécial, par exemple, siégeait presque en permanence : amende pour les récalcitrantes, emprisonnement pour les fortes têtes comme Ngwane-Eligui, bastonnade pour les plus débauchées et même longs mois de travaux forcés dans les plantations du chef, rien n'y avait fait.

Pourtant, comme une plaie qui s'étend sans cesse à mesure que les jours passent, et qui finit par ronger l'organisme tout entier et le couvrir de sa purulence épouvantable, la rage matrimoniale tourmentait davantage le vieillard à mesure que l'âge le portait au bord de la tombe; il avait facilement communiqué cette fureur à son fils aîné, le seul à vivre alors en sa compagnie dans cette sorte de forteresse étrange en quoi frère Nicolas, architecte plus complaisant qu'imaginatif, avait transformé la maison assez simple et même avenante que Mor-Zamba, tout jeune homme, avait connue. C'est cet édifice tortueux que la déférence toujours vivace des habitants les plus âgés de la cité appelait « le palais ». Formant un vaste quartier, d'innombrables dépendances se pressaient sans aucun ordre autour de l'habitation du maître, abritant une extraordinaire quantité de femmes, épouses, parentes d'épouses et autres individus femelles aux statuts difficilement définissables, dont la frustration, exacerbée par la jeunesse, exerçait une telle pression sur l'enceinte de bambou qu'elle la faisait littéralement éclater de jour comme de nuit.

– Tu te rends compte ? répétait obstinément Jo Le Jongleur à Mor-Zamba, sceptique. Ne considérons que l'aspect suivant de l'affaire : tous les rêves d'amour des éphèbes mal dépucelés, à Ekoumdoum, convergent vers le quartier du chef. Tu ne me feras pas croire que nous ne puissions tirer parti au moins de cette nécessaire osmose. Le train se forme, grand-père, il ne faudrait pas le rater. Ou, s'il est parti, il ne doit pas être bien loin, nous le prendrons en marche.

Le sixième sens de l'ancien domestique de Sandrinelli l'avertissait que le ressort du drame était sans doute en place, en la personne de cette Ngwane-Eligui, qu'il imaginait maintenant comme une jeune panthère indomptable, acharnée inexorablement aux barreaux de sa cage, guettée par les piques non moins inflexibles des gardiens.

Les éclaireurs rubénistes déguisés en croyants d'Allah n'étaient dans la cité que depuis quelques jours, et déjà leur maison ne désemplissait plus : les veuves y succédaient régulièrement à l'accordéoniste Mor-Eloulougou, toujours entouré de sa bande. Entre les deux groupes, il arrivait que s'intercalent tantôt les jeunes enfants, tantôt des visiteurs moins familiers, imprévus, venus du haut de la cité et même, une fois, de la Mission catholique. Déjà las du corset de son masque et s'y sentant piégé, Jo Le Jongleur commençait à manœuvrer pour se donner les coudées franches; il s'efforçait avec discrétion de se mêler plus intimement à ses visiteurs et c'est tout naturellement au milieu des amis de l'accordéoniste que ses talents habituels faisaient merveille : une promesse non précisée à l'un, un menu cadeau à l'autre, une distribution de cigarettes à des gens qui avaient eu jusque-là pour coutume de tirer quelques bouffées d'un mégot passant de main en main, la gnole coulant à flots certains jours, il n'en fallait pas davantage pour ériger le pieux musulman en nouveau pôle d'attraction et même en nouveau centre vital comparable sinon égal au palais et à la Mission, et combler l'attente du bas de la cité quelque peu en déréliction depuis que la route avait été abandonnée, à peine construite, par les véhicules à moteur.

Déjà Jo Le Jongleur ne pouvait douter de la complaisance sans cesse grandissante de ses visiteurs, et surtout des amis de Mor-Eloulougou, l'accordéoniste, qui achevèrent pour lui l'exposé du cas Ngwane-Eligui. On prenait des paris partout à travers la cité, les uns jurant qu'elle n'y passerait certainement pas cette année tant elle paraissait indomptable, les autres, qu'elle serait bientôt réduite, sinon par le père, bien incapable maintenant d'un tel exploit, du moins par le fils, un rude gaillard d'ailleurs bien pourvu, qui s'était juré de la forcer, et il connaissait la manière. Pour l'heure, il ne faisait aucun doute qu'elle leur résistait victorieusement. Elle avait été approchée très récemment par des témoins extérieurs au palais : couverte d'ecchymoses, le visage tuméfié, elle paraissait ivre de coups ; elle avait en tout cas confié que Zoabekwé, chaque jour, la battait comme une bête, presque sous les yeux de ses parents, de braves habitants d'une cité située à de longues journées de marche et de navigation, sur l'autre rive du fleuve, du côté de Mackenzieville, importante agglomération établie immédiatement après la frontière séparant la jeune République de la colonie voisine. Ne pouvant briser la jeune femme ni par les menaces ni par les sévices, le Palais avait envoyé quérir ses parents et leur avait

demandé d'amadouer leur enfant et de l'amener à rési-
piscence. Ils avaient promis de mettre à contribution le
temps qui, à la longue, assagit les filles rebelles. En attendant, on les traitait avec des égards princiers, on leur
donnait le pas en tout sur les autres hôtes ; ils avaient
droit aux meilleurs plats, à la meilleure chambre, à l'oisiveté, contrairement aux autres beaux-parents du père
ou du fils, qui, si leur séjour se prolongeait, étaient fermement invités à aider aux travaux des champs et des
plantations.

Mais Ngwane-Eligui riait des supplications de ses
parents ; elle voyait dans leur présence non point une
raison de se soumettre, mais l'aubaine d'un répit,
assurée que, tant qu'ils seraient là, au moins elle n'en-
courrait pas la dernière violence. Sur ces entrefaites, les
esprits avaient été gravement troublés tout à coup, peu
avant l'arrivée des rubénistes, la rumeur s'étant mise à
courir que les femmes mariées contre leur gré seraient
sous peu autorisées à quitter leurs maris sans aucune
contrepartie. Quant à Ngwane-Eligui, elle était, de
toute façon, résolue à déserter le palais ; dans ce cas,
Zoabekwé, pensait-on unanimement, n'hésiterait sans
doute pas à l'assassiner.

– Quel rôle joue l'accordéoniste là-dedans ?
demanda Mor-Zamba, qui croyait que l'arsouille lui
cachait une partie de l'affaire, comme à l'accoutumée.

– Si je le savais ! répondit Jo Le Jongleur. Il se refuse
à en parler. Il est sans aucun doute en liaison avec elle,
c'est assez facile ; il la convoite, c'est certain. Mais jusqu'où irait-il ?

L'audace revenait peu à peu à Jo Le Jongleur ; il posa aux vieilles veuves d'abord, puis aux membres de la bande de l'accordéoniste, cette question qui n'était pas exempte de témérité :

— Supposé que tout à coup le comportement de Zoabekwé témoigne de ses intentions de meurtre sur la personne de Ngwane-Eligui, que croyez-vous que ferait le père Van den Rietter ? Fermerait-il les yeux ? Ou bien s'opposerait-il au chef et à son fils ? D'ailleurs, que fait-il habituellement pour protéger ces malheureuses, quand il n'en recueille pas quelques-unes chez lui ? Après tout, il est l'ami du chef.

— Figure-toi combien tu nous embarrasses, aimable étranger, répondirent les veuves. Au fond, c'est une question de tact, de diplomatie. Le père Van den Rietter, un saint homme plein d'abnégation, ne tient pas à se poser en pédagogue d'un personnage âgé, qui, de surcroît, est le maître de la cité. Il ne veut pas humilier le chef en le réprimandant à la face de ses administrés et de ses serviteurs. Les choses se font peut-être ainsi, là-bas, dans son pays. Mais ici chez nous, il sait bien qu'il ne saurait en user de la même façon. Alors, que veux-tu qu'il fasse, généreux étranger ? Il doit quand même le reprendre, alors il le fait doucement, tout doucement, comme un enfant en bas âge, car il redoute de l'effaroucher.

« Le père Van den Rietter s'entretient si souvent avec le chef, en secret. De quoi parleraient-ils, si ce n'est de justice ? Notre père Van den Rietter est un homme juste. À vrai dire, c'est l'incarnation même de la justice, c'est le messager de Jésus-Christ. Quand il arbitre entre nous autres, les veuves, et les frères de nos époux disparus, ces hommes avides et sans scrupule, qui veulent voir en nous leur propriété, le père Van den Rietter ne se prononce-t-il pas chaque fois en notre faveur ? De notoriété publique, il est le protecteur des veuves. Chaque fois, il déclare péremptoirement, sans crainte de personne, sans souci d'épargner qui que ce soit : "Si une femme perd son époux, qu'elle soit désormais libre." Voilà les fortes paroles que prononce chaque fois notre père Van den Rietter. On peut dire qu'il connaît la justice, notre père Van den Rietter. Malheureusement, il est impuissant à l'appliquer quand c'est notre chef lui-même qui est en cause. Mais, comme il dit souvent, cela n'est pas de sa faute, au père Van den Rietter, c'est la faute de nos propres coutumes, contre lesquelles le père Van den Rietter ne peut rien. C'est un homme de tact qui ne veut pas transgresser nos coutumes et humilier le chef en le réprimandant publiquement. Voilà ce qu'il en est, généreux étranger.

Ainsi parlèrent les veuves.

– Le père Van den Rietter, un homme de justice et de pitié ? s'écria avec indignation le chœur des jeunes gens de la bande de l'accordéoniste. Quelle bonne blague ! Le Chimpanzé Grabataire et le Van den Rietter sont bel et bien deux compères, deux complices même, ça c'est sûr. Jamais le Van den Rietter ne s'aviserait de marcher sur les brisées du Vieux Chimpanzé, et jamais le Vieux Chimpanzé n'oserait fouler les plates-bandes du Van den Rietter. Jamais le Van den Rietter n'appliquerait au Vieux Chimpanzé les mêmes lois qu'à nous autres. Où est la justice alors ? Ah ! ils se ressemblent bien, ces deux-là. Ce n'est pas par hasard s'il y a une mystérieuse jeune mulâtresse à la Mission. Dites, les gars, vous avez déjà vu les mulâtresses tomber du ciel, vous ? Et, à votre idée, les gars, comment fabrique-t-on une mulâtresse ? Sauf erreur, la mulâtresse, tout comme le mulâtre, procède de l'union d'une femme noire avec qui, hein ? on vous le demande, les gars. Remarquez bien que les femmes noires, ce n'est pas précisément ce qui manque ici, mais le reste, hein ? vous en connaissez beaucoup, dites ? Eh bien, vous en avez de la chance.

Tout à coup, l'accordéoniste, qui venait de se défaire avec une vivacité agacée de son inséparable instrument (Jo Le Jongleur affirme aujourd'hui que, sans l'empressement de son entourage immédiat, il l'aurait bien laissé choir au risque de le fracasser), se dressa au milieu de ses troupes. L'ancien domestique de Sandrinelli, qui en avait pourtant vu d'autres dans sa vie troublée, fut frappé par la tournure pathétique de cette soirée, ordinaire jusqu'à cet instant.

– Frères, déclara Mor-Eloulougou avec cette solennité qui sied tant aux chefs dans les moments d'émotion, chers frères, parlons sérieusement pour une fois, *My God !* Soyons des hommes enfin. Car avons-nous été autre chose que des enfants jusqu'à ce jour ? Quels ont été nos exploits jusqu'ici ? Comme d'autres apprennent à guetter le passage du léopard dans la

jungle, nous, à Ekoumdoum, nous épiions les premières démangeaisons de notre pubis. Et dès que notre
verge se dressait, nous la saisissions dans la main
comme un javelot et, à la nuit tombée, nous nous préci-
pitions vers le bois aux Chimpanzés – je veux dire vers
le sérail du Chimpanzé Grabataire, aux abords duquel
nous nous embusquions, attendant qu'une femelle
échappée de la ménagerie se faufile à travers le treillage
de l'enceinte et nous rejoigne. À peine nous avait-elle
enserrés dans ses cuisses musclées que nous nous sou-
lagions. Et le lendemain, toute la cité retentissait de
notre cri de victoire.

« Moi-même, qui vous parle, pourquoi m'admirez-
vous ? À quoi tient mon prestige parmi vous, mes
frères ? Vous m'avez fait la réputation flatteuse de fléau
de la grande réserve, de loup de la grande bergerie. Et
il est vrai que j'ai fait de chaque épouse du Chimpanzé
Grabataire une proie gémissante. Mais maintenant,
assez d'enfantillages, *My God!* D'autres jeux nous
appellent désormais. Des jeux d'homme, des jeux de
guerre, des jeux de sang, peut-être de mort. Mais, chers
freres, je ne me trompe pas, nous sommes bien des
hommes, n'est-il pas vrai ? Alors, il faut libérer
Ngwane-Eligui, sinon vous savez bien que nous n'aurons bientôt plus d'autre ressource que de la pleurer. Il
faut arracher cette malheureuse enfant à ces animaux
sauvages, puisque Van den Rietter, le seul homme qui
aurait pu la sauver, a préféré complaire à son ami le
Chimpanzé Grabataire et lui restituer cette pitoyable
enfant.

« Et puisque le destin nous a fait la faveur d'envoyer parmi nous, au moment où nous en avions le plus besoin, un ami véritable, un homme riche et puissant, un homme d'expérience, un sage – j'ai nommé El Khalik, le croyant d'Allah –, demandons-lui, en toute simplicité, de nous prêter son assistance. Combien de fois nous a-t-il dit qu'Allah est grand et que Mahomet est Son Prophète ! Combien de fois nous a-t-il révélé que Mahomet, inspiré par Allah lui-même, a toujours préconisé le partage et non l'accumulation, l'égalité et non l'injustice. Après tout, nous sommes chez nous dans cette cité, et puisque le Chimpanzé Grabataire s'est révélé être un homme profondément injuste, un vil accapareur, en quelque sorte un voleur, eh bien, chassons-le, renvoyons-le chez lui. El Khalik, serviteur du grand Allah, nous aideras-tu ? Quels conseils nous donnes-tu, ami étranger, toi dont la cité entière, informée de ta générosité à l'égard de nos vieilles veuves, chante la louange à cette heure ?

C'est vrai que, déjà, les vieilles veuves du bas de la cité rivalisaient à qui ferait avec le plus d'ardeur, aux quatre coins d'Ekoumdoum, l'éloge du vénérable croyant d'Allah ; elles étalaient leurs robes, vite confectionnées, d'*amwalli*, cette cotonnade tant enviée, en quoi l'œil exercé de l'arsouille koléen avait facilement reconnu la toile de Vichy à carreaux : chaque vieille femme avait choisi une combinaison originale de coloris – bleu et blanc, noir et blanc, rose et blanc, rouge et blanc, jaune et blanc et ainsi de suite –, si bien qu'elles semblaient des enfants chenus d'une même famille, habillées pareillement, mais sans cependant porter un uniforme.

— Combien as-tu payé Mor-Eloulougou pour tenir ce discours grotesque? s'emporta Mor-Zamba quand Jo Le Jongleur lui rapporta la péripétie.

— Mais tu n'as rien compris, grand-père! rétorqua avec indignation Jo Le Jongleur. Je l'ai si peu inspiré que, sur le moment, ces propos m'ont renversé moi-même. J'ai dû me frotter les yeux pour être sûr que je ne rêvais pas. Je dois pourtant avouer que mon ravissement n'a pas connu de borne quand mon voisin, sur lequel je me suis immédiatement penché et à qui j'ai demandé en chuchotant : "Mais, s'il n'est pas de chez vous, d'où vient donc le chef, je veux dire le Chimpanzé Grabataire?", m'a répondu : "Justement, on ne sait pas, mais il est grand temps qu'il y retourne. De toute façon, ce n'est pas notre faute à nous s'il est là; qu'il se débrouille donc avec ceux qui l'y ont mis." Il m'est arrivé souvent d'être pris de vitesse, mais en l'occurrence ce serait trop peu dire. Tu vois, pour le chef, comme pour Baba Toura, c'est fichu. Tôt ou tard, il faudra qu'il décampe ou qu'il passe sur l'échafaud. Tu vois, c'est comme un arbitre sur un terrain de foot de Kola-Kola, rappelle-toi. Si tout le monde n'est pas d'accord dès le début sur son choix, il ne va pas tarder à être éjecté, et plutôt avec perte et fracas. Pour être pris de vitesse, ça, j'ai été pris de vitesse, tu peux le dire. Parce que, enfin, grand-père, que puis-je leur prê-cher désormais? Van den Rietter, lui, peut continuer à débiter ses sornettes sur un certain Jésus-Christ; il se figure que c'est très mystérieux, parce qu'il n'y croit pas lui-même : il n'y a rien de plus facile que de baratiner les gens interminablement sur ce en quoi on ne croit pas soi-même. C'est un jeu c'est comme avec les filles, si tu y réfléchis. Mais moi, c etait une question de bon sens : chacun sait donc, forcément, la vérité de mon évangile. La justice ? Ils la connaissent fort bien, au moins autant que nous.

– Mais, mon pauvre Georges, tu vois bien qu'ils étaient ivres, tes amis.

– Pardon, pardon ! Moi, je n'ai rien contre la boisson quand elle rend aux gens leur virilité, et surtout leur bon sens. Moi, je n'ai pas à juger des chemins par lesquels les gens viennent au bon combat, je constate qu'ils sont là, à mes côtés, un point c'est tout.

– Eh bien, tu veux que je te dise ? Je parie que tu n'en as pas fini avec les surprises. Avec tout ça tu ne m'as toujours pas exposé tes projets. Tu vas sans doute déclarer la guerre au chef ?

– Tout juste ! Écoute-moi un peu, vieux. Je me suis attendu à chaque instant qu'une femme, un enfant, un jeune homme un peu poète, ou n'importe quel habitant de la cité me parle spontanément d'Abéna ou de toi. Sur la foi de ce que nous en a dit Ouragan-Viet, je me figurais que les gens ici étaient obsédés de vos deux noms, qu'ils n'avaient que vous deux dans leur esprit. Or, vieux, j'ai dû me rendre à l'évidence, il n'en est rien. Je te l'avais dit. Ouragan-Viet s'est trompé, vois-tu ? Il faut imaginer une autre tactique que celle qui consisterait à paraître et à dire : "Je suis Mor-Zamba !"

Ce serait trop beau. Si les gens t'ont attendu comme une sorte de messie, il y a vingt ans, eh bien, c'est fini. Si tu t'avisais de te montrer, je répète que ce serait catastrophique. Le chef et son fils ne feraient qu'une bouchée de toi, et toute l'histoire s'arrêterait là ; avoue que ce serait dommage.

– Pour toi.

– Ne t'en fais pas pour moi, mon histoire ne s'arrêtera pas de sitôt ; si c'était un livre, ceci ne serait que son début, à peine les premières pages. Écoute-moi : il faut organiser nos jeunes amis de la cité.

– Et après ?

– Après ? Ça sera simple. Une nuit, nous pénétrons dans le quartier du chef, massivement d'un seul coup, ou par infiltration pendant des heures. Oh, ça ne doit pas être bien difficile. On dit que chez le chef il n'y a que deux fusils, le sien dont il ne se sert plus, à supposer qu'il s'en soit jamais servi, et celui de son fils, qui ne le montre que de temps en temps, pour la parade, car il est, paraît-il, très mauvais tireur. Dans la confusion des premiers moments de l'invasion, nous nous emparons tout de suite des deux armes, et le tour est joué.

– Oui, mais c'est surtout la Winchester 30-30 du missionnaire qu'il nous faut.

– Ah, mais j'ai aussi ma petite idée là-dessus, grand-père ; écoute donc : une fois neutralisés le Vieux et son bâtard, qui c'est qui se fait proclamer chef légitime ? Tu ne devines pas ? Eh bien, un certain Mor-Zamba. Et alors, quel règlement publie-t-il aussi sec ?

Que nul particulier, dans les limites du territoire d'Ekoumdoum, n'est plus autorisé à détenir d'arme à feu. Le Van den Rietter ne voudra pas se mettre en situation d'être traité en rebelle à l'autorité légitime – ils sont comme ça ces gens-là, je les connais.

– Et tu te figures que ça marchera ?

– Et pourquoi pas ? Ça a bien marché pour Baba Toura et Sandrinelli, et pourtant c'étaient déjà de sinistres criminels. Dès que Le Bituré a été nommé Premier ministre, est-ce que tout le monde ne s'est pas incliné ?

– Tout le monde, sauf le P.P.P.

– Oui, eh bien, je voudrais bien voir ça ici. Tout ira très bien, pourvu que, le jour convenu, tu tiennes nos armes prêtes, dans ta cache la plus proche.

Il va sans dire que Jo Le Jongleur, comme à l'accoutumée, dissimulait à Mor-Zamba la partie la plus décisive et d'ailleurs la plus périlleuse d'une entreprise déjà en cours d'exécution. En guise de réponse à la pressante demande d'assistance de l'accordéoniste, l'ancien mauvais garçon avait déclaré ne pouvoir se déterminer avant d'avoir consulté Allah, ajoutant qu'il le ferait aussi bien à l'instant. Il s'était enfermé quelque temps dans l'autre pièce de la maison, la plus étroite, celle qui servait de chambre à coucher aux deux voyageurs ; mais bientôt, il avait fait appeler Mor-Eloulougou auprès de lui et sous les seuls yeux de ce dernier, au milieu des ombres folles dont une flamme fuligineuse peuplait la pièce et, eût-on dit parfois, confondu avec elles, il s'était livré à mille singeries. À la fin, il avait pris la main de Mor-Eloulougou, l'avait approchée de la lampe à huile et, après l'avoir observée en inclinant la paume tantôt d'un côté, tantôt de l'autre, il lui avait confié :

– *Dankal bino, dankal bino!* Voici ce que j'ai à te transmettre de la part d'Allah. *Dankal bino, dankal bino!* le maître de Nourédine est sous la main d'Allah, comme un nourrisson sous celle de son père. Voici ce que te fait dire Allah : si tu veux sauver Ngwane-Eligui, comme tu en as le droit, ô noble jeune homme, va partout où il y a des armes à feu dans Ekoumdoum, prends-les, cache-les avec tes amis. Alors, privés désormais de leur force, les tortionnaires de celle que tu convoites et à qui tu as promis le salut acquiesceront à tes exigences, quelles qu'elles soient : arrache alors d'entre leurs griffes l'innocente Ngwane-Eligui.

D'abord consterné, l'accordéoniste n'avait pas tardé à se ressaisir et à découvrir que l'oracle lui assignait, à bien y regarder, une mission à sa portée. Lui, Mor-Eloulougou, disposait, à volonté, d'une légion de gamins ayant accès partout dans la cité sans éveiller de soupçons, et même au quartier du Chimpanzé Grabataire où les appelaient fréquemment des corvées rémunérées, bien chichement il est vrai, ainsi qu'à la Mission catholique où, écoliers, enfants de chœur, domestiques occasionnels chez les deux missionnaires, ils étaient tolérés jusqu'aux heures les plus tardives. Le chien de garde de la Mission s'était lui-même tellement familiarisé avec eux que, s'il les rencontrait la nuit dans les parages du presbytère, il n'aboierait même pas.

Restait à imaginer un stratagème devant permettre aux jeunes membres de tels commandos, après avoir pénétré sur les lieux où ils opéreraient, d'emporter leur butin sans se trahir.

– *My God!* fit alors Mor-Eloulougou en se frappant le front, ils n'ont qu'à se planquer dans un recoin et à attendre, pour s'éclipser en emmenant les armes, le moment propice, lorsque le quartier du chef ou la Mission catholique dort.

– Quel risque y a-t-il qu'entre-temps les victimes s'avisent du vol? demanda sévèrement Jo Le Jongleur.

– C'est à eux qu'il faudra poser la question, ils connaissent bien les habitudes de ces gens-là.

Pour un péquenot, ce gars-là est quand même dégourdi, songea Jo Le Jongleur quand l'accordéoniste fut parti.

Or, cette même nuit, ayant à peine quitté Mor-Zamba, Jo Le Jongleur, impatient d'agir, décida brusquement d'effectuer sa première sortie dans Ekoumdoum. Sous prétexte de ne vouloir pas laisser passer une occasion de l'aguerrir, il réveilla le sapak qui n'avait encore que peu dormi et l'aida à recouvrer à la hâte ses esprits en lui présentant une cuvette d'eau fraîche où plonger la tête à plusieurs reprises. Dans leur tenue de militants koléens prêts à toute éventualité, tendus par l'alerte, pliés en deux à force de précaution, ils parcoururent la cité peureusement pelotonnée dans la nuit aux mille replis, au milliard d'algues ténébreuses infiniment ramifiées. Point de guet, aucun vigile, nul garde. Comme Kola-Kola était loin ! Passé minuit, Ekoumdoum semblait une place abandonnée au premier envahisseur venu. Ils ne rencontrèrent pas même un chien errant en guise d'être vivant, pas l'ombre d'un galant furtif.

Avec l'usage, leur sixième sens, qu'avait assoupi la vie facile d'un séjour de quelques semaines dans la cité, se réveillait ; ils se surprenaient à tâtonner du regard, à observer de l'ouïe, à épier du nez. À nouveau pleins de témérité, ils n'hésitèrent pas à s'aventurer dans le domaine de Van den Rietter, qu'ils identifièrent à sa haute et rude palissade de bois, qu'ils escaladèrent sans se douter qu'ils s'étaient dangereusement approchés du presbytère. Ils observaient une bâtisse aux contours mystérieux quand ils entendirent les aboiements d'un belliqueux animal qui, de toute évidence, se dirigeait avec résolution vers eux. Les deux espions koléens tournèrent les talons et n'eurent que le temps de franchir la barrière, comme devant, à la manière des voleurs, échappant ainsi de justesse à la férocité légendaire du berger allemand des missionnaires.

– Eh bien, mon pauvre vieux, ça promet ! fit Jo Le Jongleur en guise de commentaire quand ils se retrouvèrent dans leur gîte, seul à seul.

Voici un résumé des renseignements triés dans la masse d'informations déballées en vrac le lendemain par les écoliers. Van den Rietter se rendait auprès du Chimpanzé Grabataire tous les dimanches soir et y demeurait jusqu'à une heure tardive. Revenu à la Mission, il allait dans son bureau, aménagé dans une dépendance assez écartée du presbytère proprement dit ; là, il travaillait ou lisait son bréviaire jusqu'à minuit ou une heure du matin. Il ne gagnait alors sa chambre que pour se coucher et s'endormir. Or, c'est là qu'était remisée sa carabine, derrière une armoire, appuyée simplement contre le mur. Il n'était pas certain que Van den Rietter s'assurât de la présence de l'arme, chaque soir, avant de s'abandonner au sommeil ; les adolescents en doutaient. *De toute façon*, songea Jo Le Jongleur, *l'essentiel serait déjà fait à cette heure-là !*

Quant à frère Nicolas, il se désintéressait totalement de ses armes, dont il ne lui était arrivé de se servir qu'une seule fois, à la connaissance des adolescents : une femme qui allait aux champs de trop bonne heure avait buté contre une antilope endormie et était revenue annoncer la nouvelle aux missionnaires, réputés grands chasseurs et friands de venaison ; mais elle n'avait rencontré que frère Nicolas qui avait pris son fusil et s'était précipité vers les lieux indiqués par la femme éperdue. À l'arrivée de frère Nicolas, l'antilope dormait toujours, et le missionnaire n'avait plus eu qu'à tirer sur l'animal à bout portant. C'était certainement l'unique pièce de son tableau de chasse en Afrique.

Encore était-il indispensable d'établir avec précision le nombre des armes détenues à la Mission catholique, le compte étant déjà vite fait de celles du palais, afin d'être assuré que le commando chargé de leur rafle n'en oublierait aucune. Mor-Eloulougou et son entourage ordinaire ne purent qu'avouer leur perplexité : ils convinrent que, selon toute probabilité, les deux missionnaires possédaient plus d'armes qu'ils n'en montraient habituellement ; toutefois, avant ce jour, ils n'avaient eu quant à eux aucune raison particulière de se préoccuper de l'armement de ces deux hommes, avec lesquels ils n'avaient pas rêvé de s'affronter.

Les écoliers, dont beaucoup révélèrent des aptitudes peu communes à l'observation, déclarèrent qu'à leur avis chaque missionnaire possédait, outre un fusil de fort calibre, c'est-à-dire la Winchester 30-30 pour Van den Rietter et, pour frère Nicolas, un fusil à double canon, de marque Robust, des armes beaucoup plus petites ou même minuscules, dont ils donnèrent une description émerveillée mais peu précise et passablement bégayante, au point que leurs aînés durent leur demander comment ils savaient qu'il s'agissait bien d'armes et non d'objets de fantaisie, comme ces gens-là aiment souvent à en posséder.

À certaines époques de l'année, répondirent les adolescents, il arrivait au père Van den Rietter, le plus passionné de chasse et d'ailleurs le plus adroit, de se poster dans la cour du presbytère ou de l'école, ou à tout autre endroit propice à cet exercice, au déclin du jour, quand les rapaces se mettent à voler au-dessus de la cité en tourbillonnant ; le père Van den Rietter les tirait alors, en attendant chaque fois patiemment que l'un d'eux vienne passer au-dessus de lui. Ce qui était le plus frappant, c'était de voir le père Van den Rietter joindre ses deux larges mains pour tenir une arme aux dimensions si réduites. Du reste, il faisait souvent mouche, et tout à coup, le rapace, cassant net son élan, s'abattait dans la poussière. Bien qu'ils n'eussent jamais vu frère Nicolas s'adonner à cet exercice, les écoliers se disaient persuadés qu'il possédait lui aussi ce genre d'arme ; tout Européen, à les en croire, en possédait nécessairement une, gage d'amère surprise pour ses ennemis en cas de combat rapproché. Sinon comment expliquer l'extrême assurance dont ces gens-là témoignent toujours et partout ?

L'ancien domestique de Sandrinelli avait compris que les écoliers s'efforçaient ainsi d'évoquer des pistolets ou des revolvers, toutes armes qui se saisissent d'une seule main ou qui, miniaturisées, peuvent se dissimuler parfaitement dans le poing d'un homme de haute stature comme Van den Rietter.

Répondant à une question de Jo Le Jongleur, les adolescents signalèrent ceux d'entre eux qui pouvaient bientôt bénéficier du privilège de pénétrer licitement dans les pièces du presbytère habitées par les missionnaires ; puis ils furent renvoyés. Toute la soirée, Jo Le Jongleur et Mor-Eloulougou firent venir successivement auprès d'eux chacun de ces privilégiés ; le sage musulman les combla de présents, il leur prodigua des promesses plus nombreuses encore, et il leur demanda de s'assurer du nombre d'armes détenues par chacun des missionnaires, mais aussi de l'endroit exact où ces armes étaient remisées. On pensait que les adolescents mettraient une bonne semaine pour cette enquête, car il ne fallait pas les brusquer, sous peine d'un faux pas.

Jo Le Jongleur se frottait déjà les mains, ne sachant s'il fallait bénir davantage les circonstances providentielles ou ses amis vraiment inespérés d'Ekoumdoum, heureux en tout cas d'avoir engagé si aisément dans une voie favorable un attelage peu familier, hétéroclite et pléthorique.

*U*NE AFFAIRE VRAIMENT stupéfiante vint pourtant tout remettre en question alors que les adolescents les plus aptes avaient été recrutés par Mor-Eloulougou en vue de l'opération projetée, qu'on les avait soumis à un entraînement intensif et que, chaque soir, les harangues mystiques, pimentées d'un cérémonial confinant à la magie, du maître de Nourédine, serviteur d'Allah, mettaient longuement la jeune troupe en condition. Il n'est peut-être pas sans intérêt que Mor-Zamba, à qui cette nouvelle péripétie fut loyalement relatée par Jo Le Jongleur, l'ait tout de suite jugée de très mauvais augure.

Fut-ce une crise foudroyante, insensée, incoercible d'indocilité ? Se laissa-t-elle sottement abuser, comme l'affirme Jo Le Jongleur aujourd'hui mieux renseigné que personne, en entendant rapporter les trop flatteuses rodomontades de Mor-Eloulougou ? Toujours est-il qu'un matin, en plein jour, Ngwane-Eligui défia délibérément le Palais en désertant la maison du quartier du chef, dans laquelle elle était détenue à la suite d'un verdict provisoire du Tribunal spécial la condamnant à la prison jusqu'à ce que son sort soit définitivement arrêté. Elle s'en alla, sans une parole, sans un regard pour la vieille femme chargée de la surveiller, que ce départ contraire à toutes les convenances pétrifia d'abord d'horreur, puis d'indignation et enfin de perplexité éperdue. Et voici le plus extraordinaire, le plus impertinent, le plus présomptueux, le plus bouleversant et même le plus poignant, mais aussi le plus scabreux, le plus guilleret, le plus réjouissant, le plus plaisant, le plus juvénile, le plus primesautier et même le plus réconfortant : sans se presser, Ngwane-Eligui traversait la cité en direction de la route, adressant à chacun une civilité, bavardant ici, s'arrêtant là pour répondre à une exclamation, caressant le menton d'un enfant ou le gratifiant d'une risette où flambaient de tous leurs feux ses dents de nacre, faisant de la main un signe de reconnaissance à une sœur enceinte aperçue au loin.

La rumeur de l'esclandre eut tôt fait d'embraser la cité et de porter son agitation à l'effervescence, puis à l'ébullition ; les habitants les plus courageux se précipitaient sur l'artère principale pour voir et même contempler de près ce personnage fabuleux, les autres prenaient prudemment position sur le pas de leur porte.

– Comment, Ngwane-Eligui ! lui jetaient les femmes âgées à la sagesse rassise. Comment as-tu eu le front d'abandonner le quartier du maître de la cité sans son autorisation? Comment as-tu pu déserter la prison où te retenait le verdict notoire de son tribunal? Où trouveras-tu refuge désormais? Le père Van den Rietter acceptera-t-il de se dédire? Ou bien, pauvre enfant, malheureuse petite fille que le ciel a affligée d'une beauté excessive, as-tu donc résolu de courir perpétuellement après le malheur? Qui donc te donnera asile maintenant, pauvre Ngwane-Eligui?

– Te voilà enfin libre, Ngwane-Eligui! lui décochaient ironiquement les hommes mûrs, toujours prêts à voir dans un acte de vaillance l'occasion d'un bon mot ou d'un apologue. Encore deux ou trois jeunes épouses de notre chef telles que toi, et il ne restera en effet plus rien debout dans cette cité, ni homme ni maison.

– Ne t'en fais donc pas, Ngwane-Eligui! lui déclaraient les jeunes gens de la faction de Mor-Eloulougou, d'une voix où perçait pourtant une pointe de doute, ne prête pas attention aux marmottements des vieillards usés par la peine et le chagrin. Suis-nous, belle Ngwane-Eligui : viens te réfugier derrière le rempart infranchissable de nos torses nus. Quel homme sera assez audacieux pour venir te poursuivre jusque dans le sein de cette enceinte propre à donner l'effroi.

La cérémonieuse descente de la jeune femme conduisait en effet Ngwane-Eligui, comme si elle avait attendu leur téméraire invitation ou qu'elle en eût été informée bien à l'avance, vers la maison où les jeunes gens de la faction de Mor-Eloulougou avaient coutume de se rassembler chaque jour; elle y fut accueillie par un tonnerre de bruits de tam-tams et de crécelles, de hourras de triomphe et même de chants guerriers. On dit pourtant aujourd'hui que lorsqu'ils l'eurent installée comme une jeune mariée, ils s'abstinrent de prendre aucune précaution particulière, ne parurent se préoccuper d'aucune funeste éventualité.

C'est un fait que, pendant les heures qui suivirent, Mor-Eloulougou et ses amis, tantôt au comble de l'enthousiasme, tantôt silencieux et le sourcil froncé, gratinèrent la cité de scènes qui la laissaient pantoise. Au cours de cette représentation comme on ne nous en avait jamais offert, alternèrent conciliabules mystérieux et proclamations qui mettaient les assistants en délire. Puisque Ngwane-Eligui avait enfin pu s'échapper de l'antre du vieillard monstrueux, il était naturel que les meilleurs enfants de l'authentique race des Ekoumdoum, d'où tant de héros, émules d'Akomo lui-même, étaient sortis dans le glorieux passé de la cité, lui offrissent l'asile inviolable qui lui convenait. Quand il vint effectuer sa visite quotidienne chez le saint homme musulman, Mor-Eloulougou lui-même se répandit en rugissements retentissants étayés par une gesticulation propre à inspirer la terreur aux spectateurs, mais peut-être bien peu alarmante pour ceux à qui elle eût dû être destinée, retranchés, eux, loin de la maison du saint homme musulman, dans la partie haute de la cité, à près de deux ou trois kilomètres de la route.

On put observer un hasard plus singulier encore : ce fut lorsque le jour commença à baisser ; le soupçon,

transmis de bouche à oreille, qu'une action de représailles des sbires du Palais contre Ngwane-Eligui et ses
nouveaux protecteurs serait tentée avant la tombée de
la nuit courut sournoisement. Au lieu de serrer les
rangs autour de la fugitive, de dresser autour de ce
sanctuaire l'inexpugnable forteresse promise par leur
exaltation initiale, on vit la bande de Mor-Eloulougou,
pour une fois disloquée, s'égailler au contraire à travers
la cité, refluant à la fin de préférence vers le gîte des
croyants musulmans que la souplesse extrême de cette
stratégie laissait sans voix. Il n'est pas inutile de
signaler qu'à cette heure-là bien des indices, décelables
même par un regard innocent, laissaient deviner l'imminence du drame. Des foules d'enfants, se succédant
comme des vagues, submergeaient la grande artère,
celle qui, partant de la route, s'étirait toute droite entre
les maisons, se soulevait insensiblement avec la côte,
allait se perdre, au sommet de la butte, sous le petit
bois dissimulant jalousement le palais, raison pour
laquelle on surnommait « bois aux chimpanzés » le
quartier du chef, en ressortait ni tout à fait la même, ni
tout à fait une autre.

Ces invasions tumultueuses d'enfants, plus voraces
d'événements insolites que les sauterelles ne le sont des
malheureuses moissons brunies par l'ardeur du ciel, pré-
ludaient habituellement aux cortèges de noces ou aux
funérailles. Debout près de leur seuil, comme à l'accoutumée, les adultes se tenaient on eût dit en réserve. Si les
femmes se lamentaient déjà de la souffrance qui allait
dévorer leur sœur, comme la chair de leur chair, leurs

époux avaient un visage frémissant de ce sourire dont la virile et voluptueuse résignation en dit long sur l'intraitable acharnement que l'humanité dut chaque fois déployer pour survivre comme l'atteste toute l'histoire de notre espèce, n'en déplaise à Jo Le Jongleur.

Tout à coup, le sapak, qui s'était lui aussi mis sur le pas de la porte, entendit crier très loin, vers le haut de la cité : « Ils arrivent ! » Répercutée à l'infini, exprimée sous toutes les formes, mais toujours lapidaire, cette annonce déboula jusqu'à la route, comme une grêle de gravats dégringolant sinistrement sur une pente abrupte. Poussé malgré lui, comme aspiré vers la scène de l'événement, l'enfant de Kola-Kola accourut à l'endroit où d'innombrables badauds déjà s'étaient attroupés. Il vit s'avancer de loin, avec résolution mais sans précipitation, un peloton d'hommes à la stature frappante, brandissant des sabres d'abattage et des lances, marchant en rangs serrés ; une sorte de bourreau au regard haineux et cruel les précédait, armé d'un immense fouet que, de temps en temps, il faisait claquer en l'agitant violemment dans l'air ; le sapak apprit quelques instants plus tard que c'était Zoabekwé, le fils du chef, appelé plus couramment le Bâtard, sans qu'il sût pourquoi.

Le peloton, qui semblait fort bien renseigné, se dirigeait à n'en pas douter vers la maison où Ngwane-Eligui avait cru trouver refuge, pour l'heure désertée de tous, excepté de la malheureuse jeune femme.

– Sors donc de là, Ngwane-Eligui ! Va-t'en, criaient de tous côtés à la jeune femme ses sœurs disséminées parmi les badauds et qui n'écoutaient que leur instinct de compassion. Fuis, Ngwane-Eligui! Ou est-il vrai que tu aies résolu de mourir?

Le sapak, qui l'apercevait il est vrai d'assez loin, témoigne qu'elle demeura à la place où elle s'était assise, obstinée, entêtée. D'autres, qui ne craignirent pas de s'approcher des ouvertures, affirment qu'elle ne leva jamais la tête, même lorsque Zoabekwé, qui faisait claquer lugubrement son fouet, se rua comme le tonnerre dans cette forteresse d'où elle aurait dû narguer ses odieux persécuteurs. À peine frémit-elle lorsque le monstrueux fouet de Zoabekwé lui cingla le dos qu'il déchira cruellement, que le Bâtard la tira brusquement par la main, qu'il l'entraîna dans la cour, qu'il la jeta dans la poussière pour s'acharner sur elle, publiquement, à coups de son sinistre instrument de supplice et, quand celui-ci, fracassé par la frénésie du Bâtard, eut volé en morceaux, qu'il assomma la malheureuse à coups de poing et de pied. De même est-il unanimement établi que son effroyable supplice n'arracha à la malheureuse jeune femme ni cri de souffrance, ni gémissement, ni supplication, bien qu'elle semblât y avoir laissé la vie au moment d'être ramassée et emportée telle une bûche de bois, inerte, par les hommes du Bâtard. Le sapak se rappelle encore qu'à ce moment-là, exactement, le vieux Fiat de frère Nicolas, qui remontait à petite allure selon son habitude l'artère principale, contraignit la foule des badauds à se fendre en maugréant, longea lentement le cortège qui emportait Ngwane-Eligui inanimée et s'éloigna.

– Les choses n'en resteront certainement pas là, avait encore commenté Mor-Zamba, après avoir entendu le récit de cette troublante affaire. Les choses n'en resteront pas là ; si tu demeures, tu verras, tu auras à payer pour tes liens avec cette horde de fiers-à-bras irresponsables.

– Tant pis ! Je demeure, répondit Jo Le Jongleur.

Il fit bien, car pendant les jours qui suivirent le Palais ne témoigna nulle intention de représailles ni contre ceux qui s'étaient proclamés inconsidérément les protecteurs de la malheureuse Ngwane-Eligui, ni contre leurs amis étrangers du bout de la cité. Tout semblait être rentré soudain dans l'ordre, après que, le lendemain du drame, le Chimpanzé Grabataire et le Bâtard eurent chassé les parents de Ngwane-Eligui, puisque leurs remontrances et leurs conseils s'étaient révélés également impuissants à ramener la jeune femme dans le chemin conduisant tout droit au lit du père ou, à défaut, au lit du fils.

– Cette fois, ça doit être fait, conclurent sur un ton ambigu les hommes mûrs de la cité : cette fois, elle doit y être passée. Zoabekwé n'a pas tort de cultiver la manière forte. Si le coq prétend venir à bout de la poule, que ne cesse-t-il de tergiverser ? C'est certainement fait, cette fois, tant il est vrai que rien ne vaut la manière forte, au moins en cette matière.

Bien loin de rassurer Jo Le Jongleur, cette évolution l'irritait au contraire incroyablement. Jamais peut-être il n'avait éprouvé auparavant un tel désarroi. Sans rompre formellement avec ses alliés, il décida de mettre en veilleuse leurs projets communs et de rechercher dans la cité d'autres amis.

– Ne te l'avais-je pas dit ? triompha Mor-Zamba. Je suis payé pour savoir que l'étranger qui arrive dans un pays inconnu voit tout de suite venir à sa rencontre des gens qui ne sont pas parmi les plus recommandables de la communauté ; ceux-ci sont toujours retenus à l'écart par leur pudeur, la plus belle fleur du cœur et aussi la plus odorante, si le cœur était un jardin. Pour les atteindre, le nouveau venu doit d'abord se meurtrir au maquis de ronces des coquins et des sots qui se jettent immédiatement à son cou. Je te conseille la tactique suivante : mets le sapak à contribution, envoie-le explorer la jungle humaine d'Ekoumdoum, comme je fis jadis ; peut-être découvrira-t-il des jardins que le maquis amer et jaune nous a dissimulés jusqu'ici.

Or donc, l'enfant venu de Kola-Kola s'aventura seul au milieu des autochtones ; il alla ainsi à la source, docile serviteur, puiser de l'eau pour son maître, parmi les enfants de la cité qui accomplissaient à la même heure la même besogne. À ses premières apparitions, les petites filles s'enfuirent, en criant : « Haoussa ! Haoussa !... », tandis que les jeunes garçons s'approchaient de lui, le palpaient comme un être extraordinaire et, finalement, lui adressaient des paroles amicales et joyeuses. Le sapak avait ordre de Jo Le Jongleur de ne jamais leur répondre, ni à personne en général, mais de se borner à sourire niaisement ou, tout au plus, d'agiter la tête en signe d'acquiescement ou de dénégation. Sa taille et son allure dégagée intimidaient trop ses jeunes amis pour qu'aucun manifestât la tentation de le tourmenter. Quand les petites filles elles-mêmes se laissèrent enfin apprivoiser par le nouveau venu, il arriva que le collégien rubéniste de Fort-Nègre passa inaperçu dans la troupe turbulente des gamins d'Ekoumdoum.

Le sapak ne tarda pas à faire, dans le haut de la cité, une découverte dont il rendit aussitôt compte à Jo Le Jongleur.

– On croirait que toute l'activité de la cité est concentrée là-bas, lui dit-il; par exemple, le missionnaire sillonne sans cesse cette partie-là, sur sa bicyclette.

– Lequel des deux? Le plus vieux ou le plus jeune?

– Il y a un plus vieux et un plus jeune? Moi j'ai plutôt remarqué un gros, sans barbe et un maigre, avec de la barbe.

– C'est frère Nicolas qui est gros et glabre, et c'est le père Van den Rietter qui est barbu et maigre, et qu'on appelle aussi Soumazeu.

– Alors c'est le père Van den Rietter qu'on voit toujours et partout là-haut; il parle avec les gens, il va dans les maisons, il réconcilie le père et le fils, le mari et la femme; il fait des remontrances aux jeunes et aux enfants. Ainsi, quand il rencontre un enfant nu, il lui ordonne d'aller s'habiller immédiatement.

– C'est tout? Tu n'as rien observé d'autre?

– J'ai aussi rencontré un homme, plutôt jeune, disons un jeune homme, qui raillait Mor-Eloulougou et son clan. Pas du tout en se dissimulant, tu sais? mais en face; ça ne fait pas de doute, c'est quelqu'un qui ne doit pas porter dans son cœur Mor-Eloulougou et les siens. Et un type courageux en plus. Je lui ai donc offert le paquet de cigarettes, et le voilà qui se confond en remerciements. Puis, il me demande pourquoi lui. Naturellement, moi, je ne réponds pas. Alors, une femme assez âgée, sans doute sa mère, lui dit : "Pourquoi toi ? Voyons, c'est clair ; il s'est lié d'amitié avec ton jeune frère qui, lui, ne fume pas. S'il avait fumé, pardi, c'est à lui qu'il aurait offert le tabac. Ces gens-là sont généreux, mais ils ne savent pas parler notre langue ; alors, mets-toi à leur place. Pour témoigner leur amitié, ils offrent des cadeaux, comme le paquet de cigarettes. Il nous aime bien, ce petit gars-là." Voilà ce que sa mère lui a dit.

— Excellent ! commenta sobrement Jo Le Jongleur. Si tu continues à travailler comme cela, petit gars, tu sais qu'il se pourrait que tu ailles loin ?

Le lendemain, le sapak alla offrir une bouteille de gnole locale au même jeune homme, plus intrigué que jamais malgré les explications de sa mère, fasciné par la personnalité de ce sage musulman qui, à n'en pas douter, inspirait les démarches du petit Nourédine, son disciple. N'y tenant plus, il vint au début de la soirée dans le gîte des voyageurs, avec l'intention d'approcher El Khalik. Il va sans dire qu'il tomba sur Mor-Eloulougou et les siens, avec lesquels les rubénistes furent étonnés de le voir échanger fraternellement des bourrades et des plaisanteries gorgées de sous-entendus. Le sapak s'était trompé : le jeune homme qui lui avait inspiré tant d'espoir n'avait exprimé qu'une raillerie sans conséquence, et non une désapprobation à l'endroit de l'accordéoniste et de son clan. Les rubénistes firent plusieurs fois la même expérience, et, finalement, il fallut se rendre à l'évidence. Loin d'avoir des ennemis dans la cité, Mor-Eloulougou et son clan formaient bien l'avant-garde, la pointe en quelque sorte aiguë, mais très représentative de la mentalité des jeunes générations.

– Il faudrait quand même en avoir le cœur net, estima Mor-Zamba quand le problème lui fut à nouveau soumis. Cela devrait être simple ; voyons ! Dis à l'accordéoniste que tu ne peux maintenir les projets arrêtés en accord avec lui, à moins qu'il ne justifie son impardonnable lâcheté. Il faudra bien alors que ces gens-là s'expliquent. Je crois avoir compris, mais pose-leur quand même la question.

– Nous voulions bien la protéger, nous autres, cette malheureuse petite jeune femme, répondit Mor-Eloulougou à Jo Le Jongleur pour justifier son étrange abstention ce jour où Ngwane-Eligui fut battue presque à mort.

– Qui, vous ? lui fit vivement Jo Le Jongleur.

– Eh bien, nous les jeunes gens, nous tous qui estimons qu'il n'est pas juste qu'un vieillard capture partout tant de femmes et les enferme chez lui comme dans une ménagerie. Seulement, les vieux sont venus nous dire au cours d'une réunion secrète qu'ils nous désapprouvaient : "On ne prend pas le parti d'une femme qui veut abandonner le maître qu'est son mari.

C'est une chose de s'unir furtivement à la femme qui est déjà la propriété d'un homme; c'en est une autre de prêter main forte à ses efforts de désertion; il faudrait plutôt aider le mari à recouvrer son bien, serait-ce de vive force; à vouloir agir autrement, on se rendrait coupable de sacrilège; autant vaudrait laisser un parent ou un ami mort se décomposer au soleil, sans sépulture."
Ainsi nous ont parlé les vieux, pour nous dissuader. Sinon, nous avions pris toutes dispositions pour protéger Ngwane-Eligui, nous autres.

– C'est bien ce que je pensais, déclara Mor-Zamba quand ces propos lui eurent été rapportés.

– Oui, mais, moi, ce n'est pas cela qui me facilite la tâche, dit Jo Le Jongleur avec aigreur.

Jo Le Jongleur eut tôt fait d'inventer la parade de bouffonnerie et de friponnerie qui, de toute évidence, s'imposait. La nuit suivante, il retint dans la chambre à coucher de leur gîte, loin de tout autre témoin, Mor-Eloulougou et ceux des membres de son clan qui paraissaient les plus influents après leur chef. L'arsouille improvisa un rite aussi interminable qu'extravagant, d'une solennité sinistre et lassante bien propre à affaiblir sinon à annuler la vigilance critique et les réflexes de résistance physique et morale de l'assistance; il en parcourut les étapes avec une application et une gravité que rien ne semblait pouvoir perturber.

Parce qu'il faut bien un terme à tout, Jo Le Jongleur s'arma enfin d'un couteau à cran d'arrêt, don bien involontaire de Sandrinelli dit Le Gaulliste, pourvu d'un fil extrêmement tranchant. En opérant avec infiniment de doigté et par petits coups secs et eût-on dit aériens, il réussit à faire une incision à peine perceptible sur le dos de la main de chaque participant ; ainsi agissaient les charlatans qui, à Fort-Nègre, prétendaient prémunir les gogos contre la morsure des serpents. Alors, il recueillit une à une, sur la lame de son couteau, chaque goutte de sang perlant de l'incision, mêlant peu à peu tous ces sangs dans la paume de sa main gauche ; pour couronner cette simagrée, Jo Le Jongleur trempa son pouce dans ce liquide et alla le poser sur le bout de la langue de Mor-Eloulougou, malgré l'hésitation apeurée de ce dernier, sur laquelle se forma un gros point rouge ; il trempa à nouveau son pouce dans le liquide formé des sangs mêlés des assistants et le posa sur l'extrémité de la langue d'un autre jeune homme, et il fit ainsi jusqu'à ce que, malgré leur évidente répulsion, chacun d'eux se fût plié à cette cérémonie sacramentelle, avant de s'y soumettre lui-même.

– Maintenant, déclara Jo Le Jongleur d'une voix sépulcrale et s'adressant aux participants, nous sommes unis par un lien sacré. Nous formons désormais une famille mystique à laquelle chacun de nous doit tout, à commencer par le secret sur nos projets contre l'accapareur. Si l'un de nous trahit, Allah qui est grand et dont Mahomet est le Prophète, pourvoira à son châtiment. Allah voit tout, partout, à tout instant. Si l'un de nous révèle sciemment notre secret à un tiers, quand bien même celui-ci appartiendrait à la classe des vieillards, qu'il soit maudit et foudroyé par Allah. Le jour de l'événement et la veille de ce jour, si l'un de nous s'avise de s'entretenir avec un vieillard, sans considération du sujet de leur conversation, qu'il soit maudit et foudroyé par Allah. Le jour de l'événement ou la veille de ce jour, si l'un de nous se laisse aller à connaître une femme et à dormir auprès d'elle, au risque de lui livrer notre secret dans son sommeil, qu'il soit maudit et foudroyé par Allah…

L'enfant de Kola-Kola, le sapak Évariste, qui n'a pas l'habitude de mâcher ses mots aujourd'hui, a coutume d'estimer que Jo Le Jongleur sabota lui-même son entreprise en y introduisant cette atmosphère de super-stition délirante qui allait bientôt exploser comme une bombe et pulvériser un échafaudage élevé avec patience et non sans intelligence et discernement. Jo Le Jongleur affirme, au contraire, que le simulacre pro-duisit une impression très profonde sur les jeunes pay-sans ; il remarqua, dès le lendemain, plus de gravité sur leur visage, plus de réflexion dans leurs propos, moins de nonchalance dans leur attitude : ce ne furent plus les mêmes hommes, au moins pendant quelques jours.

Il en donne pour preuve le magnifique succès que fut l'opération si l'on ne s'en tient qu'aux considéra-tions matérielles et techniques. Dans leur longue vie, morne et grise, et d'ailleurs amère, souligne Jo Le Jongleur, peu de chefs militaires professionnels ont l'occasion d'un tel triomphe.

C'est un fait irrécusable, convenons-en, que toute la rafle des armes se déroula conformément au plan conçu par Jo Le Jongleur, Mor-Eloulougou et les compagnons de ce dernier, et ce n'est certainement pas là le moins prodigieux de cette pathétique péripétie. Favorisés par les délais imprévus qu'entraîna l'affaire Ngwane-Eligui, les jeunes indicateurs de Mor-Eloulougou avaient eu tout loisir d'achever leur mission et avaient pu fournir avec toute la précision désirable le nombre et l'emplacement des armes. Quant aux quatre adolescents, répartis en deux groupes, qu'on avait choisis pour la rafle elle-même et rudement entraînés, ils firent bien preuve de la clairvoyance, du sang-froid, de la ruse et de la finesse qu'on leur prêtait et qui n'étaient pas de trop pour une tâche jugée délicate et périlleuse par chacun.

C'est chez le chef que le commando en herbe évolua avec le plus de facilité, parce que les visiteurs extérieurs se discernaient malaisément dans le bois aux chimpanzés, très insuffisamment éclairé la nuit et, en temps normal, en osmose jusqu'à une heure tardive avec la partie circonvoisine de la cité. À la Mission, en revanche, il avait fallu soudoyer, tout en évitant de trop l'informer, le domestique et enfant de chœur attitré des missionnaires, espèce de grand flandrin fourni par le quartier du chef, efféminé, toujours ahuri, d'une vénération et d'une fidélité stupides à l'égard de ses maîtres, mais dont la collaboration, même balbutiante, fut déterminante.

Les enfants s'emparèrent des deux armes attendues chez le chef; mais, tout compte fait, d'une demi-douzaine d'armes chez les missionnaires, soit, chez le père

Van den Rietter, la fameuse carabine Winchester 30-30, deux revolvers, dont un miniature, ainsi qu'un pistolet, et, chez frère Nicolas, le fusil Robust à double canon mais aussi un revolver miniature. Obéissant aux instructions de leurs aînés, les adolescents des deux commandos se tapirent alors dans les recoins au creux des ténèbres, attendant avec patience que la fatigue, le sommeil et la concupiscence viennent leur déblayer le chemin. Quand ils le jugèrent opportun, les uns et les autres quittèrent les lieux dangereux où ils venaient d'opérer, rejoignirent quelques-uns de leurs aînés dissimulés au pied des bâtisses de la Mission catholique ou du bois aux Chimpanzés et, sans se troubler, leur remirent les armes soigneusement enveloppées qu'ils portaient sous l'aisselle comme un baluchon des plus ordinaires. Ces jeunes gens, à leur tour, n'eurent plus qu'à se mettre à couvert dans un bois proche, à un endroit convenu où vinrent les rejoindre Mor-Eloulougou et ses deux plus proches lieutenants pour les conduire au-delà du fleuve et dissimuler ensemble les armes dans une grotte où il eût fait beau voir qu'on vînt jamais les y découvrir.

Comment l'apothéose ainsi entrevue se transforma-t-elle brusquement en calamité, le saisissant monument en monceau de ruines, la fabuleuse promenade en débandade, le ciel éclatant en fracas de cyclone, l'explosion d'hilarité en gémissements et en clameurs de souffrance ? Détenteur de tous les atouts depuis deux jours et assuré de la maîtrise du jeu, Jo Le Jongleur, affairé mais serein comme il convient à la veille des grandes batailles, répartissait les rôles, dénombrait les effectifs, passait ses troupes en revue, récapitulait les caches, distribuait les armes, comptait les heures. Le moment de l'assaut approchait, car il venait de fixer le choc fatidique à minuit, heure idéale, lui semblait-il, pour ce rendez-vous grandiose d'Ekoumdoum avec une libération trop longtemps attendue.

Jo Le Jongleur était persuadé que l'affaire relevait, somme toute, de l'enfance de l'art militaire. Il mènerait l'attaque, c'était un point acquis pour ainsi dire depuis toujours. Au milieu d'une trentaine de solides gaillards armés jusqu'aux dents, encadré du gigantesque Mor-Zamba et de Mor-Eloulougou, deux lieutenants sûrs, l'ancien domestique de Sandrinelli précéderait une foule compacte de comparses hérissée de piques et de javelots.

— Il faudra bien concéder à quelques lascars des premiers rangs le privilège d'arborer des armes à feu, monologuait Jo Le Jongleur pendant les rares répits qui lui étaient donnés c'est indispensable pour donner l'impression d'écrasement aux défenseurs, mais qu'ils n'aillent surtout pas essayer de s'en servir. D'ailleurs, ils n'auront reçu pour cela ni entraînement ni munitions. Seuls Mor-Zamba et moi-même, vêtus d'un uniforme militaire, serons pourvus de munitions, à tout hasard, prêts, le cas échéant, à faire parler la poudre.

Point n'était besoin de franchir une porte pour entrer dans le bois aux chimpanzés, perpétuellement offert, malgré la palissade de bambou, aux entreprises de tout homme vraiment résolu, ainsi qu'une femme impudique. Les assaillants pénétreraient brusquement et en masse dans le quartier du chef, par toutes les issues. Peut-être quelques coups de feu seraient-ils tirés tout de suite par Jo Le Jongleur et Mor-Zamba, pour pétrifier à coup sûr et préventivement les habitants de terreur, mais ce point était encore en suspens, Mor-Zamba ayant réussi à différer son accord jusqu'à cette heure.

Une fois pris le palais, on rassemblerait tous les hommes valides du bois aux Chimpanzés dans le plus petit nombre possible de pièces, on les ferait garder par des soldats improvisés portant quelques fusils et ayant à leur tête le sapak, peut-être affublé lui aussi d'un uniforme, tant qu'à faire puisqu'il en avait un (mais sur ce point aussi Mor-Zamba tardait à donner son consentement), dont Jo Le Jongleur savait que le sang-froid, la vigilance et la rigueur morale étaient rarement en défaut.

Il ne manquait plus à Jo Le Jongleur que l'arrivée des armements attendus peu avant l'heure fatale. Lui-même avait rendez-vous dans quelques heures sur la route, comme d'habitude, avec Mor-Zamba, qui, cette fois, apporterait tous les fusils dont il était dépositaire. D'autre part, une équipe très réduite de jeunes gens fournis par le clan de Mor-Eloulougou gagnerait la forêt à la nuit tombée, irait jusqu'à la grotte où était caché le butin pris récemment sur les autorités d'Ekoumdoum et l'apporterait, à la faveur des ténèbres, dans la maison des croyants musulmans. La destinée de ce modeste détachement devait placer ceux qui se disputaient le pouvoir à Ekoumdoum dans une position rare d'aveuglement réciproque où la perplexité et l'angoisse allaient rivaliser avec une haine et une phobie toujours croissantes. L'annonce de la déroute se fit pourtant dans une circonstance qui aurait dû lui être avantageuse, mais qui ne servit qu'à jeter la confusion dans la suite des événements. Il revenait donc avec les armes vers la cité et, alors qu'il n'avait plus que quelques centaines de mètres à parcourir avant de paraître à découvert, il fut brusquement assourdi par un tumulte tellement insolite que, saisi de suspicion, il fit marche arrière, reprit en sens inverse et à la course le chemin sur lequel il venait de marcher, puis, essoufflé, s'arrêta, se concerta à la hâte, décida de cacher provisoirement les armes à l'endroit où il se tenait alors, dans un buisson anonyme sur lequel la précipitation de la panique et l'extrême densité des ténèbres le détournèrent de laisser aucune marque.

De fait, c'était déjà le sauve-qui-peut général dans la cité, et singulièrement parmi les troupes de Jo Le Jongleur et même dans le sein de son état-major. Comment avait-on pu en arriver là ?

Le traître, l'ignoble sycophante, l'odieux Judas qui ne perçut même pas les trente deniers de son illustre patron, était un jeune conjuré appartenant à la bande de Mor-Eloulougou, membre pourtant de la famille mystique instituée quelques jours plus tôt par le révéré croyant d'Allah El Khalik lui-même, et d'ailleurs initié à tous les secrets de la conspiration. Pour le malheur de Jo Le Jongleur, il se trouva seulement que cette âme molle, dont nous ne proférons plus jamais le nom à

Ekoumdoum, était aussi le fils trop aimé d'une mère dont l'idolâtrie pour le père Van den Rietter dépassait même le culte que les fidèles de l'Église catholique vouent à leurs plus vénérés saints. Veuve encore jeune, munie de toutes ses dents et fort désirable, elle était en butte au harcèlement de son beau-frère, unique héritier de son défunt époux, que tourmentait la tentation de faire valoir sur elle les droits associés de la tradition et du sexe dominant. Contre une femme qui se refusait obstinément, cet homme avait machiné la fable du dévergondage le plus circonstancié, l'accusant d'une liaison et de turpitudes avec un homme du quartier du chef, accueilli secrètement chaque nuit aux heures les plus tardives, repartant au premier chant du coq, un étranger qui, sans doute, la couvrait de présents. Comme à l'accoutumée, le père Van den Rietter avait été sollicité par la veuve éperdue d'indignation et de révolte d'arbitrer entre son beau-frère et elle-même ; l'homme avait accepté d'avance le verdict de Van den Rietter, bien qu'il ne professât pas sa foi : c'était un usage à peu près universellement admis maintenant chez les Ekoumdoum de souffrir plus ou moins douloureusement l'immixtion cauteleuse et insinuante du missionnaire dans leurs conflits les plus intimes, tant la justice du chef, avec raison méprisée, était loin d'inspirer confiance.

Or, quelques jours auparavant, le père Van den Rietter avait rendu un verdict doublement favorable à la veuve ; il n'avait pas seulement démonté l'affabulation du galant éconduit et ruiné ses fausses séductions, restituant du même coup à une adepte son honneur; il avait aussi proclamé avec force, une nouvelle fois, cette vérité qui lui tenait décidément à cœur; que toute veuve doit être une femme libre, sur laquelle personne n'est plus fondé à prétendre exercer aucun droit naturel, quel qu'il soit. Ce dogme caressait très agréablement non seulement l'accusée du jour mais encore toutes les veuves d'Ekoumdoum et, finalement, toutes les femmes de la cité vouées, déclaraient-elles, à la viduité. Et voilà pourquoi l'accusée réhabilitée, ainsi que les autres veuves d'Ekoumdoum, et, finalement, toutes les femmes de la cité vouées, reconnaissaient-elles, au veuvage étaient dévorées d'ardeur pour le père Van den Rietter.

Or donc, oubliant le serment de sang fait devant le vénéré croyant d'Allah, et n'écoutant que sa passion filiale, le fils de la veuve, qu'a longtemps tourmenté une crise de conscience, lâche tout à coup son trop lourd secret sur l'épaule de sa mère qui, épouvantée, le sermonne ainsi :

— Mon fils, quel immonde péché tu as commis là, en participant à cette odieuse mascarade ! Combien tu auras profané les saints mystères de notre foi en tolérant leur répugnante singerie. Mon fils, si grave soit-elle, ta faute te sera sans doute pardonnée, à condition de courir tout de suite la confesser humblement à notre cher père Van den Rietter.

Il devait être environ quatre heures de l'après-midi lorsque Van den Rietter fut informé de sa spoliation et de celle de frère Nicolas, ainsi que du complot lui-même et de ses graves et nombreuses implications. Il se précipita dans l'appartement de son compatriote, mais, bien entendu, ne l'y trouva pas. Homme zélé, presque toujours occupé à travailler de ses mains, pourquoi ce religieux de fortune, qui n'avait pas de bréviaire à lire, qui était peu porté sur la méditation mystique, qui égrenait rarement un chapelet, eût-il été dans son appartement à cette heure, jugée par lui avec raison la plus favorable ici à l'activité au grand air ? Anxieux et furieux, Soumazeu, l'homme à la soutane blanche, eut bientôt fait le tour de son établissement à bicyclette, à la recherche de son préposé aux travaux publics, interrogeant fébrilement tous ceux qu'il rencontrait et donnant pour la première fois aux badauds qui l'observaient l'image de l'homme traqué. Soudain, on le vit dévaler à une vitesse effarante l'artère principale d'Ekoumdoum, pourtant coupée de fondrières et même de ravins, dérapant sur l'épaisse couche de gravillons, jonglant de ses pieds avec virtuosité pour se rattraper, laissant les pédales ainsi libérées tourner aussi vertigineusement que les pales d'une hélice.

En débouchant sur la route, il prit à droite, empruntant une portion où la chaussée avait été restaurée à l'usage du vieux camion Fiat de frère Nicolas et par ses propres soins : un kilomètre plus loin, le compagnon de Van den Rietter, à la tête d'une armée de manœuvres presque nus, armés de pelles, exploitait une sablière ; certains jours, il demeurait là très longtemps avec ses hommes, jusqu'à des heures jugées indues par Van den Rietter, qui mettait en avant le climat débilitant de l'Afrique tropicale pour désapprouver tout excès de zèle sans ambages. C'est là qu'il rejoignit son compatriote.

— Frère, lui dit-il presque en l'apostrophant, qu'as-tu en fait d'armes ? Un fusil de chasse Robust et une arme personnelle ?

— Un petit revolver, oui, c'est bien cela. Pourquoi donc, père ?

— Eh bien, sache que tu te les es fait voler !

— Qu'est-ce que c'est que cette histoire ? Par qui, nom de Dieu !

— Par les Nègres, pardi !

— Les Nègres ? Mais lesquels ? Pas les nôtres quand même ? Alors là, Père, j'avoue que je ne te suis pas. Dis-moi n'importe quoi de nos Nègres : qu'ils grimpent dans les arbres ; qu'ils remontent au singe, eux qui n'en sont jamais descendus ; qu'ils se bouffent en escalopes, en biftecks, en fricot. N'importe quoi, d'accord. Mais voler des armes à feu ! Qu'en feraient-ils ? Par exemple ! Ce serait bien la première fois dans la chrétienté que des Nègres auraient volé des armes à feu !

— Frère, il vaut mieux venir tout de suite avec moi pour examiner ensemble cette affaire.

Baignés par l'éclat pourpre à peine adouci du jour déclinant, ils remontèrent l'artère centrale en grand spectacle : plus anxieux, plus crispé, Van den Rietter précédait à vélo, pédalant en danseuse, applaudi par des groupes épars de spectateurs que tant d'énergie chez un homme d'un tel âge transportait d'admiration. Frère Nicolas suivait d'assez loin, dans son antique camion ployant sous la charge de sable; il s'avançait à l'allure de l'escargot, mais avec le fracas de mille éléphants barrissant de concert, car le religieux s'était fait une tradition de gravir cette côte pourtant bien douce en première vitesse, le seul rapport de sa boîte dont il fût vraiment sûr.

Cette scène ne manqua pas de plonger dans l'incertitude et l'attente frissonnante du malheur tous les conjurés qui en furent témoins, persuadés qu'une donnée inconnue s'était glissée dans la ronde d'initiatives et de répliques déclenchée par eux-mêmes, et peut-être devenue maintenant folle.

Malgré leur connaissance de la forêt, malgré une familiarité pour ainsi dire consanguine avec elle, nous jugeons étrange aujourd'hui encore qu'aucun des conspirateurs natifs d'Ekoumdoum ne se soit avisé de demander asile à l'enchevêtrement d'un fourré ou à la sombre profondeur d'une frondaison. Mal leur en prit, car, à l'exception du petit détachement surpris à l'orée des bois alors que s'achevait une mission de transport d'armes, personne n'échappa à la dévastation de la razzia faite dans la soirée par Van den Rietter à la tête d'un véritable régiment composé à la fois de sbires du Palais et d'employés de la Mission habituellement utilisés à d'autres tâches mais ce soir-là transformés en rudes sicaires.

L'arrestation des deux militants rubénistes déguisés en croyants musulmans s'effectua suivant un procédé qui ne fut pas exempt d'ignominie pour les protégés des veuves chrétiennes. Vrai chef de guerre, Van den

Rietter, qui avait retroussé sa blanche soutane jusqu'aux genoux, fit irruption le premier dans la maison; il brandissait une énorme lampe électrique qui balayait tous les recoins d'éclairs redoutables; les voyageurs et leurs amis peureusement rassemblés là dès le crépuscule, en furent pétrifiés. Jo Le Jongleur essayait toutefois de sauver les apparences en durcissant son masque de sectateur d'Allah, jalousement attaché aux rites et aux attitudes codifiés par le Prophète lui-même : assis en tailleur au milieu de la maison, il égrenait hiératiquement son gros chapelet, tandis que ses lèvres semblaient en proie à une frénésie de ferveur marmottante.

– Debout, Haoussa! tonna Van den Rietter. Allez, debout bonhomme.

Jo Le Jongleur poursuivait imperturbablement son ostentatoire exercice de piété.

– Qu'en m'emmène ce guignol, ordonna Van den Rietter sur un ton de dérision compassée.

Aussitôt, mille bras jaillis de tous côtés empoignèrent le rubéniste, le secouèrent, le triturèrent, le soulevèrent comme une bulle sous l'effet du souffle; même dans ces conditions, le mauvais garçon de Kola-Kola, jamais à court de rébellion, tentait de se débattre, gigotait dérisoirement; il s'ensuivit une mêlée grotesque et cruellement inégale au cours de laquelle les tripotages d'innombrables hommes de main au zèle de gorilles drogués lui eurent vite arraché ses vêtements musulmans dont l'ampleur et les trop nombreux replis devaient entraver l'accomplissement de leur office. Par malheur, Jo Le Jongleur, qui avait sans doute là encore honoré une autre prescription du Coran, ne portait rien sous sa gandoura et son pantalon bouffant ; c'est donc sous l'apparence la plus voisine de l'innocence que le saint homme musulman fut emmené par les sbires de Van den Rietter, qui portaient leur prise en la tenant au-dessus de leur tête, comme dans un triomphe burlesque et féroce, le voyou de Kola-Kola ne cessant de faire des pieds et des mains pour dresser la tête, avec peut-être l'intention de voir autour de lui quelles ressources lui restaient, les gaillards musclés qui l'avaient capturé montrant plutôt la préférence pour l'étalage de la partie la plus rebondie de son personnage.

Le sapak, lui, n'était plus qu'une pantelante et bien misérable proie échue à un géant hébété et claudicant, qui avait empoigné la tunique de l'enfant à la hauteur du cou et, au milieu des flambeaux embrasant la nuit, traînait le collégien raidi ou, l'ayant soulevé de terre, le tendait à bout de bras comme pour l'exhiber. Cet étrange cortège traversa la plus grande partie de la cité avant de pénétrer dans la Mission catholique.

Dans leur malheur, les deux voyageurs eurent du moins la consolation d'être enfermés ensemble dans une pièce vaste et trop fraîche du presbytère où l'œil averti de l'ancien domestique de Sandrinelli n'eut aucun mal à détailler les caractéristiques d'un bureau de chef d'établissement. Longtemps, très longtemps, il leur sembla percevoir autour du presbytère et même au-delà, sans doute à travers une vaste portion de la Mission, le va-et-vient animé et même, parfois, le tumulte d'une foule disciplinée, mais nombreuse et dispersée. Quelqu'un hurla tout à coup, comme une bête à laquelle on vient d'asséner un coup violent, peut-être mortel ; jailli d'une poitrine puissante, le cri s'éleva en une trajectoire incandescente puis se cassa brusquement et s'étrangla en un râle bref, d'autant plus poignant.

– Ça devait se passer comme cela avec les esclaves noirs des plantations dans le Sud américain, commenta le sapak d'une voix qui chevrotait. Ça ne finira donc jamais ?

– Tais-toi !

Mais c'était le silence maintenant, une sorte d'apaisement ambigu, le calme indéchiffrable d'une nuit ordinaire d'Ekoumdoum, qui remplissait pourtant de désespoir le sapak dont c'était la première grave vicissitude de militant rubéniste, sans cependant lui ôter sa sombre et docte éloquence.

Bien plus tard, Van den Rietter tourna la clé dans la serrure et pénétra sans façon dans le bureau, la mine maussade, mais le cheveu peigné, la lèvre rose et humide de l'homme qui vient de dîner, la soutane rabattue selon les convenances. À peine installé, il tendit la main vers le bas du meuble, en retira une bouteille de Martell et un verre qu'il remplit au tiers et qu'il prit entre deux doigts, comme pour l'offrir à un convive, tandis qu'il levait enfin, lentement, les yeux sur Jo Le Jongleur.

Nu comme un ver, l'arsouille était assis sur le carrelage glacé, les mains et les bras attachés sur le dos de façon à maintenir les épaules cruellement tordues vers l'arrière. Malgré la torture, Jo Le Jongleur, qui n'avait pas perdu toute son assurance, observait sans grimace cet adversaire d'un nouveau genre, certes, mais qui lui rappelait plaisamment Sandrinelli ; il ne put cependant empêcher que tout dans sa personne, l'effarement de sa pomme d'Adam, l'érection de son œil follement émoustillé, le frétillement de ses lèvres, ne trahisse sa convoitise. Le missionnaire se dit à part lui : *Tiens, tiens ! C'est un soiffard, cette canaille-là ! Peut-être son point faible. Voyons si nous pouvons en tirer quelque chose.* Et de happer le cognac d'un seul coup de langue, en rejetant brusquement la tête en arrière, mais sans quitter son prisonnier des yeux : la pomme d'Adam de Jo Le Jongleur avait été secouée d'une formidable vibration, comme sous l'effet du courant électrique, et il s'était dit à part lui : *En voilà un qui boit, sans aimer le goût de l'alcool. Drôle de type ! et dangereux.*

Le missionnaire, qui s'était levé, versa à nouveau la liqueur dans le verre que, cette fois, il remplit à moitié ; il fit quelques pas vers Jo Le Jongleur, se pencha sur lui et agita le verre d'alcool sous le nez du prisonnier ; mais, conscient de s'être découvert, celui-ci avait promptement retrouvé son masque de dignité marty-risée et d'innocence livrée sans recours à la vindicte impulsive d'un puissant de ce monde.

– Dis donc, mon salaud, susurra le missionnaire dont tout le visage grimaçait de plaisir, tu aimes ça, pas vrai ? Toi, tu es un bien curieux musulman et un beau salaud, hein ? Dis-moi qu'il te fait envie, mon cognac. Dis-le, dis-le donc et le verre est à toi. Non ? Tu ne veux pas de mon cognac? Tu n'en veux vraiment pas? Tu préfères mes armes. Où les as-tu planquées? Que comptais-tu en faire? D'où viens-tu? D'où venez-vous? De Mackenzieville? Oui? C'est de Mackenzieville que vous venez tous les deux? Pourquoi? Pour faire du sabotage sous prétexte que l'indépendance a été proclamée sur notre rive du fleuve? C'est encore un coup des Anglais, n'est-ce pas? Allez, parle, salaud! Vous venez de Mackenzieville?

Le missionnaire n'interrompait ses questions que pour agiter le verre de cognac sous le menton de Jo Le Jongleur dont la souffrance commençait à se traduire en gouttes de sueur perlant çà et là sur l'ébène pur de son visage.

— L'indépendance, tu parles! ils n'ont même pas encore entendu le mot ici à Ekoumdoum: je veillerai d'ailleurs à ce qu'il en soit ainsi le plus longtemps possible, rassure tes maîtres là-bas, si jamais tu y retournes. C'est ça, hein? C'est bien les Anglais qui vous ont envoyés? Pour venir troubler nos braves populations? Comment as-tu traversé le fleuve, salaud? Tu sais, mon gars, tu ne devrais pas crâner, je ne te le conseille pas; je connais la manière, avec vous autres: l'arme absolue pour te faire causer, je la possède. Et si tu te figures que je vais hésiter à m'en servir en cette occasion, tu te trompes, je peux tout de suite t'enlever toute illusion là-dessus.

Van den Rietter poursuivit encore un moment ainsi, sans rien obtenir du prisonnier. Puis, écarlate, excédé soudain par l'échec de sa tentative, le missionnaire plongea brusquement sur les hanches de Jo Le Jongleur, saisit à pleine main ses testicules qu'il se mit tantôt à presser, tantôt à tordre pour arracher des aveux à son prisonnier déjà torturé cruellement par sa posture et par les liens qui lui sciaient ou broyaient les membres. La prunelle chavirée, les lèvres retournées par la douleur, le militant rubéniste poussait des hurlements déchirants, qui exprimaient une souffrance intolérable. Le collégien en fut bouleversé comme il ne lui était jamais arrivé auparavant ; c'était comme si, lui parlant dans un langage codé, Jo Le Jongleur lui eût adressé ce message : « Fais quelque chose, galopin, sinon c'en est fini du pauvre Jo ! »

À chaque pression, à chaque torsion, Van den Rietter, les lèvres retroussées sur des dents grinçantes, la bave aux commissures de la bouche, l'œil exorbité, s'écriait :

— Vas-tu enfin parler, petit saligaud ? D'où viens-tu ? Qui es-tu ? Que me veux-tu ? Où sont mes armes ? Qui t'a envoyé ici ? Tu parles ou je continue ?

Le sapak pleurait, humilié, apitoyé, bouleversé comme un enfant qui voit le bourreau s'acharner sur son père. Van den Rietter venait de recommencer à torturer Jo Le Jongleur, qui venait de pousser une clameur encore plus terrifiante ; alors, saisi tout à coup de fureur, le sapak, qui avait été laissé libre de toute entrave, se rua sur le missionnaire auquel il appliqua la technique de combat le plus souvent pratiquée parmi les sapaks à Kola-Kola, un coup de tête foudroyant sur le front de l'adversaire. On eût dit que Van den Rietter avait été fusillé à bout portant, il s'écroula comme une masse, sans un mot, sans un geste, vrai pantin désarticulé. L'enfant, qui reniflait encore, se pencha, très surpris, au-dessus du grand corps allongé et inerte.

— Bien joué, sapak! fit l'arsouille. Maintenant, trouve vite un couteau en cherchant dans ses tiroirs, et viens trancher cette fichue ficelle.

— Regarde, il y a une paire de ciseaux sur son bureau.

— Viens vite me soulager, je n'en peux plus.

— Tu crois qu'il est mort? demanda le sapak tout en tranchant les liens de Jo Le Jongleur.

— Penses-tu, il est du genre coriace, celui-là.

— Alors, nous le tuons?

— Nous n'avons pas le temps, galopin, d'ailleurs tu sais bien que ce n'est pas à nous de décider, du moins pas à nous seuls. Sinon, sapak, il n'aurait pas fallu me le demander deux fois. Filons d'ici.

Avant de sortir de la pièce, Jo Le Jongleur n'oublia cependant pas de boire à grandes gorgées, au goulot, le cognac du missionnaire; parvenu à la porte, il revint d'ailleurs près du bureau et vida aussi le verre toujours à moitié plein.

Mais, alors que les deux rubénistes se pressaient sur le seuil du bureau, le malheur voulut que juste au même instant frère Nicolas qui traversait la véranda les aperçût et comprît, après un bref instant de surprise, que leurs mines de fuyards fébriles annonçaient le mauvais parti qu'ils venaient de faire à son compatriote.

– Bon Dieu ! Voilà les brigands qui s'échappent, s'écria-t-il. À moi ! Vite, au secours !

Connaissant fort mal les lieux, paralysés par la hantise du berger allemand dont les aboiements retentissaient quelque part, mais qu'ils imaginaient déjà bondissant dans les ténèbres et se jetant sur eux pour les dévorer, trop préoccupés de ne pas être séparés par les aléas d'une retraite improvisée et peu stratégique, les deux rubénistes se laissèrent submerger par la meute d'employés accourus aux appels du religieux. Quand on se fut saisi d'eux, frère Nicolas expliqua avec force bafouillages et bégaiements que, même s'ils avaient assassiné le père Van den Rietter, il ne tenait pas à garder ces loups furieux dans l'enceinte d'un établissement voué au service de Dieu.

– Allez donc les remettre au chef et à Zoabekwé, conclut-il, haletant. Au moins, ils savent quoi en faire, eux, ils ont d'ailleurs la manière et les moyens pour cela. Ah non ! des chiens enragés, des loups affamés, nous n'en avons que faire ici, nous autres. Nous sommes des hommes de Dieu, nous. Ce qu'il leur faut, à ceux-là, c'est un bon petit peloton : *pan ! pan ! pan !* et on n'en parle plus ! C'est comme cela qu'on s'y prend avec des chiens enragés. Remettez-les au chef et à son fils, comme les autres tout à l'heure. *Pan ! pan ! pan !...*

Les rubénistes et leurs anges gardiens étaient déjà loin du presbytère, sur le chemin du bois aux chimpanzés, que frère Nicolas, qui devait maintenant s'affairer autour de Van den Rietter, criblait toujours la

nuit de ses *pan! pan! pan!* comme une mitrailleuse
détraquée. Sa panique provoqua quelques plaisanteries
et même des rires étouffés dans l'escorte des prisonniers. Jo Le Jongleur, pourtant peu complaisant habituellement, prétend qu'il entendit avec stupéfaction un
des larbins marmonner cette remarque :

– Si cet homme est un serviteur de Dieu, que voilà
un Dieu qui aime bien entendre parler la poudre.

Tombés ainsi à la discrétion de leur pire ennemi, les
compagnons de Mor-Zamba furent immédiatement
soumis à un régime d'une extrême rigueur, mais bien
éloigné de leur attente et de leurs craintes, en quelque
sorte dénué de sens. Passe encore qu'on vînt souvent
les battre comme plâtre, qu'on les eût enfermés et
qu'on les tînt en permanence dans l'obscurité, qu'on
les laissât mariner dans les excréments et l'urine; mais
pourquoi le Chimpanzé Grabataire et le Bâtard fai-
saient-ils apparemment si peu de cas du renseigne-
ment? Au troisième jour de leur réclusion, ils n'avaient
encore comparu devant personne, ils n'avaient été
soumis à aucun interrogatoire. C'était à croire que le
père et le fils n'attendaient rien du sévice infligé aux
prisonniers, sinon le plaisir d'entendre des gémissements et des râles arrachés par la souffrance.

Du local où ils étaient séquestrés, ils n'avaient pu
acquérir encore, au troisième jour, qu'une connaissance
limitée : ce devait être une salle plutôt spacieuse, basse
de plafond, aux murs de brique rugueux à certains
endroits, poisseux à d'autres, aux parois si massives
qu'elles faisaient songer à l'escarpement abrupt d'un

talus, comme s'ils avaient été enterrés vivants. Leurs gardiens-tortionnaires qui paraissaient toujours arriver de la gauche, par un boyau serpentant sans doute devant d'autres salles semblables à la leur, y accédaient par une fente étroite, en guise de porte, d'ailleurs à moitié murée : après avoir tiré le battant de bois, ils devaient passer leurs jambes une à une, péniblement, en s'essoufflant, par-dessus la murette de béton. Ils portaient des flambeaux, très rarement une lampe-tempête bon marché, si bien qu'on pouvait les voir s'avancer sur la pointe des pieds en proférant des jurons abominables quand ils pataugeaient dans une motte méphitique ou une mare immonde. Ils se ruaient sur les prisonniers et les frappaient à coups de poing, de gourdin, de baguette de rotin, jusqu'à ce que, n'en pouvant plus de douleur, ils pleurent à chaudes larmes ou rugissent et braient comme des animaux féroces. Loin de sombrer dans l'accablement et le désespoir, le sapak, de plus en plus arrogant au contraire et même agressif, crachait sur ces êtres vils pendant qu'ils le battaient, et s'offrait même le luxe de les insulter, ce qui stimulait bien entendu leur acharnement. Entre deux séances de sévices, Jo Le Jongleur, qui se rappelait les yeux de l'enfant, tuméfiés par les coups, à moitié clos, et le petit visage bosselé, tels que venaient de les lui révéler les flambeaux des tortionnaires, disait à son jeune camarade :

– Bon Dieu ! Dans quel pétrin je t'ai fourré, mon pauvre gars !

– Ne t'en fais donc pas pour moi ! lui répondait sombrement et crânement le sapak koléen.

– Tu sais, galopin, je croyais avoir tout vu : les passages à tabac, les gardes à vue interminables dans les sous-sols des commissariats de Fort-Nègre, les longs mois et même, une fois, les longues années d'emprisonnement, les humiliations des toubabs, ça je connais. Mais un vaillant petit gars de Kola-Kola encaissant les coups avec plus d'impassibilité qu'un adulte aguerri, je ne savais pas que ça existait, vrai. Tu es un type épatant.

– Oui, mais tout ça ne vaut pas une jolie petite vengeance sur ces salauds-là. N'y aurait-il pas un moyen de sortir d'ici ?

– Dis toujours ton idée.

– J'ai remarqué que ces cochons sont toujours soûls, confia-t-il une nuit, à Jo Le Jongleur. Est-ce qu'il n'y aurait pas un moyen de les assommer ?

Juste à cet instant-là, il leur sembla que l'on tirait silencieusement le battant de bois, qu'une ombre faisait passer avec peine mais sans s'essouffler ses jambes l'une après l'autre par-dessus la murette de béton. Apparemment quelqu'un avait fait un calcul semblable à celui du sapak Évariste, mais peut-être plus précis, plus proche aussi des réalités du palais. Un tison rougeoyant s'agitait maintenant dans les ténèbres, dessinant les anneaux d'un dragon de feu qui se dévorait instantanément. Les prisonniers, incrédules, entendirent une voix de femme leur chuchoter :

– Je viens vous délivrer, vous autres ; ce n'est pas bien difficile, allez, surtout n'allez pas vous effrayer ou vous troubler comme les lavettes d'ici. J'ai pourvu à tout. Ne savez-vous pas qu'on fait ce qu'on veut au palais, en distribuant à droite et à gauche quelques feuilles de chanvre et quelques gouttes de ratafia? Ces vieux cochons de gardiens! Ils sont déjà hébétés en temps ordinaire, alors, vous pensez! Enfin, vous m'avez comprise, tout le monde dort, et pour de longues heures encore. Quant à vous autres, contentez-vous de me suivre et tout ira très bien.

À gauche, se creusait bien un boyau sinueux, mais ils prirent à droite, grimpèrent un escalier étroit avant de traverser des couloirs qui parurent être ceux du palais aux deux rubénistes; ils n'eurent pas le temps de bien observer, car c'est là que l'ombre qui les avait délivrés leur tendit à chacun un pagne dont ils s'enveloppèrent à la manière des autochtones d'Ekoumdoum. Puis ils se faufilèrent longtemps entre les maisons, là où les ténèbres étaient les plus épaisses.

L'ombre les emmena dans une habitation où ils purent se nettoyer à la hâte et se restaurer en tâtonnant à la très faible lueur de braises achevant de se consumer dans un recoin.

– Je suis Ngwane-Eligui, chuchota l'ombre en s'adressant à Jo Le Jongleur. As-tu peur des coups?

L'ancien mauvais garçon hésitait, encore ébahi de l'aventure.

– Dis-moi que tu n'as pas peur des coups, reprit la jeune femme. Un homme ne devrait pas avoir peur des coups, une femme non plus d'ailleurs. Qu'est-ce qu'un homme qui a peur des coups? Moins qu'un excrément, regarde les lavettes d'Ekoumdoum : elles ont tout de suite livré tous vos secrets, tellement les coups leur font peur. Il paraît que tu voulais assassiner le vieux singe ? Pourquoi ne me l'as-tu pas dit ? Quand tu reviendras, n'oublie pas de m'associer à tes projets, quelles que soient tes raisons. Laisse-moi deviner, ne me dis rien : il y avait une jolie fille dans ton village, tu étais fiancé avec elle depuis votre enfance, tu es allé travailler à Mackenzieville, puis, un jour, tu as appris que le père de la petite l'avait vendue au vieux singe ? Et tu es là pour te venger ? Tu as bien raison, il faut le tuer. Dis-moi que tu n'as pas peur des coups.

– Personnellement, je n'ai pas peur des coups, articula sans conviction Jo Le Jongleur, débordé par la volubilité de son interlocutrice. Simplement, tu vois, je ne suis pas seul, il y a cet enfant.

– Oh, il ne faut pas me la faire, à moi, dis. Ce gars-là n'est pas plus un enfant que tu n'étais un Haoussa. Je n'ai jamais été abusée par votre déguisement, très astucieux, remarque bien.

– Tu as raison : c'est vrai, je ne suis pas un Haoussa, avoua Jo Le Jongleur, mais lui, c'est vraiment un enfant, je te jure.

– Alors, dis-lui de se retirer dans cet appentis, là, à gauche et de s'y enfermer quelques instants.

Dès qu'ils furent seuls, la jeune femme prit le rubéniste par la main et l'emmena dans un lit où elle l'obligea à s'allonger d'abord près d'elle, puis bientôt sur elle. Mais dès que Jo Le Jongleur, jamais pris de court dans ce genre d'exercice, eut commencé à la besogner en s'appliquant, comme un homme rendu gauche par de longs mois d'abstinence, elle se crispa, elle le griffa, elle le mordit, elle parut se refuser ; elle fit tant que Jo Le Jongleur rendit les armes avant d'en être venu à bout.

— Alors, ce sera pour la prochaine fois, fit-elle sans amertume.

— Ce n'est donc pas vrai ? Tu n'y es pas encore passée alors ? Quel genre d'être es-tu donc ?

— Oui, je sais, on se figure dans la cité que ça y est, j'y suis passée mais, je vais te dire, moi je n'ai pas peur des coups ; je suis forte, tu comprends ? Ceux-là peuvent bien me taper dessus comme sur un tambour, ça ne sera jamais avec eux, si je dois y passer. Retiens bien ce que je te dis, c'est mon dernier mot. Et maintenant, il est temps de vous tirer, ça va commencer à remuer partout. Quelle fameuse idée d'avoir tenté de leur piquer leurs pétoires ! J'aurais voulu voir leurs sales gueules après ; mais ce n'est pas comme cela qu'il fallait s'y prendre ; il n'y avait qu'à me le dire et pas à ceux-là, car l'un d'eux s'est aussitôt empressé d'aller livrer votre micmac à ce Van den Rietter – c'est le fils de la veuve qui est l'auteur de cette prouesse ; c'est malin ! Moi aussi, je suis d'un village près de Mackenzieville, mais sur la rive anglaise ; ils ont dû traverser le fleuve pour venir m'acheter. Associons-nous pour nous venger, veux-tu ? Tout le long de l'enceinte de bambou, il n'y a que des orangers, sauf un mandarinier, on le reconnaît même dans les ténèbres, il est le plus petit. Entre son tronc et la lamelle de bambou, il y a une faille très étroite ; il y aura toujours un message là pour toi, si tu reviens. Je sais écrire un peu, et toi ? Glisse-moi un message de temps en temps, toi aussi. Je sais que tu reviendras.

Obéissant aux recommandations de Ngwane-Eligui, les deux rubénistes se gardèrent bien de se risquer sur l'artère centrale ou dans les parages, mais traversèrent furtivement la zone des bananeraies, derrière les maisons, pour rallier Mor-Zamba, embusqué au bord de la route depuis le désastre, et observant la cité nuit et jour. Il les entraîna sans émotion apparente dans les bois, jusqu'à la cache la plus proche, où des vêtements et des pataugas attendaient les deux rescapés.

— Comment savais-tu que nous allions nous en sortir ? demanda l'arsouille.

— Je ne savais rien du tout, j'espérais.

Sans même laisser ses amis reprendre haleine, le géant ordonna qu'ils se remettent en route. Quand ses camarades butaient contre les souches et les arbustes bordant le chemin, trébuchaient sur les troncs d'arbres couchés en travers devant eux ou s'accrochaient aux rameaux tendus si bas qu'ils obstruaient le passage, Mor-Zamba avançait d'un air dégagé et à grandes enjambées. Il accéléra le pas dès que le soleil parut, inondant les rares clairières rencontrées ou criblant les broussailles de taches d'un blanc éclatant.

Il semblait à ses deux compagnons que leur marche s'éternisait. L'enfant se plaignit que ses pataugas étaient devenus un brasier où ses pieds cuisaient ; sur les conseils de Mor-Zamba, il les ôta et entreprit de marcher pieds nus. Mais son supplice fut encore plus cruel quand, sous le ténébreux plafond de branches étroitement tressées, il lui fallut patauger dans la bourbe glacée d'un marécage. Alors, Jo Le Jongleur se rebella.

– Tu vas arrêter, veux-tu ? dit-il en s'emportant. L'enfant n'en peut plus.

Mor-Zamba prit l'enfant sur son dos comme un nourrisson et repartit de l'avant, suivi de l'arsouille qui dut serrer les dents pour ne pas fondre en larmes. Le géant sacrifiait manifestement à sa manie bien connue de la fuite éperdue ; à quoi bon essayer de le ralentir ou de l'arrêter ? Tout à coup, Jo Le Jongleur s'aperçut qu'ils avaient quitté le sentier, à peine frayé au demeurant, qu'ils avaient suivi jusque-là plus ou moins laborieusement, et s'aventuraient à travers une sorte de sous-bois broussailleux, à la végétation clairsemée mais où déjà il faisait nuit ; ici, Mor-Zamba lui-même devinait plutôt son chemin, revenant parfois sur ses pas, suspendant sa marche pour s'orienter.

Enfin, ils arrivèrent à leur destination, une hutte merveilleusement camouflée, un énorme nid dont les contours, les formes et les diverses nuances de vert devaient le jour se fondre dans le décor environnant de fourrés inextricables. C'était une véritable forteresse en miniature, édifiée par Mor-Zamba en combinant sa force de géant, son expérience et sa science d'homme des bois, sans oublier l'imagination hardie d'un baroudeur de Kola-Kola. Lits de bambou, foyer pour cuire un repas sans dégager de fumée au loin, provisions abondantes, assiettes et cuillers de bois, étanchéité et robustesse des murs en treillage de bambou frais recouverts de pan neaux d'écorce d'arbre, dispositifs pour surveiller l'éventuelle approche de l'ennemi, rien ne semblait devoir manquer à leur confort ni à leur sécurité.

Les deux aînés n'entamèrent l'explication réclamée par les événements que le lendemain matin, mais elle dura toute la journée et fut cruelle pour Jo Le Jongleur, bien que l'indécision marquât le réquisitoire de Mor-Zamba, pris au piège entre l'exigence naturelle de courtoisie à l'égard d'un compagnon valeureux qu'accable l'infortune et la juste revanche de la prudence et de la modération trop longtemps bafouées. De son côté, si Jo Le Jongleur, beau joueur, consentait à être traité comme un vaincu, il manœuvrait sans répit pour n'avoir pas à s'asseoir sur le banc d'infamie.

Ils s'employèrent d'abord à dresser l'inventaire des pertes matérielles. La fouille de Van den Rietter avait aussi été un pillage en règle, le missionnaire ayant dû voir en chaque objet un indice qui, bien examiné, allait lui livrer un secret. Il avait donc agi comme un ouragan, et Mor-Zamba, qui n'avait pu résister à la tentation d'aller sur place observer les raisons et les suites du tumulte et de la fureur clairement perçus de la route, et en même temps de revoir sa propre maison, avait pu constater la désolation provoquée par le cataclysme.

– Que te manque-t-il ? demanda Mor-Zamba.

– Tout ce que j'avais sur moi, pardi !

– C'est-à-dire ?

– Ne t'en fais pas, rien que des bricoles : ma montre-bracelet, la petite lampe-stylo, les sandales, tous les vêtements et toute la literie. Et aussi des sous, pas beaucoup, juste de quoi épater les culs-terreux. Pas la plus petite arme, rassure-toi. Si, ah! les salauds... mon couteau à cran d'arrêt.

– Il faudrait ajouter tous les vêtements du sapak aussi, ses sandales, sa literie. L'un dans l'autre, ça commence à bien faire. Les veuves vous avaient prêté des ustensiles, je crois? Et d'autres objets encore, si je me rappelle bien. Eh bien, à mon passage, il ne restait pas une cuiller à soupe. Tu vois, ton plan ne valait pas cher; ne te l'avais-je pas dit? Tu as tort de jouer ainsi avec le feu, en t'en remettant à ton étoile. Tu te crois sur un terrain vague de Kola-Kola, en train de jouer au football, tu caracoles, tu virevoltes, tu fais des niches à l'adversaire; mais en même temps, tu gâches tout, tu brouilles tout, tu dessers notre cause. Tu ne crois pas qu'il est temps que tu t'arrêtes?

– D'accord, il vaut mieux que je m'arrête, c'est vrai. Après tout, cette expédition, c'est d'abord ton affaire; il n'y a pas à dire, tu es le patron, c'est toi qui dois avoir le dernier mot. Tout à fait d'accord. Mais, quand même, je n'accepte pas qu'on me reproche de ne rien prendre au sérieux. Rien au sérieux, moi? Qui avait prédit que nous allions probablement affronter non pas tant le vieux chef lui-même, mais plutôt son fils, un personnage impétueux, imbu de lui-même, cruel? Ce n'est pas moi peut-être? Qui avait deviné que depuis Ouragan-Viet les données du problème d'Ekoumdoum n'ont pas manqué de se modifier fondamentalement?

Il raconta alors, en détail, les circonstances exactes de la déroute de ses troupes, insistant sur la trahison d'un affidé pour établir définitivement, croyait-il, que l'axiome de base de sa stratégie était bien le meilleur : Mor-Zamba devait surtout se garder de se montrer, du moins à ce stade de l'affaire.

– Si tu avais une meilleure idée, tu aurais dû nous la dire. Il est toujours temps, tu sais ? conclut l'arsouille.

Comme le géant se taisait, Jo Le Jongleur, à qui une nuit de repos et l'excès de scrupule de Mor-Zamba avaient fait retrouver une partie de sa verve et de son assurance, proposa de raconter un nouvel épisode de la vie de ses héros préférés, les deux frères bien connus qui, avant de se lancer dans le vaste monde, allèrent, chacun à son tour, consulter successivement leur papa et leur maman ; il intitula l'épisode : « L'homme qui ne voulait pas remonter le fleuve. » Mais ce titre énigmatique à souhait ne piqua nullement la curiosité de Mor-Zamba, dont le visage demeura fermé, contrairement à son habitude. La question posée cette fois par les deux frères à leurs géniteurs était la suivante : « Voici, soudain, devant le voyageur, un fleuve de largeur monstrueuse, de courant impétueux, de profondeur insondable. Notre homme n'aperçoit point de passeur, ni personne d'aucune sorte pour le lui faire traverser. Pourtant, il faut qu'il traverse, on l'attend sur la rive opposée ; son honneur et sa fortune sont en jeu. Que doit-il faire ? »

Voici quelle fut la réponse du père : « Marche sur la rive, mon fils, et remonte toujours vers la source. Ainsi abordé, il n'est point de cours d'eau qui ne se laisse traverser, un jour ou l'autre ; car il y a toujours quelque part un gué ou un passeur courageux ; c'est à toi d'aller à eux. Marche donc sur la rive, sans te lasser, et remonte le fil de l'eau, en direction de la source. » Telle fut donc la réponse du père.

– Et que dit la mère ? demanda vivement Mor-Zamba, comme soudain réveillé. Que dit la mère ? voyons, dépêche-toi.

– Patience, grand-père ; qu'est-ce que tu me promets ? Dis, tu veux bien me laisser tenter ma chance une dernière fois ? Tu veux bien, n'est-ce pas ? Merci. La mère répondit donc à peu près ceci : "Dans ce cas-là, mon fils tendrement aimé, la sagesse, c'est de t'armer de patience et, assis à l'ombre d'un bois voisin, d'attendre en contemplant le flot qui déferle : sous la caresse du regard, la vague qui ondule est une croupe pâmée. Ainsi cajolé et attendri, il n'est point de cours d'eau qui ne livre finalement son secret. Certes, l'attente peut paraître longue, très longue même ; mais il suffit de t'armer de patience." Voilà ce que répondit la mère ; ça te va ?

– Et alors ?

– Et alors ? Tu ne devines pas la suite ? L'aîné des deux frères suivit les conseils de son papa et vint à bout de toutes ses entreprises, parussent-elles d'abord désespérées. Quant au cadet qui avait trop bien écouté sa petite maman, que crois-tu qu'il advînt de cet individu stupide ? Naturellement, il ne réussit jamais rien, passant niaisement sa vie à attendre que ses désirs se réalisent d'eux-mêmes, ce qu'ils ne firent jamais : c'est bête, mais tout comme la vie qui nous file entre les doigts, figure-toi que le flot qui file entre les grèves et les falaises n'a pas de mystère.

– Et comment comptes-tu remonter maintenant à la source de Van den Rietter?

– Je n'ai réfléchi qu'à ça pendant ma détention chez le Chimpanzé Grabataire, mon vieux. C'est très simple, nous n'avons plus que notre va-tout : l'assaut les armes à la main, la vraie bataille. Nous ne leur sommes pas tellement inférieurs, allez !

– C'est bien ce que je pensais, tu es cinglé !

Avec une éloquence fougueuse et pressante qui lui était peu familière, Mor-Zamba entreprit de plaider pour le bon sens. Selon lui, la supériorité des missionnaires, sans même parler du chef et de Zoabekwé, était éclatante et d'ailleurs double. Ils avaient de meilleures armes, et en grand nombre, au point que, sans considération de la qualification des tireurs, elles surclassent déjà à elles seules les huit pétoires des rubénistes. Supposé une attaque frontale, que se passe-t-il? Chacun des toubabs prend une arme dans sa main droite, une autre dans sa main gauche, ils tirent au moins trois salves, sans avoir à recharger, donc sans s'arrêter et ils abattent facilement six ennemis en quelques secondes, quand les rubénistes n'en tueraient au plus que trois. Voilà les assaillants exterminés dès le premier choc. Car quelle puissance de feu auraient les missionnaires en face d'eux? Les rubénistes devraient recharger chaque fois leurs armes à eux, sauf peut-être le revolver en miniature, mais sa portée ne devait pas être extraordinaire. Que dire maintenant si on prenait en compte l'adresse et l'expérience des deux missionnaires, sans doute de bons soldats, bien entraînés, comme tous les toubabs, soumis dès l'adolescence à l'apprentissage de la guerre.

– J'ai vu des Soumazeu à la garnison d'Oyolo, poursuivit-il avec flamme ; pendant la guerre, ils étaient mobilisés comme les autres ; ils faisaient les mêmes exercices, ils subissaient le même régime et, crois-moi, ils n'étaient pas les derniers. Je te dis, c'est pure folie d'attaquer ces gens-là.

– Aussi n'est-ce pas à eux que nous nous en prendrons. Et si je te disais que nous avons déjà dans la place des amis ? Et quels amis !

Jo Le Jongleur raconta enfin, avec force détails, les circonstances dans lesquelles ils avaient été libérés et même celles qui avaient immédiatement suivi leur libération proprement dite. Mais Mor-Zamba ne semblait toujours pas voir en quoi la jeune femme pouvait faciliter une attaque de la cité par trois malheureux rubénistes, dont un enfant.

– Mais si, écoute bien. Nous nous entendons avec Ngwane-Eligui, elle met le feu tel jour, à une heure convenue, dans plusieurs maisons du bois aux Chimpanzés, et pourquoi pas au palais lui-même ?

– Pourquoi pas en effet ?

– Pendant que tout brûle et que la population, saisie d'une frayeur panique, fuit de tous côtés, crie, pleure, nous entrons en action ; nous nous en prenons aux missionnaires : c'est le plus facile, parce qu'on les distingue très bien dans les ténèbres.

– À condition qu'ils se montrent. Et s'ils ne se montrent pas ?

– Impossible, grand-père. Et c'est là que réside mon génie. Ils se montreront nécessairement, ce sont les vrais maîtres de la cité, surtout Van den Rietter, d'ailleurs le plus combatif.

– Nous les faisons prisonniers, et après ?

– Dis, grand-père, ça va bien, oui ? Prisonniers, prisonniers ! Et puis quoi encore ! Pourquoi ne pas organiser aussi des élections libres, sans doute sous l'arbitrage de Baba Toura ? Tu pourrais mettre cette occasion à profit pour lui dédier le beau travail que tu auras accompli pour sa plus grande gloire, spontanément, et gratis encore.

– Alors, on les tue, comme ça, en deux temps trois mouvements, *couic* !

– Eh bien quoi ? On n'est pas en guerre, peut-être ?

– Pour bien faire, il vaudrait peut-être mieux leur préciser cela avant de les tuer ; ils ne savent peut-être pas que nous sommes en guerre avec eux.

– Tu n'as rien compris, grand-père ; rien, mais rien du tout. Et eux, est-ce qu'ils nous ont expliqué, en arrivant chez nous, qu'ils venaient pour nous faire la guerre ? Est-ce qu'ils ne sont pas arrivés en proclamant que nous sommes tous frères ? Est-ce que ça les empêche de nous faire la guerre ? Tous frères, tous frères, je t'en fous. Est-ce que tu te rappelles bien ce qu'il a osé proférer devant nous, le Van den Rietter ? Il a dit, ce cochon-là : "L'indépendance, tu parles ! ils n'ont même pas encore entendu le mot ici à

Ekoumdoum, je veillerai d'ailleurs à ce qu'il en soit le plus longtemps ainsi…" Alors, qu'est-ce que tu dis de ça? Un toubab qui ose dire ça ne te fait pas la guerre, vraiment? Franchement, je me demande ce qu'il te faut. Et je ne te conte même pas le reste.

– Georges, mon ami, mon frère, je crois t'avoir compris; je crois avoir compris que tu ne plaisantes pas; figure-toi que j'en doutais encore il y a seulement un instant. Alors, Georges, mon frère, écoute-moi à ton tour, et dis-toi que je parle très sérieusement, moi aussi. Alors, je te déclare qu'il est hors de question de tuer les deux missionnaires; moi vivant, je jure que cela ne se fera pas. Ce n'est pas que je les aime plus que toi, Georges. Quand j'ai été capturé, il y a vingt ans, à Ekoumdoum, Van den Rietter était déjà là, dans la cité; il a été de bout en bout témoin de cette violence, il n'a pas levé le petit doigt, il s'est tu. Qu'il souhaite secrètement notre maintien à jamais dans les fers de l'esclavage, crois-tu que je l'ignore? Ils souhaitent tous que nous leur soyons toujours soumis.

« Mais, Georges, mon frère, pourquoi es-tu venu à Ekoumdoum, si loin de Fort-Nègre, si loin de cette ville qui est sans doute toujours l'endroit où tu te plais le plus au monde? Pour soulager la souffrance des gens ou pour leur apporter des maux supplémentaires? Réfléchis donc un instant. Exterminer ces deux missionnaires ici à Ekoumdoum, sais-tu bien ce que cela veut dire? Cela veut dire que tu déclares une guerre inexpiable à Sandrinelli, à Maestraci, à Brède, à tous les toubabs qui entourent constamment Le Bituré et lui dictent à chaque instant ce qu'il doit faire, sans compter tous les autres. Tu sais aussi bien que moi que la particularité de ces gens-là est de ne jamais oublier. Le temps peut bien passer, les jours se succéder et se ressembler en apparence, il demeure cette vérité dont tu peux être assuré : ces gens-là creuseront souterrainement, comme des termites, ils s'approcheront à pas menus, imperceptiblement mais inexorablement comme des fourmis, ils ramperont centimètre par centimètre s'il le faut, ils restaureront la route, tronçon par tronçon, ils achemineront des engins de mort, ils viendront jusqu'à Ekoumdoum, jusqu'à toi.

– Et alors ?

– Tu as beau dire, Georges, mon frère, tu ne les connais pas aussi bien que moi. Tu les as vus dans leurs maisons, à côté de leurs femmes ou entourés de leurs enfants : c'étaient des époux tendres, des pères souriants, des êtres à peu près humains. Tu les as vus dans les bureaux, plongés dans un dossier ou distribuant des ordres à leurs subordonnés noirs avec une morgue lasse. Mais tu ne les as pas connus en temps de guerre, sur le chantier d'une route par exemple, brûlant de haine secrète et de vengeance, acharnés, cruels, se mordant la lèvre, déchaînés comme des fauves, implacables.

– Nous nous serons préparés, nous aussi, nous les attendrons de pied ferme. Nous leur ferons la guerre. Pourquoi pas, après tout ?

– Avec leurs engins dont tu n'imagines pas la puissance de destruction, ils t'auront écrasé en un instant.

– Est-ce certain ?

– Ils extermineront les innocents habitants de la cité, et même les chiens errants et les rats, à coups de bombes, s'il le faut, lâchées d'avions ; ils raseront toutes les maisons, ils mettront le feu aux décombres préalablement arrosés d'essence. Voilà comment ils sont et pas autrement. À quoi bon provoquer leur instinct de vengeance ? Quoi qu'ils prêchent, ils ne tendront pas l'autre joue pour se faire souffleter : c'est ce qu'ils recommandent à l'intérieur de leurs églises, mais audehors, c'est une autre affaire.

« J'ignore dans quel état Ouragan-Viet souhaite trouver Ekoumdoum à son retour, mais tant que je vivrai, je veux lui préserver intacte cette cité qui est son berceau. Qu'il la trouve toujours debout, pour s'y appuyer, s'il le veut, ou pour la sacrifier, s'il le désire, et en faire offrande à la cause sacrée.

– C'est terrible, ce que tu dis là, grand-père. Sais-tu que cela reviendrait à renoncer à toute action ?

– Mais non, Georges ! Fais ce que tu veux, mais ne zigouille pas les deux missionnaires.

– De quoi as-tu peur, grand-père ? Le temps que Fort-Nègre, qui est à près de deux mille kilomètres d'ici, d'où l'on ne peut venir jusqu'ici par aucune route, qui n'entretient aucune communication régulière avec Ekoumdoum, le temps que Fort-Nègre s'avise de quoi que ce soit, nous nous serions organisés, nous nous serions érigés en bastion d'où nous pourrions facilement repousser tous les assauts. On résiste aux bombardements aériens en creusant des trous dans la terre. Un peu d'audace et d'imagination, que diable !

De toute façon, un jour, tôt ou tard, tu seras bien obligé de régler tes comptes avec Baba Toura.

– Peut-être, mais j'ai dit mon dernier mot. Tout ce que tu veux, sauf l'assassinat de ces deux-là.

– Facile à dire.

*A*U MÊME INSTANT, dans la cité d'Ekoumdoum, se déroulaient des scènes marquées par un désarroi et une angoisse au moins égaux à ceux que révélait la dispute qui opposait les deux rubénistes dans la forêt. On ne s'avisa de la disparition des prisonniers que vers dix ou onze heures dans la matinée. Le fils du chef, Zoabekwé, dit Le Bâtard, fut si désespéré que, pris de frénésie, il s'abandonna à tous les égarements par lesquels la folie se manifeste à l'extérieur.

Dès qu'il commença à se ressaisir, il songea à infliger une sanction exemplaire à ses sbires, dont la responsabilité lui parut alors aller de soi. Il dut se détromper bien vite : impossible d'établir avec certitude auquel de ces personnages dépourvus de toute suite dans les idées incombait la garde à l'heure présumée de la fuite; impossible de déterminer sur qui reposait généralement la répartition des tours de garde ni même selon quels critères elle se faisait. Tout s'accomplissait apparemment dans un laisser-aller primesautier, une anarchie joyeuse, une bonhomie qui, devant le maître, dissimulait la perfide férocité des incapables et des fainéants, et un rare acharnement contre les détenus la nuit venue.

Le Bâtard pensa alors à toutes les femmes habitant la résidence, puisque, sans distinction, elles pouvaient aller librement partout dans le palais, accédaient aux pièces à usage domestique, comme aux salles réservées à l'administration ou au protocole ; autant examiner à la loupe un tas de grains de sable. Il soupçonna les adolescents venant de la cité, auxquels il n'avait jamais été question d'interdire l'entrée dans le domaine où leurs nombreux services étaient irremplaçables. Il soupçonna tout le monde, mais sut presque instantanément qu'il ne confondrait personne.

Tant que le bonheur et l'insouciance d'autrefois avaient régné dans le bois aux Chimpanzés et même après que le goût du caprice chez les jeunes épouses du maître eut commencé à se muer désastreusement en esprit d'indocilité, ses habitants avaient vécu dans l'indistinction, l'enchevêtrement et même la confusion. Entre les épouses du père et celles du fils, les parentes de celles-ci venues leur rendre visite ou séjournant auprès d'elles, les épouses des domestiques et leurs filles de tous âges, les femmes de la cité unies aux épouses du chef par des liens que la tradition encourageait et souvent présentes dans l'enceinte de la résidence, il avait toujours été malaisé de faire précisément la part. De même, c'était la tradition que les enfants de la cité, même en passe d'achever leur adolescence, envahissent dans la journée le quartier prestigieux. Mais cette affluence, ce va-et-vient, ce flux et reflux incessant, ce méli-mélo apparentaient ces lieux augustes à un champ de foire ou à un caravansérail plutôt qu'à la résidence d'un homme placé à la tête d'une immense cité, et exerçant une autorité sans partage.

La nuit surtout, parmi les ombres dont la danse grotesque était orchestrée par la flamme de rares lampes à huile ou à pétrole, les rondes mélodieuses des jeunes filles, les mères poursuivant avec force jurons des enfants trop espiègles, des adolescents venus de la cité et portant furtivement des messages polissons, et même des amoureux se faufilant à la dérobée au milieu de cette fourmilière rarement apaisée avant dix heures du soir, on en venait à croire que les puissants l'emportent surtout par le privilège d'être le pôle des joies et des intrigues d'une famille dont les rangs s'élargissent sans cesse. Qui aurait imaginé les événements tragiques où allait s'engloutir inexorablement tant de félicité?

Dans la fureur de son impuissance, Le Bâtard se précipita aux pieds de Van den Rietter promptement remis des suites de sa dramatique rencontre avec les rubénistes en qui il voyait plus que jamais des saboteurs britanniques.

– Aidez-moi, mon Père, supplia Le Bâtard; venez à notre rescousse, sinon qu'adviendra-t-il de nous? Mais d'abord, expliquez-nous : que nous arrive-t-il? Où allons-nous? Est-ce la fin du monde? Qui sont donc nos ennemis? D'où viennent-ils? Que nous veulent-ils ? Qui les a aidés à s'enfuir ? Qui frapper ? Qui épargner ? Comment mettre un peu d'ordre dans cette pagaille générale ? À qui se fier ? De qui se défier ? Et pourquoi ? Et pourquoi pas ? Où suis-je ? Où aller ? Que faire ?

– Du calme, mon garçon, du calme ! répondit Van den Rietter. Surtout pas de panique ; ce serait la meilleure façon de perdre la partie, au moment où tu dois jouer serré avec un ennemi vicieux. Qui sont ces gens-là ? Des saboteurs envoyés par Mackenzieville, pardi, c'est-à-dire par les Anglais trop jaloux de nous voir concilier ce qu'ils appellent l'indépendance avec l'amitié et la reconnaissance des populations de notre rive ; ils espéraient l'Apocalypse, le bain de sang, le chaos ; en somme, ils voulaient nous refaire le coup qu'ils nous ont fait si souvent avec succès, en Syrie, en Indochine, en Afrique du Nord.

« Pour l'instant, ils n'ont pas encore gagné ici, mets-toi cela dans la tête, mon petit. Oui, les autres ont des armes, ils ont peut-être nos armes, et nous sommes tout nus, nous autres ; ils savent que nous sommes à leur merci, et ils vont sans aucun doute se jeter sur nous d'un jour à l'autre, peut-être même d'un moment à l'autre. Mais tout n'est pas joué, si nous nous hâtons de nous organiser. Si bien armés soient-ils, quelques hommes contre une cité de plusieurs milliers d'habitants sont condamnés d'avance, à moins qu'ils n'aient une cinquième colonne parmi nous.

« Alors, tu veux mettre de l'ordre chez toi, mon petit ? Je pense qu'il le faut, c'est vital, il y va de notre survie à tous, sans compter la sauvegarde de l'œuvre réalisée pendant les vingt années qui viennent de s'écouler. Je vais te faire des recommandations douloureuses, mais nécessaires. Mais d'abord, es-tu sûr d'avoir l'approbation de ton père?

— Il acceptera, c'est un impotent.

— Impotent, sans doute, mais jaloux de son autorité.

— J'en fais mon affaire, mon Père.

— Voilà qui est mieux dit, mon garçon. Alors, à partir de ce jour, n'oublie jamais ceci : je fais fond sur toi, et sur toi seulement. D'accord?

— D'accord, mon Père.

— Très bien. Alors au fait. La première source de désordre et d'anarchie chez toi, mon garçon, c'est le surpeuplement; il y a trop de gens chez toi, impossible de les garder tous en les contrôlant efficacement.

— Qu'est-ce que je peux faire?

— Qu'est-ce que tu peux faire, qu'est-ce que tu peux faire! Tu peux tout faire, voyons, puisque tu es chez toi. Oui ou non, es-tu bien chez toi?

— Je suis bien chez moi, mon Père.

— Bon, alors tu peux bien une fois transgresser une vénérable tradition en renvoyant de ton quartier la population superflue : les beaux-parents, les cousins proches ou éloignés des beaux-parents, les domestiques et les concubines des beaux-parents, et j'en passe. À la réflexion, mon petit, qu'est-ce que tu en as à foutre de tous ces gens-là? Rien, strictement rien. Quelqu'un de vous deux doit y laisser sa peau, toi ou la tradition. À toi de choisir. Alors, que choisis-tu?

– C'est entendu, mon Père, je les renvoie.

– Tu auras le courage ? Je te préviens que ça va être dur.

– Je serai inflexible, je vous le promets.

– Bravo, mon petit. Ensuite, il te faut une vraie police, mais là, c'est moi qui vais m'en charger. Je t'explique quand même. Jusqu'ici, tes hommes ne formaient pas vraiment une troupe, mais une horde. Première opération : nous allons les ranger suivant une hiérarchie. Nous nommerons d'abord un chef, puis des chefs adjoints, puis des subordonnés des chefs adjoints, puis une catégorie de subordonnés immédiatement inférieure à la précédente et ainsi de suite, jusqu'à la dernière marche de l'échelle. Alors, en cas de défaillance, on établira sans peine qui n'a pas été à la hauteur de sa tâche, et on le châtiera aux yeux de tous, et il servira d'exemple. En revanche, comble de présents et de prestige tes meilleurs serviteurs, mets-les en vue, donne-leur l'occasion de triompher. Il n'y a pas cinquante-six façons. Comme je viens de te dire, mon garçon, je vais là-dessus mettre la main à la pâte moi-même. Seulement, mon petit, c'est urgent, très urgent, crois-moi, parce que les autres ne vont pas tarder à se montrer.

– Mon Père, pourquoi ne pas aller demander des armes à Mackenzieville ?

– Oh, surtout pas ça, mon petit ! Tout mais pas ça. Tu ne veux pas que nous allions donner à nos ennemis le spectacle de notre panique ? Faut-il que nous allions crier sur les toits que nous nous sommes laissé dépouiller de toutes nos armes par des vagabonds déguenillés? Qu'est-ce que tu crois? Leur malveillance, leurs sarcasmes nous guetteront là-bas. Rien ne leur échappera, pas même la plus petite lueur de notre regard, ni la moindre inflexion inaccoutumée de notre voix. Non! Frère Nicolas ira avec sa péniche à Mackenzieville, comme d'habitude, et le plus tôt sera le mieux; car nous n'hésitons pas à nous montrer. Bien sûr qu'il sera le point de mire des regards de tous les mouchards anglais. Comme d'habitude, il débarquera avec nos hommes, les hottes et les sacs remplis de nos productions ordinaires. Comme d'habitude, il chargera les denrées et les objets correspondant à la demande accoutumée de nos paisibles populations. Il portera la tête haute, le visage serein et même quelque peu nonchalant, il aura la démarche insouciante de celui qu'aucune contrariété particulière ne tracasse. Il affichera une assurance extrême, la béatitude en somme. Et surtout il ne demandera pas d'armes. Comme cela, si les Anglais ont espéré nous voir nous débander après le coup qu'ils viennent de nous porter, ils en seront pour leurs frais. Va commencer à prendre les mesures qui s'imposent, mon garçon, les autres ne vont plus tarder C'est peut-être pour cette nuit.

Poursuivi sans relâche ni bénignité après l'arrestation des conjurés, l'interrogatoire des alliés de Jo Le Jongleur ne laissait pas encore, une dizaine de jours plus tard, espérer la découverte des armes volées. Les meneurs autochtones, Mor-Eloulougou et ses acolytes, avaient, certes, opposé une très faible résistance avant de passer des aveux satisfaisants et de solliciter avec humilité le pardon pour leurs errements en promettant solennellement de ne plus jamais y retomber. Mais, s'ils s'étaient reconnus coupables du vol des armes, ils avaient proclamé ne pouvoir répondre de leur disparition et désigné nommément les trois membres du petit détachement chargé cette nuit-là d'aller les récupérer dans la forêt et de les apporter auprès des chefs.

Ces exécutants s'étaient obstinément dérobés aux investigations de Zoabekwé et de Van den Rietter qui dédommageaient leur impatience et leur courroux sur la pauvre personne de Mor-Eloulougou, suspect de toutes les perfidies. On devine le soulagement de l'accordéoniste quand las du compagnonnage jamais rassurant des habitants ordinaires des bois, désespérés de demeurer si longtemps sans pouvoir manger chaud, les trois fugitifs réapparurent et se rendirent à leurs juges, Soumazeu et Le Bâtard. Ils leur racontèrent leur histoire avec une candide complaisance : sous l'emprise de la panique en comprenant que la conjuration avait été trahie, ils avaient jeté leurs armes dans un buisson que, faute d'avoir pu y mettre une marque distinctive, ils n'avaient pas été à même d'identifier tout à l'heure en ralliant la cité où ils auraient aimé revenir en les portant sur eux. Ils s'étaient dissimulés ces jours derniers dans la nature, mais, de guerre lasse, ils avaient décidé de revenir au bercail.

Cette confession avait incité Van den Rietter à organiser battue sur battue, ratissant d'immenses étendues de forêt, exténuant ses employés et ses amis, et en particulier Zoabekwé dont la mollesse et la fainéantise foncière apparurent alors dans toute leur splendeur. Mais chaque jour ces efforts se révélaient aussi vains que la veille.

Les battues répétées mais infructueuses de Van den Rietter finirent par convaincre Ngwane-Eligui que la fable des armes jetées dans un buisson anonyme par la précipitation et la peur n'était qu'un stratagème convenu pour duper les deux missionnaires et Zoabekwé en les détournant de parer aux initiatives éventuelles de leurs ennemis invisibles. Elle se persuada elle aussi qu'étant seuls désormais à posséder des fusils et forcément rompus à leur maniement, les deux étrangers allaient revenir incessamment, pour harceler les autorités qui terrorisaient maintenant la cité ou même, très probablement, pour frapper un grand coup. Quoiqu'elle veillât toujours jusqu'à l'extrême limite de sa résistance au sommeil, chaque nuit cependant lui apportait son lot accru d'étonnement désenchanté. Dans les ténèbres, dans le silence qu'entraînait le dispositif imposé récemment par Van den Rietter, elle ne percevait aucun indice attendu. La boîte aux lettres du mandarinier collectionnait désespérément ses propres messages, et seulement ceux-là.

Comment, se disait Ngwane-Eligui, *des hommes sémillants et armés jusqu'aux dents peuvent-ils tergiverser si longtemps en face de quelques vieillards défaillants et les mains nues à la tête d'un troupeau anodin de moutons?* Dans l'imagination de la jeune femme, les deux inconnus, troublés par leur isolement peut-être, se confinaient dans une forêt des environs de la cité, sans doute à quelques jets de lance du bois aux Chimpanzés, se contentant de furtives incursions nocturnes dans la cité même, rôdant lâchement telles des hyènes, esquivant les rondes, comme des chiens apeurés qui traînent la queue entre les jambes. Ils n'osaient donc pas, eux non plus, les lavettes, son ultime espoir.

Pour leur donner du cœur au ventre, elle jouait à semer la perturbation dans l'appareil complexe mis sur pied et commandé, en réalité, par Van den Rietter. Un jour, elle frappait violemment d'un coup de bâton un chien efflanqué ou un chat errant, ou encore elle versait à la dérobée un plein seau d'eau bouillante sur la bête et lui arrachait une plainte effroyable à une heure avancée de la nuit; un autre jour, elle soudoyait un jeune garçon et l'envoyait faire exploser dans les ténèbres un de ces étonnants pétards que les plus petits enfants d'Ekoumdoum excellaient à mitonner avec quelques allumettes et un clou, des riens en somme; ou bien encore elle faisait partout dire par un chasseur qui revenait de la forêt qu'il avait observé des traces de pas étrangers dans le sable ou dans la boue d'une rive, d'une berge ou d'une grève.

Chaque fois, l'appareil policier de Van den Rietter se mettait en branle; des hommes brandissant des lances, des sabres d'abattage, des gourdins, occupaient vivement la position suspecte, se répandaient dans les maisons environnantes qu'ils fouillaient avec des gestes fébriles et convulsifs, tandis que leurs compagnons prenaient position sur les toits ou se dissimulaient derrière un buisson du bois aux Chimpanzés ; ou encore, Van den Rietter, affichant une hardiesse agressive, prenait la tête d'une équipe qui se livrait de longues heures à des battues dans le secteur désigné par les confidences du chasseur.

Le véritable rapport des forces entre les autorités officielles d'Ekoumdoum et ceux que Ngwane-Eligui n'appelait plus que « les inconnus de la nuit » échappait donc à tout le monde, et même à la jeune femme dont l'intuition volontiers sacrilège fut pourtant toujours à cent lieues de soupçonner l'hilarant paradoxe d'une situation il faut dire très rare. Les maquisards ne doutaient point que leurs ennemis eussent facilement recouvré le précieux butin sur lequel Jo Le Jongleur avait réussi à faire main basse, sans pourtant se l'approprier définitivement. Zoabekwé et Van den Rietter étaient peu à peu amenés par le fiasco de leurs recherches à se convaincre qu'ils se faisaient berner et que leurs armes étaient définitivement en la possession de leurs ennemis. La colère que leur inspirait cette réflexion ne pouvait pourtant s'assouvir avec toute la liberté désirée ; autant eût valu étaler au grand jour leur panique et laisser se ternir une image flatteuse d'impassibilité et de confiance absolue en soi.

Les habitants d'Ekoumdoum ne furent cependant pas dupes des ravages exercés chaque jour plus profondément sur la personnalité de Van den Rietter par la démence qui lui était venue dès les premiers instants de son drame, mais qui d'abord couva longtemps comme un feu de broussailles avant de flamboyer tout à coup. Il avait été auparavant un défricheur insensible et remuant ; il devint tout à coup un dominateur agité et impérieux. Plus tenaillant que le remords, aussi entêté qu'une obsession, il s'était on eût dit multiplié à l'infini, il était au même instant présent à travers toute la cité. Son inséparable bicyclette, vieillie, brunie par la patine, mais non point usée, sa silhouette élancée dans une carrure robuste, sa blanche soutane retroussée jusqu'aux cuisses velues sur lesquelles battaient tumultueusement les pans d'un ample short kaki, sa longue barbe maintenant poivre et sel, ses yeux chafouins tapis derrière le retranchement de rides et de poils, ses cheveux de plus en plus rares mais toujours d'un rouge pourpre lui composaient désormais un personnage non plus de voisin entreprenant, mais de concitoyen rapporté en quelque sorte, d'occupant en un mot, de barbare pour tout dire.

Sa parole, qui n'avait été que ferme auparavant, se fit métallique et cassante. Seulement impénétrable jusque-là, comme la muraille qui décourage les audacieux, son visage s'aiguisa comme la pointe d'un fer, creusant dans les âmes et les cœurs les cavernes où s'engouffraient la veulerie, le doute, la débâcle. Lui qui, auparavant, ne s'était approché du vieux chef que de loin en loin et ne lui avait témoigné qu'une bienveillance discrète, comme honteuse, assiégea le maître de la cité ainsi que son fils Zoabekwé, dit Le Bâtard, avec lesquels il se cloîtrait pour élaborer des plans de bataille. Il réapparaissait, hochant la tête d'incrédulité stupéfiée sans doute, fermant le poing de colère impuissante certainement, remuant les lèvres et marmonnant, en même temps qu'une prière, l'interpellation au Dieu qu'il servait avec tant de zèle, et qui cependant l'abandonnait.

Au lieu de s'attrouper et de l'entourer ainsi que naguère, les enfants s'égaillaient maintenant, effarés par son approche ; si, par hasard, il les surprenait, il était accueilli non plus par un « loué soit Jésus-Christ, mon Père », claironné dans sa propre langue, qui le ravissait naguère de fierté et de mélancolie, mais par le silence, la gêne, peut-être l'intérêt teinté de compassion.

– C'est étrange, confia-t-il avec lassitude à frère Nicolas, dès que celui-ci, qui était allé comme prévu à Mackenzieville, fut de retour ; c'est étrange, on dirait qu'il y a je ne sais quoi d'hostile dans l'air.

– Allons donc, Père, lui répondit son compatriote, tu te fais des idées parce que nous ne retrouvons pas nos armes.

– Pourtant, je ne sais pas !… le regard des enfants, le détachement des adultes, il y a des jours où je me demande s'ils ne savent pas, s'ils ne sont pas dans le coup.

– Ce serait donc un coup monté, selon toi ? et au moins une partie des habitants de la cité seraient complices ? Non, Père, ce genre de choses ne saurait arriver ici, chez nos Nègres ! Voyons, tu les connais bien, ceux-là. Tu m'as toujours dit toi-même qu'ils étaient parfaitement inoffensifs. Nous finirons par récupérer nos armes, rassure-toi ; moi, je crois assez à une mauvaise plaisanterie, tu vas voir, ils finiront bien par l'avouer, si notre ami Zoabekwé les y aide un peu plus vigoureusement.

– Il ne fait que cela, et il n'y va pas avec le dos de la cuiller.

C'est dans ce climat que tombèrent les premières actions entraînées par la nouvelle tactique des rubénistes, désormais réfugiés dans la forêt. Loin d'avoir été jeté dans l'abattement, Jo Le Jongleur avait au contraire puisé dans son récent échec, pourtant si troublant, si mortifiant, et dans la voie étroite que lui avait imposée Mor-Zamba, un enthousiasme et une verve paradoxalement accrus.

En en débattant avec Évariste le sapak, ancien collégien féru d'histoire et de livres, il s'était avisé que la bataille rangée n'était pas l'unique va-tout de leur situation, et qu'ils pouvaient lui substituer une tactique plus avantageuse et non moins meurtrière, bien que la psychologie y eût la plus grande part. En se stimulant et en s'amendant mutuellement avec férocité, ils avaient rédigé, plusieurs jours durant, une fière proclamation. Le sapak l'avait recopiée, en la calligraphiant de sa plus belle main, sur les grands feuillets à en-tête de la République française raflés au groupe scolaire du 18-Juin par l'ancien domestique de Sandrinelli. Le texte ainsi reproduit à plusieurs exemplaires disait :

Respectables et respectés habitants de la grande cité d'Ekoumdoum,

Nous sommes les hommes du commandant Abéna, l'enfant d'Ekoumdoum, votre noble fils parti à la guerre il y a vingt ans, aujourd'hui sur le chemin du retour, et impatiemment attendu par vous, nous le savons. Et c'est au nom du commandant Abéna, le noble fils d'Ekoumdoum, que nous nous adressons à vous, respectables et respectés habitants de la noble cité d'Ekoumdoum.

Le commandant Abéna a fait la guerre victorieusement sur les cinq continents, affrontant au cours de sa longue épopée des peuples de toutes les couleurs. Chaque fois qu'il lui est arrivé de se trouver au milieu de populations accablées par la cruauté de chefs qui accaparaient les terres, l'or et les femmes, il a libéré ces peuples de leurs chefs odieux, il a terrassé l'oppression pour lui passer l'épée au travers du corps.

Mais, pendant ce temps, le commandant Abéna n'oubliait pas que son propre peuple gémit toujours sous l'oppression cruelle d'un chef accapareur de terres, d'or et de femmes, comme ceux-là même qu'il combattait sur les cinq continents. Cependant, le commandant Abéna devait s'armer de patience et attendre; il devait compter les années, il devait compter les mois, il devait compter les jour, car il ne pouvait agir avant le terme prescrit par le destin.

Respectables et respectés citoyens d'Ekoumdoum, ce terme va bientôt arriver. Aussi, au moment où vous lirez cette proclamation, votre noble fils sera inexorablement sur le chemin du retour. Il vient libérer enfin son propre peuple; il vient vous libérer, nobles habitants de la grande cité d'Ekoumdoum, chasser l'accapareur et terrasser l'oppression.

Préparez-vous donc à combattre à nos côtés, sous la bannière du commandant Abéna, le noble fils de votre vénérable terroir. Vous recevrez bientôt des consignes précises, nous vous demandons de les observer rigoureusement. En attendant, soyez vigilants. Qu'aucun de vos regards ne se perde; que votre pied se pose toujours sur un sol préalablement inspecté; que votre oreille vibre au moindre craquement. Que votre cœur se dispose à accueillir le retour d'Abéna et à fêter en même temps l'indépendance qui attend depuis trop longtemps à la porte de votre cité. L'indépendance, le commandant Abéna l'a dépêchée lui-même en avant-garde de son armée comme a signe avant-coureur de son retour. L'orage va éclater.

Respectables et respectés citoyens d'Ekoumdoum, voilà ce que le commandant Abéna, votre noble fils, nous envoie vous dire.

Jo Le Jongleur déclara alors qu'il irait seul jusqu'à Ekoumdoum où, dissimulé dans les ténèbres, il placarderait avec des agrafes de bambou les feuillets de la déclaration aux endroits les plus appropriés. Cette prétention, dont la présomption relevait de l'enfantillage compte tenu du peu de familiarité du mauvais garçon koléen avec les exigences de la vie et de la marche dans la jungle, fit ricaner Mor-Zamba qui décida que tous trois feraient le voyage. Partis le lendemain, ils marchèrent sans hâte, musardant même parfois, comme si le géant avait voulu se donner le loisir d'initier ses jeunes amis aux secrets du maquis. À mi-chemin, ils firent étape dans une hutte, à plus d'un égard semblable à leur quartier général ; elle offrait toutefois l'avantage singulier de servir de dépôt idéal au ravitaillement prélevé sur les champs des habitants d'Ekoumdoum, à moins d'une demi-journée de marche, mais au-delà du fleuve dont une boucle faisait de son cours une source de surprises. Évariste le sapak, qui était certainement le plus savant des trois et celui dont la dialectique était la plus pertinente, observa que si un nom n'était pas donné à chacun de ces points de ralliement, les maquisards nageraient bientôt dans une confusion pernicieuse ; il proposa donc de leur conférer le même nom, mais un chiffre différent, et, par exemple, d'appeler Fort-Ruben I leur grand quartier général, celui qu'ils avaient quitté dans la matinée, Fort-Ruben II la hutte où ils passaient la nuit en ce moment et ainsi de suite. Cette proposition fut adoptée sans difficulté, et l'esprit méthodique du sapak fut universellement apprécié et même lui attira l'éloge de Mor-Zamba.

Ils arrivèrent dans les parages de la cité comme le crépuscule tombait et s'embusquèrent dans un fourré aux abords de la route, en attendant que la nuit fût suffisamment avancée. Jo Le Jongleur, qui avait obtenu d'accomplir tout seul la mission d'affichage, afin de jouir de la plus grande liberté de mouvement possible, parcourut la cité sans d'abord rencontrer âme qui vive, comme il s'y attendait. Il placarda ses feuillets surtout sur les murs de pisé des bâtisses de l'école ; il se hâta d'afficher un unique feuillet sur une dépendance du presbytère, assez écartée pour lui éviter d'avoir à affronter le berger allemand des missionnaires. Il s'en prit, finalement, au bois aux Chimpanzés, sur l'enceinte duquel il s'en donna à cœur joie. Tenant alors pour achevée cette partie de sa mission, il songea à Ngwane-Eligui et entreprit de repérer et de distinguer le mandarinier qu'elle avait promu boîte aux lettres. Il marcha précautionneusement le long de la palissade de bambou en s'arrêtant à chacun des arbres qui l'ornaient pour en évaluer les dimensions, contraint d'ailleurs par les ténèbres d'user plutôt du toucher et de l'odorat que de la vue. Soudain, il lui parut qu'il avait découvert son mandarinier ; pour en avoir une preuve décisive, il s'accroupit et vérifia l'absence de racines en saillie, caractéristique de l'oranger, et que le tronc mince s'enfonçait tout droit et parfaitement lisse dans la terre, comme un piquet.

Définitivement convaincu, le rubéniste s'était détendu pour se redresser, mais, juste à ce moment-là, Van den Rietter qui, habillé de noir, effectuait une ronde et venait d'entrevoir ce qui lui parut l'ombre de l'un de ces galants effrontés dont se plaignait Zoabekwé, bondit sur lui et vint littéralement empaler son thorax vaste et creux sur le crâne de plomb récemment rasé de Jo Le Jongleur. Rebondissant l'un contre l'autre en plein élan comme deux projectiles qui se heurtent, les deux hommes allèrent rouler au sol, chacun de son côté ; mais Van den Rietter, assommé encore une fois par une tête de rubéniste, resta derechef étendu dans la poussière, sans connaissance. Très contrarié, l'arsouille se releva et prit vivement et sans perdre de temps les jambes à son cou, s'enfuyant à travers la zone des bananiers et ne s'arrêtant pour reprendre haleine que lorsqu'il eut enfin rejoint la route, après s'être déchiré le corps à toute sorte de broussailles. Adieu les messages de Ngwane-Eligui dont la lecture aurait peut-être immédiatement changé la face d'Ekoumdoum – « comme le nez de Cléopâtre », ajoute toujours mystérieusement le sapak Évariste à ce moment du récit. Car, dans le plus récent, la jeune femme posait aux maquisards une question qui, sans aucun doute, leur aurait révélé indirectement que les autorités de la cité recherchaient toujours les armes qu'on leur avait ravies, ce qui revenait à dire qu'elles étaient à la merci d'un coup de main du premier venu. Quand on demande aujourd'hui à Jo Le Jongleur ce qu'il aurait fait s'il avait eu la révélation de cette extravagante situation :

– Moi ? fait-il en s'indignant qu'on ose lui poser une telle question, eh bien, j'aurais foncé, bille en tête, sourd à tous les avertissements, aveugle à tous les obstacles. Quoi que vous disent les fanfarons, personne n'a encore trouvé le moyen de donner à un homme désarmé assez de courage pour crâner devant un fusil prêt à cracher la mort. J'aurais bouclé ces messieurs, avec le Chimpanzé Grabataire, au premier étage du palais. Pour faire plaisir à Mor-Zamba, je les aurais nourris, choyés, engraissés comme des eunuques, mais très étroitement surveillés, et, pendant ce temps-là, qui c'est qui aurait tout transformé à Ekoumdoum ? Eh bien, nous, nous autres… comme maintenant, quoi.

– Oui, mais plus tôt, lui rétorque alors habituellement le sapak, et en économisant pas mal d'angoisses,
de sueur et même de sang.

– Ouais, bien sûr, conclut Jo Le Jongleur ; bien sûr
que ce ne fut pas de chance, mais à qui le dis-tu !

Quand Jo Le Jongleur eut rejoint ses amis et qu'il
leur eut relaté le déroulement de sa mission, une brève
discussion mit en évidence que, à la suite de sa nouvelle
mésaventure, on devait s'attendre que Van den Rietter
fasse preuve d'une vigilance draconienne pendant
peut-être une dizaine de jours encore ; il était donc
inutile et même périlleux de s'aventurer dans la cité
avant ce délai ; Jo Le Jongleur irait se saisir des messages de Ngwane-Eligui quand Soumazeu aurait
relâché son attention. Les rubénistes retournèrent à
Fort-Ruben I, mais par un itinéraire nouveau qui
permit aux deux plus jeunes Koléens d'en apprendre
encore davantage sur la forêt et de faire connaissance
avec un autre point de ralliement, à mi-chemin lui aussi
entre Ekoumdoum et Fort-Ruben I, mais destiné surtout par Mor-Zamba à servir de cache d'armes. Le
sapak lui donna le nom de Fort-Ruben III, approuvé
par ses deux aînés.

De tous les tracts placardés dans divers quartiers
d'Ekoumdoum, on s'étonnera qu'un seul, échappant
au ratissage de Van den Rietter, soit parvenu réellement
jusqu'à la population ; encore fut-ce avec une telle lenteur et à travers tant de vicissitudes que jamais peut-
être destinée ne mérita autant que celle-là d'être
contée. C'est le directeur de l'école – un homme à qui

un long séjour d'apprentissage à Bétara, très loin de sa cité natale, n'avait ôté ni une nonchalance distraite jusqu'à l'hébétude ni une sensible indigence d'imagination – qui s'avisa de ce feuillet affiché sur le mur de pisé, tout près de la porte du petit bureau où il pénétrait chaque matin une demi-heure avant de sonner l'entrée des élèves dans les salles de classe. Il le parcourut mécaniquement sans jamais chercher vraiment à en saisir le sens ni à plus forte raison la portée avant de le tendre au plus jeune de ses subordonnés comme une extravagance appartenant à l'arsenal de farces et de facéties propres au tour d'esprit incompréhensible qui caractérise l'enfance. Ce jeune homme soumit le document à la curiosité d'autres jeunes maîtres, et il arriva que leur perplexité commune ne cessa plus de croître à mesure que passait le temps et qu'ils relisaient le texte du feuillet.

Ils avaient coutume de converser avec frère Nicolas, un Blanc ouvert, leur semblait-il, moins dédaigneux en tout cas que le modèle ordinaire, puisqu'il consentait, de temps en temps, à leur exposer l'exquise intelligence des usages de l'Europe et l'humanité profonde des mœurs des civilisations chrétiennes en général. Ils allèrent le consulter et lui demandèrent de leur dévoiler le mystère de ce texte. Frère Nicolas se saisit du feuillet, fit mine de le parcourir et demanda un délai de quelques heures pour y réfléchir à loisir dans sa chambre. Il savait pourtant déjà, pour en avoir discuté avec son compatriote Van den Rietter, que c'était de la propagande subversive répandue par les diaboliques agents anglais envoyés par Mackenzieville pour tourmenter les paisibles populations de cette rive placées par la Providence sous la bienfaisante protection française et qui d'ailleurs ne demandaient qu'à le rester. Arrivé dans sa chambre, il fourra le feuillet dans un tiroir et, quelques jours plus tard, déclara aux jeunes maîtres, en simulant l'extrême confusion, qu'il avait eu le malheur de perdre le document prêté par eux. Le hasard voulut que le missionnaire tînt ces propos en présence non seulement des jeunes maîtres, mais aussi du très jeune frère de l'un d'entre eux, un petit garçon qui servait occasionnellement de domestique à frère Nicolas et qui, ce matin-là, en faisant le ménage chez le gros homme, avait ouvert un tiroir et y avait aperçu le fameux tract. L'enfant garda le silence, mais plus tard, dès que l'occasion lui en fut donnée, il s'empara du document et vint le donner à son frère.

Prenant conscience du mensonge de frère Nicolas, un homme qui leur avait paru si ouvert, si peu dédaigneux, les jeunes maîtres furent très intrigués ; ils en parlèrent tant entre eux qu'à la fin ils eurent l'idée de venir confier toute l'affaire à la vieille mère d'un certain Abéna, parti à la guerre vingt ans plus tôt, racontait-on, et dont on n'avait entendu parler qu'une fois, par un vieux missionnaire infirme de guerre, sans doute au bord de la sénilité et du radotage. C'est ainsi que l'événement atteignit enfin le grand public d'Ekoumdoum, auréolé des prestiges de la légende, attisé par les frustrations, les silences et les cachotteries des pouvoirs, frémissant du délire des imaginations, propice à la fièvre des fables, grossi d'attentes viscérales, gonflé d'espérances insensées.

La figure d'Abéna, l'enfant énigmatique d'Ekoumdoum dont le souvenir s'était estompé avec le temps, resurgit tout à coup dans un éclat quasi astral. Il parut stupéfiant que chacun ne l'eût pas tout de suite reconnu dans les indications de cette proclamation, qu'il se soit trouvé des Ekoumdoum, même à la mamelle, pour ne pas être transportés à l'instant par la résonance familièrement épique de ce nom. La cité atteignit au paroxysme du désarroi et de la fantaisie quand elle voulut établir les liens du noble enfant disparu avec ceux qui avaient rédigé et répandu cette feuille magique.

Et d'abord, qui étaient-ils? S'agissait-il bien, comme le crurent bientôt la plupart des gens, des deux voyageurs qui avaient récemment séjourné dans la cité déguisés en musulmans, un petit homme à la parole tantôt effrayante, tantôt mielleuse et caressante, et un adolescent élancé, aux membres grêles, au regard triste? Qu'étaient-ils donc devenus après leur étonnante et mystérieuse évasion du cul-de-basse-fosse du palais? Avaient-ils fui, loin de la cité, loin du pays peut-être? Mais peut-être rôdaient-ils dans les parages à cette heure? Et pourquoi ne se dissimuleraient-ils pas dans une maison de la cité, auprès d'un complice? Quels amis pouvaient leur rester depuis l'arrestation de Mor-Eloulougou et de sa bande? Pour en avoir le cœur net, ne convenait-il pas de se mettre secrètement en liaison avec les détenus?

Du climat créé par cette exaltation collective naquit une folle agitation populaire qui devait être à l'origine immédiate de la déconfiture du chef et de ses protecteurs, de leur ruine lente mais inexorable, retardée par la ruse, ajournée par la violence, mais jamais vraiment conjurée. Ainsi eut-on bientôt connaissance dans toute la cité, non sans consternation, d'un incident qui aurait été inimaginable auparavant et que, particularité vraiment étrange, les adultes n'évoquèrent qu'en se chuchotant mutuellement dans le creux de l'oreille. Des garnements de la cité avaient été surpris par une épouse du chef (et selon d'autres par une épouse du Bâtard) en train de marauder dans son champ. Au lieu de décamper suivant l'usage, ils poursuivirent sereinement leur insolente besogne et même, comme la jeune femme n'avait pu se retenir de les vitupérer, ils lui avaient adressé des gestes obscènes d'abord, puis des paroles de menace sur le sens desquelles les salves de questions des uns criblaient en vain le mur de silence des autres.

– Attends un peu qu'Abéna soit là, et nous te ferons rendre gorge, ainsi qu'à tes semblables, avaient-ils osé lui déclarer.

Le mystère de l'expression « rendre gorge » intriguait et bouleversait d'autant plus au palais que l'incident s'était répété, mettant en cause d'autres enfants de la cité et d'autres épouses du chef ou du Bâtard qui remuaient désespérément mais vainement leur mémoire, cherchant à y découvrir même le soupçon d'une extorsion ou d'un vol.

D'autres menaces, plus vagues peut-être, mais répétées, appuyées, furent proférées en présence d'habitants du palais, créant une atmosphère si pesante que certains hommes du chef, recrutés dans des tribus éloignées qui ne partageaient même pas notre langue, trop conscients d'avoir été l'instrument de notre oppression et d'encourir notre vengeance si jamais la roue tournait, ne purent longtemps résister et demandèrent humblement d'être autorisés à se séparer de leur maître ; il est vrai que leur demande fut repoussée, car ils n'eurent jamais le courage de s'en expliquer en toute sincérité, écartelés entre l'inconsistance des motifs invoqués et les dramatiques implications de leur requête. Il arriva même que des enfants de la résidence du chef revinrent en larmes et confièrent qu'ils s'étaient entendu interpeller par cette bizarre et sans doute injurieuse apostrophe de leurs petits camarades du bas de la cité :

– Sales métèques ! Attendez un peu qu'Abéna soit là, et on vous fera la peau.

Non moins étrangement, leurs mères jamais ne divulguèrent cette provocation. Zoabekwé fit bientôt comprendre à Soumazeu qu'il ne pourrait plus désormais prendre aucune tâche à cœur si une solution n'était pas enfin donnée au drame que, pour sa part, il n'hésitait pas à placer en tête des graves problèmes de la cité : aucune des mesures adoptées précédemment n'avait refroidi l'ardeur des amoureux des deux côtés de l'enceinte ; c'était à croire au contraire que leur rage en avait été attisée.

– Il n'y a pas trente-six solutions, mon petit, lui répondit Van den Rietter ; transforme ta clôture de bambou en un mur de pisé. Mets-y tout ce qu'il te reste de monde, je dis bien tout ; j'y ajouterai le mien. Avec un peu d'énergie de ta part, tu verras, ce sera fait en une semaine.

L'ouvrage, qui ne laissa pas d'impressionner les habitants de la cité, fut en effet achevé en une semaine ; mais on s'aperçut aussitôt qu'il ne remplissait que très imparfaitement son office : il avait suffi aux amoureux de substituer à la technique de la brèche, vieille comme le désir charnel, comme disait Van den Rietter, celle non moins éternelle de l'escalade, pour continuer à pénétrer dans la résidence ou à en sortir selon les caprices des jeunes cœurs.

Les craquements de l'édifice du pouvoir se firent plus distincts avec la surprenante effervescence qui se fit jour parmi les anciennes épouses du chef recueillies à la Mission catholique par Van den Rietter. Elles avaient toujours proclamé qu'elles se félicitaient d'un sort qui, au moins, les soustrayait aux caprices de maîtres dont la volonté de possession ne souffrait point de borne. Mais ne voilà-t-il pas que tout à coup elles exigeaient la faculté de réintégrer l'enceinte naguère abhorrée. Elles prétendaient qu'elles désiraient recouvrer ainsi un semblant de foyer, car, depuis qu'elles n'étaient plus la propriété de personne, elles se sentaient abandonnées de tous, comme dédaignées, bien inutiles. L'incohérence de ce comportement suffisait déjà à inspirer de graves doutes à un célibataire endurci par la théologie et la pratique inlassable de la piété ; mais Van den Rietter crut définitivement à la possession diabolique de ses pupilles, quelques jours plus tard, lorsqu'elles lui dépêchèrent une délégation pour lui tenir à peu près le langage que voici :

– Van den Rietter, notre Père, pardonne-nous de ne t'avoir pas toujours témoigné la franchise totale que les enfants doivent à leur père. Si nous désirons quitter définitivement la Mission, ce n'est pas pour réintégrer le palais, comme nous l'avons d'abord dit mensongèrement, mais pour aller nous confondre, sans façon, avec les habitants ordinaires de la cité d'Ekoumdoum ; nous voulons y vivre avec les hommes de notre choix, mais sans leur demander de reconnaître aucune dette envers le chef ; car c'est à nous d'acquitter les sommes qui font de nous la propriété du chef ; nous le ferons en travaillant dans les champs, comme toutes les femmes d'Ekoumdoum, où la terre ne manque pas ; nous confierons notre production, comme les autres femmes, à la péniche de frère Nicolas pour l'écouler à Mackenzieville ; et avec l'argent ainsi gagné, nous rembourserons notre maître. Cela prendra le temps qu'il faudra, mais nous en viendrons à bout, pourvu que vous nous laissiez aller vivre, en toute simplicité, avec les hommes et les femmes de la cité ; notre bonheur est à cette condition, et non dans cette prison stérile où tu nous as enfermées, naguère avec notre consentement, il est vrai, mais désormais malgré nous. Laisse nous partir d'ici, Van den Rietter, notre Père.

Van den Rietter leur opposa un refus catégorique et cassant. Une nuit, ces dames, qui n'étaient alors assujetties à aucune surveillance, s'égaillèrent et furent accueillies sans façon dans divers foyers de la cité où un fond de fronde, jamais résorbé chez les patriarches d'Ekoumdoum intégristes de la tradition ancestrale, leur réserva d'éclatants témoignages de sympathie et même d'amitié sinon de solidarité. Le lendemain, il fallut que le missionnaire, à la tête de ses hommes, vînt fouiller l'une après l'autre les maisons d'Ekoumdoum et s'assurer de la personne de chacune de ses pensionnaires ; il les ramena comme un troupeau de moutons dans leur quartier de la Mission, autour duquel s'organisa une police redoutable, ainsi qu'il avait été fait autour du bois aux Chimpanzés. Mais là non plus les damoiseaux ne se découragèrent pas ; au contraire, on eût dit que leur frénésie croissait à proportion des obstacles dressés autour de ce qu'ils considéraient comme leur gibier naturel, maintenant que, disait-on, Abéna était sur le chemin du retour ; car si Abéna allait réparer toutes les injustices, cela ne signifiait-il pas qu'il allait combler toutes les privations ? Comment, en effet, se priver sans s'estimer victime d'une injustice ?

Qui, de Van den Rietter ou de Zoabekwé, étroitement associés désormais et ne se montrant plus en public, le plus souvent, que côte à côte, prit la décision d'étouffer, coûte que coûte, cette fantasmagorie dont le bouillonnement menaçait d'engloutir la cité ? On ne peut nier que l'homicide proprement dit soit imputable à Zoabekwé, dit Le Bâtard, puisqu'il trempa ses mains dans le sang en assumant l'exécution d'une besogne contre laquelle son père l'avait pourtant toujours mis en garde, en lui expliquant qu'elle allait nécessairement précipiter leur famille dans la malédiction du sang, le crime appelant tôt ou tard sa seule riposte expiatoire, un autre crime. Il est non moins vrai que Van den Rietter prit toujours soin de demeurer ostensiblement éloigné de l'engrenage de la violence où se laissa emporter Zoabekwé; il déclara même plus d'une fois que la pensée de ces actes abominables le glaçait d'horreur, la nuit, dans son lit; il ajoutait que, par malheur, la conduite de ce jeune homme, d'ailleurs couvert par son père, s'inspirait d'une tradition authentiquement africaine, héritage millénaire contre lequel, voulut-il le combattre, il était impuissant, lui, le Blanc, l'étranger par excellence.

C'est dans des situations semblables et des propos de ce genre qu'éclatait la dissimulation de Van den Rietter. Dans certaines affaires, son adresse et sa subtilité nous donnaient facilement le change; dans d'autres, nous avions le sentiment qu'il ne faisait aucun effort pour cacher son jeu, comme si, à ses yeux, nous eussions été trop stupides pour le démêler ou qu'il n'eût plus de voile en réserve pour couvrir sa nudité, sa duplicité. Il en est allé ainsi en cette tragique occasion. Car enfin, puisque la suprême appréhension de Van den Rietter était de ne pas s'interdire suffisamment de toucher à notre tradition, puisque son désir le plus vif était d'en préserver à jamais la pureté, le mieux n'eut-il pas été qu'il ne vînt jamais chez nous ou, que, y étant arrivé en quelque sorte par inadvertance, il en fût aussitôt reparti ? Comment avait-il donc espéré concilier les mœurs chrétiennes apportées dans ses bagages avec nos coutumes ancestrales, à moins de modifier ces dernières ? Et, dans le fait, à quoi donc avait-il passé ces vingt années de son séjour à Ekoumdoum sinon à moquer nos usages, à les rabaisser, à nous en faire honte comme d'une barbarie, et même, parfois, à nous en défendre la pratique, comme il en avait été pour la danse au clair de lune, à laquelle nous avions fini par renoncer, qu'il nous avait fallu désapprendre autant dire, après avoir tenté pendant quelques années de nous y adonner à l'écart de la cité, dans des clairières taillées au plus profond de la forêt dans ce dessein ? Comme déclaraient plus tard les plus jeunes des maîtres de l'école, qui connaissaient bien le missionnaire, Van den Rietter n'avait usé de cette argumentation spécieuse que pour se justifier de ne pas exercer sur son ami, bien que cohabitant constamment avec lui, les pressions qui l'eussent détourné de ses sinistres projets. Et même ces jeunes gens, rétrospectivement clairvoyants, découvrent enfin aujourd'hui la vérité, par déduction, en posant les questions qui viennent à l'esprit de tout homme de bon sens : Van den Rietter ne souhaitait-il pas l'effusion de sang, pourvu qu'il n'en fût point lui-même éclaboussé ? Ne fut-il pas l'instigateur, celui qui met l'arme dans la main de l'égorgeur et qui mérite plus que personne de supporter l'opprobre du crime ?

Aussi peu propres qu'elles se soient révélées à décourager les récalcitrants et les audacieux, les méthodes de surveillance et de défense appliquées au quartier du chef et au camp des femmes avaient tant conquis Le Bâtard que, ayant la hantise tout comme les deux missionnaires d'une incursion des saboteurs britanniques, comme ils appelaient les maquisards rubénistes, il se mit en tête de la prévenir en entourant la cité entière d'une fortification.

— Tu n'y penses pas, mon garçon, lui avait dit en pouffant Van den Rietter ; il faudrait faire travailler toute la population de la cité, donc la tenir sous la contrainte pendant des semaines, des mois, une année peut-être ; où est ton armée de policiers ? Sais-tu que tu n'aurais pas assez d'un homme armé pour trois habitants de la cité ? Alors calcule. Supposons même que tu réussisses et qu'elle soit faite, ta muraille de Chine ; et après ? Te figures-tu que des gens habitués à aller et venir librement vont accepter de se laisser enclore comme des moutons, tout à coup, sans préparation ? Ils en deviendraient dingues, mon petit, ils se mettraient peut-être à tout casser ; ce serait l'émeute, l'insurrection ; c'est qu'il y en a du monde, dans ton patelin, mine de rien. Alors, tu imagines une émeute là-dedans ? Ce sont les Anglais de Mackenzieville qui en feraient des gorges chaudes.

« Tu as la manie d'aller chercher midi à quatorze heures, mon petit gars ; il faudrait renoncer enfin à cette mauvaise habitude. On enferme bien mieux les gens par les sentiments que par une clôture ; c'est une technique qui, de plus, économise du temps et surtout de l'argent.

Comme Zoabekwé, esprit à la fois lent et niais, ne paraissait pas encore comprendre, Van den Rietter précisa, en regardant le fils du chef au fond des yeux :

— Je connais un sentiment qui tient bien son monde, la peur. La peur, tu sais ce que c'est ?

— Oui, mon Père.

— J'en doute, mais enfin fais comme si tu savais. Fiche-leur à tous la trouille une bonne fois pour toutes, et viens me dire si elle ne les neutralise pas mieux qu'un enclos. La peur, mon petit, ce sont des milliers et des milliers de barreaux invisibles, et en acier encore, des barreaux d'acier très soigneusement croisés. Tu vois ce que je veux dire ? Un homme qui tremble est un homme clôturé, paralysé.

Zoabekwé emporta cette image comme un homme jusque-là en bonne santé recueille sans le savoir le germe apparemment anodin d'une affection mortelle : il se figure toujours aussi solide que le roc, quand le ferment de la décomposition déjà s'active en lui et le sape. Son sang plombé, qui ne circule plus sans déperdition du cœur aux extrémités des membres et des extrémités des membres au cœur, quoi qu'il lui en semble, gronde sous l'effet d'une sourde ébullition. Sa chair, flasque et baveuse, s'enfle imperceptiblement d'humeurs viciées, quand il se croit encore l'haleine assez parfumée pour embrasser ses amis. Ignorant son mal, à quel médecin se confierait-il ?

Or, il arriva peu de temps après, à moins que ce ne soit le jour même de la conversation qui vient d'être rapportée, qu'une des épouses de Zoabekwé, sans doute la plus laide et la plus envieuse, s'approcha du Bâtard, lui prodigua des cajoleries et lui promit une révélation étonnante s'il lui offrait un cadeau dont un long marchandage estima finalement le prix à trois mille francs. La curiosité, le désir d'actionner des ressorts décisifs dans une situation cruciale et l'impatience d'exercer une autorité qu'on lui mesurait raison de l'avarice légendaire du Bâtard qui donna la somme réclamée. Il apprit alors que, non contente de dédaigner son lit, Ngwane-Eligui n'hésitait pas à exciter à la révolte les femmes du bois aux Chimpanzés et celles de la Mission catholique; c'est même à son instigation que ces dernières avaient exigé et même tenté d'abandonner la Mission pour aller vivre au milieu des habitants d'Ekoumdoum, sous prétexte que c'est là qu'était leur bonheur.

— Cette fille-là, grommela Le Bâtard quand la femme eut fini, celle-là, c'est certainement la fille préférée de Satan, c'est une diablesse; je ne doute plus qu'elle ne soit prête à tout mettre en œuvre pour nous tourmenter. Mais que faire? Écoute : pour l'instant, surveille-la, ouvre l'œil, observe sans répit son manège, retiens bien par cœur ses amitiés ici au palais, ses contacts à l'extérieur, ses ruses pour communiquer avec ces derniers. Rapporte-moi fidèlement tout ce que tu sauras. Ce n'est pas de cadeaux ni d'argent que tu manqueras si tu me sers fidèlement; compte sur moi.

La vénalité retorse d'une pauvresse venait de livrer au Bâtard une des clés du vrai pouvoir; il n'allait plus s'en séparer. La laideron témoigna un zèle de la délation au-dessus de toute imagination, au point que, quelques jours plus tard, ses indications permirent de débusquer Ezadzomo caché sous le lit d'une épouse du chef, qui n'était autre cette fois que Ngwane-Eligui la Jeune. Voilà qui aggravait doublement et providentiellement le cas de cet adolescent, au passé notoirement tumultueux.

Déjà tenu par la police et les espions du Palais pour une forte tête, un galopin irrécupérablement pervers, Ezadzomo était un récidiviste de ce délit et un habitué du Tribunal spécial qui lui avait fait parcourir toute l'échelle de ses sanctions, de la simple amende aux six mois de travaux forcés dans une plantation. N'était-ce pas là le gibier rêvé pour le châtiment qui devait définitivement frapper la cité de stupeur et l'enfermer à jamais dans un enclos de terreur ! se dit Le Bâtard. Il ne le ferait pas juger, mais le jetterait pour le moment dans une basse-fosse du palais, en attendant que l'inspiration lui suggère le supplice le plus approprié au moment le plus congruent.

Comme l'esprit lui venait peu à peu avec la fonction, il imagina en même temps de soudoyer d'autres femmes du palais pour en faire des sycophantes ; il choisit celles que leur coquetterie paraissait désigner comme des proies faciles pour les galants. Il ne s'ouvrit de son bonheur à Van den Rietter que quand il eut constaté que sa réussite dépassait ses espérances les plus folles.

– Félicitations, mon petit, lui dit le missionnaire en l'embrassant. Tu vois, tu fais des progrès. Magnifique, c'est magnifique, il n'y a pas d'autre mot. Viens boire un verre avec nous. Tu ne sais pas ce que tu pourrais faire maintenant? Étendre ton procédé à la cité entière. Pourquoi pas, hum? Tu vas faire mieux que les enfermer derrière une clôture, mon garçon, tu vas les ficeler, *couic!*

Toujours docile malgré ses progrès reconnus dans l'art de gouverner, Le Bâtard ne manqua pas de suivre les conseils de son mentor, tissant en effet autour de la cité, comme un filet aux mailles d'abord frustes et lâches mais se resserrant ensuite et se raffinant, le premier réseau d'espions, de mouchards et d'indicateurs qui ait jamais tourmenté une population de paysans bantous, peut-être les populations les plus paisibles du monde. Les gages de ces hommes et de ces femmes étaient dérisoires; outre la nouveauté d'un jeu pervers, ils étaient surtout poussés par l'ivresse de nuire secrètement et impunément.

Il serait bien difficile de peindre aujourd'hui les ravages que firent ainsi Zoabekwé et son maître dans les esprits et les âmes. Ils surent à peu près tout ce qu'il leur plut de savoir; ils circonvinrent même les meilleurs. Une bise inconnue glaça les pétulances, étonna les audaces. On musela les galants en leur révélant leurs liaisons ou même simplement un projet intimement caressé; on réduisit au silence les hâbleurs même les plus inoffensifs en leur répétant à la lettre des vantardises proférées la veille au milieu de confidents au-dessus de tout soupçon.

En revanche, les deux compères s'efforcèrent de se concilier les patriarches, objets de vénération chez les

Ekoumdoum, en flattant leur attachement aux traditions, ou de ruiner leur crédit s'il faisait ombrage à l'emprise grandissante des gouvernants, en les mettant en situation d'assouvir ostensiblement des convoitises répugnantes ou avilissantes tenues secrètes par eux jusque-là.

Ces vieillards, qu'encourageait malgré tout la complaisance douteuse des maîtres de la cité, se réunirent un jour et s'étonnèrent que le jeune Ezadzomo, à peine sorti de l'enfance, n'eût pas encore été jugé sous le chef habituel de violation de l'enceinte sacrée du maître de la cité et récidive en galanterie avec une de ses épouses, mais qu'il fût tenu au secret depuis sa lointaine arrestation. Ils résolurent de faire une démarche qu'ils n'avaient pas osé effectuer depuis très longtemps et se rendirent en cortège auprès du chef auquel ils exposèrent leur inquiétude. Le vieillard grabataire se dressa convulsivement sur son séant, et déclara avec une surprise indignée, au milieu des crachotements d'une quinte de toux, qu'il ignorait tout d'une grave affaire dans laquelle un jeune écervelé avait osé décider sans en référer à lui, le vrai maître, encore vivant, et bien vivant. Mandé d'urgence, Le Bâtard, le jeune écervelé que Van den Rietter pour sa part n'avait pas hésité à prendre sous sa protection, reconnut les faits qu'évoquaient les patriarches, mais en se barricadant de réticences, dont il ne se départait, pas à pas, qu'acculé par les imprécations paternelles au cours d'une scène que les vénérables représentants de la cité, bien timorés à la vérité, qualifient aujourd'hui encore de « très pathétique » en caressant leur barbiche chenue.

Il fut arrêté, sans autre forme de procès, que le jeune Ezadzomo serait libéré sur-le-champ. Il réapparut dans la cité, plus gris qu'un blessé que la douleur a longtemps roulé dans la poussière, émacié, exténué par le jeûne et les ténèbres du cachot, ignorant, comme presque tout un chacun à Ekoumdoum, qu'un complot de meurtre s'était ourdi sur l'innocence de sa jeune tête.

Le Bâtard ne vit pas sans fureur s'éloigner une proie dont le prestige de profanateur indomptable s'auréolait en outre de la préférence insensée de sa chère Ngwane-Eligui, cette diablesse qu'il ne pourrait jamais se consoler de n'avoir pu réduire, lui, le fils du maître de la cité. Dire qu'elle avait prêté sa croupe comme une chienne en rut à ce morveux ! Comment le croire ? Imaginant d'accréditer la rumeur vite lancée d'une mesure de clémence générale, il fit aussi libérer ce même jour, à la nuit tombée, les conjurés natifs de la cité, toujours détenus. Il convia aussitôt Mor-Eloulougou et ses plus proches lieutenants à des agapes secrètes et, dès que le vin eut commencé à troubler l'esprit des jeunes gens, il leur proposa de mettre leur perspicacité à son service, en échange d'avantages qu'il leur détailla un à un, sans se hâter, afin de les séduire à coup sûr, sans leur laisser le temps de la réflexion. Quand on évoque aujourd'hui cette lamentable affaire à Ekoumdoum, il est de bon ton de parler du piège où devaient nécessairement tomber des jeunes gens déjà peu réfléchis, et qui, de surcroît, sortant de prison, crurent sans doute jouer leur liberté. Le fait, c'est qu'à partir de cette nuit-là même, Le Bâtard et Van den

Rietter n'eurent pas de meilleurs espions dans la cité, pas de plus zélés en tout cas que les anciens alliés de Jo Le Jongleur. Aussi longtemps qu'ils s'étaient trouvés par le hasard de leur destinée dans le camp dont les combattants n'avaient que des coups à recevoir, leur pleutrerie naturelle n'avait que trop cruellement bridé leur malfaisance et leur agressivité trépidantes. Avec quelle volupté ne purent-ils pas désormais laisser libre cours à ces instincts assurés de l'impunité des plus abjects bourreaux et de l'approbation inconditionnelle des pouvoirs. Ils se lancèrent avec d'autant plus de rage sur les traces d'Ezadzomo que l'accordéoniste lui tenait secrètement rigueur d'avoir mis sa détention à profit pour le devancer triomphalement auprès de Ngwane-Eligui.

Encore tout jeune enfant, Ezadzomo avait manifesté son goût pour la chasse et des aptitudes pour la vie dans la forêt qui avaient éveillé l'intérêt de Mor-Afana, le maître le plus prestigieux dans cet art, le seul homme capable, de mémoire d'Ekoumdoum, de capturer vivante une vipère géante, après une attaque frontale contre elle, malheureusement arrivé au déclin sinon au crépuscule de sa vie et en quête de disciples à qui léguer ses secrets. L'homme vieillissant avait pris le gamin sous son aile et lui avait peu à peu inculqué les deux principes auxquels il avait résolu de borner son initiation. « À la chasse comme à la guerre, lui disait-il un jour, qui frappe sans fermer les yeux ne tarde pas à cueillir la victoire. » En application de cet adage, l'enfant s'était exercé à deviner à quel geste allait se livrer son antagoniste, et même quel dessein était en train de germer en lui. Malgré le rire toujours flambant de son regard, rien de ce que faisait ou pensait son vis-à-vis n'échappait à son observation perpétuellement en éveil.

Un autre jour, le vieillard déclinant confiait au petit enfant qui se dressait : « À la chasse comme à la guerre, qui voit sans être vu a chance seul de survivre. » Aussi, derrière son air de feu follet inquiétant, toujours en veine d'espièglerie sacrilège, se cachait un jeune homme doté à force de pratique d'une patience infinie, capable de guetter l'adversaire des heures durant, posté sur son passage supposé, jusqu'à ce qu'il survienne enfin et s'offre, inconscient du danger, à sa rapacité.

Il n'avait pas eu trop de ces deux pouvoirs de divination et d'immobilité vigilante pour servir Ngwane-Eligui, dès que celle-ci lui eut signifié qu'elle l'avait élu parmi la meute de loups voraces qui la poursuivaient ; il avait suffi qu'elle lui fasse parvenir ce message : « *Il est impossible que les deux étrangers soient partis bien loin d'ici. Retrouve-les et viens me le dire le plus tôt que tu pourras.* » S'embusquant successivement partout où son instinct lui indiquait qu'il pouvait arriver que les deux étrangers passent, il avait épié d'interminables heures, sans se fatiguer, relayé parfois par son inséparable compagnon. Ce fut peine perdue ; en revanche, il avait facilement devancé Van den Rietter, Le Bâtard et leurs hommes dans la course aux armes égarées ; les ayant retrouvées, il les avait tout simplement changées de cache. Il avait hésité à en informer la jeune femme, puis s'y était finalement résolu.

– C'est incroyable! avait-elle chuchoté, raidie par la stupéfaction. Écoute bien : laisse-les où elles sont, mais retrouve vite les deux étrangers, et je tiendrai toutes mes promesses. Reviens me dire souvent où tu en es. Mais je te jure que, dès que tu auras établi le contact avec eux, je serai à toi ce jour-là même.

Quand il fut sorti de prison, elle lui fit savoir qu'elle lui renouvelait son serment.

Alors Ezadzomo, vite remis de sa détention, presque miraculé, et un fidèle compagnon reprirent l'habitude de sillonner la forêt ténébreuse aux mille croassements. Fascinés par la guerre, comme toute la nouvelle génération des Ekoumdoum, ils allaient, avant chaque randonnée, rendre un culte enfantin à ce qui avait failli être le butin de Jo Le Jongleur. Ils prenaient chaque arme dans leur main, la soupesaient, la contemplaient en y promenant leur regard de bas en haut et de haut en bas, mettaient en joue. Chaque jour voyait leur hardiesse progresser d'un cran; ils se surprenaient à démonter les fusils et à les remonter. Ils passaient là des heures qui ne laissèrent pas d'intriguer leurs chasseurs qui les épiaient de loin.

Voici comment Mor-Afana, qui a bien connu Ezadzomo, ayant été son maître dans l'art de la chasse, noble entre tous aux yeux d'un Ekoumdoum, évoque aujourd'hui le jeune homme tragiquement disparu :

– Il avait les deux qualités qui font un homme invincible; mais il était affligé d'une tare qui, seule, pouvait le perdre à la fleur de l'âge. Je m'en suis aperçu un jour qu'il m'avait accompagné au-delà du fleuve; nous nous étions avancés jusqu'au cœur de la jungle désolée. Je fis une fausse manœuvre en tentant de trancher d'un seul coup de ma machette extrêmement amincie par l'usure une liane tendue au-dessus de ma tête; l'instrument ricocha en quelque sorte sur le bois élastique de la liane et vint me faire une entaille sur la main gauche; ce fut plus vite fait que dit. Aussitôt des flots de sang jaillirent et ruisselèrent. Je suppliai en vain l'enfant d'uriner sur ma plaie; il était secoué de sanglots, il m'embrassait avec effusion, il se griffait les avant-bras, puis les joues en me criant : "Mon Dieu! mais tu vas mourir; bientôt tu ne seras plus qu'un cadavre raidi et glacé; alors on t'enterrera, on t'enfouira sous terre comme une bouture de manioc; je ne te verrai plus, je ne t'accompagnerai plus dans la jungle!" J'avais beau lui dire : "Mais non, mon garçon, tu te trompes; je ne cours aucun risque pourvu que tu urines là, sur ma plaie", rien à faire, il était crispé par le désespoir. Malgré toute sa bonne volonté, il n'a pas pu sécréter une goutte d'urine; il avait perdu la tête tout à coup, il s'était emballé.

« Où que tu sois, mon pauvre petit, la compassion fut ta faiblesse. Tu devenais comme fou en imaginant la souffrance de ceux que tu aimais. Tu fus comme un lion qui aurait eu le cœur sur la main.

On ne saurait mieux décrire le drame que fut le procès d'Ezadzomo et de son inséparable compagnon Ezabiemeu, et dont l'issue devait être fatale aux deux jeunes gens à peine sortis de l'enfance. Il est vrai que, bouleversé de compassion à la vue de la souffrance

dont Ngwane-Eligui lui parut donner le poignant spectacle, le jeune homme crédule s'emporta d'un tel désespoir qu'il se mit à proférer contre le chef et sa famille
un torrent d'imprécations que l'assistance de
patriarches fut impuissante à interrompre, malgré les
gémissements, les supplications, les clameurs d'épouvante et d'horreur dont ils s'efforçaient de couvrir la
voix de leur téméraire protégé. Alors les vieillards
vénérables quittèrent ensemble la salle du tribunal,
hagards, tremblants, terrifiés, comme s'ils eussent été
témoins de la transgression d'un interdit auprès duquel
même l'acte d'amour d'un homme avec sa propre mère
eût paru une banale peccadille.

Ngwane-Eligui n'avait été convoquée devant le tribunal qu'à titre de témoin. Il est aujourd'hui établi
qu'avant de pénétrer dans le prétoire elle n'avait pas
été battue, et qu'elle n'était nullement menacée d'un
tel traitement. Peut-être un garde fit-il mine de s'apprêter à lui administrer un ou deux coups de chasse-
mouches sur les fesses; mais ce n'est là qu'un rite sym-
bolique qui lui aurait rappelé qu'une femme doit se
pénétrer de révérence et d'humilité au moment de
comparaître devant une assemblée d'hommes siégeant
en vertu de pouvoirs concédés par le maître de la cité.
Personne ne s'était attendu que l'entrée de la jeune
femme donne lieu à l'explosion à laquelle on assista.
Ngwane-Eligui parut les joues inondées de larmes, hir-
sute, gémissante, le visage décomposé par la douleur,
comme si elle avait été soumise au supplice toute la nuit
et tout le jour précédents.

Ezadzomo ignorait sans doute que toutes les femmes coupables d'infidélité ou de dévergondage en usent ainsi pour apitoyer leurs juges et conjurer les tourments encourus. Il ne savait sans doute pas que Ngwane-Eligui avait la réputation de surpasser dans cette comédie toutes ses sœurs du vaste monde et que, depuis son arrivée à Ekoumdoum, elle ne s'était sauvée de la colère de ses maîtres justement irrités par ses incessants dédains qu'en les terrorisant par le raffinement de cet artifice. Aussi bien, dès que le tribunal prétendit commencer son interrogatoire, la vit-on tout à coup se jeter violemment et se rouler sur le sol de ciment, battant frénétiquement des jambes et accompagnant ce manège de hurlements déchirants.

Or donc, ne pouvant en supporter davantage, le jeune homme, à peine sorti de l'enfance, entama un réquisitoire vengeur dont le malheur voulut que seules les bribes les plus consternantes fusent dans le brou-haha de l'affolement général : le chef était un usurpa-teur; ses mains étaient rouges du sang de son prédécesseur, le vrai maître de la cité, le chef légitime des Ekoumdoum; depuis des décennies, le sang du maître légitime de la cité n'avait cessé de crier vengeance; pour que justice soit enfin faite, la cité attendait impa-tiemment la venue imminente d'Abéna, le noble enfant des Ekoumdoum parti à la guerre il y avait vingt ans et qui avait affronté les peuples de toutes les couleurs sur les cinq continents…

Ces propos maintenus par Ezadzomo, comme par son compagnon inséparable qui, comme de juste, les avait approuvés ostensiblement, scellaient le sort funeste des deux accusés. Le huis clos fut décidé comme les patriarches quittaient précipitamment le prétoire, dans une telle atmosphère de confusion et d'irréalité que les missionnaires, partis tous deux en péniche, comme un fait exprès, l'avant-veille pour Mackenzieville, n'obtinrent jamais, après leur retour, une version intelligible de la péripétie. Ainsi Zoabekwé leur dissimula-t-il la véritable raison de son implacable ressentiment à l'égard d'Ezadzomo et d'Ezabiemeu, se bornant à leur confier que les deux accusés avaient proclamé vouer une haine mortelle au chef et à sa famille, façon de reconnaître, selon lui, qu'ils étaient bien au service des bandits venus de Mackenzieville pour le compte desquels ils recelaient évidemment les armes volées. Pour sa part, Van den Rietter avait depuis longtemps sa religion faite, pour ainsi dire, à ce sujet : à force de jouer au soldat en faisant mine de s'exercer à tirer, à force surtout de démonter la carabine Winchester 30-30, les deux jeunes gens en avaient décroché la culasse ; mais Soumazeu s'était persuadé qu'ils l'avaient détériorée sciemment, et c'était là un crime bien caractéristique de la perfidie anglaise.

Les deux Européens allaient donc ignorer jusqu'à la fin la nature profonde du conflit qui avait opposé Ekoumdoum à son maître, et cela de tous temps bien qu'à l'insu de ces deux somnambules si imbus de leurs visions qu'ils jugèrent toujours sans intérêt et d'ailleurs interminable de parcourir les méandres de l'âme d'une cité du fin fond de l'Afrique, pourvu toutefois qu'ils l'eussent bien en main. La découverte de la vérité, alors qu'il était bien trop tard, fut le juste châtiment de ces hallucinés volontaires.

Dès le lendemain du procès, bien avant qu'ils eussent matériellement disparu, la cité parut s'être résignée à la perte d'Ezadzomo et d'Ezabiemeu, deux malades apparemment au-delà de toute médication désormais. Il arrive que le possesseur d'un membre engourdi l'oublie ; il est surpris de s'entendre dire tout à coup que cette chose inerte, comme délavée par les intempéries, est bien sa propre chair ; il la considère avec un étonnement mêlé d'horreur, en écarquillant les yeux et, brusquement, détourne son regard. Ezadzomo et Ezabiemeu paraissaient deux membres de la cité à jamais engourdis, dont Ekoumdoum, muet, indifférent au moins en apparence, avait détourné les yeux définitivement, de sorte qu'il ne restait plus à la science du chirurgien qu'à les sectionner.

Cela ne fut pourtant pas sans surprise. Il est de fait que deux ou trois décades après le procès, la rumeur se répandit tout à coup que les deux compagnons, toujours inséparables, s'étaient évadés de la cellule de leur prison. Une étrange effervescence s'empara des habitants de la cité, à la fois furieuse et mécanique, révoltée mais exempte d'étonnement. À la tête de leurs hommes, Le Bâtard et Van den Rietter firent de vaines battues dans les forêts pour se conformer à la ronde des rites mystificateurs qui forment la substance du pouvoir. Les recherches se poursuivaient depuis trois jours avec l'entrain des mascarades lorsqu'un pêcheur dont la barque remontait le fleuve en côtoyant la rive aperçut deux cadavres de jeunes gens à peine sortis de l'enfance qui dérivaient côte à côte sous les buissons surplombant les flots. Mais alors la colère et la vindicte embrasèrent les hommes les plus jeunes, de loin les plus nombreux, ainsi que la plupart des femmes, et tous les enfants ; le Palais et le presbytère tremblèrent. Trois pleines journées et trois nuits entières de torrents de larmes, de vociférations de douleur, de bains de cendres semblèrent devoir amener la cité au bord de l'émeute. Puis un début de lassitude rendit peu à peu attentif aux paroles des hommes et des femmes d'âge dont le désintéressement de plus en plus douteux n'avait pourtant pas ruiné la réputation pourtant bien surfaite de sagesse et de perspicacité. Le fait est qu'ils susurraient des propos qui ne pouvaient irriter Zoabekwé ni Van den Rietter. La cause de tous ces malheurs, la malédiction originelle, c'étaient bien ces deux voyageurs, ces bandits se disant croyants d'Allah, qui l'avaient introduite dans le corps de la cité comme la goutte de poison qui va détraquer l'organisme, ainsi que cette haïssable Ngwane-Eligui, cet oiseau de malheur, ce mirage capiteux dont la séductrice scintillation n'avait cessé de tourner la tête aux jeunes gens comme Ezadzomo et Ezabiemeu à peine sortis de l'enfance.

C'est un fait aussi que, faute de pouvoir accéder aux vrais coupables, bien à l'abri derrière les remparts de leurs forteresses hérissées de fusils et de janissaires, les gens inclinèrent peu à peu à jeter en pâture à leur vindicte plus exaspérante qu'un enfant pleurant de faim les anodins innocents que leur désignaient les vaticinateurs de l'acceptation du malheur. Il ne fut pas rare d'entendre maudire les deux voyageurs disparus, ci-devant croyants musulmans dont la popularité avait été si grande ; on murmura hors du palais que le renvoi de Ngwane-Eligui dans son pays apaiserait peut-être la malveillance du sort à l'égard de la cité ; à l'intérieur du palais, ses compagnes crachaient sur son passage ; elle reçut un soufflet.

Il vint même une période où les doctes prédicateurs de la résignation à l'ordre des choses prétendu immuable purent se livrer à leur enseignement sans s'inquiéter, assurés de ne plus rencontrer de contradicteur.

— Comment ces deux garçons en auraient-ils réchappé, les pauvres ! exposaient-ils. Comment de telles paroles pourraient-elles être prononcées, articulées, énoncées sans que la foudre frappe aussitôt leur auteur ? Que penserait-on alors ? Que dirait le bon peuple ? Que n'importe quoi peut être énoncé, sans retour de bâton ? Qui accepterait après cela de contraindre encore sa langue ? Qui voudrait se priver du plaisir de blasphémer ? Espérons qu'ils ont emporté leur discours sacrilège sous la tombe et qu'il ne reparaîtra jamais à la lumière. Enfouissons notre visage dans le sein de l'oubli où nous vivions d'abord heureux.

Sous l'effet de cette prédication, la cité, meurtrie, brisée, désespérée, se pelotonna ; les chiens eux-mêmes, plus efflanqués que jamais, ne semblaient reparaître au jour que pour raser les murs. Le père Van den Rietter et frère Nicolas éprouvèrent peut-être un sentiment de paix pour la première fois depuis ce jour où fut révélé le vol de leurs armes; c'est du moins l'apparence qu'ils donnèrent publiquement; on les vit en effet vaquer de nouveau en toute sérénité à leurs activités ordinaires. Soumazeu se remit à concilier le père et le fils, la veuve et le beau-frère, l'orphelin et le tuteur. Frère Nicolas reprit son vieux camion poussif pour transporter le sable et d'autres matériaux destinés à l'érection de cette église de brique qui commençait à s'élever là-bas, à l'autre bout de la cité, près de la chapelle de pisé, mais à si petite allure que même les plus jeunes affirmaient douter de voir s'achever ce monument. Insouciant, il traversait royalement la cité, presque aussi silencieuse maintenant, aussi prostrée qu'un cimetière, et à peine moins déserte, qui retentissait des mille hennissements simultanés de son moteur. Il ne semblait nullement se douter que tout un chacun, en le regardant passer, s'attendait qu'un malheur subit le frappât – arbre jeté sur lui par la rafale d'une tornade, chute inopinée dans un ravin, arrêt foudroyant du cœur consécutif à un éternuement violent. Que peut en effet susciter le meurtre d'êtres humains sinon des malheurs aussi cruels qu'imprévisibles, un coup frappé par le destin, plus puissant que tous les humains réunis?

C'est au demeurant ce qu'expliquait au même moment Mor-Zamba à Jo Le Jongleur et au sapak Évariste. Il est vrai, leur déclarait-il, que l'ordre des hommes, souvent condamnable, parfois intolérable, appelle la révolte, même armée : c'est la voie que traça naguère l'immortel Ruben; c'est ce qu'a encore enseigné récemment, pour ainsi dire hier, Ouragan-Viet. Mais à quoi bon violer l'ordre naturel avec la persévérance apportée par Jo Le Jongleur à cette besogne? Harceler son ennemi la nuit au lieu de dormir, se déguiser en croyant et usurper le costume d'une religion qu'on ne professe pas, mêler des enfants innocents à l'acte abominable consistant à voler des armes à feu, besogner une femme sous le toit même de son époux, peut-être dans la chambre contiguë à celle de son homme, sur quoi donc pouvaient bien déboucher tant de profanations sinon sur d'autres profanations, sur d'autres sacrilèges, comme l'assassinat mystérieux de deux hommes très jeunes, presque deux enfants?

– Mystérieux, mystérieux, rétorqua Jo Le Jongleur en ricanant, pas tant que tu crois. Écoute, je te lis le message de Ngwane-Eligui : *"Les deux hommes, presque deux enfants, qui avaient été surpris en possession des armes volées, ont été assassinés par Le Bâtard; on a dû leur donner le poison, avant de jeter leur corps dans le fleuve, pour simuler la noyade. Ce sera votre sort, s'il vous tient jamais; il a réussi à monter la cité contre vous, et contre moi. Mon sort ne sera peut-être plus en suspens très longtemps. Prenez garde à vous, mais, de grâce, ne vous éloignez pas de trop, et signalez de quelque façon votre présence."*

Jo Le Jongleur avait en effet de nouveau pénétré dans la cité d'Ekoumdoum, par une nuit d'encre, au lendemain de la découverte des deux corps dans le fleuve. À force de virtuosité dans la ruse et la vigilance, il avait réussi à jouer victorieusement à cache-cache avec les gardes et les miliciens dont l'imagination soupçonneuse de Van den Rietter et la présomption morbide de Zoabekwé avaient maintenant peuplé les ténèbres. *Ekoumdoum a bien changé!* songeait Jo Le Jongleur, à la fois amusé et irrité d'avoir sous-estimé l'ennemi. Le mandarinier s'appuyait maintenant sur un mur de pisé, au lieu de l'enceinte de bambou. Pendant sa construction, Ngwane-Eligui était venue retirer tous les messages qui s'étaient accumulés dans cette boîte aux lettres bien rudimentaire; elle venait maintenant chaque soir, à une heure avancée, en glisser un seul, qu'elle reprenait le lendemain de bonne heure s'il n'avait pas été ôté par le destinataire, ce qui avait toujours été le cas jusqu'ici. En tâtonnant patiemment dans la fente à peine perceptible au toucher laissée entre l'arbre et le mur, Jo Le Jongleur avait fini par palper et par extraire un bout de papier plié plusieurs fois et enfilé sur une brindille de bambou.

– Que penses-tu de cette recommandation de ne pas s'éloigner de trop, grand-père prédicateur? demanda Jo Le Jongleur à Mor-Zamba. Moi j'en serais partisan. Et toi?

Ils n'eurent pas le loisir d'en débattre longtemps. Ce même jour, à une heure qui devait se situer dans l'après-midi, le sapak fut piqué par un serpent dont la morsure était tenue pour redoutable, presque toujours mortelle, en pays Ekoumdoum. Les rubénistes, qui campaient à Fort-Ruben II, avaient l'intention de s'approvisionner dans une zone de cultures appartenant au chef et commençant à une demi-journée de marche. Parvenus après un long chemin à proximité des champs, les trois maquisards s'étaient séparés, chacun ralliant l'emplacement de sa mission particulière. Le sapak avait été chargé de se fournir en cannes à sucre, tâche très aisée. Il foulait depuis un moment un sentier souvent piétiné par les paysans dont il craignait peu la rencontre, car c'était dimanche. Toutefois, il sollicitait son ouïe plus que tous ses autres sens réunis, tressaillant au moindre craquement, prêt à s'escamoter dans un buisson s'il entendait des voix ou le bruissement caractéristique de la marche parmi les arbustes, les broussailles et les rameaux. À la jungle des halliers ténébreux se substituait progressivement une forêt moins dense, trouée de zones de bois clairsemées ou de taillis signalant la jachère.

L'ancien collégien de Kola-Kola a coutume de raconter, rires et larmes mêlés comme il arrive quand on évoque un péril auquel on a échappé comme par miracle, qu'il se trouvait au milieu d'une végétation de transition, alors qu'une coulée de soleil à l'éclat d'ambre chevauchant une masse noire formait une frange de clair-obscur moucheté d'une profusion de taches blanches qui ruisselaient littéralement de tous côtés et affolaient sa vision. Il lui sembla soudain qu'il pataugeait dans un grouillement à ras de terre, une sorte de gigantesque ondulation, difforme, furieuse. Il crut traverser un ruisseau dissimulé sous les arbustes – étrange ruisseau pourtant, coulant à flanc de coteau et transversalement. Il sursauta en observant le tourbillon de diaprures glauques, rousses, bleues, jaune clair. Il hurlait d'horreur, inconsciemment, depuis quelques instants lorsqu'il trébucha sur l'édredon cotonneux, flasque mais en même temps élastique qu'est le corps d'un *ayang* géant; l'effarante sensation lui donna des ailes, le sapak détala, hurlant plus affreusement que jamais. Il lui sembla que le monstre jaillissait à son tour derrière lui.

– Il devait être là en train de se reposer, précise alors habituellement Évariste, tu vois, tranquille, détendu. Quand il m'a entendu approcher, il a dû décider de s'éloigner, mais, trop paresseux, il ne l'a pas fait assez vite. Là-dessus, j'arrive, moi, comme un nigaud; au lieu des yeux, ce sont les oreilles que j'ouvre toutes grandes, faute capitale dans la forêt d'ici. Je ne sais pas comment sont les autres forêts dans le vaste monde, mais là, j'ai compris ce qu'il fallait faire dans la forêt d'ici. Oui, je l'entends se rassembler sur mes talons, vexé sans doute que je l'aie piétiné. Puis, comment dire? Tu sais, à Kola-Kola, quand un mamelouk te poursuit, imagine. Avant que sa main ne s'abatte sur ton épaule, on dirait que tu as entendu le bras jaillir; il doit se produire une sorte de *ahan* juste au moment où le bras va se projeter, peut-être simplement un petit souffle, mais ce qui est certain, c'est que le fugitif l'entend. Eh bien, cela s'est passé de la même façon. À peu près au même moment, j'ai senti son frôlement glacial glisser sur ma jambe droite; ça m'a fait l'impression d'une flèche qui manque son but; j'ai trébuché, mais j'ai poursuivi ma course – je me figurais que j'étais sauf. Je n'avais pas lâché ma machette. Me voici donc dans la plantation de cannes à sucre; j'en coupe une, bien que je tremble comme une palme sous la tornade. Je m'apprête à la consommer quand survient Mor-Zamba qui me dit : "Qu'est-ce qui t'est arrivé? Tu hurlais, à croire que tu t'étais transformé en chimpanzé." Alors, je lui raconte ma mésaventure. Tout à coup, il se rembrunit et me dit : "Comment te sens-tu, là, tout de suite?" Je lui réponds : "Ma foi, pas mal, pas mal; mais c'est curieux, j'ai tout à coup mal à mon pied droit, c'est sans doute une ronce contre laquelle je me serai frotté." Mor-Zamba ne dit rien, mais prend mon pied dans sa main, sans avoir à me déchausser, car je ne pouvais toujours pas supporter ces foutus pataugas que Mor-Kinda voulait à toute force me faire chausser. Il prétend que si je m'étais plié à cette discipline élémentaire, je n'aurais pas été piqué, ou alors j'aurais été protégé par la toile du patauga. Le Dr. Ericsson a pourtant dit que ce n'était pas certain, mais rien à faire, il faut toujours que le commandant ramène sa fraise. Mais ce qui est certain, c'est que, en quelques instants, ma jambe droite avait tellement enflé qu'elle ressemblait à une patte d'éléphanteau; l'œdème avait tout noyé, orteils, talon, cheville, tout.

Avec son canif géant à plusieurs lames dont la plus grande avait été spécialement affilée en prévision de tels accidents, Mor-Zamba fit l'incision qu'il avait pratiquée plusieurs fois au camp de travaux forcés Colonel-Leclerc d'Oyolo où les piqûres de serpent étaient monnaie courante et posa au-dessus du genou un garrot confectionné avec une liane. Il prit le sapak dans ses bras et se dirigea du côté où devait se trouver Mor-Kinda qui, après avoir répondu au signal convenu, ne tarda pas à paraître.

– Nous partons pour Tambona, lui dit Mor-Zamba d'une voix qui ne souffrait pas de réplique. Nous nous mettons en route dès que nous aurons rassemblé les effets indispensables. Évariste a été piqué par une sale bestiole et nous n'avons pas de quoi le soigner sur place. Nous n'avons besoin que de couvertures et d'argent qui sont à Fort-Ruben I. Je m'y rends, je serai revenu d'ici quelques heures. La Raleigh est cachée près de la route, que nous pouvons rejoindre d'ici par un raccourci. Quand l'enfant aura soif, donne-lui à boire de ta gnole, c'est ce qui est recommandé. Tu peux commencer immédiatement d'ailleurs; force-le, s'il n'en veut pas.

Quand il reparut, après minuit sans doute, l'enfant, gémissant, disait à Jo Le Jongleur :

– Je vais mourir, n'est-ce pas? Dis que je vais mourir.

– Quelle idée! répondait Mor-Kinda qui, pourtant, en était persuadé, en en jugeant par la température brûlante du sapak, par la succession alternée de prostration délirante et d'agitation spasmodique qui semblait indiquer un état critique, et surtout l'œdème monstrueux de la jambe qui atteignait maintenant le genou.

– Menteur! marmottait l'adolescent. Je sais bien que je vais mourir. Qu'est-ce que ça peut faire de me l'avouer? Seulement, c'est bête de mourir avant.

– Avant quoi?

— Mais voyons ! Avant d'avoir administré une raclée à ces salauds en réponse à la leur. Quand un type te fiche la raclée, il faudrait pouvoir la lui rendre, c'est tout. Sinon, il n'y a pas de justice. C'est vrai, ça : quand on ne peut pas rendre une raclée, alors ça n'est plus du jeu. À Kola-Kola, rappelle-toi, nous rendions toujours leurs raclées aux mamelouks des négriers et de Baba Toura ; ça, c'était juste. C'est bête de mourir avant.

— Tais-toi, tu dis des bêtises !

Les rubénistes se mirent en marche dès qu'il commença à faire jour ; ils rallièrent la route bien avant la tombée de la nuit et récupérèrent la Raleigh sur laquelle Mor-Zamba put enfin se soulager de la charge du sapak qu'il avait porté jusque-là sur son dos. Malgré la rouille affreuse de certains de ses mécanismes et en roulant sur la jante dès le deuxième jour, la bicyclette transporta aisément le jeune malade assis sur le porte-bagages, la jambe droite attachée au cadre par une attelle et la gauche pendant au-dessus de la pédale du même côté. En marchant jour et nuit, presque constamment, ils arrivèrent à Tambona trois jours et seulement deux nuits après leur départ. L'enfant, toujours gémissant, mais de plus en plus prostré, ayant peu mangé et à peine bu davantage, conservait du moins incontestablement le souffle de la vie, ce qui parut un vrai miracle à Jo Le Jongleur, pourtant peu accessible aux croyances superstitieuses. Et même les progrès de l'œdème s'étaient arrêtés ; Mor-Zamba prétendit qu'il avait reculé, mais Mor-Kinda n'en voulut rien croire à moins d'une voix autorisée.

Ils allèrent tout droit à la Mission protestante et dès qu'ils eurent expliqué aux domestiques noirs que l'adolescent avait été piqué par un *ayang*, ces deux individus qui s'étaient montrés si réservés lors du premier passage des rubénistes allèrent aussitôt chercher leurs maîtres, le couple de missionnaires à la peau laiteuse. L'homme examina longuement le sapak et déclara :

– C'est bien la première fois que je vois quelqu'un s'en tirer à si bon compte ; il est vrai que c'est un jeune garçon et que vous l'avez admirablement soigné, vous autres : l'attelle est parfaite, l'incision correcte. Tout de même, si c'est vraiment un *ayang* géant qui l'a piqué, la bête ne devait pas avoir beaucoup de venin ; elle venait de s'en servir, sans aucun doute. Autrement, ce petit gars-là serait mort quelques heures plus tard ; or, il est sauvé.

Les deux missionnaires ordonnèrent de porter l'enfant dans l'infirmerie de la Mission et, pendant que l'homme le soignait, voulurent savoir où Mor-Zamba avait appris à parer à la morsure d'un serpent. Il leur raconta son histoire brièvement et en leur dissimulant les raisons peu pacifiques de son retour à Ekoumdoum, ainsi que tous les détails qui auraient pu effaroucher ces braves toubabs.

– Tiens ! suggéra le missionnaire après l'avoir attentivement écouté, je viendrai peut-être faire un tour chez vous un jour.

– Je ne sais si tu serais bien inspiré, remarqua Mor-Kinda, car il y a déjà un soumazeu là-bas…

– Ah oui ? fit le missionnaire en riant de bon cœur. Et alors ?

– Et alors ? Mais, c'est qu'il est jaloux de ses plates-bandes, celui-là ! Un simsimabayane ne le transporterait pas forcément d'enthousiasme.

– Il y a pourtant plusieurs demeures dans la maison du Seigneur, déclara pensivement le missionnaire protestant. Eh, le soumazeu en question ne sait donc pas soigner les morsures de serpent ?

– Apparemment non, répondit Jo Le Jongleur ; en tout cas, il n'est nullement équipé pour cela.

– C'est pourtant par là qu'il faut commencer, fit le missionnaire. Ces gens-là sont drôles. C'est un Français ?

– Tu l'as deviné, fit Jo Le Jongleur.

Le lendemain, le missionnaire, qui avait offert le gîte aux rubénistes, dit à Mor-Zamba :

– Je suis le Dr. Ericsson, pasteur de l'Église adventiste. Je te propose l'entente suivante : je m'occupe gracieusement de ton jeune frère, mais tu m'aideras jusqu'à ce qu'il se rétablisse. Je t'enverrai à ma place soigner les gens ici et là en pays tambona. Tes mains sont énormes, et pourtant tu es adroit, c'est rare. Tu sais déjà faire une intramusculaire ; tu auras vite perfectionné, grâce à moi, ta technique des intraveineuses et d'autres soins. Tu vois, revenu chez toi, tu pourras soulager bien des souffrances. Tu es quitte avec moi dès le rétablissement de ton frère. Qu'en penses-tu ?

Mor-Zamba souscrivit sans aucune hésitation au trop séduisant marché du Dr. Ericsson. Il en apprit en quelques semaines bien plus que durant les longues années de sa captivité au camp de travaux forcés Colonel-Leclerc. Là-bas, il n'avait eu que le titre d'« infirmier » et la charge clandestine de milliers de camarades, mais non leur responsabilité officielle. Ici, il put acquérir la qualification de son emploi et même davantage. De plus, Ericsson, qui brûlait de sanctionner les attributions de son nouveau collaborateur, n'hésitait pas à lui confier sa motocyclette avec laquelle l'ancien pensionnaire du camp Colonel-Leclerc accomplissait des Missions de confiance à plusieurs dizaines de kilomètres de la mission protestante, sur des pistes difficiles mais dotées d'une chaussée assurée sinon ferme. Sa bonne intelligence de la mécanique et même sa maîtrise ravissaient Ericsson qui n'avait pas retenu, faute de l'avoir compris sans doute, l'interminable épisode de son apprentissage de chauffeur sur le camion d'un patron noir à Fort-Nègre.

À l'insu d'Ericsson, il arrivait à Mor-Zamba d'aller au-delà du rôle qui lui était dévolu, et c'était dans des circonstances très émouvantes. Confronté à la mort inattendue d'un malade et au souhait de ses proches que l'adjoint du pasteur assumât toutes les fonctions de celui-ci, que de fois Mor-Zamba ne se vit-il pas contraint d'ouvrir la Bible, d'y lire un verset et même d'y ajouter quelques commentaires de son cru, en rapport avec la personnalité du disparu et l'espérance de salut des assistants, dans une contrée livrée alors au malheur. Répandue par un germe que le Dr. Ericsson croyait venu de l'extérieur, et peut-être même de l'étranger, une épidémie de grippe décimait les Tambona, plus dispersés dans l'espace, plus diversifiés, répartis en un plus grand nombre de clans que les Ekoumdoum, moins aisés à saisir et à contrôler. Après une longue et irritante période de tâtonnements, Ericsson avait finalement découvert le meilleur traitement contre le virus responsable de l'épidémie, mais il manquait de médicaments et recommandait de fractionner la même dose d'antibiotique de façon à l'administrer à quatre malades.

Par ses catéchumènes des villages environnant Tambona, Ericsson eut vent que son meilleur infirmier faisait aussi merveille aux enterrements en commentant la Bible.

C'est une perle, ce garçon-là, se disait-il, *oui, mais c'est quand même gênant. Il faudrait au moins qu'il soit baptisé. Oui, mais comment lui présenter la chose sans le blesser, ni même le troubler ? Et après ? Pas question d'en faire un simple catéchumène. Voyons voir, est-ce qu'un stage dans notre centrale de l'Afrique de l'Ouest… ? Oui, mais il faudrait qu'il connaisse un peu d'anglais. Quoiqu'un modeste pasteur du fin fond de l'Afrique ait plutôt besoin de foi, d'enthousiasme…*

Pour ne s'être pas entendu proposer une activité profitable par le pasteur Ericsson, Georges Mor-Kinda, appelé plus souvent par ses amis Jo Le Jongleur, n'avait pas déchu à ses propres yeux, bien au contraire. Partant de l'adage selon lequel là où la chèvre est attachée, c'est là qu'il faut bien qu'elle broute et bien qu'informé de l'ambiguïté douteuse de la sagesse dite populaire, l'ancien mauvais garçon de Kola-Kola avait résolu de tenter sa chance dans le petit commerce local, apparemment fort actif, grouillant d'escrocs éhontés, de gogos ahuris, de margoulins piaffants, toutes gens qui lui rappelaient Kola-Kola. Avec le capital prélevé sur le groupe scolaire du 18-Juin et qu'il n'avait guère écorné encore, il avait acquis un petit stock de pacotille où dominait le sel, la denrée la plus demandée sur la place de Tambona ; il allait le déployer au marché chaque matin sur un étal rudimentaire. Aussitôt installé, criant plus haut qu'aucun autre petit marchand, le visage caché sous un large chapeau de brousse dont le bord était relevé d'un côté et abaissé de l'autre, il se lançait dans un boniment burlesque qui avait vite fait de susciter un attroupement autour de lui.

– *Oksinn ! oksinn ! oksinn !* En vérité, *oksinn*, c'est trop peu dire, car je donne tout, je distribue tout. Voici la grande distribution tant attendue. Voici votre jour de chance, jeune homme, jolie fille, belle madame. Tenez, cette boîte de sel, mes camarades la vendent ? Eh bien, moi, je te la donne, jolie madame ; je te la donne gratis, vrai Dieu ! Donne-toi seulement la peine de tendre la main, et elle est à toi. Tu en doutes ? Essaye quand même, jolie madame. Je donne gratis le sel des bons bouillons, le sel des bons pot-au-feu, le sel qui fait de petits maris amoureux la nuit, jolie madame, le sel qui apporte des caresses, le sel qui fait venir de beaux enfants même aux femmes stériles. Voici le sel miracle, approchez, jolies filles qui cherchez des hommes amoureux et fidèles. Voici le sel miracle pour les hommes miracles, à la fois amoureux et fidèles.

Quand le sapak fut rétabli, il ne sut pas choisir définitivement entre les activités de Jo Le Jongleur, trop bruyantes, trop tumultueuses et, à bien y regarder, passablement inquiétantes, et celles de Mor-Zamba, où il crut retrouver la bondieuserie obsédante dans laquelle s'était morfondue son enfance méconnue et humiliée. Il alla un jour avec l'un, le lendemain avec l'autre ; le plus souvent, surtout s'il avait trouvé un livre ou un illustré d'Europe, fût-il vieux de plusieurs années, il gardait la maison pour se livrer à la lecture qu'il affectionnait par-dessus tout.

Souvent, les trois rubénistes se retrouvaient ensemble. Habillés de kaki, coiffés du même chapeau de brousse, chaussés de pataugas, à l'exception de l'adolescent qui portait des sandales de plastique, ils faisaient néanmoins penser ici non à des soldats combattant pour une cause austère et acharnée, mais à des élégants déambulant dans les rues colorées d'une grosse bourgade en cours de transformation accélérée, pourvue d'une certaine prospérité, l'opposé même d'Ekoumdoum – que d'ailleurs ils s'efforçaient maintenant d'oublier.

TROISIÈME PARTIE

L'ÉCLAT LUNAIRE EMBRASE AUSSI

CHAPITRE PREMIER

*L*A REVANCHE QUE LE DESTIN offrit aux trois rubénistes, vaincus malgré tant de bravoure généreusement prodiguée, prit d'abord le visage insoupçonné, quasi facétieux, d'une contrariété de champ de foire. Au lieu de le provoquer et de le canaliser, nos trois héros allaient le plus souvent être emportés désormais par le torrent des événements; et même, quand le cours de l'aventure se fut renversé au détriment de leurs adversaires, les rubénistes paraîtront débordés au point de manquer d'esprit d'à-propos et d'initiative. Un observateur clairvoyant aurait pu les juger aussi indécis et gauches qu'un homme assis sur une splendide monture, mais ignorant tout de l'équitation, inapte même à tirer les rênes.

C'est ce que laisse souvent entendre, à sa manière, Georges Mor-Kinda, appelé aussi Jo Le Jongleur et, depuis l'heureux dénouement de cette insolite aventure, Le Commandant. Il raconte qu'il fut prédit à deux frères engagés dans une cruelle rivalité qu'un trésor dissimulé dans l'épaisseur des bois se découvrirait à celui qui témoignerait le plus d'acharnement dans sa recherche, pourvu que ce fût à l'heure où s'illumine le firmament. La nuit tombait au moment de cette révélation, et le premier de ses bénéficiaires s'installa dans l'attente des mille embrasements de l'aurore. Dans la limpidité du rayonnement lunaire découpant des lignes saillantes sur la géométrie luxuriante du paysage, il ne vit qu'un bain de grisaille bavant sur un songe. Les coquettes éclipses de l'astre derrière la nuée, ses brusques retours, plus enjoués qu'un gracieux clin d'œil, l'obstination de ses œillades pleines d'humilité, rien ne l'émut ; il s'endormit.

— Quant à son frère, conclut alors Jo Le Jongleur, il avait soupçonné que l'éclat de la lune embrase aussi ; il s'était mis à l'œuvre sans délai ; il fut récompensé de cette pénétration en faisant main basse sur le trésor caché.

— Au juste, ça veut dire quoi, mon Commandant ? demande toujours le sapak à cet endroit de l'apologue. Explique-nous.

— Depuis notre arrivée à Ekoumdoum, reprend alors Jo Le Jongleur, l'astre méconnu n'avait cessé de nous faire des clins d'œil. Que de signaux ne nous adressa-t-il pas, dès notre entrée dans la cité, souviens-toi ! Succédant aux éclipses causées par notre dédain, chacune de ses brusques réapparitions retentit comme un tonnerre, jusqu'à cet éclair miraculeux qui embrasa notre fuite hors des oubliettes du Chimpanzé Grabataire. N'a-t-il pas fallu que son obstination nous poursuive jusqu'à Tambona pour briser les maudites écailles de la prévention qui nous aveuglait, malgré l'enseignement de l'immortel Ruben et du non moins immortel Ouragan-Viet?

– Point de révolution sans la participation des femmes sur un pied d'égalité avec les hommes! articule alors sentencieusement le sapak Évariste. Mais cela veut dire quoi, au juste, mon Commandant? Je parie que, comme moi, tu n'en sais rien, à vrai dire. Les vieux guignols du Conseil des anciens prétendent que ça serait la catastrophe si on permettait aux femmes pour de bon d'apporter leur grain de sel. J'avoue que, comme toi, je ne vois pas pourquoi. Au moins sur ce point-là, nous sommes d'accord, toi et moi, et je pense que nous voyons clair. C'est vrai, ça! au point où en sont les affaires de notre race, tu as raison, ça ne peut pas aller plus mal. Alors, où serait la malédiction apportée par les femmes puisque sans elles, je veux dire alors qu'elles ne se mêlaient de rien, nous étions déjà une race d'esclaves? Au contraire, je fais comme toi le pari que ça irait plutôt mieux.

– Les vieux guignols ne manqueront jamais d'arguments pour te démontrer que la femme, c'est la malédiction. Compte sur eux – et sur l'autre qui est en train de basculer dans leur camp. Quel péquenot!

– Il est bien étrange, celui-là. Et ce n'est pas d'aujourd'hui. Tu ne trouves pas que tout le long de notre route déjà il était étrange?

– Qui n'a pas été étrange dans toute cette affaire? Toi, peut-être, galopin?

Tout recommença par le désagrément répété qu'infligea au colporteur Jo Le Jongleur ce qui lui parut d'abord une bande de gamines délurées. La première fois qu'il les vit, il s'escrimait à forcer l'attention d'une foule de jour de marché ordinaire, assez clairsemée, plus encline à s'ébaubir qu'à mettre la main à sa bourse. Il crut s'apercevoir qu'il était dévisagé et même toisé par un attroupement d'adolescentes semblables, au premier abord, à toutes celles qui arrivaient chaque matin des villages environnant Tambona, pour proposer en plein air la production traditionnelle de leurs familles ; elles étaient, selon la coutume, peu habillées ; il les trouvait trop trapues, rustiques. À l'examen, elles lui parurent plus grisâtres que la moyenne des gens observables sur le marché, comme les écolières de Kola-Kola vivant loin de leurs mères, peu soigneuses et mal nourries. Elles en avaient surtout les lèvres desséchées, l'œil jauni. Le lendemain, la troupe d'adolescentes s'était grossie, et l'observait avec la même expression mystérieuse. En les retrouvant devant lui le surlendemain, jour de foire, le camelot koléen fut vraiment intrigué. Il interrompit plusieurs fois son boniment et se surprit à bégayer tandis que son regard, froncé par l'angoisse naissante, scrutait à la dérobée l'attroupement qui le cernait maintenant et dont l'œil enhardi évoquait des volatiles guettant une curée de cauchemar.

Cette agressivité sournoise lui parut plus sensible encore lorsque le sapak Évariste, qui venait de se frayer la voie dans leurs rangs compacts, l'eut rejoint près de son étalage. Jo Le Jongleur, parlant à voix basse, entre deux apostrophes professionnelles adressées à la foule des badauds, lui décrivit la situation.

– À mon avis, opina sombrement Évariste, ces enfants-là te reprochent quelque chose, une entourloupette quelconque, par exemple un carottage sur un gobelet de sel, peut-être un paquet de Bastos vendu plus cher qu'ailleurs. Mille fois rien, bien entendu. Mais tu sais comment sont les culs-terreux, avec leur caboche impénétrable. Attends-toi à tout. Ils rêvent peut-être de te faire la peau. Ils attendent le meilleur moment. Tu te figures que tu n'as affaire qu'à des filles. Ruse de guerre, mon cher. Les garçons sont embusqués quelque part, tout près d'ici. Un petit signal, et hop ! tu en auras cent d'un coup sur le dos. Quels drôles de gens ! Qu'ils ne s'y risquent pas, sinon on leur fout la plus mémorable tournée de leur vie, d'accord ?

– Tu es cinglé, grommela Jo Le Jongleur ; tu ne rêves plus que plaies et bosses. Tu veux te battre à un contre cent, tu te prends pour Zorro ?

Aussitôt, il se lança dans une harangue véhémente, allègre, solennelle qui, par-dessus le bastion d'adolescentes, interpellait une matrone de belle stature dont, à vrai dire, le colporteur d'occasion ne songeait pour l'instant qu'à tirer un parti purement tactique : dans l'hypothèse où, cédant aux séductions de son éloquence, la grosse femme désirerait s'approcher de lui, il l'imaginait en bulldozer faisant voler en éclats le rempart de jeunes paysannes où Jo Le Jongleur commençait à se sentir piégé. Le fait est que l'immense personnage se laissa placidement harponner et entreprit avec des grâces d'éléphant d'enfoncer le mur d'adolescentes qui la séparait de l'objet de sa convoitise sous l'œil de Jo Le Jongleur, de plus en plus ravi à mesure que le pachyderme progressait victorieusement.

Chose étrange, les adolescentes ne parurent jamais contrariées par l'intrusion du mastodonte; on eût dit au contraire qu'elles s'en amusaient; elles ne lui opposèrent aucune résistance, abstraction faite d'une inertie en quelque sorte oscillatoire, inévitable dans ce genre de rencontre entre forces de nature si évidemment opposée. Elles semblèrent mettre tout à coup ce tumulte à profit pour s'égailler joyeusement en petits groupes qui babillaient en s'animant. Elles ne tardèrent d'ailleurs pas à reparaître, mordant qui dans une galette d'arachide, qui dans un beignet de maïs, qui dans une banane cuite à l'huile de palme, toutes victuailles qui s'achetaient sur le marché. Toujours aux prises avec la grosse femme à la voix suave et au regard langoureux, Jo Le Jongleur et le sapak purent un moment se désintéresser du retour des adolescentes.

Quand ils furent enfin libérés, la place s'était vidée de la plus grande partie de son monde; les chalands regagnaient leur foyer; les paysans reprenaient le chemin de leurs hameaux; leur journée terminée, le bagage de leur marchandise plié, les colporteurs se dirigeaient les uns vers un antique véhicule à moteur en route pour une autre foire, d'autres vers un entrepôt pour y laisser leur ballot à l'abri pour la nuit. Il ne resta bientôt plus autour des deux amis que la meute muette et mystérieuse d'adolescentes dont la contemplation paraissait s'être alourdie et la vigilance acérée.

À leur tour, les deux Koléens se mirent en devoir d'emballer leur pacotille en se forçant à la nonchalance des gens exempts de toute émotion. Ils allèrent porter leur ballot dans l'entrepôt qui l'accueillait habituellement jusqu'au lendemain. Puis ils se mirent en route, les bras ballants, à pied comme d'habitude, vers le quartier de leur domicile. Groupées, en formation pour ainsi dire militaire, les adolescentes, qui les avaient attendus de loin, s'ébranlèrent pour les suivre, marchant très en retrait d'abord, puis se rapprochant peu à peu. Les deux rubénistes ne cessaient d'échanger leurs impressions, alors même que leur visage était un monument d'impassibilité ; ils décidèrent de ralentir leur pas et de se laisser rattraper pour obtenir le fin mot de l'énigme. Alors, les gamines suspendirent leur marche, observant le duo d'un œil où les Koléens crurent lire comme une extase insolite qui les troublait. Ils reprirent leur allure normale en hochant la tête avec condescendance, comme il convient en présence d'une farce enfantine qui ne saurait avoir de conséquence. Les adolescentes se remirent à leur tour en mouvement, non sans s'efforcer, avec une prudence extrême, de combler leur retard, sans doute de peur d'être semées dans une venelle de Newtown, faubourg réservé aux non-aborigènes, dans lequel ils venaient de pénétrer. On fut bientôt en vue de la maison des rubénistes.

Comme il arrivait souvent, Mor-Zamba se tenait sur la chaussée de terre battue de la grande artère de

Newtown, où le passage d'un véhicule à moteur était un événement et sur laquelle donnait leur habitation : il guettait l'apparition de ses jeunes compagnons, sachant que c'était l'heure habituelle de leur retour. Dès qu'ils se montrèrent, il les accueillit de loin avec des démonstrations de joie et de tendresse qui ne durent laisser aux adolescentes aucune illusion sur les liens unissant le monstrueux géant, qu'elles ne connaissaient point et qui les effraya, aux deux colporteurs qu'elles s'étaient amusées à agacer.

Saisies de panique comme si l'ogre avait pris des dispositions pour les croquer l'une après l'autre, la troupe de jeunes filles se débanda avec une précipitation sournoise ; baissant le nez, les bras retombés, le visage figé, les adolescentes s'abandonnèrent à une fuite furtive, et ce fut au tour des deux plus jeunes rubénistes de les prendre en chasse ; ils les eurent bientôt rattrapées.

– Voilà une bien curieuse plaisanterie, leur dirent les deux jeunes gens ; non mais, qu'est-ce qui vous a pris ? À quoi prétendiez-vous jouer ?

– Alors, tu ne nous reconnais vraiment pas, Nourédine ? dit d'une voix ironique une adolescente qui s'était approchée du sapak et lui caressait successivement la joue, les cheveux et le cou. C'est pourtant bien toi, n'est-ce pas, Nourédine ? Pas d'erreur possible, c'est bien toi ?

– Comment Nourédine vous reconnaîtrait-il ? s'écria une autre en éclatant de rire. Nourédine a tant changé qu'il n'est pour ainsi dire plus Nourédine. Il parle même notre langue à la perfection. Tu apprends vite, mon petit Nourédine.

– Ignorez-vous que les croyants d'Allah ont des dons particuliers ? déclara emphatiquement une troisième jeune fille.

– Vraiment, reprit la première adolescente, petit bout de femme plus trapue encore que toutes les autres, les cheveux coupés ras, vraiment, Nourédine, tu ne reconnais pas tes amies d'Ekoumdoum ? Il y a seulement quelques mois pourtant tu venais chaque jour à la fontaine te joindre à nous, quand le soir tombait Tu portais toujours une gargoulette de grès que tu venais remplir d'eau pour les ablutions de ton maître El Khalik. Tu te souviens maintenant ? À propos, ce personnage-là, tout près de toi, bien qu'il se soit dépouillé de son ample robe dans laquelle il était si comique, on dirait que c'est justement El Khalik lui-même.

– Mais oui, c'est El Khalik lui-même ! répétaient les adolescentes à l'envi.

– Allah est grand, braves gens, s'exclama la première adolescente décidément la plus hardie, Allah est grand et El Khalik est son prophète.

– Tu blasphèmes, malheureuse ! gronda Jo Le Jongleur, en roulant des yeux comme un épouvantail grotesque. Ce n'est pas El Khalik qui est le prophète d'Allah, pauvre El Khalik ! mais Mohamed.

– Cela ne change rien, répliqua le petit bout de femme. Qu'as-tu fait de ton ample robe ? Ne serais-tu plus l'homme d'Allah ?

– Si, si, mon enfant, répondit Jo Le Jongleur ; ce n'est pas moi qui ai changé, mais Allah. C'est vrai, les enfants, Allah n'est plus ce qu'il était.

– Vous prétendez que vous venez d'Ekoumdoum, intervint enfin le sapak. Ce serait la chose la plus extra-ordinaire et même la plus extravagante que j'aie jamais entendue. Alors, moi, je n'en crois rien.

– Quelles preuves te faut-il, Nourédine ? s'écrièrent les jeunes filles en chœur. Les nouvelles les plus récentes de votre ami l'accordéoniste ? Il est devenu un séide du Bâtard ; il est dans la milice du chef, chargé d'aboyer derrière ses propres frères, sur les chantiers du Chimpanzé Grabataire et de Soumazeu. Nous pou-vons aussi vous parler de Ngwane-Eligui. À vrai dire, rien n'a changé pour elle. Du moins à peu près rien…

Par quelles autres paroles, par quelles actions, par quels gestes se poursuivit et se dénoua la fureur de ces retrouvailles, aucun des acteurs n'est aujourd'hui capable de le dire exactement, comme si aucun d'eux n'était définitivement sorti de ce tourbillon. Ainsi en va-t-il des pitoyables victimes du cyclone dévastateur ; avec des gestes aussi fébriles qu'instinctifs, ils ont paré, en tâtonnant désespérément, à la désagrégation de leur maison ; spasmodiquement, ils se sont agrippés à leur parent, à leurs enfants, à la compagne fidèle ; le calme est revenu et le jour levant découvre des automates accomplissant les gestes vitaux qui les ont sauvés, mais qu'ils étaient bien incapables de méditer.

Par quelles révélations commencèrent Ngwane-Azombo et ses sœurs ? Pourquoi fut-il tout de suite question de cela parmi tant de sujets aussi pressants les uns que les autres ? Quelles décisions furent prises ? Comment se fit l'enchaînement des actes aux paroles ?

Selon le sapak Évariste, ce que les adolescentes leur contèrent immédiatement, ce fut, cela va de soi, la révolte des mères. Selon lui, cet enchaînement coulait de source, et le récit de cette affaire sans précédent à Ekoumdoum s'imposa de lui-même à la suite de l'évocation de la malheureuse Ngwane-Eligui. Elles leur avaient donc confié que Ngwane-Eligui s'était longtemps morfondue dans la solitude, la quarantaine et la haine du bois aux Chimpanzés et qu'elle n'en avait été libérée, en quelque sorte providentiellement, que par l'épidémie et les nombreux décès que celle-ci avait tout de suite provoqués, malgré les ressources des innombrables guérisseurs attitrés d'Ekoumdoum. Il avait bien fallu, en fin de compte, solliciter la jeune femme qui, à peine arrivée dans la cité et alors qu'elle était accablée d'avanies, avait déjà naguère frappé les mères d'admiration en exerçant avec succès ses talents de rebouteuse sur les articulations foulées ou les os luxés des enfants et des adolescents de la cité ; on disait alors que c'était un don naturel et que, dans sa tribu, les familles se le transmettaient de génération en génération. Le Bâtard avait bien voulu la laisser sortir de sa prison, mais en la flanquant, pour la surveiller, de deux femmes du palais, choisies parmi celles qui lui étaient le plus hostiles.

À peine entrée dans la maison du premier petit malade, Ngwane-Eligui avait exigé qu'on en éloigne tous les hommes présents. Quand les femmes s'étaient retrouvées entre elles, Ngwane-Eligui avait demandé qu'on la laisse s'enfermer dans une pièce, seule avec le petit malade et la mère infortunée.

– Je veux bien tenter de soigner ton fils, avait-elle chuchoté à la mère éplorée, je t'ai apporté là quelques herbes, je te dirai dans un instant comment les préparer. Auparavant, retiens bien ceci : ton fils a peu de chances d'être sauvé. Je sais que je te tiens là des propos d'une extrême cruauté, mais l'heure est grave, c'est la survie même d'Ekoumdoum, et non pas d'un seul petit garçon qui est désormais en jeu. Transmets tout à l'heure mon message aux autres femmes, quand nous nous serons éloignées, mes surveillantes et moi. Ne leur dis surtout pas que c'est de moi que tu tiens ces révélations, je n'ai pas besoin de t'exposer en détail ce qui m'arriverait alors. Écoute-moi donc. N'as-tu pas observé que cette épidémie décime de préférence les enfants mâles ? C'est un complot, chère sœur, oui, un complot. Laisse les corbeaux et toutes les sales bêtes déterrer la semence dans ton champ et la dévorer, où trouveras-tu, demain, la moisson habituelle de maïs ? Combien d'années faut-il à une cité spoliée tout à coup de sa plus jeune génération mâle, si riche soit cette cité en ce moment en hommes mûrs, pour ne plus procréer et se dessécher comme un tronc sans racines ? Combien d'années lui faut-il pour disparaître et abandonner ses terres fertiles aux étrangers ? Ce mal nous est inconnu, parce que son germe vient d'ailleurs ; c'est une malédiction étrangère. Retiens bien cela.

– Que faut-il faire? demanda la mère avec, dans la voix, une angoisse insoutenable. La pénicilline? Ils ne veulent plus nous en vendre à Mackenzieville, nous a assuré frère Nicolas; ils nous disent : "Allez donc demander la pénicilline à vos maîtres les Français, puisque vous les aimez tant que vous voulez les garder à tout prix." Les gens de Mackenzieville n'ont pas de cœur.

– Ce n'est pas vrai, et frère Nicolas est un fieffé menteur. La pénicilline ne se délivre à Mackenzieville que par l'intermédiaire d'un docteur; les Anglais leur ont enseigné que c'est un médicament trop dangereux pour être mis entre toutes les mains. Si tu montres la lettre d'un docteur disant qu'il te faut de la pénicilline, et que c'est lui-même qui va l'administrer, alors à Mackenzieville on te vend de la pénicilline. Voilà la vérité. Mais, par malheur, nous n'avons pas de docteur ici à Ekoumdoum. Il aurait mieux valu que Van den Rietter fût un docteur qu'un *vobiscum*. À quoi vous sert-il qu'il vous dise chaque matin "*vobiscum, vobiscum*", tandis que vos enfants se raidissent dans vos bras?

« Écoute bien ceci : tout n'est peut-être pas perdu pour le peuple des Ekoumdoum, sinon pour les enfants atteints à cette heure du mal maudit. Il n'est pas impossible qu'à Tambona, à une semaine de marche d'ici environ, ce médicament se vende au marché libre; Tambona est en relation quasi quotidienne avec une grande ville; en s'abouchant avec un trafiquant de Tambona, à défaut d'oser pousser une pointe jusqu'à la grande ville même, on doit pouvoir se procurer de la pénicilline. Je tiendrai ces mêmes propos toute la soirée aux autres mères d'enfants malades. Tâchez de tenir conseil au plus tôt, d'abord entre vous, puis avec les autres mères, qui doivent savoir que tous les enfants de la cité sont menacés, hormis peut-être ceux du palais ; et enfin débattez-en avec les autres femmes de la cité…

Comme l'avait prédit Ngwane-Eligui, il n'y eut point de rémission dans les ravages du mal monstrueux. Groupées en association et enhardies au spectacle de leurs propres cohortes, les mères d'Ekoumdoum s'étaient un jour rendues auprès du Bâtard et avaient sollicité la formation d'une caravane qui irait se procurer des médicaments à Tambona. Zoabekwé avait bien entendu renvoyé les mères, après avoir rejeté leur requête en ces termes : « Je n'ai déjà pas assez d'hommes pour toutes les besognes auxquelles je devrais faire face ; où irais-je en trouver pour les dépêcher à Tambona ? » Alors les mères lui avaient dit avec tristesse : « Pourquoi ne pas libérer nos jeunes gens, ces nobles descendants des fondateurs d'Ekoumdoum, que tu fais travailler comme des forçats sur tes chantiers de défrichage ? » Le Bâtard avait alors répondu, non sans colère cette fois : « Libérer vos enfants ? Il ne saurait en être question. Ce sont des prisonniers, toute la cité est prisonnière, pour expier le crime d'avoir accueilli à mon insu de fourbes étrangers. Vous êtes tous enfermés derrière les barreaux de fer d'un enclos sans doute invisible, mais implacable. Si je les laissais s'évader de leur cage, qui me répondrait de leur loyauté ? »

Les mères s'étaient alors avisées de donner à leur démarche la caution à la fois religieuse, amicale et prestigieuse du père Van den Rietter ; elles s'étaient donc rendues en cortège au presbytère, où Soumazeu leur avait tenu ces propos : « Prenez en considération les sages avis de l'homme que, dans son infinie bonté, Dieu a placé à votre tête et dont le père, élu par votre cité, est d'ailleurs toujours vivant. Pour la bonne marche de votre cité, n'oubliez jamais que c'est à lui qu'il convient de vous en remettre, en dernier recours. Non, croyez-moi, mes pauvres enfants, il ne sert à rien d'envoyer des gens à Tambona. Soumettons-nous au destin que Dieu nous fait, acceptons sa volonté. Venez demain à la messe dominicale, nous prierons ensemble, afin que Dieu nous fasse encore mieux connaître ses désirs. »

C'était vraiment plus que les mères n'en pouvaient supporter. Le lendemain, les mères chrétiennes décidèrent unanimement de s'abstenir d'aller à la messe et même sommèrent les autres femmes, chrétiennes ou non, de les imiter, ce que firent d'ailleurs la plupart.

Réunies à peine le jour levé, les femmes de la cité avaient consacré toute la matinée de ce dimanche à l'examen des paroles inhumaines que Soumazeu leur avait tenues la veille. Au fil des heures, les esprits s'étaient échauffés dans ces assises improvisées ; le trouble des consciences s'était traduit par des allégations de plus en plus accusatrices, comme si le sel de la cité d'Ekoumdoum eût seulement commencé enfin à comprendre la vraie nature de Van den Rietter.

– C'était donc vrai ? avait bientôt déclaré une mère avec un accent de poignante surprise. Le Bâtard a donc formé un véritable complot avec les missionnaires pour nous réduire définitivement en esclavage en exterminant nos jeunes enfants mâles, le fer de lance de notre cité demain, le futur rempart de nos vies, le garant de nos forêts et de nos rivières ? C'est donc vrai, tout ce qu'on raconte ? C'est donc vrai qu'une nuit ils ont déversé derrière nos maisons des outres pleines de germes abominables afin de nous accabler d'épidémies ? C'est donc vrai que l'épidémie qui décime aujourd'hui nos fils vient tout droit de ces manigances ?

Dans la journée, on aurait dit que, à proportion que le soleil déclinait sur un versant du ciel, la fureur féminine s'élevait sur l'autre. On entendit des mères se mettre à ululer pathétiquement comme des chiens hurlant ensemble à la mort ; on en vit d'autres se rouler sur le sol en s'arrachant les cheveux ou se couvrir de cendres en signe de désespoir. Comme le soir tombait, elles se rassemblèrent en une horde menaçante, armée de flambeaux avec lesquels des centaines de bras frénétiques faisaient mine de mettre le feu à la cité. Pas un homme ne parut tenté de se mêler aux rangs de ces esclaves résolus, pour la première fois dans cette cité, à tenir tête au maître.

Elles pénétrèrent tumultueusement dans l'enceinte du palais et en proclamèrent l'occupation jusqu'à ce que leur soit ménagée une entrevue avec le vieux chef lui-même. Le Bâtard n'imaginait pas sans affolement d'avoir à rendre compte à son père des affaires de la cité, et, de plus, en présence de témoins ainsi disposés qu'ils auraient pu lui porter la contradiction et sans doute même le mettre en accusation.

– Si c'est au sujet de la caravane, dit-il aux femmes, pourquoi ne discuterions-nous pas afin de rechercher entre nous un accord, plutôt que d'importuner un vieil homme à bout d'endurance?

Il fallut encore de longs jours de palabres et même de marchandages, Le Bâtard soufflant tantôt le froid, pour se dégager d'un assaut pressant de ses interlocutrices, tantôt le chaud, dès qu'elles demandaient d'accéder auprès du vieux chef. À la fin, il fallut conclure; alors Zoabekwé, qui disait être allé au bout des concessions, imposa une solution qui n'avait point de pareille dans l'histoire du peuple d'Ekoumdoum, mais il coupa court à toute objection supplémentaire en disant que c'était à prendre ou à laisser. Et voici cette situation inédite, mais consacrant la défaite du maître : seules des jeunes filles de la cité d'Ekoumdoum étaient autorisées à se former en caravane pour se rendre à Tambona; simplement, Zoabekwé placerait à leur tête un de ses hommes, avec mission de veiller à la sauvegarde des adolescentes, pendant tout leur voyage et de les ramener au bercail saines et sauves. On sut quelques instants plus tard que cet homme serait Ndogdam Tsibuli, un personnage dévoué corps et âme au Bâtard, mais peu propre à inspirer la sympathie.

C'est sur ce dernier point que la version de Jo Le Jongleur contredit le plus formellement le récit du sapak Évariste. Selon Georges Mor-Kinda, la première révélation des adolescentes, celle qu'elles leur firent tout de suite, se rapportait bien à Ndogdam Tsibuli, et pour cause. Il avait observé chez elles, depuis les débuts, une sorte d'effarement chronique, comme si elles avaient craint d'être suivies ou surveillées de loin. Aussi, dès les premiers instants des retrouvailles, lui, Jo Le Jongleur, ne fut pas surpris de voir Ngwane-Azombo se rembrunir tout à coup tandis qu'elle déclarait en baissant la voix : « Prenons garde ! Ndogdam Tsibuli n'est peut-être pas loin d'ici en ce moment, peut-être nous observe-t-il. » Sur quoi, Jo Le Jongleur avait demandé à l'adolescente : « Mais qui est donc Ndogdam Tsibuli ? » Ngwane-Azombo avait commencé d'exposer que c'était un séide du Bâtard, un brigand, un homme sans scrupules, mais elle parlait de plus en plus bas et ne cessait de se retourner pour jeter un coup d'œil d'un côté ou de l'autre, comme fait un chiot qui vient d'être battu. C'est ainsi que les rubénistes avaient décidé d'emmener dans leur maison, d'ailleurs toute proche, la bande de jeunes filles, si nombreuses qu'elles devaient se serrer les unes contre les autres pour trouver une place sur les sièges et les nattes de la grande salle au sol de ciment.

Elles avaient alors achevé le portrait plutôt détestable de l'homme dont la férule leur avait été infligée par Le Bâtard, en insistant sur ses penchants vicieux et scabreux dont, pendant leur voyage, il avait obstinément tenté de leur imposer les exorbitantes exigences. Il venait justement de donner à celles-ci un couronnement digne de lui ; trois jours auparavant, il avait décidé de confisquer tout l'argent avec lequel elles avaient ordre de se procurer des médicaments à Tambona, et qui lui avait été confié en dépôt au fur et à mesure qu'elles l'avaient gagné.

Car, elles l'avaient gagné, et même durement. Chaque adolescente s'était vu remettre par sa mère dix kilos d'arachides qu'elle avait dû coltiner dans une hotte sur le dos tout au long des sept jours de leur voyage. Puis, à Tambona même, il avait fallu venir au marché chaque jour exposer la denrée au soleil et en vanter la qualité à une population qui en était bien moins friande que les habitants de Mackenzieville, au demeurant bien plus nombreux et bien plus fortunés.

Ndogdam Tsibuli avait attendu que le dernier lot ait été cédé et que sa contrepartie en argent lui ait été confiée pour énoncer un monstrueux chantage. Il y a donc trois jours, il leur avait dit : « Même quand vous aurez trouvé des médicaments à acheter, je ne vous rendrai pas cet argent sans que vous m'ayez préalablement fait plaisir. Réfléchissez : plus vite vous vous déciderez, plus vite vous pourrez vous procurer des médicaments, et plus vite nous serons retournés à Ekoumdoum. Décidez donc vous-mêmes. J'attendrai sans impatience… »

Avec leur gardien, si peu digne de ce nom, elles étaient hébergées là-bas, dans un quartier habité par des autochtones, mais où on louait facilement des maisons entières, se jouxtant les unes les autres au besoin, aux hôtes qui n'étaient que de passage. C'est là qu'en attendant Ndogdam menait la vie d'un pacha, dormant toute la journée et toute la nuit, ne se réveillant que pour se régaler de conserves de poisson, se gorger de bière de maïs ou fumer du haschich. Les enfants craignaient qu'il ne restât bientôt plus rien de leur bel argent si durement gagné.

Jo Le Jongleur, qui avait écouté d'un air grave le récit des adolescentes, leur avait alors dit : « Écoutez, les enfants, nous allons d'abord vous nourrir ; vous paraissez avoir des estomacs aussi creux que vos regards et vos voix sont languissantes. Eh bien, nous allons d'abord vous nourrir pour vous redonner des forces, car vous en aurez bien besoin. Ensuite, retournez auprès de votre gardien, comme si de rien n'était. Demain ou après-demain, quand nous vous aurons donné le signal, dites-lui que vous avez pris votre décision. Faites-le de préférence au milieu de la journée. À partir de cette heure-là, ne lui laissez plus de répit, accablez-le des mets et des boissons qu'il préfère. Nous pourvoirons au reste. Mais voici le plus important : d'ici là, préparez-vous à lever le camp d'un moment à l'autre et à vous mettre en route pour Ekoumdoum. »

En somme, Jo Le Jongleur n'avait pu résister à la tentation de mettre à contribution la ruse dont il avait tiré tant de triomphes. Mor-Zamba avait accès aux somnifères de la pharmacie du Dr. Ericsson, mais il refusa longtemps de favoriser les trames douteuses de Jo Le Jongleur qui ne dut qu'à sa diabolique obstination de surmonter les scrupules du géant. Le jour fixé, il munit les adolescentes des minuscules pastilles que le sbire du Bâtard avala sans s'en douter dans les plats et les boissons qui lui furent servis toute la soirée. Une ou peut-être même deux heures avant minuit, Ngwane-Azombo et trois autres représentantes des adolescentes vinrent annoncer aux rubénistes que Ndogdam Tsibuli venait de s'écrouler et qu'ils le tenaient désormais à leur merci. Un débat s'engagea aussitôt et la mort du sbire fut décidée, malgré la vive opposition de Mor-Zamba ; en conséquence, celui-ci ne voulut pas prêter la main à l'exécution qu'il qualifiait de « lâche assassinat ». Jo Le Jongleur dit alors aux adolescentes : « Ne vous troublez pas ; Mor-Dzomo, notre ami que voilà, est un pasteur protestant, un Simsimabayane. Dès qu'ils entendent parler de sang, ces gens-là entrent en transe. Soyez sans inquiétude, il faudra bien que cela lui passe. »

Accompagné du sapak Évariste qui était muni de plusieurs longueurs de corde et des adolescentes, Jo Le Jongleur, qui avait tout prévu, traversa la bourgade dans les ténèbres et gagna la maison où gisait Ndogdam Tsibuli. Il dit aux adolescentes :

– À vous l'honneur, les filles ! J'aimerais savoir si vous pouvez être bonnes à quelque chose.

Elles étaient si nombreuses, outre leur zèle plus naturel, eût-on dit, que dû à leur désir de vengeance, qu'elles exécutèrent ses directives sans aucune peine. Elles ligotèrent les bras et les jambes du prisonnier de telle sorte qu'il ne pût point se débattre ; dans sa bouche dont elles tenaient les deux mâchoires écartées, elles enfournèrent un volumineux bâillon qu'elles enfoncèrent en poussant à plusieurs, et rageusement. Enfin, elles resserrèrent autour de son cou la ceinture de cuir du sapak jusqu'à ce qu'elle se bloque, et l'auraient tenue ainsi toute la nuit si Jo Le Jongleur, qui observait les convulsions du supplicié, ne leur avait dit, après quelques instants :

– Il est mort, vous pouvez lâcher. Nous venons de faire une chose merveilleuse ensemble, les enfants ! Il vaudra pourtant mieux ne pas trop nous en vanter encore, du moins pour le moment, en attendant le jour où nous aurons fait subir le même sort à Zoabekwé et à son chimpanzé de père.

Le fait est que, pour la première fois, les militants koléens venaient d'assassiner délibérément un adversaire.

Cette même nuit, adolescentes et rubénistes se mirent en route pour Ekoumdoum. Jo Le Jongleur ne cessait de répéter à Mor-Zamba, pour le consoler et l'arracher à une mélancolie inquiétante :

– De toute façon, tu sais ? nous n'avions pas le choix. Nous devons garder coûte que coûte l'avantage de la surprise. Sinon adieu la revanche, adieu la victoire ! Alors, imagine ce type vivant : quelles acrobaties, quelles jongleries pour ne pas être vus, pour ne pas être reconnus… En somme, autant valait renoncer à tout tout de suite. Et pourquoi ne pas nous en retourner tout de suite à Fort-Nègre ?

– Et puis, intervint le sapak, ils ne se gênent pas, eux ; pourquoi nous gênerions-nous, nous autres ?

À en croire Mor-Zamba, c'est de la terrible épidémie que Ngwane-Azombo et ses sœurs parlèrent en tout premier lieu aux rubénistes. Quoi de plus naturel, en effet ? L'image des siens livrés à l'épouvante d'une telle tragédie est une obsession dont nul ne se défait aisément. C'est vrai que dès les premiers instants de sa rencontre avec les adolescentes celles-ci lui parurent en proie à un effarement chronique ; elles devaient frémir sans cesse au souvenir des ravages de l'épidémie qui durait depuis plus d'un mois et n'avait pas fait moins d'une cinquantaine de petites victimes, sans jamais paraître devoir relâcher son étreinte. Elle frappait exclusivement les nourrissons et les très jeunes enfants, de préférence du sexe masculin, comme si elle avait voulu tarir la cité à la source en moissonnant ses plus jeunes pousses.

Les deux premiers jours, l'enfant frappé vomissait à intervalles irréguliers ; puis le malade, cessant de s'alimenter, sombrait lentement dans une sorte de léthargie, en même temps qu'il était envahi d'une fièvre brûlante sous l'effet de laquelle le petit corps pantelant grelottait, tout en exhalant, de temps en temps, une plainte faible mais soudaine. Quoique dégagées, les narines laissaient couler une humeur terne, de peu de consistance. C'était bientôt l'amaigrissement irréversible ; l'œil globuleux se révulsait ; les membres inertes, jetés en désordre, évoquaient un pantin désarticulé. Cette évolution s'étalait sur deux ou trois semaines. Alors, le malade était pris tout à coup d'agitation, se tortillant lentement dans son lit, tournant la tête tantôt dans un sens, tantôt dans l'autre, symptôme d'une souffrance d'autant plus poignante qu'elle était muette.

À la fin, une interruption inattendue du petit souffle, après quelques spasmes menus, à peine perceptibles, témoignait que le jeune malade venait de rendre l'âme. Telle fut la description que les adolescentes donnèrent de la maladie.

Laissant ses deux amis à leurs projets, dont il ne se rappelle plus aujourd'hui le détail précis bien qu'il déclare que leur nature était répréhensible, Mor-Zamba s'était précipité auprès du Dr. Ericsson qu'il avait informé de ces symptômes.

– C'est une grippe ! avait diagnostiqué le missionnaire – pour autant que ce terme de "diagnostic" pût s'appliquer à la situation. Il avait ajouté que cette affection, au moins sous cette forme, était inconnue dans ces contrées africaines, qu'elle était sans doute venue de Mackenzieville et, au-delà, d'Europe ou d'Asie, continents où ce virus pouvait déjà causer des dommages redoutables à des populations pourtant mieux nourries et, dans l'ensemble, mieux protégées par les progrès de l'hygiène et de la médecine.

– Avec nos populations d'ici, il y a lieu de craindre le pire, avait-il finalement conclu, comme se parlant à lui-même.

Mor-Zamba doute que, disant que le virus était probablement importé d'Europe ou d'Asie, le Dr. Ericsson ait voulu laisser entendre, comme se, figurèrent par la suite Jo Le Jongleur et le sapak Évariste, qu'il accusait lui aussi les maîtres d'Ekoumdoum d'avoir sciemment et délibérément répandu la maladie dans la cité. C'est pourtant vrai que le Dr. Ericsson se conduisit comme si, en cette circonstance encore, il eût eu à cœur de prendre le contre-pied de ses frères les missionnaires français d'Ekoumdoum, ses rivaux quoi qu'il en pensât. Sa générosité stupéfia même Mor-Zamba ainsi que, quand ils en furent informés, ses deux camarades, bien que les rubénistes plus que quiconque en connussent déjà l'étendue.

Il les dota d'un matériel sommaire de soins, composé surtout de seringues et d'aiguilles pour faire des piqûres ainsi que de bandes, de coton, de compresses et de pinces pour les pansements. Ignorant qu'ils possédaient eux-mêmes des médicaments, il leur en fournit un lot considérable, dans lequel figurait une petite quantité d'antibiotiques.

– C'est bien peu de chose, confia-t-il à Mor-Zamba avec un accent de regret ; mais avec ce peu, si tu sais te montrer habile, tu peux sauver des dizaines d'enfants, et pourquoi pas davantage encore ? Dans les situations désespérées, n'hésite pas à fractionner une dose en deux ou trois prises. Suivant les circonstances et les résultats, fais-toi tantôt généreux, tantôt avare. Personne ne connaît vraiment les vertus potentielles des antibiotiques sur des populations aussi neuves et par conséquent aussi sensibles ; je suis persuadé qu'on peut obtenir de véritables miracles ici. Qui sait si, dans certains cas, une seule petite goutte d'antibiotique injectée dans la fesse d'un petit malade ne suffirait pas à le sauver ?

Si l'auditoire s'attend alors à assister aux préparatifs de départ du groupe, s'il s'interroge ici sur d'autres détails matériels, comme le sort réservé à la marchandise du colporteur de fortune Georges Mor-Kinda ou l'état actuel de la Raleigh, aucun des trois rubénistes n'apportera de soulagement à son anxiété. Ngwane-Azombo, en revanche, le satisfera peut-être. Elle seule semble avoir été frappée par la singularité des circonstances matérielles qui entourèrent ces trois dernières journées passées à Tambona dans l'attente irréelle d'une mise à mort et d'un départ nocturne. Selon elle, les rubénistes réussirent l'exploit admirable d'harmoniser les préparatifs de départ avec les mesures prises en vue de mettre hors d'état de nuire le sbire du Bâtard; ils le firent avec un tel bonheur que tout le monde était sur le pied de guerre à l'heure précise où expirait Ndogdam Tsibuli. À aucun moment, pendant ces trois derniers jours à Tambona, les allées et venues des adolescentes entre le domicile des rubénistes auprès – desquels elles allaient chercher des directives – et leur propre maison, qu'elles partageaient avec l'homme de main et où elles exécutaient ces consignes, n'inspirèrent de crainte à cet individu abhorré, le revirement proclamé des jeunes filles à son égard l'avait à ce point mis en confiance que dans le détail de chaque acte, il ne voyait qu'une promesse nouvelle d'un délice inconnu. Le dernier jour seulement, et même quelques heures à peine avant que tombe la nuit qui allait être fatale à Ndogdam Tsibuli, les rubénistes rassemblèrent enfin leurs nombreux effets, parmi lesquels figurait justement la marchandise colportée naguère encore par Jo Le Jongleur; ils les répartirent en minuscules bagages que les adolescentes, sous les yeux de leur gardien aveugle, se répartirent et dont elles garnirent leur hotte. C'est ainsi, précise Ngwane-Azombo, que, sur le chemin menant de Tambona à Ekoumdoum, il devait toujours y avoir deux rubénistes marchant bras ballants pendant que le troisième poussait sans effort la Raleigh réparée depuis les premiers jours des vaincus à Tambona.

Mais quel que soit le narrateur et aussi longtemps que le récit se fera par chaque acteur séparément, il restera toujours pour l'auditoire un détail oublié, un point obscur et même çà et là un sursaut inattendu ou un retournement incompréhensible. L'auditoire est alors contraint de combler lui-même ces manques soit dans le vif de l'action soit, plus souvent encore, avec un décalage, parce qu'un nouvel épisode, un fait jusque-là non explicité, une allusion inattendue viennent éclairer brusquement une ombre dépassée depuis longtemps, de la même façon que le voyageur, en abaissant ou en élevant soudain le flambeau, illumine un fourré jusquelà noyé de ténèbres.

Qu'arriverait-il si les divers protagonistes voulaient s'accorder pour offrir à l'auditoire une relation concertée des événements ? Peut-être lui en montreraient-ils mieux non seulement le sens, mais aussi la succession et la continuité ; ils en atténueraient peutêtre la marche en sauts de puce, en araseraient les escarpements et couvriraient les précipices. Mais auparavant ils devraient tant se battre entre eux qu'il y aurait grand risque qu'ils ne se brouillent irrémédiablement et ne comparaissent jamais.

Formant désormais une communauté libre, étroitement unie au souvenir du sang versé, invincible à force d'entrain et d'assurance, les rubénistes et les adolescentes reprirent la route d'Ekoumdoum dès l'instant même où Ndogdam Tsibuli eut rendu l'âme. Les huit jours d'une marche fort précautionneuse qui les conduisit jusque dans les parages de la cité décimée par l'épidémie se déroulèrent sans surprise et les trois maquisards eurent ainsi le loisir d'apprendre par le menu le cauchemar dans lequel s'était enfoncé Ekoumdoum depuis qu'ils en avaient été coupés par l'accident du sapak, suivi du repli précipité du trio à Tambona.

CHAPITRE II

*L*A DÉCOUVERTE DANS LEFLEUVE des cadavres d'Ezadzomo et d'Ezabiemeu avait été suivie de la période la plus sinistre, la plus cruelle jamais vécue par les habitants d'Ekoumdoum – elle devait d'ailleurs se prolonger ; peut-être même le malheur de la cité s'était-il aggravé, et les adolescentes disaient frémir d'avance à la pensée de replonger dans cet enfer plus effroyable que celui avec lequel l'enseignement de Van den Rietter les avait familiarisées.

On aurait dit que les maîtres de la cité avaient comploté de mettre à profit l'accablement d'Ekoumdoum pour conjurer notre réveil dans l'avenir, aussi longtemps que pouvait se porter l'imagination. Comme on était loin maintenant de la délation massive qui suivit l'évasion des deux étrangers, loin aussi du treillage invisible de la prison de terreur où les habitants de la cité s'étaient retrouvés parqués du jour au lendemain sans les stigmates de la claustration. C'était l'ère du bagne.

Dans leur récit, les adolescentes s'émerveillaient ironiquement de l'extrême docilité, de la complaisance même avec lesquelles, disaient-elles, les habitants mâles d'Ekoumdoum, au lieu de se donner en modèles d'orgueil ancestral et en illustration de témérité comme le voulait la tradition, s'étaient prêtés à la fantaisie d'une poignée d'individus dont plusieurs étaient essoufflés par l'âge. Elles exposaient que les nouveaux bagnards avaient à plusieurs reprises paru tenir à l'honneur de devancer les désirs pervers des bourreaux, là où une chiquenaude collective eût suffi en une heure à les mettre en déroute. Sans cesse elles ponctuaient leur relation d'exclamations proférées d'un ton où la joie se mêlait étrangement au mépris : « Et dire que dans leur jeune âge les femmes ont la sottise d'envier les individus de l'autre sexe ! Songeons que les petites filles rêvent de devenir de petits garçons ! » s'écriaient-elles de temps en temps.

Il devenait chaque jour plus éclatant que Van den Rietter, à peine masqué désormais derrière Zoabekwé Le Bâtard, était le seul, le vrai maître de la cité : il avait l'œil à tout, il s'imposait à tous, il inspectait les corps, il sondait les âmes, il s'était assuré des actions et des volontés, il contrôlait la vie et même la mort. Il semblait se gorger de la direction des hommes comme d'autres se repaissent sans se lasser de nourriture ou s'abreuvent de boisson – comme le vieux chef, disait-on, se gavait des caresses de ses jeunes épouses, au risque d'en éclater comme une baudruche.

Soumazeu avait commencé par diviser la cité en quartiers à la tête desquels il avait placé un homme hostile par nature aux habitants. C'est ainsi que les ressortissants des quartiers du centre d'Ekoumdoum, noyau primitif de la cité et berceau de nos plus illustres ancêtres, avaient eu la révélation consternante et douloureuse de la haine que leur vouaient les petits clans du plateau, leurs satellites immémoriaux. Ces derniers, aux yeux d'un étranger peu perspicace, pouvaient se confondre avec nous; en réalité, ils en étaient différents à plus d'un égard et avaient longtemps habité la forêt entourant notre cité; ils y étaient alors regroupés en villages de paillotes. Ekoumdoum s'était gonflé et même hypertrophié de telle sorte que, au lieu de se fragmenter en cités sœurs ainsi qu'il arrivait ailleurs, il avait peu à peu attiré puis en quelque sorte happé ses satellites, les tenant simplement confinés loin de la route, vers le haut, sur un plateau reculé où leurs hameaux s'éparpillaient parmi les bois ainsi que des étangs au milieu d'un vaste marécage. Réservoir d'épouses pour Ekoumdoum, qui n'était en définitive qu'un clan parmi d'autres, mais dilaté jusqu'à l'obésité par les singularités oubliées de son histoire, ils avaient tissé avec nous, au cours des siècles, un réseau d'alliances, un lacis de cousinages et de parentèles que nous croyions inextricables, mais dans lesquels Van den Rietter, que guidaient infailliblement le temps et sa manie diabolique de traquer les faiblesses secrètes des êtres humains pour mieux les assujettir, avait fini par déceler les tumeurs du ressentiment, éternel lot du petit livré par la nature à la tyrannie d'ailleurs inconsciente du gros. Ulcérés quotidiennement par la friction du géant, ses clients étaient secrètement inconsolables de leur nanisme.

Promus veilleurs, gardiens, surveillants de nos quartiers, ces hommes ne tardèrent pas à étaler le désir de prendre leur revanche sur nous; dès leur entrée en fonctions, ils nous réunissaient et nous déclaraient, la bouche tordue par un rictus : « Ne vous avisez plus désormais de poser en descendants des fondateurs héroïques d'une noble cité. Il n'y a plus de fondateurs, même héroïques; et il n'y a plus de noble cité. Vous n'êtes rien, car vous n'avez jamais rien été. »

Les plus odieux de ces espions furent ceux que Van den Rietter et Le Bâtard recrutèrent en grand nombre dans l'enceinte du chef ou à la Mission catholique, parmi une population mêlée d'hommes de peine ou de main, d'ilotes, de gendres et cousins par alliance du chef et de son fils. La veulerie et l'inconséquence domestique de Zoabekwé l'avaient retenu de pratiquer une coupe claire parmi ses gens et ceux de son père, en en renvoyant la plus grande partie selon la promesse faite à Van den Rietter, mais les deux compères se félicitaient maintenant de cette impuissance, en observant que le nouveau cours des événements leur offrait le moyen rêvé de tirer parti d'une populace auparavant bien embarrassante. Venus presque toujours de plus loin que Mackenzieville même, se situant à mi-chemin entre l'esclave et l'homme libre, ces animaux-là étaient si étrangers à nos mœurs et à nos croyances qu'ils ignoraient même notre langue, ou bien ne la parlaient qu'en l'écorchant, comme Ndogdam Tsibuli, qui avait espionné les adolescentes jusqu'à Tambona, et que celles-ci venaient d'assassiner par strangulation, après l'avoir drogué. Ces hommes se comportaient dans nos quartiers en reîtres imposant leur outrageuse loi à un pays conquis de haute lutte, en butors toujours entre deux vins ou deux bouffées de haschich, en ribauds acharnés à surprendre les femmes et même les petites filles seules.

La cohabitation de nombreux alguazils avides et arrogants avec nos jeunes gens, alors qu'ils n'étaient pas encore tout à fait oublieux de leur honneur, n'avait pas tardé à susciter une rixe et Van den Rietter en avait pris prétexte pour mettre à exécution un plan sans doute élaboré de longue main. Il avait proclamé que tout le mal d'Ekoumdoum venait de l'oisiveté chronique de ses hommes les plus jeunes, qu'une tradition monstrueuse, inconnue partout ailleurs dans le monde, exemptait de l'obligation de travailler. La paix et la concorde seraient définitivement acquises lorsque le travail des jeunes gens serait devenu une habitude naturelle, comme de se lever le matin avec le soleil, et de se coucher à la nuit tombée. Avec l'autorisation du chef, lui, Van den Rietter, allait se mettre en devoir d'inculquer cette discipline salutaire à une cité à laquelle elle manquait cruellement.

Il fixa aussitôt le jour à compter duquel tout habitant mâle qui n'était ni chef de famille ni écolier, à l'exception de ceux qui exerçaient déjà, par aventure, une activité régulière, devrait se présenter dès huit heures à la Mission catholique, d'où il serait dirigé, après appel, sur un chantier de défrichage afin d'y mettre sa force au service du chef, personnification bien-aimée de la cité d'Ekoumdoum. Simultanément, il fit annoncer par le crieur qu'il convenait de ressusciter une coutume sacrée de nos ancêtres, tombée en désuétude bien avant l'arrivée de l'enfant errant, dont l'abandon indigne, faisait savoir Van den Rietter, ne pouvait que présager la décadence de notre peuple. En conséquence, les hommes les plus jeunes de la cité devaient, comme jadis, ouvrir la saison des défrichages en déboisant un vaste terrain qui, plus tard, après essartage, serait fractionné en champs que chaque épouse du chef ou du Bâtard ferait houer par les femmes de son entourage – le plus souvent des parentes venues habiter quelque temps avec elle.

Nous comprîmes alors brusquement que Van den Rietter avait mis à profit l'invasion de la cité, son quadrillage et sa surveillance constante par ses hommes et ceux du Bâtard pour se doter d'indices, de rapports, de toutes données pouvant l'aider à dresser une comptabilité rigoureuse de la population mâle, tous âges confondus, d'Ekoumdoum.

Les adolescentes disaient avec raison que tout se joua le premier jour du défrichage. L'atmosphère était tendue et les nombreux jeunes gens qui se présentèrent de bonne heure à la Mission arboraient un visage où le courroux le disputait à la curiosité, comme fait une jeune fiancée non consentante. Debout dans la cour du presbytère, on les vit attendre patiemment, leur sabre d'abattage sous l'aisselle ou au bout du bras. Tout semblait si onirique, si irréel, tellement invraisemblable que, dans l'assistance anxieuse, une rumeur courut avec insistance, selon laquelle Soumazeu avait organisé une bonne plaisanterie, une espèce de farce, sans doute pour établir jusqu'où allait son emprise sur les esprits des habitants d'Ekoumdoum. Cette hypothèse d'une épreuve sembla se vérifier en partie lorsque, à huit heures, on annonça que le père Van den Rietter, momentanément retenu, rejoindrait ses troupes sur le chantier dans deux heures environ. Nos jeunes gens furent emmenés par une poignée de surveillants qui faisaient mine de les encadrer.

Enfin, on arriva à l'emplacement du chantier de défrichage, un immense coteau qui s'inclinait imperceptiblement vers le fleuve. Quand leurs gardes-chiourme leur donnèrent l'ordre de se mettre au travail, nos jeunes gens eurent l'air si humiliés et si dépités qu'on put espérer un moment qu'ils allaient se révolter, mais ils n'en firent rien, et on les vit s'exécuter, quoique de bien mauvaise grâce. La main gauche appuyée sur le long bâton de défrichage, ils levaient mollement leur machette, ils se baissaient lourdement jusqu'à paraître cassés en deux, la tête enfouie dans les arbustes; alors, ils abattaient avec une maladresse soigneusement calculée leur outil le plus souvent à plat sur les lianes d'un buisson.

Peu avant midi en effet parut Van den Rietter; il dut être frappé par le silence des travailleurs et leur manque d'enthousiasme, mais il n'en laissa rien paraître, conscient sans doute qu'il était imprudent, à ce stade de l'aventure, d'exaspérer des jeunes gens dont une révolte éventuelle serait partagée par la cité tout entière. Quelques secondes d'observation lui avaient d'ailleurs suffi pour juger que la moitié seulement des effectifs auxquels s'adressait formellement son ordre de mobilisation y avait répondu.

— Il y a bien des absents, cria le missionnaire pour être sûr d'être entendu de tout le chantier.

Il avait les mains aux hanches, les jambes écartées, les lèvres serrées.

Interrompant l'un après l'autre leur mol effort, nos jeunes gens tournaient successivement un visage inexpressif vers le père Van den Rietter.

— On dirait, reprit Van den Rietter quand tous les jeunes gens eurent suspendu leur travail, on dirait que beaucoup de vos frères ne montrent aucun empressement à venir travailler pour votre chef. Comment expliquez-vous qu'il y ait tant d'absents ?

Le missionnaire posa plusieurs fois cette question, quoiqu'en la formulant toujours différemment, sans obtenir d'autre réponse que le même assaut répété de regards vides. Enfin une voix anonyme lui répliqua :

— Qui donc a bien pu te faire croire que nous ayons jamais été empressés à travailler pour celui que tu appelles notre chef ?

Jaillie comme une pierre de la fronde que brandit la main d'un enfant innocent, la réponse frappa de plein fouet le missionnaire qui, sous le choc, parut vaciller. Il eût peut-être suffi d'une autre pierre lancée d'une main pareillement cruelle pour assommer Van den Rietter et dessiller les yeux à cet homme présomptueux qui voulut tout contrôler, tout sonder, tout scruter, mais à qui échappa jusqu'à la fin le seul mystère digne d'être éclairé, celui des vrais rapports du chef, son ami et allié, avec notre cité. « Sans compter le mystère de la femme ! » s'écrièrent les adolescentes de concert et en éclatant d'un rire gouailleur, comme elles l'avaient déjà fait plusieurs fois après avoir entonné cette formule relative au mystère de la femme, qui était dans leur relation comme une sorte de refrain. Et, cette fois encore comme toujours auparavant, lorsque Jo Le Jongleur voulut en savoir plus sur le sens de cette formule à la fois énigmatique et inquiétante, elles lui répondirent non sans vivacité, mais sans se départir de leur gouaille :

– Vous, les hommes, ne comptez pas sur nous pour vous livrer nos secrets. Jouez votre partie, tant que vous voudrez, nous jouerons la nôtre de notre côté.

Malheureusement, les jeunes gens, par lâcheté ou peut-être saisis de stupéfaction, eux qui vivaient pour la première fois une telle situation, s'en tinrent là, tournèrent le dos au tyran barbu venu d'au-delà des mers et recommencèrent à asséner sur la broussaille des coups aussi vains que redondants.

– Comment ! comment ! bégayait Van den Rietter. Voulez-vous me faire croire qu'il n'est pas dans vos traditions de travailler avec joie pour votre chef, un homme que votre cité a élu ? Quand on se choisit un chef, eh bien, la moindre des choses, mes enfants, c'est tout de même de le servir dans l'enthousiasme.

Il arrive qu'un dément surgisse capricieusement au milieu d'une réunion de famille et y sème la panique en balbutiant des fables indéchiffrables, en évoquant des contrées fantastiques, en interpellant des fantômes, en barbotant dans l'incohérence désolée de ses songes. D'abord, la surprise et l'étonnement ont suspendu les chants, figé les regards, arraché des exclamations d'effroi. Mais l'évidence, qui a vite fait d'éclater aux yeux de tous, ramène le soulagement apitoyé ou la dérision. La fête familiale repart de plus belle et le fou enfin reconnu est bientôt abandonné à sa fantasmagorie solitaire.

– Vous voyez bien, poursuivait imperturbablement Soumazeu, vous reconnaissez que c'est votre chef bien-aimé. Comment feriez-vous autrement, d'ailleurs ? Car, enfin, c'est une chose clairement établie que c'est votre chef bien-aimé, choisi par vous-mêmes – je veux dire, naturellement, par vos pères ; mais n'est-ce pas la même chose ? Alors, que diable ! Servez-le avec plus d'entrain. Autrement, on irait se figurer que vous ne le chérissez pas, ce brave vieil homme, ce qui serait aux antipodes mêmes de la vérité, convenez-en. Ne vous préoccupez de rien d'autre, mes enfants. Je vais vous chercher des renforts, par exemple.

Il repartit vers la cité, emmenant avec lui outre, la troupe de séides dont il était en permanence environné maintenant, quelques jeunes gens pris parmi les défricheurs pour lui indiquer les endroits où pouvaient se cacher ceux de leurs frères qui avaient dédaigné son appel et, éventuellement, pour l'y conduire; car il était résolu à traquer « les insoumis », comme il les appelait – ou les déserteurs.

– Halte! fit-il tout à coup, une fois parvenu sur une place au milieu de la cité, en même temps qu'il tendait la main à un de ses acolytes qui y mit un grand registre. Sous le soleil, Van den Rietter, qui avait chaussé des lunettes fumées, se mit à égrener des noms et, à chaque fois, les jeunes gens pris parmi les défricheurs devaient lui fournir une indication précise. D'ailleurs, ils le firent la plupart du temps, car nos jeunes gens connaissent parfaitement les habitudes, le caractère et les ressources les uns des autres. Lorsque, d'aventure, il leur arrivait de ne pouvoir satisfaire le missionnaire, ils se rendaient dans la maison du jeune homme recherché par Soumazeu, ou dans une maison voisine, assurés d'y trouver au moins un vieillard ou des enfants en bas âge qui les informeraient.

Chaque fois que le secret d'une retraite lui était livré, Van den Rietter y dépêchait aussitôt un commando en disant : « Ramenez-le. Qu'il résiste et son cas s'aggrave. » Il se réserva, l'on ignore sur quels critères, quelques récalcitrants, qu'il tint à débusquer lui-même.

– Mais bon Dieu! Que font les adultes pendant ce temps? avait demandé le sapak aux adolescentes à ce moment du récit, sans hésiter à agacer ses deux aînés par cette interruption.

Les femmes, avaient répondu les adolescentes, peinaient dans leurs champs, comme d'habitude; et, comme d'habitude, elles furent tenues à l'écart du drame par les servitudes mêmes de leur rôle. Quant aux hommes, un très petit nombre d'adultes étaient aussi absents, vaquant à quelque besogne familiale d'appoint dans la forêt, près du fleuve ou ailleurs. En vérité, la plupart d'entre eux demeurèrent claustrés dans leurs tanières ou dans leurs bauges, glissant de temps en temps par l'ouverture entrebâillée un regard furtif, jouant à se désintéresser d'affaires que leur classe d'âge avait dépassées depuis bien longtemps.

Ce qui nous glace tous aujourd'hui et qui, pourtant, à l'époque, n'étonna apparemment que les adolescentes de la cité – et sans aucun doute aussi leurs mères dont les opinions, nécessairement, façonnent leur mentalité –, c'est que, au même moment, les membres du Conseil des anciens, c'est-à-dire tous les vieillards, tous les hommes dont l'âge avancé était unanimement reconnu, fraternisaient avec les autorités de la cité, rendant ainsi hommage à une tyrannie étrangère et criminelle. Les adolescentes ne manquèrent pas de relater cette forfaiture aux trois rubénistes insatiables.

Le père Van den Rietter s'était apparemment juré de n'avoir de cesse qu'il n'eût rendu au rite ancestral, ainsi qu'à un arbre desséché, toutes les ramifications de sa racine et toute la vigueur de son tronc. Il avait ainsi persuadé Le Bâtard et son père quasi grabataire, quoiqu'il en coûtât à l'avarice de l'un et à la sénilité de l'autre, d'accueillir et de traiter fastueusement ce jour-là les membres du Conseil des anciens. Ceux-ci avaient été informés de l'invitation du Palais l'avant-veille. Ils avaient salué cet honneur avec émotion, trop imbus de ces vaines prérogatives et niaisement attachés aux coutumes dont s'était nourrie leur jeunesse doublement révolue désormais.

Ils s'étaient donc rendus au palais peu après l'aurore, comme cela se faisait jadis, soit claudiquant l'un derrière l'autre en une procession de cloportes à bout de souffle, soit par volées guillerettes qui piaillaient, pareils à des moineaux chenus voletant en rase-mottes. Ainsi, pendant que leurs enfants ou petits-enfants s'épuisaient en arrosant de leur sueur les terres ayant appartenu autrefois à leurs ancêtres, dont ces vieillards auraient dû avoir la charge, mais que l'usurpateur n'avait pas tardé à arracher à leur pusillanimité, les guides supposés de la cité se goinfraient dans le palais du vil tyran. Enfermés toute la journée dans l'enceinte du chef, ils ignorèrent tout des graves événements dont la cité fondée par leurs aïeux était le théâtre.

Pour conclure cette péripétie, Ngwane-Azombo avait déclaré :

– Les hommes de la cité d'Ekoumdoum se sont déshonorés à jamais !

– Oui, mais qui le leur dira ? avait rétorqué le chœur des autres adolescentes, en pouffant de concert sur le mode burlesque, comme elles aimaient à le faire.

Pour en revenir au père Van den Rietter, ce fut pour le missionnaire un jeu d'enfant de surprendre les insoumis, isolés ou, plus rarement, en groupe, quand ils étaient demeurés à l'intérieur de la cité, simplement assis dans un fauteuil de rotin de la maison familiale ou étendus sur leur lit, ainsi qu'ils l'avaient toujours fait jusqu'à une heure tardive ; mais ce furent là de loin les moins nombreux.

Ce lui fut plus malaisé lorsque les récalcitrants pêchaient au bord du fleuve, parfois très loin en amont ou en aval de la cité, dans les criques surplombées d'une végétation luxuriante et où grouillaient reptiles et poissons de toutes tailles.

L'outrecuidance du missionnaire dut surmonter ou contourner de cruels obstacles quand il tenta, sans aucun succès au demeurant, de rejoindre ceux des récalcitrants qui étaient allés chasser dans la forêt. Bien que la crise eût inspiré aux maîtres de la cité une politique consistant à décourager sans cesse les activités mettant les habitants mâles en position d'échapper à leur contrôle, toutefois il n'avait encore jamais été question – et peut-être l'idée n'était-elle encore venue à personne – d'interdire la chasse, se fît-elle dans la forêt la plus reculée. Peut-être craignait-on confusément qu'une disette intolérable de viande n'acculât Ekoumdoum à un soulèvement.

À chaque insoumis qu'il venait de débusquer, et même quand il l'avait trouvé étendu dans son lit, Van den Rietter déclarait :

– Ce n'est pas cette activité-là qui était prévue pour ce jour, mon vieux. Allez ! debout, fainéant. Au travail, petit coquin, et vivement.

Pris de court, le jeune homme renonçait à sa besogne du moment ou bien s'habillait à la hâte et suivait Van den Rietter dont le cortège de captifs grossissait sans cesse de ses propres apports et de ceux des commandos dépêchés aux quatre coins du terroir d'Ekoumdoum et qui avaient reçu pour instruction, non pas de gagner le chantier de défrichage, mais de rallier Soumazeu mission accomplie.

Les adolescentes s'émerveillaient que, même lorsqu'ils n'avaient pas adopté la religion qu'il prêchait, ce qui était la position de la grande masse, les habitants de notre cité se soient donné comme règle d'obtempérer aux injonctions impérieuses de Van den Rietter. Quand il nous avait dit : « Renoncez donc enfin à cette manie satanique de gigoter de tous vos membres, de vous tortiller comme des fous furieux la nuit au clair de lune ; vos sacrés tam-tams font alors un raffut du diable qui m'empêche de fermer l'œil ! », c'est vrai que nous lui avions obéi et renoncé à danser la nuit dans la cité même. Si d'aventure l'envie nous tenaillait d'assouvir l'instinct de notre atavisme, nous gagnions quelque clairière au fond de la forêt, à une distance telle que le roulement de nos tam-tams se dissipait dans les fourrés et les frondaisons avant de venir effleurer l'ouïe auguste de notre hôte imposé. C'est une époque aujourd'hui si lointaine, et tellement irréelle !

Quand il nous avait dit : « Renoncez donc enfin à l'habitude de laisser vos filles et vos épouses aller et venir les seins à l'air, dressés comme une invitation permanente à la luxure : comment ne voyez-vous pas que c'est là une coutume indécente et barbare ? », c'est vrai que nous nous étions inclinés, nous efforçant, avec des fortunes certes inégales, d'habiller les seins dressés ou non de nos femmes.

Quand il nous avait déclaré : « Quel scandale de voir des hommes si jeunes, et bien portants de surcroît, ne se lever chaque matin que pour rester assis toute la journée sur leur terrasse, tandis que leurs femmes s'échinent dans la brousse afin de pouvoir nourrir ces fainéants sans honneur ! », il faut bien convenir que nous avions été affectés et même bouleversés par la pertinence de cette remontrance – en conséquence de quoi, confièrent les adolescentes en s'esclaffant en chœur, les hommes de la cité s'étaient fait une règle d'accompagner de loin leurs femmes allant aux champs.

À cause de cet homme autoritaire, impatient, coléreux, jamais satisfait, nous avions dû renoncer aux dés, bien que nous raffolions du jeu ; nous buvions même notre bon vin de palme en nous dissimulant. Peu à peu, sous prétexte de nous élever au-dessus des animaux, il s'était ingénié à substituer à nos coutumes si douces des usages extravagants, qui n'étaient même pas ceux de son pays, mais tout simplement le produit délirant de son imagination dépravée ou, peut-être, de quelque livre écrit par un esprit morbide ; car, ainsi que Jo Le Jongleur allait bientôt lui en faire honte, les traditions en honneur dans son pays sont bien plus perverses, bien plus bestiales que les nôtres : ne dit-on pas que la rapine, le viol, le meurtre de vieux parents dont la longévité retarde le moment d'hériter, l'abandon de nourrissons innocents, l'usurpation de terres, qui ne sont chez nous qu'accidents rares, font là-bas partie de la vie quotidienne ?

C'est donc vrai que nos jeunes gens, qui consentaient ainsi sans l'ombre d'une hésitation à suivre Soumazeu, sacrifiaient à une loi que la cité tout entière avait tacitement adoptée depuis l'arrivée chez nous de l'homme à la longue barbe. Cette docilité sans borne et si inexplicable a manqué nous perdre. Qui eût cru que nos adolescentes, ces jeunes êtres qui, aux yeux de leurs familles, n'étaient encore que des enfants, y seraient rétives ?

Que dire, en revanche, du revirement du père Van den Rietter ? Savait-il encore lui-même où il en était ? Son esprit n'était-il pas plutôt en train de se détraquer comme la mécanique rouillée d'un vieux réveille-matin exposé pendant de trop nombreuses années aux intempéries de nos cieux ? Après nous avoir si longtemps exhortés à désapprendre nos usages, voilà qu'il prétendait nous contraindre tout à coup à y revenir. Quelle démence s'était donc emparée de lui – ou quelle frayeur ? Et comment ne voyait-il pas que le désastre suprême pour la tradition des Noirs, c'était d'être commandés par un Blanc, puisque, pour chaque peuple, la tradition première est la liberté, et que toute atteinte à celle-ci vicie toutes les autres traditions ?

Van den Rietter reparut sur le chantier de défrichage au début de l'après-midi. Sans triompher outremesure, en homme dont la vie avait connu d'autres victoires, il poussait devant lui un troupeau compact de jeunes mâles, réduits apparemment à se demander quel personnage il convenait de jouer – du banal et inoffensif tire-au-flanc ou du rebelle impavide et distant.

– Bravo, les gars ! s'écria-t-il les deux mains jointes au-dessus de la tête et s'adressant aux défricheurs. Bravo, mes enfants ! Vous êtes absolument merveilleux. Mais il est temps de vous arrêter, mes petits, et de venir toucher la récompense de votre ardeur et de votre loyauté. Vous êtes conviés au plus beau festin que vous ayez vu de votre vie, grâce à la générosité du chef et de son fils, et grâce à la mienne aussi un peu. Écoutez bien, les gars : les mets ont été mitonnés dans le domaine de votre chef bien-aimé, un brave vieil homme ma foi, mais c'est moi qui ai pourvu à la boisson, qui vient, pour la plus grande partie, de Mackenzieville, un délice pour le palais – vous m'en direz des nouvelles. Eh bien, mes petits, suivez-moi. Mais auparavant, prêtez donc vos instruments aux nouveaux venus, ils vont vous relayer. Qu'ils nous montrent donc s'ils feront aussi bien que vous.

Ainsi fut fait. Dans une très vaste pièce du palais, ouverte à tous les vents, dont les menuiseries poussié-reuses et les ferrures rouillées évoquaient une salle de classe, ils se trouvèrent devant des tables portant d'in-nombrables plats de viande en sauce et de légumes divers pour les accompagner, des cruches de vin rouge d'Europe, des calebasses de vin de palme, des bou-teilles de bière de Mackenzieville. Après la bénédiction de Soumazeu, les jeunes gens prirent place et mangè-rent d'abord avec retenue et discipline; mais bientôt, la boisson leur montant à la tête, et bien que le père Van den Rietter présidât le repas, avec une extrême indul-gence il est vrai, ils ne tinrent plus en place, ils se laissèrent aller à une gaieté confuse et agitée, ils se mêlèrent en une cohue bruyante.

Soumazeu s'éclipsait de temps à autre pour rectifier un détail du repas, ajouter ici, retrancher là, comme préoccupé par la pureté d'une liturgie, ces agapes n'étant sans doute dans son esprit qu'une étape dans un long cérémonial. Il réapparaissait brusquement, l'œil inquisiteur et soupçonneux, il toisait les convives, il fouillait dans les regards, il se penchait pour ausculter les intonations d'une voix et s'assurer qu'il avait bien aperçu ce personnage sur le chantier de défrichage. Il se gardait ainsi des resquilleurs qui, protégés par la complaisance proverbiale de leurs frères, ne pouvaient manquer de recourir à la ruse pour prendre part à la bonne chère sans avoir été à la peine. Il en découvrit bien deux et les traita sans ménagement. Puis, emporté par son élan, mais éprouvant bien de la difficulté à distinguer nos jeunes gens les uns des autres, il lui arriva de s'en prendre à des sujets honnêtes, qui n'avaient pas ménagé leur peine sur le chantier ; sa véhémence leur infligea chaque fois une humiliation cuisante.

Van den Rietter donna congé aux jeunes gens dès que le repas fut consommé et s'en fut vers le chantier, seul et à bicyclette, pour voir travailler l'autre équipe. Chose à peine croyable, à l'orée de la trouée ouverte par une journée de défrichage, grouillait un fourmillement de jeunes gens. Van den Rietter sut tout de suite que ce n'était point un miracle qui avait ainsi multiplié par deux les insoumis débusqués un à un au cours de la matinée. Après être passés entre les mailles de son filet, des récalcitrants avaient finalement préféré rallier spontanément le chantier, alléchés par le fumet de la bâfrée qui récompenserait l'effort de leurs frères. C'est que la rigueur du contrôle exercé par Van den Rietter sur ces repas avait très vite été connue et, à défaut de pouvoir compter sur aucun stratagème pour figurer parmi les convives, ils s'étaient résignés à venir travailler.

Ce second repas eut lieu à la nuit tombée et il fallut de nombreuses lampes à huile placées le long des murs pour éclairer la vaste salle. Il semble que Van den Rietter souhaita pour ce second repas que le chef se montre aux convives, comme il s'était montré pendant la journée aux membres du Conseil des anciens, et leur adresse l'allocution ancestrale; mais le Chimpanzé Grabataire, dit-on, s'y refusa catégoriquement, disant qu'après cette dure journée, il ne lui restait plus de force pour se traîner jusqu'à une salle si éloignée de son lit. Les adolescentes précisèrent en pouffant de concert, comme elles aimaient à le faire, que Van den Rietter fut extrêmement contrarié par cet accroc à la pureté de la tradition, qui lui gâcha toute la soirée et même la journée du lendemain qui fut cependant pour lui celle de l'apothéose.

Ce matin-là, en effet, tous nos jeunes gens, sans exception, se présentèrent dès huit heures à la Mission catholique et furent aussitôt dirigés en rangs jusqu'au chantier de défrichage où les attendait Van den Rietter assis à une table couverte de feuilles de papier. Soumazeu entreprit de faire l'appel en parcourant des listes couchées sur des feuillets qu'il tournait avec application. Chacun de nos jeunes gens répondit avec une sorte de fierté sinon même un soupçon d'enthousiasme.

Puis les recrues de Van den Rietter se répandirent sur le chantier de défrichage et se mirent résolument à l'ouvrage. Toute cette journée-là, on put donc contempler un spectacle qui aurait arraché des larmes de rage, de honte, de pitié tour à tour aux fiers fondateurs de notre cité : sous l'œil narquois de leurs gardes-chiourme, engeance recrutée parmi les clans hier encore soumis à la férule des plus nobles de leurs enfants et même dans la racaille des étrangers peuplant le domaine du chef et la Mission catholique, dont bien peu auraient pu dire où ils étaient nés et de qui ils étaient issus, leurs descendants les plus jeunes et les plus beaux s'exténuaient à défricher leur propre terre pour le compte d'un maître étranger, en s'encourageant les uns les autres et en s'exaltant sans retenue à l'évocation des misérables réjouissances qui allaient récompenser leur labeur servile.

Bien entendu, l'adroit Van den Rietter se garda bien de décevoir une telle attente ; il la combla au contraire au-delà des espérances de ses nouvelles troupes. Quand, vers six heures de l'après-midi, il déclara la journée terminée, ce fut pour ajouter qu'un succulent repas attendait les jeunes défricheurs dans une bâtisse de la Mission. Les jeunes gens s'y précipitèrent aussitôt et se gorgèrent de mets et de boissons, inférieurs à ceux du jour précédent, qui étaient composés sur la base de denrées exotiques, telles que le riz, l'huile d'olive ou la viande de zébu, venues de Mackenzieville, et dont la saveur inconnue avait étonné leur palais trop fruste.

De plus, le missionnaire organisa des réjouissances qui durèrent une partie de la nuit, et au cours desquelles il permit à nos jeunes gens de laisser libre cours à leur besoin de fête, de joies sensuelles et même de plaisirs charnels. Il les encouragea à danser, à boire, à jouer aux dés. Ce fut le retour au paganisme intégral dans notre cité et, chose troublante, sous le patronage du père Van den Rietter lui-même.

Pour couronner cette extraordinaire journée, Van den Rietter tint ce discours aux jeunes gens de la cité au moment de prendre congé d'eux :

– Je vous félicite, mes enfants ; vous êtes de braves gars et vous avez fait du bon travail jusqu'ici, et il n'y a aucune raison pour que cela s'arrête, au contraire. Demain samedi, pas de travail, exceptionnellement ; car j'accompagne frère Nicolas à Mackenzieville, je ne pourrai donc pas vous diriger moi-même. Dimanche non plus, pas de travail, bien entendu. Mais lundi, rendez-vous à huit heures sur le chantier.

« Comme je viens de le dire, vous êtes de braves gars, doux, prévenants, inoffensifs. C'est comme cela que je vous préfère, et c'est ainsi que vous devez toujours vous montrer. Laissez-vous modeler par vos supérieurs comme un vase entre les mains du potier, qui pétrit la glaise à sa guise sans rencontrer de résistance, car la moindre indocilité de la glaise gâcherait son ouvrage. Je suis le potier, et vous, vous êtes la glaise.

C'est Dieu qui l'a voulu ainsi ; alors, quel plus beau rôle y a-t-il pour chacun de nous que de suivre la voie tracée pour nous par Dieu Lui-même ? Vouloir qu'il en soit autrement, c'est s'exposer à la colère du Créateur et à de très grands malheurs.

« Oui, je sais que de faux prophètes ont tenté récemment de troubler vos âmes innocentes en venant vous dire : "Tout doit changer, tout doit être mis sens dessus dessous. La vie sera meilleure quand les pères obéiront et que les fils commanderont, quand les maîtres serviront et que les serviteurs donneront les ordres. Changeons les choses de fond en comble, et tout sera facile, et tout sera mieux !" Voilà ce qu'ils vous ont dit et qu'ils vous rediront peut-être un jour.

« Mes petits, voici au contraire ce que vous dit au fond de vous-mêmes votre bon sens. Il vous dit : "Qui contraindra les maîtres à servir quand Dieu même a voulu qu'ils soient les plus intelligents, les plus riches, les plus forts ? Qui les dépossédera des biens que la science profonde et l'infinie justice du Créateur leur ont impartis ? Qui les dépouillera des avions et des autres armes terrifiantes dont leur ingéniosité les a dotés ? Qui retiendra ces avions de lancer des bombes sur leurs ennemis ? Qui empêchera ces bombes d'anéantir d'un seul coup cent cités pareilles à la vôtre ? Qui contraindra ceux qui ont des avions et qui sont les maîtres à y renoncer pour se transformer en serviteurs ?" Voilà ce que vous dit votre bon sens ; tendez-lui seulement l'oreille de votre conscience, et voilà l'enseignement qu'il vous dispensera toujours.

« N'écoutez donc pas les mauvais prophètes. Quand ils reviendront, car ils ne manqueront pas de revenir, dites-leur bien ceci : "Messieurs les faux prophètes, passez donc votre chemin. Laissez-nous mener notre paisible et modeste mais heureuse existence, sous la protection paternelle de ceux que Dieu a mis à notre tête. Laissez-nous honorer les frustes mais pourtant sages traditions léguées par nos ancêtres : ce sont elles qui nous prescrivent de nous serrer autour de nos supérieurs comme les poussins autour de la mère poule, de nous écarter des mauvais bergers qui nous mèneraient tout droit vers l'abîme du malheur et de la vaine souffrance. Notre destin est d'obéir humblement. Dieu qui fait bien tout ce qu'Il fait n'a-t-Il pas donné le lion pour roi aux animaux de la forêt ? De même, Il a voulu que les enfants de Cham honorent les enfants des enfants de ses frères et leur soient soumis, comme les animaux de la forêt honorent le lion et lui sont soumis." Dites bien cela aux faux prophètes quand ils reviendront ; car ils reviendront, je le sais, je les connais.

« Allez néanmoins dormir en paix, pour vous préparer à achever la semaine prochaine le beau travail que vous avez si vaillamment entamé. Et quand ce chantier-là sera achevé, nous en entreprendrons un autre, et quand cet autre sera achevé, nous en entreprendrons un troisième, et ainsi de suite. Nous édifierons ensemble un stade de football, une jetée de débarquement et d'embarquement pour la péniche, des plantations modèles. Aussi loin que peut se porter votre imagination, mes enfants, ce n'est pas la besogne qui risque de nous manquer...

Le chantier de défrichage s'acheva bientôt il en fut de même quelques semaines plus tard du stade de football commencé aussitôt. Nos jeunes gens, conduits cette fois par frère Nicolas, venaient d'entreprendre la jetée de débarquement de la péniche lorsque l'épidémie s'était déclarée.

La troupe des rubénistes et des adolescentes n'était plus qu'à une journée de marche d'Ekoumdoum et les jeunes filles arrêtèrent là leur récit, disant que telle était la situation au moment où elles étaient parties de la cité.

Il fallut une question de Mor-Zamba, qu'elles appelaient Mor-Dzomo ou Simsimabayane sur la foi de ce que leur avait dit Jo Le Jongleur par dérision, pour qu'elles donnent une conclusion à cette relation. Les décès poignants des enfants en bas âge, la consternation de la cité, le désespoir des mères infortunées, rien, disaient-elles, n'avait persuadé les maîtres de la cité d'interrompre les travaux, ni leurs frères de se révolter ou seulement de renâcler. Toute la gent virile d'Ekoumdoum avait été on eût dit émasculée. C'était comme si on avait injecté dans leur sang un poison porteur d'hébétude, qui les eût à la longue transformés en animaux insensibles livrés à une motricité purement mécanique. Rien ne semblait pouvoir les réveiller et leur rendre la conscience de leur dignité, ni la voix d'une mère, ni encore moins celle d'une sœur. Gouvernés par Van den Rietter et ses nombreux bataillons d'alguazils, de délateurs, d'espions et de sbires de toute sorte, ils ahanaient le jour, ils dormaient la nuit tout au long de la semaine ; le dimanche, ils s'étourdissaient en buvant, dansant et forniquant.

Enfin, ce fut le jour prévu de l'arrivée à Ekoumdoum, et on se leva bien avant l'aube. Les adolescentes firent savoir aux rubénistes qu'il convenait maintenant d'abandonner la piste qu'ils avaient suivie jusque-là, c'est-à-dire la route désaffectée ; c'était la moindre précaution pour éviter de mauvaises rencontres. Après avoir caché la Raleigh dans un fourré, les rubénistes, sans hésiter, suivirent leurs compagnes dans l'épaisseur obscure des bois où les adolescentes se faufilaient silencieusement comme une procession d'écureuils. Elles les entraînèrent ainsi pendant des heures qui parurent interminables et de plus en plus angoissantes aux Koléens, exception faite de Mor-Zamba, excellent connaisseur de la géographie du terroir et qui conservait sa sérénité, parce qu'il pouvait deviner les intentions des jeunes filles. Quand elles firent halte enfin, l'éclat du soleil, aperçu fugitivement au travers des dômes de frondaison, paraissait indiquer que l'astre était au zénith.

– Erreur, dirent les adolescentes, il fera nuit dans trois heures au plus. C'est à ce moment-là que nous autres nous nous proposons de pénétrer dans Ekoumdoum ; nous pourrions le faire plus tôt, mais nous n'y tenons pas, pour des raisons de discrétion. Nous voulons que nos mères, informées cette nuit, se rassemblent et s'organisent avant que Le Bâtard et

Soumazeu se doutent de quoi que ce soit. Demain matin, bien sûr, ils nous convoqueront, ils nous interrogeront pour connaître les détails de notre voyage ; nous leur raconterons une fable que le long chemin du retour nous a permis d'échafauder minutieusement. Ndogdam Tsibuli, prétendrons-nous, s'est volatilisé après nous avoir extorqué l'argent rapporté par la vente des arachides ; nous ne ramenons par conséquent point de médicaments. Voilà la fable que nous avons comploté de leur servir demain quand ils nous interrogeront.

« Entre-temps, nous aurons pénétré en tapinois dans la cité, nous nous serons faufilées dans les ténèbres, l'une après l'autre, de préférence sans être vues par les espions et les alguazils du Bâtard et de Van den Rietter. N'ayez crainte, cela se passera vraiment ainsi. Et même si l'une ou l'autre d'entre nous était aperçue par un garde ou une patrouille de miliciens, cette présence ne les frapperait pas. Il y a tant de petites filles comme nous à Ekoumdoum que leur vue ne saurait étonner, à quelque moment de la journée ou de la nuit que ce soit. Mis à part les vicieux et les débauchés, qui donc regarde une petite fille ? Si j'entrais ce soir dans le palais pour tuer le chef dans son lit, je serais certainement aperçue, mais qui s'inquiéterait de ma présence ? Qui prendrait au sérieux une adolescente, ombre supposée de sa mère, doublure d'une doublure ?

« On dit que vous êtes des hommes d'Abéna. Peu de gens le croient à Ekoumdoum ; Ngwane-Eligui, elle, en est convaincue; pour vous dire toute la vérité, c'est elle qui a deviné votre présence à Tambona, c'est elle qui nous a mises sur votre piste. Voici ce qu'elle a réussi à nous faire dire la veille de notre départ : "Les deux étrangers sont sans doute à Tambona; il n'y a que là qu'ils peuvent s'être retirés. Ouvrez l'œil pour les reconnaître. Dites-leur de revenir sans délai, que la cité a besoin d'eux."

« Ainsi donc, Abéna qui est devenu, grâce à vous, comme le Jésus-Christ d'Ekoumdoum, bien que peu de gens l'aient jamais vu et que même ceux-là ne se souviennent plus de lui, Abéna ne vous a-t-il donc jamais enseigné que dans notre cité il fallait fuir à toutes jambes les accordéonistes, mais rechercher les petites filles qui, n'étant point vues, voient tout, savent tout et peuvent tout?

« Voici donc ce qui va se passer exactement cette nuit, écoutez bien. Peu après notre discrète infiltration dans Ekoumdoum, nos mères vont se rassembler; sous prétexte de rites secrets de femmes, elles vont venir en cortège jusqu'ici, par un chemin qui longe le fleuve, car vous êtes ici presque sur la rive du fleuve. Elles porteront des flambeaux, ainsi vous ne pourrez pas vous y tromper; d'ailleurs elles seront guidées par l'une d'entre nous. Elles vont vous déguiser et vous entourer de telle sorte que, quand elles vous ramèneront vers la cité, personne, sur le chemin, ne pourra vous distinguer de vos compagnes. Vous travaillerez beaucoup la première nuit, si, comme il est probable, l'épidémie poursuit ses ravages; chaque mère d'un petit malade voudra éprouver votre pouvoir sans retard. De toute façon, vous déménagerez chaque nuit pour tromper la vigilance soupçonneuse des délateurs et des miliciens de Zoabekwé et de Van den Rietter.

« Ayez confiance en nous ; nous nous y connaissons, nous aussi, en clandestinité ; la clandestinité, c'est la vie quotidienne de la femme ; nous naissons, grandissons et mourons pour ainsi dire dans la clandestinité. Il ne vous arrivera rien tant que vous serez protégés par les femmes. Pourvu que vous sauviez leurs enfants, c'est-à-dire notre race dont la survie est en jeu, il n'est point de mort qu'elles n'endurent pour vous. Pour le reste, remettez-vous-en à Ngwane-Eligui.

Malgré leur surprise et leurs réserves, les rubénistes ne purent refuser de se plier à cette tactique.

CHAPITRE III

RESTÉS SEULS, les rubénistes se reprochèrent d'abord l'accord qu'ils venaient de donner aux adolescentes. Ils doutaient qu'il fût conforme aux préceptes de prudence chers à Ouragan-Viet de s'exposer tous trois à un tel risque.

– Ce n'est pas la vraie question, opina finalement Mor-Zamba. La vraie question, la voici : peut-on avoir confiance ou pas dans le sérieux de ces adolescentes pour l'avenir ?

– Affirmatif ! répondit Jo Le Jongleur. Sur ce point, comme sur tous les autres d'ailleurs, je ne les ai pas prises en défaut une seule fois depuis deux semaines que nous réalisons des coups fumants en leur compagnie. Je suis prêt à les suivre n'importe où.

– Alors, il faut y aller tous les trois, trancha Mor-Zamba. Mon petit doigt me dit que nous courrons peu de risque au milieu des femmes qui vont venir nous chercher, et même que le dénouement n'est pas loin.

– Explique-toi, grand-père, fit Jo Le Jongleur ; dis-nous comment tu t'y es pris pour apercevoir le dénouement avant moi.

– Van den Rietter a tout vaincu jusqu'ici, reprit Mor-Zamba ; mais surmonterait-il aussi facilement une révolte de femmes ?

– Moi, déclara le sapak, je ne partage pas votre optimisme. Sérieuses, ces filles-là le sont, tant que vous voudrez. En revanche, elles manquent incroyablement d'imagination ; ce sont de vraies cruches. Je n'ai pas cessé de les observer, moi, depuis qu'elles sont avec nous. Je me disais sans arrêt : *Ce n'est pas possible, il y en a bien une qui va finir par reconnaître Mor-Zamba !* Oui, oui, je sais ce que vous allez me dire : elles n'étaient même pas nées, etc., etc. Raison de plus au contraire.

– Alors, là, mon galopin, je ne te suis plus, objecta Jo Le Jongleur.

– Mais si, poursuivit le sapak, écoute bien. Un physique comme le sien, avoue quand même que ce n'est pas ce qu'on appelle un gabarit ordinaire ; cela doit forcément frapper une imagination normalement constituée. Et l'histoire de son départ, son rapt par des tirailleurs, cette extraordinaire légende plus étonnante que toutes celles qui font rêver les enfants, le soir, avant de s'endormir, personne ne la leur a donc jamais racontée ? Et que dire du caractère de Mor-Zamba, auquel, avoue-le, aucun autre ne ressemble ? La douceur de sa voix, la bonté de son regard, la sollicitude inlassable pour les plus faibles, le souci de leur bien-être et de leur sauvegarde, l'abnégation, tout chez cet homme devrait intriguer, laisser songeur le premier venu. Il n'est pas permis d'être oublieux à ce point, même vingt ans après.

Jo Le Jongleur demeurant silencieux et perplexe, c'est Mor-Zamba qui répondit au sapak Évariste.

— C'est ce que ma mère devait croire aussi, lui dit-il. Voilà une histoire que je ne vous ai jamais racontée, ni à personne d'ailleurs, pas même à Abéna avec qui j'ai pourtant longtemps grandi, mais que je raconterai certainement un jour. Ma mère, avant de mourir, m'a dit : "Que ma mort ne t'arrête surtout pas ; poursuis ton chemin sans regarder derrière toi. Et quand tu seras arrivé à l'endroit dont je t'ai si souvent parlé et où j'aurais tant souhaité que nous nous rendions ensemble, pénètre hardiment dans la cité, approche-toi de ses habitants. Il suffira qu'ils te voient et te regardent pour que, reconnaissant leur sœur dans cette image vivante d'elle, ils te pressent sur leur sein et versent sur ta tête les larmes apitoyées de l'affection." Hélas, quand je suis arrivé à Ekoumdoum, personne ne m'a reconnu. Il n'y avait pourtant pas vingt ans, loin s'en faut, que leur sœur était partie. Dans cinq ans seulement, je ne dis pas vingt, mais seulement cinq, essaie de reparaître à Kola-Kola, tu verras bien.

— C'est vrai ! approuva Jo Le Jongleur, dans cinq ans seulement, je te fiche mon billet que même tes vieux ne te reconnaîtraient pas, à supposer qu'ils soient encore en vie.

— Et pourquoi ne seraient-ils plus en vie ? rétorqua l'enfant en sursautant et avec dans la voix comme un frisson d'indignation.

– Et pourquoi seraient-ils toujours en vie ? lui répondit cruellement Jo Le Jongleur. Les vieux, c'est fait pour mourir, tu l'ignores peut-être ? Écoute bien : quand on a de grands enfants, on est un vieux et alors on peut clamser d'un jour à l'autre. Tu reconnais que tes parents ont de grands enfants, oui ou non ? Eh bien, ce sont des vieux ! Alors, ils peuvent clamser d'un jour à l'autre, même s'ils ont l'air en bonne santé comme ça. La mienne aussi, de vieille, tu sais ? peut clamser d'un jour à l'autre. Un beau matin, hop ! plus personne. Ni vu ni connu. Eh bien, quoi ! C'est la vie, mon petit vieux. Faut-il que tu sois moutard quand même. Ce n'est pas le tout. Occupons-nous maintenant de choses sérieuses. Débarrassons-nous des guenilles de la route, revêtons nos plus beaux effets, de préférence tout ce qui est kaki et d'apparence un tant soit peu militaire. N'oubliez pas que nous sommes avant tout des soldats, c'est notre premier travesti, et le plus facile au demeurant. Nous lui superposerons celui que nous réservent nos camarades féminines.

– Je suis curieux de le connaître, fit le sapak Évariste avec lassitude.

– Cela ne sera pas bien compliqué, déclara Mor-Zamba ; on va nous revêtir de robes ou nous emmitoufler de pagnes. C'est toujours ainsi que les femmes déguisent un homme. Nous devrons aussi ôter nos sandales pour être pieds nus comme tout le monde. Avez-vous bien réfléchi à ceci, les enfants : j'en suis cette fois ? C'est formidable, non ? Parlez, je vous écoute. Qu'en dis-tu, mon cher Georges ? Et si j'étais reconnu ?

– Il n'y a pas à tortiller ; c'est sûr, il faut que tu viennes. À vrai dire, il est inconcevable que tu ne viennes pas. Toi seul peux faire les piqûres. Si tu es reconnu, ma foi, les circonstances nous inspireront la conduite à tenir. Ces sacrées gamines ne nous ont laissé aucune marge de manœuvre. Les garces ! Et toi, sapak, que conseilles-tu à grand-père ?

– De déployer des trésors de ruse pour dérober son visage à tous les regards sans exception, le plus long-temps qu'il pourra – il me semble d'ailleurs que ceci vaut aussi pour nous. Pendant ce temps, nous pren-drons le pouls de la cité. Ensuite, nous aviserons en tenant compte de toutes les données. Quant au reste…

C'est en effet la reconnaissance de Mor-Zamba par la mère d'Abéna, Ngwane-Eligui l'Ancienne, qui allait précipiter les événements et déclencher le dénouement de cette singulière aventure. Mais cette reconnaissance tarda longtemps. Les femmes dépêchées à la rencontre des maquisards, au nombre de vingt environ, avaient été choisies parmi de jeunes mères nées et élevées dans les clans satellites, sur le plateau où le séjour drama-tique de l'enfant errant n'avait pas étendu ses remous tumultueux, ou venues du pays de Mackenzieville, dans la colonie voisine. Elles étaient bien loin de pou-voir reconnaître Mor-Zamba.

Comme Mor-Zamba l'avait prévu, elles travestirent les rubénistes en les enveloppant de pagnes des pieds à la tête et en leur ôtant leurs sandales de plastique. Elles éteignirent alors les tisons avec lesquels elles avaient fait des moulinets pour s'éclairer, en frottant l'extrémité rougeoyante contre la terre humide et c'est en entraînant leurs nouveaux amis par la main à travers les ténèbres qu'elles les guidèrent vers la cité.

Vérifiant la prédiction des adolescentes, Mor-Zamba se dépensa toute la nuit à la lueur fuligineuse d'une lampe à huile fort rustique, tandis que ses deux camarades épuisés s'abandonnaient au sommeil dans une pièce contiguë. Il ne s'était défait d'aucun des voiles de son travesti ; toutefois, il s'était ménagé à la naissance du nez une fente étroite par où filtrait son regard, non sans avoir chaussé des lunettes de soleil prêtées par Jo Le Jongleur. De la sorte, non seulement il décourageait toute curiosité, mais encore, avec sa stature monstrueuse et comme fantomatique, il paraissait un sorcier mystérieux, redoutable et inaccessible. Cet accoutrement embarrassait ses mouvements sans les entraver. C'était aussi le stratagème idéal pour affecter une sévérité implacable et obtenir que chaque mère pénètre seule dans l'infirmerie, son enfant dans les bras. Ainsi, loin de songer à l'observer, la pauvre femme s'abandonnait à la fascination angoissée et même horrifiée des manipulations préalables de stérilisation, de montage de l'aiguille sur la seringue, d'expulsion de l'air, de remplissage de la seringue.

Elle retroussait ses lèvres et montrait des dents frémissantes quand l'aiguille s'approchait des fesses flasques du petit malade. Une horrible grimace fermait ses yeux et contractait ses paupières quand la pointe de l'aiguille crevait la peau de son enfant ; le même spasme qui le convulsait la crispait ; un gémissement plaintif s'exhalait en même temps de leurs deux seins. En se levant pour s'en aller et emporter le petit être prostré, elle reniflait à fendre l'âme et son visage ruisselait de larmes. Sans les lumières d'un diagnostic, Mor-Zamba, qui se doutait que les enfants qu'on lui amenait étaient très inégalement atteints, répartissait les doses au jugé. Avant le lever du jour, il avait fait une trentaine de piqûres et achevé sa tâche. Il dormit une grande partie de la journée suivante, pendant que ses deux camarades veillaient à leur tour.

En regardant par les interstices d'une porte de bois grossièrement assemblée, Jo Le Jongleur et le sapak Évariste s'aperçurent qu'ils se trouvaient dans une maison située au beau milieu de la cité, à quelque cinq ou six jets de pierre du quartier où ils avaient été accueillis naguère. Peu avant le déclin du jour, comme Mor-Zamba venait de se réveiller, la rumeur et le piétinement d'une foule les jetèrent avec précipitation vers leur observatoire obligé et ils virent Van den Rietter, couvert d'ornements et encadré de deux grands enfants de chœur en compagnie desquels il marmonnait des incantations en latin, descendre l'artère principale à pas cérémonieux en direction de la route. Il était suivi, à quelques mètres, d'une nombreuse affluence d'écoliers que surveillaient leurs jeunes maîtres placés en serre-files et qui récitaient le chapelet, ainsi que d'adultes muets qui écarquillaient les yeux.

Une petite heure plus tard, le cortège redéfila devant les deux rubénistes, mais en sens inverse. Cette fois, entre le groupe de Soumazeu et des enfants de chœur, qui chantait maintenant à gorge déployée, toujours en latin, et les premiers rangs de la foule des écoliers, s'avançaient précautionneusement deux hommes de haute taille portant un cercueil de bois blanc sur leurs épaules. L'extrême gravité des visages, le recueillement des fidèles, les yeux mouillés de larmes trahissaient une profonde émotion collective présageant l'oubli momentané des affaires immédiates. C'est ainsi que dut aussi en juger Ngwane-Azombo, car quelques instants après le passage du cortège funèbre, à peine la nuit tombée, elle se glissa auprès des rubénistes et put leur apporter des nouvelles impatiemment attendues.

L'enterrement était celui d'une chrétienne que les deux plus jeunes maquisards connaissaient bien. C'était, parmi les vieilles veuves qui les avaient recueillis sur le bord de la route, alors qu'ils s'appelaient encore El Khalik et Nourédine, et qui, par la suite, s'étaient liées d'amitié avec eux, la plus vive, la plus enjouée, la plus loquace et la plus généreuse. Elle était morte, non point victime de l'épidémie, mais d'une affection anodine, ainsi qu'il arrive souvent aux vieillards. La nuit précédente, Van den Rietter, qui, à cause de l'agonie soudaine de la malade, avait dû successivement et en quelques heures venir confesser la vieille veuve, lui administrer la communion et, peu après, l'extrême-onction, était passé plusieurs fois devant la maison qui abritait les rubénistes, à quelques mètres de Mor-Zamba occupé à faire des piqûres aux nourrissons atteints par l'épidémie. Ainsi ces adversaires implacables s'étaient coudoyés sans s'en douter.

L'adolescente raconta ensuite avec malice l'accueil que la cité avait réservé à leur retour. À l'exception de ses maîtres que la fable imaginée par les jeunes filles avait laissés de glace, Ekoumdoum avait été bouleversé en apprenant les péripéties traversées par ses tendres enfants pendant leur odyssée. Irréfutable confirmation de leur récit, leurs jeunes corps amaigris avaient inspiré un surcroît d'indignation aux mères et de démoralisation aux pères et aux frères ; stimulant les imaginations, leurs visages creusés peignaient mieux qu'aucun mot les épreuves que leur jeune âge avait dû endurer. Les turpitudes et la cruauté de l'homme qui aurait dû les guider et les protéger, et qui les avait odieusement abandonnées après les avoir terrorisées, consternèrent.

L'adolescente leur donna aussi des informations sur l'état d'esprit de la cité. Selon elle, la situation, sans être tendue à proprement parler, n'était cependant pas vraiment exaltante pour les maîtres d'Ekoumdoum, et plus particulièrement pour Van den Rietter qui, pour la première fois, avait buté sur une velléité de résistance chez ses jeunes travailleurs, avec lesquels il venait de se lancer dans la création d'une plantation de cacao modèle. Les jeunes gens y travaillaient huit heures par jour sans compter le trajet, car ils devaient traverser le fleuve pour se rendre à pied d'œuvre ; ils n'en revenaient qu'à la nuit tombante, exténués. Mais ils n'avaient plus la consolation d'un bon repas pris en commun leur journée terminée, car Van den Rietter avait tenté de duper nos jeunes gens en s'engageant à les rémunérer en bon argent, mais seulement à partir du jour où la production de la cacaoyère serait écoulée auprès des négociants anglais de Mackenzieville, c'est-à-dire au mieux dans quatre ans. Alors, pour la première fois, nos jeunes gens avaient ouvertement rechigné, poussant l'audace jusqu'à demander fermement le retour au précédent système de rémunération, ce qui signifiait, à la fin de la journée, un bon repas confectionné à partir des denrées à la saveur mystérieuse importées de Mackenzieville.

Selon l'adolescente, si le retour des hommes d'Abéna dans la cité était connu, le sourd mécontentement des travailleurs de Van den Rietter pourrait se muer en révolte. Mais d'autre part, il était prévisible qu'alors Zoabekwé recourrait, sans hésiter, une nouvelle fois, aux solutions extrêmes.

— C'est étrange, conclut l'adolescente. Chacun dans la cité semble persuadé qu'il va se passer quelque chose. Il court toute sorte de rumeurs. Il paraît que quelques jours avant notre retour des chasseurs ont observé sur une rive du fleuve des traces de pas multiples, comme si un groupe d'hommes armés était passé par là. D'autres prétendent avoir vu les vestiges d'un bivouac, mais on dit que la description pourrait très bien correspondre à celle d'un campement de gorilles. Êtes-vous sûrs d'être les seuls hommes d'Abéna dans notre contrée ?

— Nous n'avons jamais dit que nous étions les seuls hommes d'Abéna dans le pays, répondit précipitamment Jo Le Jongleur. Le commandant Abéna est un grand général militaire ; il ne fait pas part de tous ses projets à de petits exécutants comme nous. S'il a dépêché d'autres troupes vers votre cité, nous n'en savons rien, nous autres.

Alors, Mor-Zamba s'adressa ainsi à la jeune fille :

– La nuit prochaine, il faut que nous quittions la cité avant le lever du jour ; c'est impératif ; car, quand j'aurai fait de nouveau trente piqûres ce soir, et peut-être devrai-je en faire davantage, il ne nous restera plus d'antibiotiques, sinon ceux que nous avons stockés dans nos caches. Comment comptes-tu organiser notre sortie ?

– Je vais vous expliquer, répondit le petit bout de femme sans hésiter : pour vous garder de telle sorte que personne ne puisse vous approcher, il y a constamment, de jour et de nuit, trois cordons de femmes autour de vous ; elles ont l'air d'aller et de venir, de s'activer, de s'être isolées pour dire leur chapelet ou pour des raisons intimes. Mais si quelqu'un faisait mine de s'approcher de la maison qui vous héberge, et qui sera différente chaque nuit, il serait aussitôt intercepté. Mais, bien entendu, si Zoabekwé faisait incursion avec cinquante ou cent brutes, nous ne pourrions leur opposer qu'une résistance dérisoire ; telle est la situation. Vous partirez donc d'ici suivant la même technique que celle qui vous a permis d'entrer dans la cité. Quelques dizaines de femmes formeront autour de vous un rassemblement compact et se dirigeront vers la forêt sous couleur d'un rite secret. Il y aura un relais à chaque jet de pierre pour s'assurer que le chemin est exempt d'embûches. Vous voyez, ce n'est pas bien compliqué.

– Je doute, reprit Mor-Zamba, que nous soyons revenus avant trois jours : nos caches sont éloignées d'ici et dispersées. Alors, outre celle-ci, comptons encore deux nuits et, à la troisième, nous vous attendrons au même endroit et à la même heure. Explique bien aux mères que, de toute façon, nous ne leur étions plus d'aucun secours, puisque nous manquions de médicaments.

– Ekoumdoum serait une cité maudite sans les femmes, dit Mor-Zamba en soupirant dès qu'ils furent à nouveau seuls. Décidément, les femmes sont le sel de cette terre.

– C'est extraordinaire, renchérit Jo Le Jongleur, jamais je ne me suis senti aussi bien niché, autant en sécurité et en confiance qu'au milieu de ces bonnes femmes. Je suis comme entouré d'une muraille protectrice tissée par leur discipline, leur discrétion et leur dévouement. Remarque pourtant bien que seules les plus jeunes sont vraiment dans le coup, c'est-à-dire celles dont l'âge aurait dû nous inquiéter le plus. Sans fièvre, sans jactance, sans hâblerie, elles se jouent des mouchards, des délateurs, des curieux…

– Cela te change des individus, plus bêtes que méchants d'ailleurs, auxquels tu t'es fié dans ta première tentative, hein, Georges ? fit Mor-Zamba.

– Parlons sérieusement, reprit Jo Le Jongleur. Comment expliques-tu qu'elles soient si différentes de leurs hommes ? Tu devrais les connaître, toi. Après tout, tu es un des leurs. Comment expliques-tu cela ?

— Elle te l'a dit, répondit Mor-Zamba ; tu aurais dû l'écouter. Tu vois, seules les femmes cultivent la terre ici ; elles sont seules à veiller chaque saison sur la semence, elles se sont persuadées que la survie de la race était en jeu. Je te répète que c'est ce qu'elle nous a dit elle-même. Plus de semis, plus de moisson.

— Finalement, c'est logique, approuva le sapak. À ce propos, ce qu'elle nous a confié concernant les jeunes travailleurs réquisitionnés par Van den Rietter est stupéfiant, vous ne croyez pas ? Franchement, est-ce qu'elle a voulu dire réellement que ces jeunes gens travaillent désormais sans aucune compensation ?

— C'est tout à fait cela, répondit Mor-Zamba. C'est une main-d'œuvre gratuite. Personne mieux que moi ne sait ce que c'est.

— Alors, c'est l'esclavage en somme !

— Tu l'as dit, galopin ! fit Jo Le Jongleur.

— Toujours l'esclavage des Noirs ! s'écria l'ancien collégien de Kola-Kola, comme en Égypte, comme en Amérique, comme en Afrique du Sud. C'est drôle, les toubabs refont toujours la même chose avec nous. Partout où il y a un Blanc et un Noir, il y a un maître et un esclave. Le maître, c'est toujours un Blanc ; l'esclave, c'est toujours un Noir. Moi, c'est ça qui m'a frappé dès que j'ai commencé à lire des livres. Pourquoi est-ce toujours nous qui sommes des esclaves ? Pourquoi est-ce toujours eux qui sont des maîtres ? Vous pouvez m'expliquer cela, vous ? Je voudrais rencontrer quel-qu'un qui puisse m'expliquer cela. Prenons un type comme Sandrinelli. Tu te sens inférieur à Sandrinelli, toi, Jo ? Non, bien sûr. Et cependant, il était le maître, et toi, en somme, tu étais l'esclave, avoue ? Comment expliques-tu cela ? Oui, je sais, tu t'en fous.

– Je m'en fous, moi ? protesta Jo Le Jongleur. Non mais, tu t'es regardé, galopin ? Ça sert à quoi, tes jérémiades ? Si tu veux prouver que tu es un homme, eh bien, galopin, tu n'as qu'à agir. Fais aussi bien que les Blancs, et tu ne seras plus leur esclave. Les toubabs ne s'épuisent pas en jérémiades, eux, ils agissent, voilà leur secret. Je les connais bien, moi. Et il y a une chose que je peux te jurer tout de suite : les toubabs ne seront plus jamais les maîtres du vieux Jo et le vieux Jo ne sera plus jamais leur esclave. Plutôt crever…

– Ne te fâche donc pas ! intervint Mor-Zamba ; le petit te posait une question, c'est tout.

À partir d'ici, les événements vont être marqués par une sorte de démence qui fait de leur récit une gageure, à telle enseigne que nous ne nous les expliquons pas encore très bien nous-mêmes. Ainsi, comment, en dépit de la loi du silence imposée aux mères des petits malades et d'ailleurs respectée par ces dernières, la présence des rubénistes dans la cité se répandit-elle, lentement mais irrésistiblement ? Car c'est à ce moment-là que se leva cette brise dont le souffle allait sans cesse s'enfler et se transformer finalement en ouragan.

L'ivresse n'est d'abord qu'un léger trouble de la vue, tout est comme caressé d'un imperceptible frissonnement ; on croit encore pouvoir se ressaisir en s'ébrouant un peu ou en pressant ses yeux de la main. Voici pourtant que le vertige s'accélère ; les voisins, les objets, le firmament même, tout se met à tourbillonner. Aucun appui où s'accoter alors que s'avance la nuit de l'étourdissement. Il faut renoncer à lutter, se laisser glisser avant l'écroulement funeste. Comment le vertige s'empara-t-il d'Ekoumdoum ? Bien des versions ont circulé, plus improbables les unes que les autres. Selon les uns, Mor-Eloulougou et ses acolytes, miliciens zélés de Zoabekwé désormais, jouèrent le rôle décisif. Ils sont familiers des hommes et des habitudes de cette partie de la cité qui avoisine la route puisqu'ils y sont nés et qu'ils y ont grandi. Ils mirent donc leur expérience à profit non seulement pour flairer la fourberie dans la fable racontée par les adolescentes, mais aussi pour filer les jeunes filles et particulièrement Ngwane-Azombo. Ils n'auraient pourtant obtenu la confirmation formelle de leurs soupçons que lorsque les maquisards, qui avaient quitté la cité avant le lever du jour et se dirigeaient en file indienne vers leur première cache, Fort-Ruben III, passèrent près du fourré où ils s'étaient eux-mêmes embusqués, alors qu'il faisait grand jour. Voici l'objection habituellement opposée à cette hypothèse : étant partis d'Ekoumdoum avant le premier chant du coq, les maquisards, quand il fit grand jour, devaient se trouver au-delà de la zone de jungle jusqu'où Mor-Eloulougou et ses acolytes peuvent oser s'aventurer.

Aussi en est-il qui soutiennent que c'est non pas Mor-Eloulougou et ses complices mais le vieux chasseur Mor-Afana qui, entendant marcher devant lui, se serait prestement tapi dans un buisson et aurait ainsi vu passer les trois rubénistes. Bien que, dans son cas, ces faits fussent innocents, le vieux chasseur Mor-Afana les a pourtant toujours niés.

Pourquoi chercher si loin une vérité certainement jetée à nos pieds ? Combien de temps des hommes en quelque sorte dépêchés par la Providence pour arracher de tendres nourrissons aux mâchoires d'ogre de l'épidémie et leurs pauvres mères au martyre du désespoir pouvaient-ils rester ignorés dans une aussi vaste cité ? Au contraire, tout ne concourait-il pas à ébruiter leur présence ? Les mères des petits malades s'interrogeaient et s'encourageaient mutuellement avec des intonations de voix inconnues auparavant de leur famille et des voisins. Elles avaient longtemps traîné une prostration hagarde, une lueur d'intelligence brillait maintenant dans leur regard ferme ; leur visage, auparavant affaissé de rides, s'animait et même s'éclairait d'une esquisse de sourire ; hier insoucieuses de leur corps, oublieuses de toute coquetterie, elles arboraient maintenant quelque soupçon de parure au poignet ou à la cheville. Quiconque les surprenait sous ce masque insolite ne pouvait laisser de se dire : *Qu'est-il donc arrivé ?*

Sera-t-on troublé sous prétexte que, par une coïncidence qui inclinerait à les confirmer, les anecdotes imaginant une rencontre à peine manquée des habitants mâles d'Ekoumdoum avec les trois maquisards au fond de la jungle soient datées du même jour ? Il n'y a là rien de surprenant quand on revit les heures les plus mémorables de cette journée. En entendant annoncer l'absence pour quelques jours du sorcier à la seringue, les mères sentirent à nouveau monter vers leur visage le poison entêtant du désespoir. Les exhortations de Ngwane-Eligui ne suffirent pas à combler ce vide glacé brusquement rouvert. Elles laissèrent libre cours à leurs imaginations enfiévrées par la haine, vieille blessure prompte à saigner. L'homme à la seringue avait fui quelque menace des maîtres de la cité ; il ne s'était pas éloigné volontairement sans avoir accompli sa tâche. Ainsi donc les criminels étrangers du palais et de la Mission catholique n'avaient pas renoncé à leurs projets d'extermination d'Ekoumdoum ! Ici et là, voyant passer un serviteur du chef, un milicien de Zoabekwé, un *alguazil* ou un délateur, des mères lui lancèrent, comme un aboiement : « Souviens-toi d'Ezadzomo ! » ou encore : « Abéna ne tardera plus ! » Comme les mouches qu'attire la charogne, ces actes d'hostilité provoquèrent un afflux de délateurs et de miliciens dans ce quartier où le deuil récent avait paru entraîner un relâchement de la pression policière. Mor-Eloulougou et ses hommes s'y répandirent toute la journée, pénétrèrent dans les maisons, qu'ils soumirent à une fouille sournoise, accueillis par les sarcasmes des mères et des adolescentes qui, l'air de parler à la cantonade, leur disaient :

– Pourquoi tant de groins de cochon là où il n'y a pas d'excrément ?

On voit bien maintenant l'erreur de ceux qui expliquent par une rencontre avec des maquisards dans la forêt la recrudescence subite de zèle chez Mor-Eloulougou et ses acolytes.

Ce même jour, au déclin du soleil, un des petits malades traités par Mor-Zamba parut brusquement au plus mal et veuves et épouses de tous âges accoururent selon la coutume de la cité pour assister leur compagne éprouvée et veiller l'enfant jusqu'à sa mort, de l'imminence de laquelle personne ne doutait. Tout à coup, les plus jeunes mères décidèrent de se rendre en cortège au palais où elles demandèrent que Ngwane-Eligui la Jeune vienne au moins imposer les mains au petit malade, à défaut de le sauver. Le Bâtard parut fort embarrassé, comme s'il n'avait su quelle contenance faire ; sans doute avait-il déjà eu vent de la sourde agitation qui, encore une fois, minait le crédit et l'autorité des dirigeants de la cité dans ce quartier dit « de la route », où l'indocilité, avec l'épidémie, s'était installée à l'état chronique, et il hésitait entre la rigueur et le masque de l'indulgence et de la bonhomie.

Il tergiversa d'abord, comme un homme qui tient à sacrifier à une superstition, puis consentit à la requête des mères, dont la procession lamentable s'en revint à pas tristes auprès du petit moribond. Quand elle eut satisfait à l'attente de ses compagnes, la jeune femme parcourut longuement l'assistance des yeux, puis s'approcha à tâtons de Ngwane-Eligui l'Ancienne, la vieille mère d'Abéna, accroupie dans les ténèbres d'une encoignure, loin du foyer, et lui parla ainsi :

– On rapporte qu'il y a un troisième homme, de stature gigantesque. Quoi qu'on m'en ait dit, ce nouveau venu demeure pour moi un mystère. Est-ce ton fils ?

– Un homme de stature gigantesque ? Vraiment ?

– Je le sais de source tout à fait sûre. Est-ce ton fils ?

– Un homme de stature gigantesque ? Non, ce n'est pas mon fils, à proprement parler, mais c'est à peine différent, c'est même pire en quelque sorte.

– Je ne comprends pas. Cet homme n'est pas ton fils, mais tu le connais.

– Si je le connais ? Voici tout ce que je peux te dire, pour le moment, ma fille, et contente-toi de cela : si c'est vraiment l'homme auquel je pense et si son retour parmi nous n'est pas une fable, c'est le crépuscule du passé et l'aurore de l'avenir.

– Il peut changer notre vie ?

– Du tout au tout !

– Même celle des femmes ?

– Il le peut. Écoute-moi bien, que je te confie un secret, mais ne le répète point : il le peut, parce qu'il est notre vrai chef ; l'autre n'est qu'un usurpateur étranger. Il le peut, mais auparavant que d'épreuves, que de sang versé peut-être, lorsque sa présence aura été dévoilée. Il est exposé au sort funeste d'Ezadzomo et de son compagnon inséparable. Tu te souviens encore de ces deux-là, n'est-ce pas, ma fille ? Si ce malheur revenait, sache que tu pourrais encore en être tenue responsable. Il faut le sauver à tout prix. Que faire ?

– D'abord t'assurer que c'est bien lui.

– Comment ?

– Je te le ferai savoir demain. Après demain même, il sera encore temps, rassure-toi. Pas de panique. Je puis beaucoup, bien plus que tu ne crois.

Si passionnée, si haineuse, si entière, si illuminée que fût Ngwane-Eligui la Jeune, l'idée d'une épreuve de force entre les femmes et les maîtres de la cité n'avait même pas encore effleuré l'esprit de la rebelle. À ce moment-là, elle en était encore à rêver de compromis, de tolérance, d'un état miraculeux, né d'un brusque revirement, d'une convulsion qu'elle se figurait très confusément, qui, violente pendant quelques jours, et pourquoi pas un peu sanglante, se dénouerait heureusement. Le Bâtard et son père rendraient la liberté aux épouses qui l'auraient revendiquée. L'homme à la seringue s'installerait dans la cité pour sauver les enfants, soigner et guérir les adultes, prodiguer à son peuple tous les progrès conquis dans sa longue pérégrination. Comme elle l'avouera plus tard, il aura fallu que les pensionnaires de Van den Rietter, en se ruant hors de leur enclos pour se joindre à la marée des femmes, assomment à mort quelques-uns de leurs gardiens pour juger, à l'énormité du crime, que la ligne de non-retour était franchie, et que les femmes devaient assumer la révolte devant laquelle les hommes avaient abdiqué.

Tout à coup, la jeune femme dont l'ombre venait de se redresser, parla à voix haute :

— Chères mères, chères sœurs, dit-elle, sommes-nous bien entre nous ?

— Oui, entre nous, répondit le chœur des veuves et des épouses de tout âge.

— Alors, écoutez-moi bien. Je vous annonce ceci que vous ignoriez : en ce moment même, vous avez

barre sur le Palais. Parvenue près du terme de sa gros-
sesse, la favorite de Zoabekwé vient de s'isoler dans
l'attente des douleurs de son premier enfantement.
L'attente peut donc être longue. Pour son septième
enfant, Le Bâtard espère voir naître enfin un fils.
Jusque-là, Zoabekwé se gardera de tout acte de violence, ou je ne le connais pas; il a trop peur que la
malédiction n'en retombe sur sa femme en couches
ou, pire encore! sur l'enfant à naître, l'être le plus vul-
nérable à l'exécration. Sans l'acquiescement du
Bâtard, Van den Rietter ne se mêlera de rien. Mettez à
profit votre avantage. D'ici deux jours, quand
l'homme à la seringue sera de retour, montrez au
Palais que vous êtes prêtes à payer de votre vie la
poursuite de son œuvre dans la cité. Montrez bien
que vous lui faites une muraille de vos corps et que,
pour l'atteindre, il faudra escalader l'amoncellement
de vos cadavres. Ayant le nombre et l'amour de vos
enfants, vous avez la force, à condition d'affronter
l'adversaire serrées les unes contre les autres. Vous
avez appris à ne pas compter sur vos hommes; si vous
manquez à la défense du sang de votre sang, de la
chair de votre chair, qui y pourvoira?

Après cette exhortation, la jeune femme s'approcha
une nouvelle fois à tâtons de Ngwane-Eligui
l'Ancienne, la mère d'Abéna; elle se pencha pour lui
parler à l'oreille et retourna auprès du petit moribond
auquel elle imposa les mains une dernière fois avant de
demander aux plus jeunes mères présentes dans l'assistance de la raccompagner dans sa prison du palais.

De quelle énigmatique et dramatique résolution était empreint le visage de la jeune femme quand, revenue une dernière fois près du petit malade, elle s'était exposée à nouveau à la lueur du foyer, où se consumait un amas de braises? Dans quelle tragique immobilité, dans quelle poignante fixité du regard l'effroi avait-il figé le corps sec et noueux de la vieille mère d'Abéna quand, un peu plus tard et alors que Ngwane-Eligui la Jeune venait de prendre congé, la flamme d'une bûche jetée soudain au milieu des tisons l'illumina comme un éclair? C'est à partir de cet instant que l'on commença à se persuader que l'empire d'Abéna étendait désormais son ombre sur Ekoumdoum et que les hommes du héros rôdaient peut-être déjà dans les parages de la cité, à moins que, comme la rumeur en courait, celle-ci ne fût cernée.

Cela ne fit plus de doute le lendemain pour toutes les mères qui avaient vu le géant à la seringue soigner leur enfant, surtout lorsqu'il apparut que le petit moribond de la veille n'avait pas seulement surmonté sa défaillance, mais donnait des signes de retour de son appétit. Ce fut l'occasion pour les autres mères de petits malades de témoigner que de semblables observations avaient été faites sur l'état de leurs enfants soignés par le géant.

Cela ne fit bien entendu aucun doute pour les adolescentes qu'un voyage mouvementé avait conduites à Tambona et ramenées à Ekoumdoum, et qui d'ailleurs gardaient jalousement leur secret. Touchées par la jubilation et l'arrogance de celles qui savaient, celles qui n'avaient pas le privilège d'être dans le secret des dieux contractèrent elles aussi la foi, bien que dépourvues de preuves tangibles. Les jeunes maîtres de l'école de la Mission catholique se précipitèrent chez Ngwane-Eligui l'Ancienne et s'efforcèrent de lui arracher des révélations. Comme elle protestait vivement de son ignorance, ils ne virent dans cette attitude que la sage loyauté d'une vieille mère prisonnière des consignes de réserve d'un fils avec qui elle devait communiquer fréquemment.

Nous ne nous doutions nullement alors à quel point le camp adverse était étreint par l'incertitude, la lassitude et le doute. Sans la singularité de l'angoisse mêlée d'une indéfinissable espérance qui tantôt nous déprimait et tantôt nous exaltait, nous nous serions certainement dit : *Quelle tactique nouvelle les maîtres de la cité ont-ils donc adoptée tout à coup ? Ou bien quelle étrange paralysie les retient donc reclus chez eux ? En d'autres circonstances, Soumazeu et Le Bâtard auraient déjà pris diverses initiatives pour enrayer la montée des alarmes ; ils auraient organisé une démonstration de force pour établir qu'ils tiennent la cité bien en main ; pour persuader que la forêt est exempte de tout péril et ne recèle aucun maquisard, ils auraient mené des bataillons d'hommes dans d'interminables battues ; pour étouffer dans l'œuf toute velléité séditieuse, ils auraient conduit des patrouilles nocturnes qui auraient fait sentir leur omniprésence et auraient fait éclater leur clairvoyance. Mais ils ne font rien de tout cela. La scène demeure vide des protagonistes accoutumés. Qu'est-il donc arrivé ?*

Grâce à Ngwane-Eligui la Jeune, une partie des habitants de la cité savait, certes, que Zoabekwé était ligoté par des craintes superstitieuses; mais nous avons été informés après coup seulement qu'à la même époque frère Nicolas s'efforçait de remontrer au père Van den Rietter qu'il s'était jeté tête baissée dans une impasse dont il convenait de se dégager en se résignant à une reculade.

– Crois-moi, Père, c'est un guêpier, grondait le gros homme. Je te le répète : tu te ruines si tu tentes de leur offrir le repas quotidien qu'ils exigent; la caisse de la Mission n'y résisterait pas, et ton allié refuse de mettre la main à sa bourse. Mais, d'un autre côté, si tu persistes à leur promettre du bon argent dans quatre ans, crois-tu que ces jeunes gens puissent accepter long-temps de travailler si durement ? Ils sont mécontents, tu n'y peux rien; bientôt, ils seront en colère, ils se rebelleront. Comment comptes-tu réduire l'émeute de tant de gens, de tout le pays peut-être ? Crois-moi, Père, ton autorité n'y suffirait pas, cette fois. Alors, comment comptes-tu les réduire ? Où sont tes batteries de mitrailleuses ? Te prends-tu pour le gouverneur ?

– Tu retardes, Frère Nicolas, railla Van den Rietter, il n'y a plus de gouverneur.

– Raison de plus ! Raison de plus, justement. Non, je te dis, les travaux forcés, la corvée, c'est bien fini, même avec nos Nègres; c'est une époque révolue, ça. Résigne-toi à un acte d'humilité, Père, et de charité en même temps. Offre-leur un dernier petit gueuleton et annonce que tu leur fiches la paix. Prends-en l'initiative pour éviter l'explosion. Tiens, annonce dimanche prochain, par exemple, que tu n'as plus besoin d'eux. La sagesse consiste parfois à reculer, Père.

— Mais je perds la face.

— Oui, tu perds la face, et après! Tu préfères l'émeute, peut-être?

En somme, la situation était telle que tout pouvait concourir à l'effondrement brutal de l'autorité qui nous tyrannisait, mais nous l'ignorions. Aussi la facilité de notre victoire allait-elle stupéfier même les plus clair-voyants d'entre nous. Ngwane-Eligui la Jeune, qui fut pourtant l'âme de l'insurrection, avoue elle-même que plusieurs semaines après les débuts du soulèvement des mères, elle n'en croyait encore ni ses yeux ni ses oreilles.

— Il m'arrivait de me dresser la nuit dans mon lit, raconte-t-elle, sans pouvoir discerner si je venais de passer du songe à la réalité ou de la réalité au songe.

« C'est vrai que j'ai en quelque sorte donné le signal. C'est à ma demande que Ngwane-Azombo, quelques heures avant la nuit du retour des maquisards, est allée dire à Ngwane-Eligui l'Ancienne : "Si tu veux être des nôtres tout à l'heure, prépare-toi. Ainsi, tu pourras ren-contrer et examiner à loisir l'homme à la seringue. J'interromps mon message à cet endroit; je le compléterai cette nuit si tu reconnais l'homme à la seringue." J'ai sug-géré d'emmener la vieille lampe-tempête que la vénérable femme a dû lever très haut et tenir longtemps d'une main tremblante à la hauteur du visage dont elle n'en finissait plus de scruter chaque trait en sanglotant, et en chucho-tant : "C'est bien lui, c'est Mor-Zamba! Dieu, comme il a grandi. Mais oui, pas de doute, c'est bien lui…" Alors la petite Ngwane-Azombo, qui suivait mes instructions, c'est vrai, a complété ainsi le message : "Ne perds pas de temps à verser des larmes ; il y va de sa vie, de celle de nos enfants, fer de lance et semence de la cité, garant de la survie de la race. Reviens promptement vers la cité, sonne le rappel des épouses, des mères, des veuves, des adolescentes et même des plus petites filles pourvu qu'elles soient en âge de rendre service. Rassemblez-vous sans tarder. Faites à l'homme à la seringue une muraille de vos corps afin qu'il soit à l'abri de tout péril. Mais attention ! que cette affaire soit notre unique affaire, l'affaire des femmes."

« C'est vrai que j'ai donné le signal. Mais pouvais-je imaginer tant de fureur chez une femme de cet âge ? Pouvais-je deviner tant d'énergie dans ce corps noué par les ans, séché par l'attente, à la prunelle jaunie ? Pouvais-je m'attendre à cette autorité ? Quelle stupéfaction quand on vint m'informer que c'étaient les plus âgées qui s'étaient refusé le moindre instant de sommeil ; elles qui s'étaient dévouées toute la nuit pour dresser autour des deux maisons la première enceinte en treillis de branchages ; elles encore qui, à l'aube, apportaient des pieux coupés dans la forêt pour doubler cette première enceinte d'une palissade plus résistante, à l'épreuve d'un assaut des brutes que Zoabekwé n'allait pas manquer de mener contre l'homme à la seringue et ses amis.

« J'ai donné le signal, c'est vrai, mais le reste, comment aurais-je pu le prévoir ?

CHAPITRE IV

*D*ÈS L'AURORE, les anciennes furent rejointes par les jeunes épouses; elles apportaient des plats chauds pour le premier repas des vaillantes troupes conduites par la mère d'Abéna, mais elles ne les quittèrent plus. Les mères de petits malades arrivèrent en un seul groupe quand, le brouillard matinal s'étant dissipé, le soleil, montant de plus en plus haut dans le ciel, eut réchauffé la cité en l'embrasant. On les installa dans celle des deux maisons du fortin qui allait servir d'infirmerie, l'autre hébergeant les maquisards qu'il n'était plus question de changer de gîte toutes les nuits.

Les autres mères de jeunes enfants arrivèrent en ordre plus dispersé; les unes après les autres, elles s'asseyaient en tailleur sur les terrasses en terre battue des maisons avoisinant le fortin, sur le gravier à gros grains de l'artère principale, dans la poussière des cours et des places.

– À quoi bon vivre? soupiraient-elles en plaçant leur enfant le plus jeune entre leurs jambes ou, si c'était encore un nourrisson, en lui fourrant le bout du sein dans la bouche. Oui, à quoi bon vivre s'il faut assister à l'extermination de nos fils, de ce que nous avons de plus cher ? Mourons plutôt avec eux ; ainsi il ne restera plus rien d'Ekoumdoum, puisque c'est cela qu'ils ont résolu. Nous ne craignons pas la mort si c'est pour accompagner nos enfants adorés.

Avec l'approche de la mi-journée, arrivèrent en désordre les adolescentes ainsi que les femmes de toutes les catégories d'âge restantes : veuves qui n'étaient pas encore âgées, mères dont tous les enfants avaient dépassé la puberté, épouses sans enfants. Presque toutes portaient une écuelle de bois ou un chaudron de fonte où fumait un ragoût de venaison, une purée d'arachide ou des épinards bouillis à l'eau, victuailles qu'elles offraient à la cantonade à celles de leurs compagnes qui avaient quitté leur maison sans avoir eu le temps de cuisiner.

Tout ce quartier de la cité, jusqu'à la route désaffectée, se couvrit en quelques heures de femmes dont la vague, fluant et refluant, eut vite transformé en îlot ballotté par les flots le petit fortin protégeant l'infirmerie et la maison des rubénistes. L'attraction exercée par ce rassemblement devint telle que plus rien dans la cité, sans excepter les animaux domestiques, ne parut devoir y résister désormais. Alors un événement insensé vint transformer cette kermesse débonnaire en horde trépignante et convulsionnaire. On vit soudain apparaître, dévalant l'artère principale au pas de charge et poussant des clameurs, un régiment de furies que les femmes rassemblées, avec un mélange d'incrédulité et d'enthousiasme, reconnaissaient, au fur et à mesure que se rapprochait cette insolite cohorte, pour les prisonnières de la Mission catholique. Leurs bouches étaient tordues par l'imprécation, leurs yeux exorbités par la haine; leurs robes de cotonnade en lambeaux témoignaient qu'elles venaient de livrer un combat féroce. Dès que ces fauves se diluèrent dans la cohue, ils y insufflèrent une fièvre dont le feu dévorant fit en quelques instants des ravages effroyables. Il ne fut plus question que de clôtures pulvérisées, de corps à corps avec les gardiens, de crânes défoncés, d'ennemis assommés, et même tués. Combien de morts? Deux certainement, puisqu'elles avaient vu leur cervelle répandue comme de la morve sanguinolente par terre; peut-être trois, peut-être davantage. Dommage que Soumazeu lui-même ne se soit pas trouvé à portée de main; on lui aurait très bien réglé son compte, à cet eunuque.

Il n'y eut plus dès lors des femmes assises et devisant fraternellement ou des femmes qui allaient et venaient en se coudoyant pacifiquement, mais des femmes qui s'exhortaient mutuellement, des femmes qui tantôt pleuraient et tantôt riaient en se roulant sur le sol, des femmes qui interpellaient les hommes, spectateurs demeurés à bonne distance, et les accusaient de lâcheté, des femmes qui brandissaient leur poing en direction du palais. Une de ces nouvelles venues, au paroxysme de la frénésie combative, lança comme un mot d'ordre le nom de Ngwane-Eligui la Jeune, aussitôt repris en écho par d'autres prisonnières mutinées qui, bientôt, se mirent à hurler :

– Libérons-la, libérons Ngwane-Eligui la Jeune. Au palais tout le monde ! Au palais. Libérons Ngwane-Eligui.

– Au palais pour quoi faire ? répondit-on sans passion, Ngwane-Eligui la Jeune est parmi nous. Ngwane-Eligui se dévoue dans l'infirmerie auprès des petits malades. Ngwane-Eligui la Jeune est libre. Si Le Bâtard prétend venir la reprendre ici, avec l'aide de ses brutes sauvages, nous les verrons venir de loin. Alors, armons-nous de piques et de machettes ; que, cette fois, ils trouvent en face d'eux des tigresses et non des agneaux.

– N'attendons pas qu'ils apparaissent, reprirent les prisonnières mutinées, prenons nos dispositions d'avance. Dressons une nouvelle enceinte, en terre battue cette fois, autour du fortin.

Voulant donner l'exemple à leurs sœurs, les rebelles venues de la Mission catholique, familières de ce genre de corvée, se mirent aussitôt au travail, imitées de proche en proche par les autres femmes. L'atmosphère de fête revint au fur et à mesure que l'heure s'avançait, les insurgées se persuadant peu à peu que les dirigeants de la cité laisseraient la journée s'écouler sans tenter aucune riposte ; elles sentaient bien que, quoi qu'il advînt par la suite, cette abstention était déjà un aveu de faiblesse.

Que faisaient les maîtres de la cité pendant ce temps ? Nous savons aujourd'hui que les deux missionnaires ne se quittèrent pas de la journée et se concertèrent sans cesse.

– Non, non, non et non, Père, disait frère Nicolas à Soumazeu, ne t'en mêle plus. Laisse les Nègres s'entre-bouffer, si cela leur fait plaisir. Après tout, qu'avons-nous à y voir ? Est-ce notre rôle ? Nous sommes dépassés, Père. Quelque chose nous a échappé dans ce pays. Nous croyions avoir tout compris, mais nous avons été dépassés. Un peu d'humilité, que diable ! Laisse donc faire.

Zoabekwé fit plusieurs tentatives pour rejoindre son indispensable conseiller, mais celui-ci demeurait comme absent, muet, anéanti et, chaque fois, c'est frère Nicolas qui adressa ces mots au Bâtard désemparé :

– Nous t'enverrons chercher le moment venu, mon enfant. Tu as fait souvent bien de la peine à la Sainte Vierge avec tes nombreuses femmes ; prie-la néan-moins, demande-lui pardon ; elle intercédera auprès de son Fils et Lui demandera de t'inspirer la conduite la plus appropriée à ta pénible situation.

Comme la nuit tombait, un dernier coup de théâtre, non moins renversant que les précédents, se produisit dans Ekoumdoum dont tous les habitants, et même les jeunes travailleurs de Van den Rietter revenus précipi-tamment de la plantation, semblaient s'être donné rendez-vous autour du fortin. La mulâtresse de la Mission catholique se montra et causa une telle sensa-tion que les femmes qui travaillaient suspendirent leurs gestes, celles qui dansaient leur pas, celles qui chan-taient leur refrain, celles qui parlaient leur discours, celles qui étaient assises se dressèrent, celles qui étaient debout s'accotèrent à quelque étai, celles qui riaient se rembrunirent, celles qui s'écartaient s'approchèrent, celles qui partaient revinrent, celles qui doutaient crurent, celles qui s'inquiétaient s'apaisèrent, celles qui vieillissaient rajeunirent, celles qui s'affolaient s'assagirent, celles qui haïssaient s'attendrirent, celles qui fléchissaient se raffermirent, celles qui radotaient raisonnèrent; bref, ce fut comme si le monde même eût été mis à l'envers.

Tandis qu'elle s'avançait droit devant elle, avec la lenteur raide des somnambules, les femmes, formant spontanément la haie, lui murmuraient d'une voix que cassait l'émotion :

– Que viens-tu faire ici, toi?

– Ne suis-je pas des vôtres? chuchotait-elle timidement sans suspendre son pas mécanique. Ne suis-je pas une femme noire? Je veux aller veiller moi aussi au chevet des petits malades, aux côtés de Ngwane-Eligui la Jeune; dites-lui que je suis venue et que j'ai des médicaments pour les petits malades, des médicaments pris là-haut; car ils en avaient, eux, ils en ont toujours eu. Ils se soignaient entre eux, ils savent faire des piqûres; ils se les faisaient entre eux, ils m'en faisaient aussi parfois. Je veux me consacrer, avec Ngwane-Eligui la Jeune, à la guérison des petits malades. Dites-lui que je suis venue; elle sait bien, elle, que je suis des vôtres.

La foule se fendait devant elle et le chemin du fortin s'ouvrait comme miraculeusement pour guider l'adolescente étrange.

– J'ai des médicaments, répéta la mulâtresse quand elle eut pénétré dans l'infirmerie et que

Ngwane-Eligui la Jeune fut venue l'accueillir à la porte en la prenant par la main pour la conduire auprès de Mor-Zamba. Oui, j'ai des médicaments. Ils en avaient là-haut, alors je les ai pris. Comment vont les petits malades ?

– Très bien, répondit Ngwane-Eligui la Jeune.

– Je crois bien qu'ils iront de mieux en mieux, affirma Mor-Zamba. Je suis prêt à parier qu'il n'y aura plus de décès. Ericsson avait raison : les antibiotiques peuvent réaliser des miracles chez nous.

– Peut-être n'était-ce pas si grave, opina Jo Le Jongleur. C'était peut-être une maladie anodine. Cela prouverait qu'on peut mourir d'une maladie anodine quand elle n'est pas du tout soignée.

– Surtout les très jeunes enfants, approuva Mor-Zamba ; je suis convaincu que l'on ne mesure pas vraiment à quel point les jeunes enfants sont fragiles et demandent à être protégés. Cela nous donne une idée de nos responsabilités.

La journée du lendemain s'écoula aussi sans que les autorités, pourtant bafouées jusqu'à la provocation outrageante, osent seulement signaler leur existence.

– Vous ne me ferez pas croire que c'est normal, disait Jo Le Jongleur.

– Oh que si, lui répondait le sapak Évariste. C'est une tactique délibérée, j'ai lu ça dans un bouquin ; et même ils ont un nom spécial pour ça. Ils appellent ça "laisser pourrir" la situation. Avant l'indépendance, Sandrinelli et Le Bituré ont appliqué la recette à diverses entreprises en grève à Fort-Nègre.

– Explique! grondait Jo Le Jongleur avec impatience.

– C'est simple, exposait le sapak. Une grève, une insurrection, une rébellion, au fond, c'est comme un brusque accès de fièvre chez un individu quelconque. Alors, au lieu de se précipiter, un médecin vicieux peut se contenter de faire le pari que le malade n'est pas sérieusement atteint; il se dit secrètement : *Surtout, pas de panique!* Alors, il attend. Le malade marine un jour, deux jours, trois jours dans sa sueur. Puis, tout à coup, la fièvre retombe toute seule, d'elle-même. C'est-à-dire que les grévistes, les insurgés ou les rebelles se lassent, cessent de croire à leur succès, se mettent à douter de tout et même de leurs chefs contre qui ils se retournent. Le mouvement s'effiloche, puis se désintègre, meurt de sa belle mort. Et le tour est joué, les autorités n'ont plus qu'à reprendre les choses en main.

– C'est vrai que c'est vicieux, commenta Jo Le Jongleur, et dangereux surtout. Si c'est bien leur idée, alors, Le Péquenot, tu sais ce qui te reste à faire? Une grande déclaration. Tu es le chef maintenant, après tout. Une partie de la cité t'a reconnu et, de plus, tu es mandaté par Ouragan-Viet, je suis prêt à en témoigner. Dans ta déclaration, tu prononces la déchéance des dirigeants actuels, et tu leur ordonnes de rendre leurs armes.

– C'est une idée fixe, railla Mor-Zamba.

– Crois-moi, mon vieux, ça marchera. Et d'ailleurs, tu n'as pas le choix.

Jo Le Jongleur se trompait pour une fois. Ce troisième jour de l'insurrection des femmes, alors que les rubénistes venaient de débattre, pour la troisième ou quatrième fois, de la tactique du pourrissement, la rumeur se propagea que Soumazeu avait été aperçu tout en haut de la cité sans sa bicyclette, sans escorte, qu'il descendait l'artère principale à pied en direction de la route, c'est-à-dire en direction du rassemblement des femmes et du fortin, qu'il s'approchait du pas nonchalant d'un père qui va rendre visite à ses enfants.

— Pas de doute, commencèrent à se dire les femmes les unes aux autres, pas de doute, le but de sa sortie, c'est ici, c'est nous. Il vient peut-être récupérer sa fille la mulâtresse. Sinon, quel culot et quelle prétention ! Vraiment que viendrait-il faire ici, après tout ce qui s'est passé ? Persuader ses prisonnières de réintégrer leur enclos ? Se figure-t-il que ce soit encore possible ? Ô, l'homme impudent. Espérons pour lui qu'il vient récupérer sa fille la mulâtresse.

— Je ne suis pas la fille de Van den Rietter, protesta la mulâtresse quand ces propos furent parvenus jusqu'à elle.

— Qui es-tu donc ? lui demanda Ngwane-Eligui la Jeune.

— Je suis une orpheline, ou plutôt une enfant abandonnée et recueillie par frère Nicolas. En vérité, je suis la nièce de frère Nicolas, c'est-à-dire la fille de son frère, commerçant à Mackenzieville. En 1956, mon père est retourné se marier dans son pays. Revenu à Mackenzieville, il n'a plus voulu de moi, sans doute à la demande de sa nouvelle femme. Alors, frère Nicolas m'a recueillie, et c'est ainsi que je me suis retrouvée à Ekoumdoum.

– Pourquoi n'es-tu pas allée avec ta mère noire ? demanda une mère de petit malade.

– Parce que je ne l'ai jamais vue et que je ne la connais pas, quoiqu'elle vive toujours. Après avoir longtemps habité ensemble comme mari et femme, ils se sont brusquement séparés un jour ; c'est ce qu'on m'a dit, sans me préciser le motif de cette séparation. Je sais maintenant que frère Nicolas ne m'emmènera pas non plus quand le jour de son départ sera venu ; il me mettra dans un orphelinat à Mackenzieville : c'est toujours ainsi que cela se passe. Je suis des vôtres et je veux vivre désormais comme vous, et non reléguée dans les salles froides et les galeries solitaires d'une bâtisse étrangère.

Dans sa marche, le père Van den Rietter avait été constamment sous le feu d'hostilité de plus en plus dense que le peuple des femmes, par des centaines de paires d'yeux qui semblaient lancer des traits à jets ininterrompus, dardait sur ce personnage hier encore respecté et admiré, aujourd'hui exécré comme tous les pères abusifs. Quand il fut enfin à portée de parole, le brouhaha de voix de la foule tomba progressivement, comme un orage qui s'apaise ; mais en même temps les visages, en se tournant vers l'intrus, se figeaient, se fermaient.

La faute que commit alors Van den Rietter ne fut peut-être qu'un effet de cette réprobation muette dont la chape inconnue accabla tout à coup ses épaules et le fit trébucher. Peut-être voulut-il se donner une contenance au moment de tenter de renouer avec les femmes de la cité. Peut-être voulut-il accorder un ultime répit à son trouble. Le jour baissait déjà et le temps lourd peuplait l'air de gros insectes et de volatiles que les éperviers chassaient en fendant le ciel peu lumineux d'un vol planant et zigzagant. Parvenu à un jet de pierre seulement du rassemblement des femmes, Soumazeu interrompit tout à coup sa marche, se planta en écartant les jambes comme un acrobate préparant un exercice d'adresse et de force tout à la fois, rejeta sa tête en arrière, dressa vers le ciel, de toute la longueur de ses bras, ses paumes jointes, et se mit à pivoter sur son bassin, tantôt de gauche à droite, tantôt de droite à gauche. Cela dura de longues minutes, puis une explosion sèche retentit sans surprendre la foule, en même temps qu'une ombre lancée comme une flèche traversait l'air avant de se fracasser sur le gravier à gros grains de l'artère principale, aux pieds de Soumazeu.

— Voilà bien la cruauté et l'insensibilité de ces gens, commenta la foule dans une sourde rumeur ; il laisse l'épidémie décimer nos enfants, il réduit nos adolescents en esclavage, il nous voit en proie aux tourments du chagrin le plus cruel, et que fait-il pendant ce temps ? Il joue à tuer des animaux innocents qu'il ne mange même pas. Voilà bien la cruauté et l'inhumanité de ces gens. Attendez, dans quelques instants, il va nous prêcher l'amour du voisin et la compassion pour les faibles.

Cependant, Soumazeu qui avait repris sa grotesque posture d'affût abattit coup sur coup trois autres éperviers, inconscient du dégoût et du scandale que soulevait ce vain carnage. L'une des prisonnières mutinées de la Mission catholique déclara à mi-voix :

– Horde de sauvages, vous savez maintenant ce qui vous attend si vous osez bouger de nouveau ! Voilà le message qu'est en train de vous adresser Soumazeu, si vous ne l'aviez pas encore compris. Si j'étais un homme, je ne laisserais pas faire cet arrogant étranger.

Plus sourd que jamais à la consternation de la foule qui l'observait, Van den Rietter abattit encore deux autres éperviers.

– Couchez-vous face dans la poussière, horde de singes ! cria la même femme. Ah, que ne suis-je un homme ! Pas un homme comme les nôtres qui n'ont rien entre les jambes, mais un vrai homme, un homme qui en aurait.

C'est alors que le peuple d'Ekoumdoum eut le bonheur d'assister à un vrai prodige, un événement que, comme les femmes devaient le confesser en sanglotant au cours du tohu-bohu de triomphe qui lui succéda, les habitants de la cité, depuis longtemps, depuis toujours peut-être, attendaient sans oser se l'avouer. Jamais on n'a vu un geste aussi insignifiant produire une telle émotion dans l'âme de tout un peuple ni se graver aussi profondément dans son esprit et modifier à ce point sa personnalité. Certes, la première sortie de Ngwane-Eligui la Jeune hors du bois aux Chimpanzés sans l'autorisation de ses maîtres, sa promenade à travers la cité, plus sereine et goguenarde qu'un défi, nous avaient remplis de terreur ô combien justifiée. Le meurtre abominable d'Ezadzomo et d'Ezabiemeu, en nous révélant l'abîme de notre impuissance, nous avait livrés aux supplices du désespoir. Quant à l'exploit de Georges

Mor-Kinda, appelé par ses amis Jo Le Jongleur, il sonna comme le signal ouvrant une ère merveilleuse, comme le coup de rame jetant l'esquif sur la rive de la Terre promise, après une navigation si longue que nous avions oublié l'année de l'appareillage.

Debout au milieu des femmes, non loin du fortin, Jo Le Jongleur n'avait pas perdu un seul des gestes de Van den Rietter depuis le moment où il avait été signalé dans le haut de la cité descendant vers la route. Il l'avait observé minutieusement tandis qu'il se plantait sur la rude chaussée de l'artère principale, qu'il levait ses deux paumes jointes, qu'il visait la cible fuyante en pivotant sur son bassin. Il avait entendu avec joie les commentaires hostiles ou vindicatifs de ses voisines après la première victoire de Soumazeu, et partagé leur sévérité et leur indignation. Il avait vu le missionnaire se remettre à l'affût et abattre coup sur coup trois autres rapaces. Humilié, saisi de rage, il s'était dit : *Eh oui, si loin de son pays, si loin de ses frères de Fort-Nègre, tout seul au milieu d'une cité africaine, en plein cœur de l'Afrique, voilà encore un toubab qui triomphe. À croire qu'ils sont nés pour gagner, où qu'ils soient ! Mais pourquoi gagnent-ils toujours ? Parce qu'ils sont les plus forts ? Voire. Plutôt parce qu'eux seuls ont l'audace nécessaire pour gagner. D'où leur vient cette audace ? De ce que, si j'ai bien compris ce que m'en dit souvent le sapak Évariste, de leur histoire, ils ne retiennent que les victoires. Des gens qui ne retiennent de leur histoire que les victoires finissent par se persuader, de génération en génération, que le ciel lui-même les protège et les voue à* la victoire. *Au fur et à mesure que les siècles s'écoulent, les enfants de ces peuples se croient invincibles. Alors, ils foncent à tous les coups, gonflés d'assurance – et ça réussit chaque fois.*

Tandis que nous, le sapak a raison, depuis que les toubabs sont arrivés, nous n'avons plus d'histoire, parce qu'ils nous l'ont volée. Ils nous ont enseigné que notre histoire, c'est seulement d'avoir été vaincus par eux. C'est vrai, nous ne savons plus de nous et de nos pères que ce qu'ils nous en disent, à savoir qu'ils nous ont vaincus, un point c'est tout. Alors nous faisons ce que le sapak appelle « un complexe d'infériorité ». Ayant été vaincus une fois – oui, mais quelle dérouillée cela a dû être ! –, nous sommes persuadés que nous devrons l'être nécessairement à l'avenir. Pourquoi le sapak m'a-t-il si souvent harcelé avec cette interrogation ? Il devrait pourtant connaître la réponse, lui qui sait tant de choses. Ce qui distingue le maître de l'esclave ? C'est simple, finalement : l'un est persuadé qu'il doit nécessairement vaincre, l'autre qu'il doit nécessairement être vaincu. Alors, mon vieux Jo, à toi de choisir : tu veux être un esclave ou un seigneur ? Un seigneur ? Alors, il faut y aller. Fonce, vieux Jo, terreur des mamelouks, écumeur des groupes scolaires, tourment des gaullistes et autres Sandrinellis, héros des tumultueuses nuits de Kola-Kola. Ce n'est pas un cul-terreux, s'appelât-il Soumazeu, qui interrompra la carrière d'un noble enfant de Ruben, d'un disciple d'Ouragan-Viet.

En faisant valoir diverses considérations plus pertinentes les unes que les autres, Jo Le Jongleur avait, avec l'accord de Mor-Zamba, introduit quelques armes dans le fortin, ainsi que des munitions. Il revint dans le fortin, prit un mousqueton, l'arma sans précipitation, glissa quelques balles dans sa poche et sortit avant que personne n'ait eu le temps de voir et de comprendre son manège. Fendant calmement la foule des femmes, il marcha d'un pas déterminé sur Van den Rietter, s'arrêta à quelques centimètres du missionnaire, se campa comme il l'avait vu faire, dressa les deux bras crispés sur l'arme et la pointa vers le ciel, tandis que des femmes hurlaient des exclamations épouvantées.

Quelle fut l'attitude du missionnaire, quelle expression se peignit sur ce visage si impérieux à l'ordinaire lorsque Van den Rietter aperçut le petit homme en position auprès de lui ? Certains affirment que, de surprise, il se tourna complètement vers Jo Le Jongleur et même lui adressa des paroles d'encouragement et de bienveillance. Selon d'autres, s'il est vrai que le missionnaire fit en effet un quart de tour afin d'embrasser d'un seul coup d'œil la totalité du personnage de son rival, une simple lueur de curiosité dédaigneuse brilla dans son regard au milieu d'un visage impassible ; en aucun cas il n'ouvrit la bouche, gardant au contraire les deux lèvres bien pincées comme il lui arrivait toujours chaque fois qu'un habitant de la cité s'oubliait au point d'oser lui porter la contradiction.

Il est plus plausible que personne n'eut assez de présence d'esprit pour observer cet homme exécré maintenant, que nous eussions aimé savoir désormais au diable, tant nous étions fascinés par le petit maquisard venu de si loin qui, peut-être, allait nous libérer du doute et racheter nos lâchetés. Mais nous n'avons même peut-être épié ni l'un ni l'autre ; il se peut qu'à l'instant fatidique nous ayons fermé les yeux, comme fait une mère ou un père en voyant le fils, à qui la cité vient de confier l'ultime espoir de sauver l'honneur commun, pénétrer dans l'arène et commencer à se mesurer avec le champion du camp adverse ; c'est un homme qu'on dit redoutable et féroce et déjà sa seule réputation d'invincibilité écrase l'enfant frêle et doux ; sa santé a coûté tant de soins ! ses rhumes s'éternisaient ; le temps a beau passer, sa jambe doit toujours grincer d'une fracture enfantine.

Ce que nous nous rappellerons toujours parfaitement, c'est la détonation, l'unique détonation, parce qu'elle ébranla la cité dans ses entrailles profondes, la remettant en quelque sorte dans son assiette originelle d'où l'avait délogée Van den Rietter, alors qu'elle eût pu la disloquer ; parce qu'elle gronde toujours au fond de notre âme comme dans le mystère d'une grotte une source jaillissante et immortelle ; parce qu'elle bourdonne encore dans nos oreilles qu'elle assourdit comme la vigueur d'un sang retrempé et rajeuni ; parce qu'elle se doubla quasi instantanément d'un autre fracas, à la fois sourd et abrupt, qui annonçait que le rapace abattu par Jo Le Jongleur venait de se fracasser sur le gravier à gros grains de l'artère principale.

Qui peut décrire les folles scènes qui ont suivi ? Ne vaut-il pas mieux se résigner à l'énumération de faits et de gestes dans leur nudité ? Jo Le Jongleur a été aussitôt porté en triomphe à travers la cité par les femmes mutinées de la Mission catholique, qui poussaient des youyous si stridents et proféraient des paroles si exaltées et extatiques qu'ils semblaient exprimer le degré suprême du délire. Excepté le bois aux Chimpanzés, toute notre cité s'est retrouvée spontanément sur l'artère principale; ceux des habitants qui étaient à cette heure-là dans le haut Ekoumdoum ont reflué comme un énorme torrent vers le quartier du fortin. Les hommes, les adolescents en particulier, n'ont plus hésité à parader côte à côte avec les femmes qui les raillaient en leur criant :

– Eh bien, ne dirait-on pas que c'est la fin du monde? Voici que les esclaves eux-mêmes s'avisent de marcher debout sous les yeux de leur maître, au lieu de ramper. Regardez-les, ils bombent le torse, ils s'esclaffent, ils se rengorgent; on dirait de vrais hommes, des hommes ayant quelque chose entre les jambes. Mais regardez-les, ils nous feraient croire que les voilà enfin résolus à s'emparer de leur liberté. Que disent-ils? Que c'est le cas? Qu'il n'y a qu'à les mettre à l'épreuve? Vous demandez une épreuve, hommes aux attributs postiches? Vous voulez une épreuve pour établir enfin que vous êtes de vrais hommes? Alors, chiche! Votre épreuve, la voilà à quelques pas; votre épreuve, c'est cet étranger à la longue barbe qui vous faisait encore trimer hier dans ses plantations, comme s'il vous avait destitués de votre virilité. Alors, chiche, voilà votre épreuve. Que dites-vous? Que vous n'avez plus traversé le fleuve pour trimer dans ses champs et ses plantations depuis le deuxième jour de notre insurrection ? Cela ne suffit pas. Allez lui arracher sa pétoire si vous êtes vraiment des hommes. Allez, allez… Attention, nous vous regardons. C'est aujourd'hui que le doute sera enfin levé sur votre vrai sexe.

Après la prouesse de Jo Le Jongleur, Soumazeu n'avait pas ébauché le moindre mouvement de retraite comme chacun s'y attendait ; immobile, il contemplait pensivement la foule ivre ainsi que fait le maître en présence d'écoliers turbulents hurlant sans raison dans une cour de récréation. Les adolescents, qu'avait fouettés pour ainsi dire jusqu'au sang l'exhortation des femmes, eurent bientôt cerné le missionnaire, et lui parlèrent d'abord raisonnablement.

– Nous avons longtemps travaillé sur tes chantiers et principalement dans ta plantation, lui dirent-ils ; nous voulons que tu nous paies notre peine en bon argent, maintenant. Ne sais-tu pas que tout travail exige un salaire depuis que l'indépendance, conduite par Abéna, a pénétré dans la cité d'Ekoumdoum, notre noble cité ? Mais pourquoi gardes-tu le silence ? Pourquoi ne nous réponds-tu pas ? Rejettes-tu notre requête comme n'ayant aucun fondement ou bien l'estimes-tu justifiée et, dans ce cas, y feras-tu droit ? Tu ne nous réponds pas, tu ne nous as jamais répondu, tu n'as jamais voulu nous considérer comme des hommes. Nous sommes des singes à tes yeux, n'est-ce pas ? Alors, pourquoi ne vas-tu pas aussi évangéliser les ouistitis et les orangs-outangs dans la jungle ?

— Qu'il vous donne son arme, cria tout à coup le sapak qui, sur les conseils de Ngwane-Eligui la Jeune, s'était mêlé aux jeunes gens; qu'il vous donne son arme puisqu'il n'a pas les moyens de vous payer.

— C'est ça, reprirent les jeunes gens en écho, donne-nous au moins ton arme, et nous te tiendrons quitte de tout. Donne-nous ton arme ou tu auras affaire à l'indépendance.

Autour du missionnaire, la foule juvénile dansait maintenant une sarabande chahuteuse, mais la véhémence de ses interprètes, l'agressivité solennelle de leur gesticulation, l'exaspération graduelle de leurs sommations, le volume sans cesse grandissant de leur voix, l'allégresse des applaudissements que leur adressaient leurs sectateurs, tout démentait cette bonhomie apparente. D'ailleurs, l'étau se resserrait autour de Van den Rietter, plus impassible que jamais. À braver du regard le maître d'hier, à brandir le poing sous son menton, les plus âgés paraissaient conscients de se livrer au jeu sacrilège de la profanation.

Sans avoir esquissé un geste de défense, Soumazeu se trouva bientôt pris dans le branle d'une bousculade déclenchée par les plus jeunes de ses interpellateurs, qui étaient aussi les plus petits, comme un chêne dont la hache anonyme secoue la base et fait trembler la cime. C'est alors que Mor-Zamba se dressa de toute la hauteur de sa stature et de toute l'autorité d'une réputation mystérieuse et fabuleuse qu'étendaient un peu plus à chaque heure les récits, encore timides pourtant, des rares rescapés des temps anciens qui virent arriver l'enfant errant. Le sapak prit la parole et s'adressa en ces termes, non plus à un compagnon, mais à un arbitre, à un juge, à un maître :

– Voilà : ces jeunes gens, tu sais bien, accusent le missionnaire de les avoir fait trimer sans salaire. Ils exigent donc d'être payés en bon argent, tout de suite. C'est logique, non ? Bon, remarque qu'ils tiendraient quitte leur ancien patron s'il leur remettait sa pétoire. C'est ce qu'ils ont dit.

Comme touché par une grâce miraculeuse, Van den Rietter avait dépouillé son arrogance en apercevant Mor-Zamba ; il ne songea point à contester l'avantage de sa position, ni même à en douter et se résigna à l'humiliation d'une négociation vitale avec un inconnu dans son fief d'Ekoumdoum ; c'était comme si on lui avait signifié sa déchéance. Il fut finalement convenu entre les deux adultes que l'arme serait donnée aux adolescents à la manière d'un jouet, c'est-à-dire sans les munitions, et qu'ensuite les jeunes gens cesseraient d'asticoter Van den Rietter. Soumazeu extirpa alors le revolver de sa poche et le confia à Mor-Zamba qui le tendit au sapak Évariste, autour de qui se pressèrent aussitôt les jeunes gens de la cité, dévorés de curiosité.

Quand arriva sur les lieux Jo Le Jongleur dont le rite triomphal avait été écourté à sa propre demande, Van den Rietter, libéré de la populace, et Mor-Zamba qui le dominait de la tête et des épaules et semblait le protéger, s'éloignaient en marchant côte à côte et conversaient apparemment avec une circonspection en quelque sorte chaleureuse.

– Qu'est-ce que ça signifie ? dit l'ancien arsouille en pointant l'index vers Mor-Zamba et Van den Rietter ; peux-tu me dire ce que cela signifie, toi ? Le Péquenot fraternise avec ce toubab qui a failli m'assassiner d'une torsion des testicules ?

– Ne t'en fais pas Jo, lui répondit le sapak, il l'accompagne un bout de chemin comme ça, parce que l'autre était vert de trouille ; nos amis qui sont là l'ont un peu houspillé tout à l'heure pour lui prendre ceci, regarde bien, Jo ; pas mal, n'est-ce pas ? Est-ce que tu te rends bien compte de ce que tu viens de faire, Jo ? Et si tu n'avais pas réussi du premier coup ? Parce que c'était ça, tu vois ? Ou bien du premier coup, ou alors la catastrophe quoi que tu fasses après. C'est vrai, pour les gens c'était ça : il fallait à tout prix que le ciel soit avec toi. Et la meilleure façon de le montrer, c'était que tu fasses mouche du premier coup. Ouf ! tu as fait mouche du premier coup, c'est l'essentiel. Qu'est-ce qui t'a pris, Jo ? Quelle mouche a bien pu te piquer ?

– Est-ce que tu te souviens de moi, Jo ? fit un adolescent parmi les centaines qui les entouraient en écarquillant les yeux.

– Non, mon vieux, répondit Jo Le Jongleur, rappelle-moi qui tu es.

– Le jour de votre arrivée, alors que tu portais encore de grandes robes comme un Haoussa, tu te rappelles ? Eh bien, peu avant votre arrivée à l'entrée de la cité, vous avez rencontré un groupe de jeunes, disons une dizaine. Vous vous êtes arrêtés, sans doute pour nous parler, mais nous nous sommes enfuis précipitamment. Vous avez dû nous prendre pour de vrais sauvages, pas vrai ? Eh bien, nous allions braconner sur les terres du chef, et nous voulions éviter que qui que ce soit le sache. Ce qui est formidable, c'est que nous pourrons désormais chasser partout, librement. Est-ce vrai ?

– J'en suis persuadé, répondit sans hésiter Jo Le Jongleur. Cela vous sera confirmé par le nouveau chef, mais c'est comme si c'était officiel.

– Nous sommes tes soldats désormais, reprit l'adolescent, ainsi que ceux d'Abéna. Demande-nous n'importe quoi et nous le ferons aussitôt.

À ce moment précis, Ngwane-Eligui la Jeune se glissa auprès de Jo Le Jongleur, le prit par la main et l'entraîna un peu à l'écart de la foule.

– Je vais au palais avec les rebelles de la mission catholique, lui confia-t-elle tout bas, en lui parlant presque à l'oreille.

– Pour quoi faire à cette heure tardive ? s'inquiéta le Koléen.

– Nous avons toutes un vieux compte à régler avec cette brute de Zoabekwé qui nous a tant battues que chacune de nous porte encore une trace de son nerf de bœuf. Eh bien, nous allons lui rendre la monnaie de sa pièce, et personne ne pourra nous en empêcher. Pour ce que nous voulons lui faire, cette heure est la meilleure ; c'est tout de suite ou jamais.

– Nous venons vous prêter main forte, attendez donc que nous soyons prêts, supplia Jo Le Jongleur.

– Pas question ! Nous sommes bien assez grandes pour régler nos affaires toutes seules.

— Voyons, vous êtes toutes des folles ; il est plus fort que vous toutes réunies. Il va vous asséner son poing comme un gourdin, et il en abattra bien dix à chaque coup.

— Tu n'y connais rien ; tu n'es qu'une sale brute comme tous les hommes. Si tu veux parier, tu n'as qu'à t'arranger, et tu pourras l'entendre, mais de loin ; il ne va pas tarder à braire sous la douleur ; chacune de nous a juré de lui cingler plusieurs fois le dos avec son propre nerf de bœuf. Mais il y a lieu de vous amuser autrement, vous. Par exemple en allant faire un petit tour du côté du presbytère. Je crois me souvenir qu'on s'est donné du plaisir là-bas une certaine nuit avec vos testicules. Mais, après tout, c'est votre affaire si vous estimez que des gens qui ont fait des choses pareilles ont droit au sommeil une nuit comme celle-ci. Nous, cela fait des mois, des années parfois, que nous attendons ce moment.

— Nous, ce qui nous intéresse, ce sont les armes. Notre mission, ce sont les armes.

— Compte sur moi pour te rapporter toutes celles du palais. Salut.

Revenu au milieu des jeunes gens de la cité, qui l'avaient attendu respectueusement, Jo Le Jongleur, très emporté tout à coup, leur déclara :

— Vous voulez être des soldats, les gars ? Nous allons bien voir. Eh bien, armez-vous tout de suite d'une machette, vous allez livrer immédiatement votre première bataille, au presbytère. Nous devons nous emparer des armes des missionnaires. Sachez-le : c'est une question de vie ou de mort.

– Ce soir ? demanda le sapak.

– J'ai dit "tout de suite", répondit Jo Le Jongleur.

– D'accord, reprit le sapak, mais le grand chien, comment allons-nous nous y prendre avec cette énorme bête ? Tu l'abats tout de suite en arrivant ? Mais alors, tu alertes les deux toubabs ?

– Le chien ? firent en chœur plusieurs adolescents de la cité, il n'y a plus de chien ; il y a plusieurs semaines qu'il est mort. On pense qu'il a été mordu par une bête, peut-être un serpent.

– Mais alors, ça change tout, s'écria le sapak Évariste.

– Rassemblement ici même dans dix minutes ! ordonna Jo Le Jongleur.

Il emmena le sapak au fortin et le pourvut d'un mousqueton.

– Ce fusil n'est pas armé, lui dit-il ; tu n'as donc rien à craindre, il suffit que tu l'exhibes ; mais tu me confies le revolver, parce que ce genre de joujou est extrêmement dangereux.

– Dis-moi, tout à l'heure, est-ce que tu avais bu ? demanda le sapak d'un air extrêmement troublé.

– Qu'est-ce qui te prend ? répliqua Jo Le Jongleur, est-ce que tu te figures vraiment que c'est le meilleur moment pour plaisanter ?

– Est-ce que tu avais bu ? Je ne plaisante pas.

– Non, je n'avais pas bu ; mais j'étais ivre quand même, par ta faute. C'est toi qui m'as soûlé le jour de notre retour ou le lendemain, peu importe, en me traitant d'esclave de Sandrinelli. Eh bien, tu vois, je suis en train de te prouver que je ne suis pas un esclave de Sandrinelli. Et attends, tout à l'heure, ce n'était qu'un début ; pour la suite, ouvre bien tes mirettes, galopin. Ils vont en baver maintenant, les toubabs. Ah, ils ont voulu faire un esclave du vieux Jo ? Galopin, c'est ce qu'on va voir.

C'est vrai qu'il tenait lui aussi l'occasion unique de sa revanche ! À quelques détails près – l'absence de Mor-Zamba, par exemple, qu'il valait mieux ne pas mettre dans le secret parce qu'il serait capable de faire un scandale en s'employant à enrayer l'opération –, lui, Jo Le Jongleur, allait quand même pouvoir exécuter en l'appliquant au presbytère le plan conçu huit mois plus tôt pour l'assaut du bois aux Chimpanzés et que des événements malencontreux l'avaient obligé à remiser précipitamment quelque part au fond de sa mémoire.

Tout se déroula d'ailleurs à la perfection et la première grande victoire militaire du commando rubéniste fut exempte de bavure – « un vrai Austerlitz », prétend aujourd'hui le sapak Évariste. À moins d'avoir été expressément convoqués à cette heure-là au presbytère, les employés avaient coutume de passer paisiblement leurs soirées en famille ou entre amis dans de petites cités disséminées à travers le domaine de la Mission, et se gardaient bien de venir importuner les missionnaires après la nuit tombée. Aussi les troupes de Jo Le Jongleur purent-elles se conformer à toutes les instructions de leur chef, investir la belle demeure des missionnaires sans rencontrer âme qui vive et se dissimuler dans les ténèbres.

Le rapport des éclaireurs confirma tous les calculs de Jo Le Jongleur et de son état-major de stratèges : les deux missionnaires étaient en train de dîner ; le boy emportait les plats de la cuisine l'un après l'autre, en traversant la terrasse illuminée par une ampoule électrique sans abat-jour, pénétrait dans la salle à manger et disposait les plats sur la table devant les missionnaires au fur et à mesure. Le cuisinier avait éteint son fourneau et procédait aux derniers nettoyages et rangements avant de quitter le presbytère. C'est ce qu'il fit d'ailleurs après dix minutes environ, et Jo Le Jongleur le laissa s'éloigner en sifflotant comme un homme satisfait de sa condition.

Comme convenu, Jo Le Jongleur tira en l'air, et aussitôt la masse des assaillants se rua dans la salle à manger, sur la terrasse, dans les couloirs, dans les pièces voisines. À peine deux groupes d'hommes brandissant des machettes venaient-ils d'encadrer les deux dîneurs que l'ancien domestique de Sandrinelli sauta dans la salle à manger et pointa son mousqueton de la main gauche et de la main droite un revolver sur les deux Européens.

– Que personne ne bouge ! tonna-t-il en roulant hideusement des yeux et en parlant en français, car on lui avait dit que frère Nicolas, malgré sa bonne volonté, n'entendait que très approximativement la langue parlée à Ekoumdoum.

– Qu'est-ce qu'il y a ? bredouilla justement frère Nicolas en se dressant et en levant les mains en l'air, que nous voulez-vous ?

– Je n'ai pas dit : "les mains en l'air !" tonna de nouveau Jo Le Jongleur en roulant des yeux de plus belle ; j'ai dit : "Que personne ne bouge !" Assis, le gros !

À cet instant, le commando chargé de se saisir du boy dans la cuisine, et que conduisait le sapak, pénétra dans la salle à manger, poussant devant lui un pauvre garçon abasourdi et tremblant.

– Et maintenant, reprit Jo Le Jongleur d'une voix dont la férocité eut pour effet que frère Nicolas sombra dans une panique plaisante, et maintenant dites à votre boy d'aller chercher les armes, toutes les armes et de les porter ici.

Comme Van den Rietter, malgré la supplication muette de son compatriote, hésitait, observant l'ancien mauvais garçon d'un œil vide, comme s'il avait tenté de jouer la carte de la lenteur d'esprit et même de l'inintelligence, Jo Le Jongleur tira un coup de revolver dans le plafond, au-dessus des deux missionnaires, faisant sursauter le jeune boy ainsi que frère Nicolas, tandis qu'une pluie d'écailles de plâtre criblait la nappe et les victuailles. Frère Nicolas tourna un visage éperdu vers son compatriote qui finit par articuler, presque en chuchotant :

– Vas-y, Édouard, va chercher les armes, tu sais bien…

Effaré, désespéré, Édouard ouvrit plusieurs fois la bouche, sans pouvoir émettre aucun son, et quitta la salle encadré par le commando du sapak avec une sûreté de technique qui était un sujet d'admiration pour le général en chef lui-même. Quelques minutes plus tard, le jeune boy, toujours étroitement marqué par le commando du sapak, revint avec les armes et les posa sur la table au milieu des couverts, des plats de viande et de légumes et des bouteilles de vin. Au même moment, il y eut du remue-ménage dans la cour, on vit Mor-Zamba, sous la lampe sans abat-jour de la terrasse, fendre les rangs compacts d'adolescents armés de machettes et pénétrer dans la salle à manger, à bout de souffle à force sans doute d'appeler Mor-Kinda.

– Jo, Jo, Jo, répétait-il, tu es dingue, Jo ! Je t'en prie, arrête, attends. Jo, je t'en supplie. Ah, j'arrive à temps apparemment. Jo, je t'en prie…

– Tais-toi, Le Péquenot, tu me fatigues ! lui fit sèchement Jo Le Jongleur. Ne t'occupe pas de ça, nous réglerons nos affaires plus tard. Évariste, notre compte d'armes est-il vérifié ?

Le sapak procéda calmement à l'inventaire des armes, puis fit de la tête un signe d'acquiescement à l'adresse de Jo Le Jongleur.

– C'est parfait, les gars. Mission accomplie. Retirons-nous.

– Père, s'écria frère Nicolas d'une voix suppliante à l'adresse de son compatriote. Père, fais-leur jurer qu'ils garantissent désormais notre sécurité. Hein, vous autres, reconnaissez-vous que vous êtes désormais responsables de notre sécurité ?

– Et Jésus-Christ alors ? railla Jo Le Jongleur. Il ne veut donc plus rien faire pour vous ?

– Père, gémissait frère Nicolas, fais-leur jurer…

— Ne t'inquiète pas, Frère Nicolas, j'ai déjà eu l'occasion d'en discuter avec celui-là, le grand, qui semble être le chef.

— Pas de panique, le gros, ricana Jo Le Jongleur : nous ne toucherons même pas à vos testicules ; nous ne sommes pas comme vous autres. Salut et que notre visite ne vous coupe pas l'appétit, petits veinards, toujours bien approvisionnés, pas vrai ? Jésus-Christ sans doute ? Dommage qu'il ne soit pas aussi généreux avec nous autres.

CHAPITRE V

*I*L FALLUT POURTANT SE RÉVEILLER de cette nuit inimaginable et s'adonner aussitôt à la vaine tâche de démêler rétrospectivement sa part de réalité et sa part de songe. Même la plus longue conversation avec des complices ne suffisait pas à rassurer les protagonistes sur leur propre lucidité. Ainsi, il arriva si souvent dans l'infirmerie le lendemain matin à Jo Le Jongleur d'avoir le regard fixe que Ngwane-Eligui la Jeune et le sapak Évariste devaient fréquemment interrompre leur besogne ou leur réplique pour se pencher sur le premier héros de cette nuit.

— Tu es sûr que tu te sens bien, Jo ? lui disait tristement l'un ou l'autre.

— Vous m'agacez ! leur répondait-il invariablement Je me sens très bien ; seulement, je réfléchis à tout ce qui se raconte.

— Moi non plus, je n'en crois rien, renchérissait le sapak Évariste. D'abord comment avez-vous fait pour réduire un si rude gaillard ? On dit que vous l'avez surpris, bon, bon ! Le géant a été attaqué de partout par les nains : pendant que cinq ou six d'entre vous lui broyaient les testicules, technique de torture dont les femmes partagent la science raffinée avec les missionnaires, cinq ou six autres se chargeaient de le mordre aux mollets, aux fesses, aux bras, aux cuisses, je vois ça d'ici, et le gros de la troupe se mettait en devoir de le culbuter, de le plaquer au sol, de lui ligoter les membres, jusque-là je veux bien, je suis bon prince, moi ; vous devez en avoir des yeux pochés, des ecchymoses, des bras cassés peut-être, bien que toi, Ngwane-Eligui la Jeune, tu ne portes aucune trace du combat, tu devais donc te contenter de surveiller la manœuvre. Mais après ? Il se raconte que vous l'avez alors tranquillement transporté dans un endroit assez vaste, cour ou salle peu importe, pour que le plus grand nombre de gens possible puisse assister au supplice du fouet. Alors, vous avez arraché les dernières guenilles qui le couvraient. Alors là, je n'arrive pas à y croire.

— Pourquoi donc ? demanda Ngwane-Eligui la Jeune.

— Devant un tel déchaînement de cruauté, personne ne s'est interposé ?

— Pauvre Nourédine ! répondait Ngwane-Eligui la Jeune. Comme tu manques d'expérience ! Tu as encore bien des choses à apprendre, décidément. Comme quoi il ne suffit pas de lire des livres. Tu as souvent rencontré, toi, des gens assez téméraires pour s'interposer entre le bourreau et la victime ? On voit bien que tu n'as pas souvent été victime – ni bourreau d'ailleurs.

– Ainsi chacune est venue lui administrer sa part de coups de nerf de bœuf?

– Oui! Et alors?

– Et il poussait des hurlements de douleur.

– Même pas! Il pleurait à chaudes larmes, il chialait comme un petit garçon qui se fait sévèrement corriger par un autre plus fort. Pas la moindre dignité. Il aurait pu au moins cracher son venin, injurier. Même pas. Il suppliait.

– Et il est couché à cette heure, le dos couvert de zébrures!

– Couvert de zébrures, c'est exactement cela.

– Mais il n'osera plus jamais se montrer devant les gens!

– Ma foi, ça c'est son problème; tu peux toujours aller lui poser la question.

– Mais les armes? demandait Jo Le Jongleur, en sursautant comme un homme qui se réveille.

– Nous les avons, répondait la jeune femme; nous vous les remettrons bientôt. Patience.

– Et qu'allez-vous faire maintenant? reprenait le sapak.

– Patience, Nourédine, tu ne vas pas tarder à le savoir.

Quand le soleil fut au zénith, des rebelles de la Mission catholique qui s'étaient substituées au crieur public et avaient ajouté à ses attributs habituels les deux fusils de chasse pris au palais, se mirent à sillonner la cité en proclamant que le lendemain dimanche, sous le hangar du stade, commencerait la

grande confession des femmes, à laquelle chacun
était invité.

– Qu'est-ce que c'est que cette histoire de confession des femmes ? Et pourquoi portent-elles des fusils
pour l'annoncer ? fit le sapak.

– Patience, Nourédine, tu verras bien demain,
répondit la jeune femme.

– C'est quand même étrange que ce soit les femmes
qui fassent la révolution, conclut le sapak.

Mor-Zamba ne parut à l'infirmerie que vers la fin de
l'après-midi.

– Il faut que je te parle, Jo, fit-il d'une voix abrupte ;
mettons-nous à l'écart, avec Ngwane-Eligui la Jeune, si
elle veut bien.

– Je n'y tiens pas, dit la jeune femme ; réglez donc
entre vous vos affaires d'hommes, comme nous réglons
entre nous nos affaires de femmes.

– Sois raisonnable, je t'en supplie, dit Mor-Zamba.

– Dans ce cas, fit la jeune femme en les suivant.

– Dans cette cité, commença Mor-Zamba en
s'adressant tout particulièrement à Jo Le Jongleur, les
vrais dépositaires de l'autorité, ce sont les vieillards,
ceux qu'on appelle le Conseil des anciens. J'ai eu des
entretiens avec eux toute cette journée. Les anciens
désirent que nous rendions leurs armes aux Blancs.
Selon eux, les Blancs ne nous veulent pas de mal, mais
ils ne peuvent pas se passer de leurs armes.

– Et qu'est-ce que tu en penses, toi, Le Péquenot ?
Dis-nous le fond de ta pensée : nous veulent-ils ou ne
nous veulent-ils pas du mal ?

– Jo, écoute-moi bien ; peu importe ce que je pense. En ce moment, je me contente d'être l'interprète des anciens.

– C'est ainsi que tu conçois ton rôle de chef ?

– C'est ainsi, en effet, si tu veux savoir.

– Alors, tu me surprends beaucoup, mon vieux. Écoute-moi bien à ton tour : il y a environ huit mois, nous avons manqué nous faire assassiner ici, le sapak et moi, et nous n'avons dû notre salut qu'à cette petite femme, qui n'est d'ailleurs qu'une enfant. Est-ce qu'à cette époque-là aussi les anciens étaient dépositaires de l'autorité ? Si oui, que firent-ils donc pour nous arracher aux oubliettes et aux coups des brutes du palais ?

– Oui, c'est vrai, Zoabekwé terrorisait la cité, concéda Mor-Zamba.

– Et qui l'aidait à terroriser la cité ?

– Écoute Jo, ce n'est pas le moment d'en discuter.

– Réponds, Le Péquenot, je t'en supplie : je veux connaître le fond de ta pensée. Ces deux enfants aussi, sans doute. Il paraît que les deux Blancs ne nous veulent pas de mal, et cependant ils ont aidé un brigand à terroriser la cité, à assassiner ses enfants, je t'épargne le reste. Ah, elle est jolie l'autorité à Ekoumdoum, quand ce sont les anciens qui en sont les vrais dépositaires. Libre à toi de négocier ton pouvoir avec ces vieux crapauds. Il y a une chose dont je ne les laisserai jamais disposer, moi, ce sont ces armes que nous avons conquises de haute lutte, à la demande d'Ouragan-Viet.

– Je peux dire un mot ? fit le sapak Évariste, après tout, j'ai contribué à la conquête de ces armes.

Pourquoi ne pas marchander leur restitution ? Que nous donnerait-on en échange ? J'ai lu dans un livre qu'en diplomatie tout est négociable, à condition que ce qu'on offre en compensation soit d'égale valeur. Que nous offre-t-on ?

— Rien ne peut avoir une valeur comparable à celle de ces armes ! proclama Jo Le Jongleur. Ces armes, c'est, comme je disais hier soir, une question de vie ou de mort.

— Tu t'enflammes, Jo, tu t'enflammes, et tu ne m'écoutes même pas, dit le sapak en se fâchant. Est-ce que le départ des Blancs, ce n'est pas aussi une question de vie ou de mort ? Si Sandrinelli et tous ses petits copains partaient tout à coup, imagine quel visage prendrait aussitôt Fort-Nègre. Y as-tu pensé ? Sinon, ceux-ci vont rester là, finalement. Et tu sais bien qu'ils refont toujours la même chose avec nous : ils trouveront un nouveau truc pour nous réduire en esclavage.

— Ce n'est pas bête, ce que tu dis là, galopin, pas bête du tout. Eh bien, Le Péquenot, propose ce marché-là aux vieux crapauds : nous rendons les armes, mais les toubabs foutent le camp.

— Vous êtes complètement dingues ! protesta Mor-Zamba.

— Alors pas d'armes ! s'écrièrent en chœur les deux plus jeunes rubénistes.

— C'est bien ce que je pensais, marmonna Mor-Zamba, vous êtes ligués contre moi et vous me traitez comme si je n'étais plus des vôtres. C'est tout juste si vous ne m'accusez pas d'être un traître.

– Qu'est-ce que tu vas chercher ! dit le sapak. Tu devrais être payé pour connaître ces gens-là mieux que personne. Tu sais parfaitement que s'ils restent ici, en disposant de leurs armes, peu importe ce qu'ils promettent aujourd'hui, ils vont fatalement finir par rétablir leur domination.

– Je vais toujours proposer votre marché aux anciens ; bien entendu, ils n'y souscriront pas. Si d'aventure ils acceptent quand même, vous rendez les armes, n'est-ce pas ? C'est sûr ?

– C'est sûr ! répondirent en chœur Jo Le Jongleur et Évariste.

– Curieux bonhomme, votre ami ! soupira Ngwane-Eligui la Jeune quand Mor-Zamba se fut éloigné. Si j'avais imaginé qu'il avait cette mentalité-là... Que dira-t-il demain si les anciens décident qu'il faut restituer leurs femmes à Zoabekwé et à son père ? Et vous, après tout, que répondriez-vous dans une telle circonstance ? Proposeriez-vous qu'en échange de la restitution de leurs femmes ces deux-là débarrassent le plancher ? Franchement, vous envisagez de rendre aux Blancs leurs armes ? C'est sérieux ?

– Oh non, répondirent en chœur le sapak et Jo Le Jongleur, nous nous sommes donné bien trop de mal à nous en emparer. Ces choses-là n'arrivent qu'une fois dans la vie.

– Le Simsimabayane de Tambona était un type assurément sympathique, mais en quelle lavette il aura transformé Mor-Zamba, le lion de Kola-Kola ! déclara le sapak.

– Penses-tu ! fit Jo Le Jongleur. Il a toujours été comme cela, mais ça se voyait peu à Kola-Kola, parce que là-bas il était obligé de rugir, de mordre, de lacérer, sous peine de ne pas survivre. C'est tellement différent ici.

– Je vous aime bien tous les deux, fit la jeune femme en se jetant à leur cou successivement et en les embrassant. Vous, au moins, vous êtes intraitables. Venez assister demain à la confession des femmes, cela vous plaira, Allah !

La confession publique des femmes, rite de profanation imaginé par des esprits quasi sataniques, fut l'occasion pour Ngwane-Eligui la Jeune et ses sœurs les rebelles de la Mission catholique de montrer qu'elles n'étaient pas seulement intraitables, mais enragées aussi. Elles avaient organisé une liturgie dont les traits saillants cherchaient apparemment à frapper les esprits et à remuer l'âme des spectateurs dispersés sur des sièges de fortune à travers le hangar, mais dont les rangs se faisaient de plus en plus compacts, de plus en plus serrés au fur et à mesure que la journée s'écoulait.

À côté d'une table solennelle où trois femmes graves étaient assises face au public, on en voyait une autre plus modeste et un peu écartée où avait pris place un jeune maître de l'école de la Mission ayant un cahier sous la main et à sa portée un encrier et un porte-plume.

– *Audience !* articula tout à coup en français celle des trois femmes qui, sans doute, allait faire fonction de présidente et qui était assise entre deux autres.

Le silence ne tarda pas à régner.

— Qui veut commencer ? demanda alors la présidente, les bras croisés posés sur la table.

— Moi ! cria dans l'assistance une très jeune femme, levant d'abord la main puis se dressant brusquement.

— Avance-toi vers nous, lui ordonna la présidente.

Comme dans une scène réglée, la jeune femme s'avança sans émotion et quand elle se trouva dans l'espace libre ménagé entre le public et les juges, la présidente lui dit sur un ton de commandement :

— Tourne-toi vers le public. Et maintenant, dis-nous lentement ton nom, très lentement pour que le greffier puisse l'inscrire dans son registre.

La jeune femme, qui semblait de plus en plus avoir répété son rôle, articula lentement son nom ainsi que celui de son père, ce qui était la manière traditionnelle de décliner son identité dans le domaine de l'ancien chef.

— De quelle contrée es-tu originaire ? demanda la présidente.

— Du pays de Mackenzieville, comme beaucoup d'autres d'entre nous. C'est là-bas que les rabatteurs de l'ancien chef sont venus m'acheter à mes parents avant de me ramener ici.

— Quelques mois seulement après ton arrivée ici, tu t'es révoltée.

— Oui, je me suis révoltée.

— Pourquoi ?

— Parce que je veux être l'épouse d'un homme jeune, d'un homme que je désire chaque jour pour la beauté et la vigueur de son corps, d'un homme avec lequel je prenne plaisir à faire l'amour. Je ne veux plus subir les rides d'un vieillard immonde; je ne veux plus être contrainte.

– Mais si on t'avait proposé le fils du chef, un homme jeune et vigoureux, l'aurais-tu accepté?

– Non, je ne l'aurais pas accepté.

– Pourquoi?

– Parce que l'époux de plusieurs femmes n'est celui d'aucune en vérité. Il m'aurait fallu attendre des semaines, des mois parfois avant qu'un homme me prenne dans ses bras. Non que les hommes manquent, bien au contraire. J'en verrais partout autour de moi, chaque jour, dont le regard gonflé d'amour me déchirerait comme une griffe. Je serais comme la source défendue par une clôture, délaissée mais inaccessible, délectable mais inutile, que contemple en vain le voyageur brûlant de soif. Ce me serait un tel plaisir de l'assouvir, mais il ne pourrait m'approcher et s'accroupir pour tremper ses lèvres dans la fraîcheur de mon sein.

– Pourtant, nos pères aussi prenaient plusieurs femmes? demanda la présidente.

– Nos pères eurent leurs usages, qui étaient ce qu'ils étaient, nous avons les nôtres qui se distinguent de plus en plus des leurs; ainsi va la vie. J'ai connu un chasseur adroit et avisé, qui avait longtemps manié l'arbalète en s'en félicitant sincèrement, déclarant : "Quel merveilleux instrument! Avec lui, combien j'aurais écumé bois et forêts." Mais un jour il découvrit le fusil et apprit à s'en servir; il ramena plus de gibier qu'il ne l'avait fait auparavant. Alors, il abandonna l'arbalète : "L'une fut utile, disait-il; l'autre est un prodige." Nos pères avaient plusieurs épouses, ce fut sans doute utile comme l'arbalète; quant à nous, quelque prodige point à notre horizon, qui nous détourne à juste titre des anciennes coutumes.

– Avais-tu une liaison dans la cité? demanda la présidente.

– Bien sûr, j'avais une liaison et nous devions déployer des prodiges d'imagination pour nous rencontrer sans nous trahir.

– Est-ce un homme marié?

– Point, je ne l'aurais jamais aimé.

– Puisque des événements récents ont modifié notre situation, cet homme a-t-il exprimé le désir de t'épouser?

– Oui, il veut m'épouser.

– Quel est son nom? Attention, greffier, prends note. Quel est son nom?

Quand la jeune femme eut révélé le nom de sa liaison, l'assistance, déroutée jusque-là et angoissée, éclata en applaudissements qui se muèrent en cris de joie et de triomphe. Ces liaisons n'étaient pourtant pas un véritable secret; chacun les devinait depuis longtemps dans la cité et la tradition s'était établie d'en faire des gorges chaudes. Mais leur aveu public, assuré de l'impunité, étalait brusquement le miracle de la transformation dont la cité venait, presque sans s'en apercevoir, d'être le siège.

– Tu peux disposer ! dit enfin la présidente à la jeune femme.

Toujours gaie, accaparant les regards, faisant tourner les têtes, elle alla s'asseoir auprès d'un homme robuste, très jeune aussi, qui l'accueillit d'un sourire. Les confessions se poursuivirent toute la journée, faisant défiler la plupart des rebelles de la Mission catholique qui étaient presque toujours de très jeunes épouses du vieux chef, révoltées dès les premiers mois de leur séjour au bois aux Chimpanzés.

Mais il s'en fallut que toutes les confessions fussent aussi innocentes et aussi anodines en quelque sorte et, au début de la soirée, alors que les femmes juges avaient obtenu une lampe-tempête pour s'éclairer, comparut une rebelle un peu plus âgée que ses sœurs qui l'avaient précédée, et mère de deux petits enfants. Répondant à une question de la présidente, elle confia :

– Dès que je me suis rebiffée, et avant même que je me réfugie à la Mission catholique, on m'a enlevé mes deux enfants ; c'est une autre mère qui les a élevés pendant ces longs mois qui viennent de s'écouler. Mais j'ai retrouvé mes enfants dès le premier jour de l'insurrection.

– Ces enfants ont-ils été procréés par le vieux chef, ton mari putatif ?

– Absolument pas.

– Comment peux-tu être si catégorique ? Comment peux-tu le savoir ?

– Il est trop vieux, il ne m'a jamais pénétrée ! Comment m'aurait-il fécondée ? Son membre est toujours au repos, mort pour ainsi dire; ce n'est plus qu'une ride comme des milliers d'autres. Comment pourrait-il procréer?

– Alors, sais-tu de qui sont tes enfants?

– Je le sais parfaitement; d'ailleurs il suffit de les voir et de voir ensuite leur vrai père.

– Dis-nous son nom.

Bien que l'opinion publique de la cité se doutât de tels faits, cette révélation aussi provoqua des applaudissements, des exclamations attendries, des cris de joie.

Comparaissant immédiatement après la précédente et parlant dans le même sens, une jeune femme, mère elle aussi, enchérit crûment :

– Je ne crois pas que l'âge seul soit en cause dans l'inaptitude du vieux chef à procréer. Je pense même que l'âge n'y est pour rien du tout.

– Que veux-tu dire? demanda la présidente. Explique-toi.

– Eh bien, c'est un homme impuissant. Il a toujours été impuissant, cet homme-là. Ce n'est certes pas d'hier.

– Impuissant, qu'est-ce que cela veut dire? demanda la présidente.

– Cela veut dire que même lorsque, jadis, son membre pouvait se dresser, eh bien, cet homme-là était quand même incapable de procréer. C'est dans sa semence même qu'il y a un vice, je ne sais pas, moi. Un médecin pourrait peut-être expliquer cela. D'ailleurs, je tiens la chose d'une autre épouse du vieux chef, bien plus âgée que moi, et qui s'y connaît. Ses propres enfants sont presque adultes aujourd'hui. Eh bien, savez-vous ce qu'elle m'a confié ? Qu'ils n'étaient pas du vieillard.

Cette déclaration fracassante fut saluée tumultueusement par une assistance partagée entre la stupéfaction outragée, les huées de la vengeance assouvie, les rires retentissants de la jeunesse victorieuse, les grondements du doute et de la pudeur. La tempête fut à la mesure de l'événement ; c'était la première révélation réelle de cette confession publique, mais de quelle taille !

Un homme se dressa dans l'assistance et s'écria :

– Se peut-il que ce soit la vérité ? Ainsi tous les enfants de cet étranger seraient, en réalité, l'authentique progéniture de notre cité, la noble descendance de nos ancêtres ? Est-ce possible qu'en tentant de nous asservir, cet homme ait servi à notre prospérité ? Nous voulons la vérité. Qu'on nous dise le nom de cette mère d'enfants presque adultes, qui vient d'être évoquée. Qu'elle soit immédiatement convoquée pour comparaître.

Il se faisait tard, malheureusement, et, après discussion, acteurs et spectateurs convinrent de se retrouver le lendemain après la journée de travail, c'est-à-dire au début de la soirée.

Ainsi fut fait et, au cours de cette nouvelle séance, on entendit et débattit deux longs témoignages, aussi irrécusables l'un que l'autre, qui, renforcés par la ressemblance découverte tout à coup d'enfants du vieux chef avec des habitants de la cité, dont certains étaient d'ailleurs morts entre-temps, ôtèrent le doute même aux esprits les plus incrédules.

Plus longues désormais, parce qu'elles étaient faites par des femmes qui avaient une plus grande expérience de la condition d'épouse du vieux tyran, les confessions se poursuivirent au rythme de deux par jour ouvrable et d'une dizaine seulement les dimanches. Les autres événements, fussent-ils d'une extrême gravité, semblaient se dérouler dans la coulisse de cette scène scandaleuse où se dépeçait l'autorité traditionnelle vouée à une mort apparemment inéluctable. L'affaire obsédait à ce point les esprits que, après quelques jours de grande confusion, la cité s'était à nouveau scindée en deux camps, mais suivant des clivages bien différents maintenant. Dans l'un s'étaient rangés spontanément et inconsciemment, derrière les deux plus jeunes rubénistes, Ngwane-Eligui la Jeune et les femmes rebelles de la Mission catholique, les jeunes gens qui avaient servi de main-d'œuvre gratuite à Van den Rietter, la plupart des épouses du Chimpanzé Grabataire et du Bâtard, toutes les mères de jeunes enfants, ainsi que de nombreuses veuves de tout âges, par solidarité avec Ngwane-Eligui l'Ancienne, la vieille mère d'Abéna, puisque les maquisards se disaient les soldats de ce dernier. Dans l'autre camp, d'ailleurs très minoritaire, on comptait surtout le Conseil des anciens et ses diverses clientèles se recrutant principalement dans les clans satellites du plateau, ainsi que les missionnaires qui, bien que n'osant plus se montrer en public, encourageaient sous main les anciens à résister à ce qu'ils appelaient « le coup de folie » des femmes et des jeunes trompés par des agents britanniques. L'accordéoniste et sa bande, ainsi que tous ceux qui avaient servi le régime de terreur de Zoabekwé, se dissimulaient parmi les clans satellites du plateau ou dans les paillotes et les bâtisses désaffectées de la Mission catholique, mais leurs émissaires occultes venaient assurer fréquemment les anciens de leur appui, espérant ainsi échapper au châtiment mérité par leur complicité dans le meurtre d'Ezadzomo et d'Ezabiemeu.

Entre les deux camps, Mor-Zamba essayait vainement de servir de passerelle.

— Le Conseil des anciens a raison, suppliait-il, il faut rendre leurs armes aux Blancs, sans condition. Tant que vous les retiendrez, toute la cité voudra prendre modèle sur votre attitude de défi à l'égard de l'âge et de l'autorité traditionnelle; elle poursuivra ses désordres et son indocilité. Il y aura peut-être effusion de sang. On ne peut trouver de solution à rien avant que cessent ces désordres.

— Ah, c'est ça? s'écriaient les deux plus jeunes rubénistes. Tu parles maintenant le langage du Bituré et des Sandrinellis. Ordre d'abord, ensuite on causera – peut-être. Tu n'as pas honte, Le Péquenot? Eh bien, que les Blancs partent d'abord, alors, tu verras, l'ordre reviendra de lui-même, comme par enchantement. Autrement, l'ordre avec les Blancs, tu sais comment cela s'appelle, Le Péquenot? L'esclavage, *na!*

— Écoutez, camarades, il faut comprendre les anciens. Ils sont vieux et las, il faut les ménager. Tout leur fait peur. Par exemple cette interminable confession des femmes, c'est une chose incompréhensible. Que veulent-elles au juste?

– Si les anciens et les Blancs leur avaient donné la faculté de se faire entendre par des juges impartiaux, il n'y aurait pas de confession des femmes en ce moment. Les femmes sont en train de juger leur vieux mari, un personnage odieux, criminel et méprisable, parce que les Blancs et les anciens n'ont jamais osé le juger, eux.

C'est sur ces entrefaites que survint Noël. Van den Rietter, dont les déboires n'avaient nullement entamé la présomption, voulut à tout prix célébrer une messe de minuit, comme il l'avait toujours fait les années précédentes; il espérait peut-être cette fois mettre à profit la ferveur déversée dans les âmes et l'attendrissement répandu dans les imaginations par la naissance de l'enfant-Dieu dans une étable fétide, entre la rumination d'une vache et le braiment d'un âne, pour surprendre l'émotion des assistants et capturer en quelque sorte l'allégeance qu'ils avaient indûment retirée aux autorités établies. Le camp de l'insurrection et de la dissidence ne manqua pas de flairer le danger.

Massés au fond et à l'entrée de l'église, les femmes rebelles de la Mission catholique et les jeunes gens qui s'étaient placés sous la bannière de Jo Le Jongleur laissèrent d'abord la messe se poursuivre dans la sérénité. Mais à la consécration, ils levèrent des calebasses de vin à chaque tintement de la clochette agitée par l'enfant de chœur, en burent de grandes gorgées en psalmodiant d'une voix tonitruante, qui provoquait le fou rire ici et là : « Voici le sacré sang de nos ancêtres. Buvons ensemble, frères et sœurs, et que leur vigueur revienne parmi nous. »

À la communion, le malheur voulut que, au moment où il s'éloignait du tabernacle pour se diriger vers la sainte table, le ciboire rempli d'hosties à la main, Van den Rietter manquât la dernière marche de ciment et s'étalât au grand émoi de l'assistance immédiate de femmes âgées et de tout jeunes écoliers, répandant malencontreusement sur le sol les rondelles inviolables découpées dans le corps martyrisé de Jésus-Christ.

Apprenant l'incident, le public du fond de l'église, qui avait momentanément cessé de s'intéresser à la Nativité du Rédempteur pour s'abîmer dans les mystères d'une cérémonie païenne venue du fond des âges, se précipita vers la sainte table, entraînant une meute de badauds de tous âges et des deux sexes impatients de voir de près en quelle merveille inouïe se transformait le sol d'un modeste temple africain jonché d'hosties consacrées. Les rebelles de Ngwane-Eligui la Jeune et les adolescents partisans de Jo Le Jongleur s'approchaient le plus qu'ils pouvaient du missionnaire accroupi et ramassant les hosties l'une après l'autre avant de les disposer révérencieusement dans le ciboire; ils tiraient Soumazeu par un pan de l'aube ou par l'étole, se penchaient comme pour lui faire une confidence à l'oreille et lui disaient à mi-voix :

– Voilà le signe de Dieu, Van den Rietter. Cette fois, c'est bien fini, tu n'as plus qu'à t'en aller. Tu es désavoué même par ton maître Jésus-Christ. Alors, que te reste-t-il à faire ici ? Désormais souillées, tes hosties ne sont plus bonnes que pour les cochons ou pour ceux qui leur ressemblent.

Le fait est que la sainte table, croulant avant la mésaventure de Soumazeu sous des grappes de fidèles où se remarquaient les employés de la Mission catholique et leurs familles, s'était étonnamment dégarnie quand le missionnaire, qui avait enfin réparé les dégâts de sa chute, voulut distribuer la communion.

Des circonstances si peu favorables ne découragèrent pas Soumazeu de faire un sermon à la fin de la messe comme il en avait institué la tradition. Mais il était dit, pour parler comme Van den Rietter lui-même, qu'il boirait le calice d'amertume jusqu'à la lie et parcourrait son chemin de croix jusqu'au Golgotha. Comme il se trouvait au pied de la chaire et qu'il se disposait à gravir la première marche, les femmes rebelles de Ngwane-Eligui, précédemment pensionnaires contraintes de la Mission catholique, et les adolescents partisans de Jo Le Jongleur se massèrent devant lui pour lui barrer le chemin, lui disant :

– Pendant de trop longues années, tu t'es arrogé le privilège de pérorer seul du haut de cette estrade. Pour une fois, laisse donc la parole aux autres ; tu la prendras seulement à la fin s'il reste du temps et si l'assistance désire vraiment t'entendre.

Soumazeu, qui opposait désormais à l'agressivité et à la détermination de ses adversaires un visage nouveau fait d'humilité résignée et d'infinie patience à l'image des saints apôtres voués au martyre, se tint sagement à l'endroit qu'on lui indiqua. Il offrait enfin, mais un peu tard, avec sa longue barbe qui achevait de blanchir, avec ses ornements étranges, presque fantasques, avec son regard attristé de jardin des Oliviers, avec la couronne d'épines qu'on était tenté de chercher sur son crâne blême, le spectacle bouleversant de l'abnégation sublime et de la chair vaincue à force de mortifications, qui lui eût attaché à jamais les cœurs de la cité s'il ne s'était si longtemps complu dans le rôle d'allié de tyrans brutaux et cruels.

Mor-Kinda, appelé par ses partisans, arriva, sortant de libations auxquelles la mystique et la spiritualité étaient étrangères. Bien que parlant d'abondance, il improvisait indiscutablement, n'en déplaise à Mor-Zamba dont l'imagination n'a cessé d'échafauder depuis on ne sait quelle mise en scène combinée de concert par les adolescentes, les rebelles de Ngwane-Eligui et Jo Le Jongleur. Voici à peu près le discours que fit Mor-Kinda à l'assistance :

– Van den Rietter vous a souvent dit qu'il était venu ici pour nous apprendre à fuir le péché. Il a souvent déclaré que tout le malheur de l'homme noir vient de ce qu'il vit dans le péché et le vice. Il vous a souvent assuré qu'un vice comme la paresse dont nous nous délectons, nous autres selon Van den Rietter, est inconnu dans son pays. Je suis persuadé que Soumazeu aurait poursuivi ces fariboles longtemps encore si la Providence ne nous avait envoyé un homme, un des nôtres, un fils d'Ekoumdoum, un combattant terrible, qui a vécu au pays de Van den Rietter, pour nous dire la vérité sur les compatriotes de cet homme dont les paroles mensongères vous ont fréquemment blessés.

« Eh bien, le commandant Abéna, le noble fils d'Ekoumdoum, qui a guerroyé sur les cinq continents, affrontant et terrassant les tyrans, libérant les peuples, protégeant la veuve et l'orphelin, sera bientôt là lui-même. Ne me demandez pas de vous dire avec précision quel jour il paraîtra dans cette noble cité qui lui a donné le jour ; je ne saurais vous le préciser. Car le commandant Abéna est un grand général militaire qui ne communique pas ses desseins profonds à ses humbles soldats, à ceux qui, comme moi, méritent à peine l'honneur de lui délacer la sandale du pied gauche. Mais quand vous verrez le commandant Abéna, il vous dira lui-même ce qu'il m'a dit à moi qui l'ai vu et qui ai eu de longs entretiens avec lui.

« Le commandant Abéna, le noble fils de votre illustre cité, vous dira comment, dans le pays de Van den Rietter, règnent des vices horribles, abomination de la désolation, tels que le vol, la rapine, le meurtre, la violence, le mensonge, l'injustice, la goinfrerie, l'abandon des enfants, l'assassinat sournois de vieux parents qui retardent l'héritage, la guerre permanente. Tous ces crimes, chez nous, sont l'exception, je vous en prends à témoin. Quant à leur paresse, écoutez plutôt : pendant des centaines d'années, les frères de Van den Rietter sont venus sur notre continent, ils ont fait des razzias dans les villages, dans les cités, ils ont volé des jeunes filles, ils ont enlevé des jeunes gens, ils les ont transportés par milliers en Amérique. Pour quelle raison? Demandez-le donc à Van den Rietter. Pour les faire trimer dans leurs plantations, tout comme Van den Rietter lui-même, sous vos yeux, a fait trimer vos jeunes gens dans sa plantation, sans jamais les rémunérer. Voilà pourquoi aujourd'hui l'Amérique est peuplée de gens qui ont notre peau. Ce n'est pas le Saint-Esprit qui les a transportés là-bas. Le pays n'était pas primitivement habité par leurs ancêtres. Ces Noirs-là viennent d'ici, ce sont nos frères. Voilà une chose que ne vous a pas dite Van den Rietter.

« Eh bien, pendant qu'ils travaillaient dans les champs et dans leurs maisons, que faisaient donc les propres frères de Van den Rietter? Ils jouaient aux cartes, ils dansaient avec leurs belles dames, ils se livraient à la débauche. Alors, Père Van den Rietter, dis-nous de quel côté est la paresse? Père Van den Rietter, si ton souci est véritablement de sauver un peuple du péché et du vice, alors retourne dans ton pays. Ton peuple a besoin de Jésus plus qu'aucun autre sur la terre; il croupit dans l'ivrognerie, la goinfrerie, le vol, la paresse et dans toute sorte de vices abominables dont l'idée, parfois, ne viendrait même pas à l'esprit d'un habitant d'Ekoumdoum.

« Dirai-je pour autant que tout est parfait dans nos mœurs à nous? Je vous mentirais alors, comme le père Van den Rietter vous a menti durant ces longues années qui viennent de s'écouler. Des maux affreux nous rongent aussi, que d'ailleurs le père Van den Rietter ne nous a point aidés à guérir. Considérons, par exemple, la polygamie. Des vieillards au bord de la tombe, dont le muscle n'est plus qu'une ride parmi des milliers d'autres rides, accaparent les plus jeunes femmes, réduisant les jeunes hommes à la pénurie. Est-ce juste ? Si le Christ avait eu le temps de venir jusqu'à nous, si ces gens-là ne l'avaient pas assassiné dans la fleur de la jeunesse, n'est-ce pas la première iniquité contre laquelle il serait parti en guerre ?

« Chers frères, chères sœurs, j'ai appris de mon jeune camarade Nourédine, qui a fait de longues études dans d'innombrables livres, que, dans d'autres pays, quand le gouvernement des cités passe des tyrans à la masse du peuple, on commence par distribuer la terre à ceux qui la travaillent. Chez nous un seul homme accaparait la terre ; sa cause étant entendue, la terre redevient libre, comme elle l'a toujours été avant que les frères de Van den Rietter envahissent notre continent. En revanche, nous inaugurerons cette ère nouvelle, cette aube de notre liberté retrouvée en procédant à une distribution juste et équitable des femmes. Faisons ensemble le serment de ne plus jamais tolérer qu'un seul homme, surtout un vieillard dont le muscle est aussi inerte qu'une ride, possède plus d'une femme. C'est cet évangile que le commandant Abéna m'a chargé de vous annoncer.

« Faisons ensemble le serment de contraindre le nouveau chef à respecter et même à sanctionner solennellement, le moment venu, les volontés que les femmes manifestent au cours des séances de confession qui se déroulent sous le grand hangar du stade. Répétez donc après moi cette formule inventée par le commandant Abéna lui-même : *un homme, une femme. Un homme, une femme.* Dites-le à votre tour.

– *Un homme, une femme!* scanda la foule; *Un homme, une femme! Un homme...*

Jo Le Jongleur s'époumona encore quelque temps à hurler son slogan en s'efforçant d'entraîner l'assistance, mais après la première minute d'ivresse universelle, l'unanimité s'effrita vertigineusement et il n'y eut bientôt plus pour lui faire chorus que les femmes rebelles de Ngwane-Eligui la Jeune et ses propres jeunes partisans massés au pied de la chaire. L'église s'était transformée en champ de foire où cent camelots haranguaient simultanément leur entourage immédiat, où des attroupements se formaient et crevaient comme des bulles, où erraient des hommes et des femmes bouleversés quêtant quelque sérénité, des femmes et des hommes comblés dispensant la jubilation, des hommes et des femmes désespérés quémandant une consolation.

« J'étais loin de jouir de toute ma lucidité, racontera plus tard Jo Le Jongleur, c'est le moins que l'on puisse dire; néanmoins, je ne tardai pas à réaliser que j'étais comme l'apprenti sorcier provoquant des phénomènes qu'il ne peut ensuite contrôler. »

Voulant savoir où en était l'opinion publique ainsi fouettée par son prône et avisant une femme âgée qui allait d'un groupe à l'autre en secouant la tête, en proie à la perplexité horrifiée, Jo Le Jongleur l'interpella ainsi :

– Vénérable grand-mère, je vois bien que tu as quelque chose à dire à cette assemblée. Viens ici, approche-toi ; oui, monte en chaire. N'aie pas peur, la chaire d'une église appartient à tout le monde, et en premier lieu aux fidèles. Jésus n'a jamais interdit à personne de monter en chaire, je le sais, je l'ai lu dans les livres. Monte et fais-nous part de ton sentiment.

La femme âgée monta en chaire en s'immobilisant à chaque marche pour guetter le geste d'encouragement de Jo Le Jongleur. Enfin, elle parvint sur l'estrade.

– Comment croire, fils, articula-t-elle, hagarde, apparemment dans un état second, comment croire que Van den Rietter n'a fait que nous mentir ? Non, fils, il n'est pas possible qu'il ait seulement menti. Il a dit la vérité parfois. Quand il nous contait la souffrance de Jésus-Christ abandonné de tous, cloué sur la Croix pour sauver les hommes, je sentais, je savais qu'il nous disait la vérité. C'est tout comme toi, fils, quand tu nous as fait part de la pérégrination de notre enfant, Abéna, de son exil pour nous sauver, j'ai senti que tu disais la vérité.

« Mais c'est vrai que, d'un autre côté, j'ai toujours eu le sentiment pendant ces longues années que Van den Rietter nous cachait aussi quelque chose, qu'il ne nous disait pas toute la vérité. Je me doutais bien, au fond de moi, que nous avions aussi un deuxième messie, noir celui-là, comme nous. Nous devinions bien que ce pourrait être notre enfant Abéna ; cela se murmurait parfois ; mais nous n'en étions pas assurés et nous restions sur notre faim. Alors, je me tracassais, en me demandant pourquoi Van den Rietter se refusait à nous révéler cette vérité-là aussi.

« Fils, tes paroles m'ont enfin ouvert les yeux ; je comprends maintenant, grâce à toi : un messager blanc ne peut annoncer qu'un messie blanc ; que le messie noir soit donc annoncé par un messager noir. C'est pourquoi il faut toujours deux messagers, et non un seul – un messager noir et un messager blanc, afin que tous les messies soient également annoncés. Fils, je suis heureuse que tu sois monté aujourd'hui sur cette estrade. Montez donc en chaire chaque dimanche désormais, l'un et l'autre, Van den Rietter et toi, et annoncez-nous l'un après l'autre votre messie et votre part de vérité.

D'abord surpris, Jo Le Jongleur commençait à imaginer un stratagème pour abréger ce radotage malencontreux ; mais, d'un autre côté, la rumeur joyeuse montant de la foule en enflant, l'oscillation acquiesçante des têtes, de nombreuses exclamations de franche approbation ne laissèrent bientôt aucun doute sur les sentiments de l'assistance. Mor-Zamba, qui était entré dans l'église au début du discours de la femme âgée, se mit bientôt à l'approuver avec ostentation ; inquiète du tour imprévu que prenait la messe de minuit, une femme âgée, peut-être Ngwane-Eligui l'Ancienne, était allée l'alerter et lui demander de venir participer à un débat capital tout en garantissant par sa présence la discipline des échanges oratoires.

Van den Rietter monta en chaire, sans doute poussé par Mor-Zamba, dès que la vieille femme en fut descendue et se plaça humblement aux côtés de Jo Le Jongleur, qui, après l'avoir considéré un moment, lui dit :

– Père Van den Rietter, si tu as quelque déclaration à nous faire, eh bien, nous ne ferons pas comme toi, nous n'accaparerons pas la parole, nous te la donnons bien volontiers. Parle.

Il avait miraculeusement dépouillé toute morgue, toute arrogance ; sans devenir aussi douce que le miel, sa voix avait perdu ses épines et cessé d'écorcher l'auditeur ; ses paroles n'étaient plus tressées d'acier pour courber les habitants d'Ekoumdoum et les enchaîner ; au lieu de balayer comme l'ouragan, de broyer comme le pilon de l'éléphant, ses gestes déversaient la paix, la bonté, l'amitié, toutes les vertus qui lui avaient tant manqué pendant les vingt années qui venaient de s'écouler. Il assura interminablement ses auditeurs qu'il ne serait plus jamais que l'apôtre du Christ et qu'il s'abstiendrait à l'avenir, comme du péché mortel le plus impardonnable, de tout autre rôle. *Serment d'ivrogne !* pensait Jo Le Jongleur en lui-même.

Enfin Mor-Zamba à son tour monta en chaire et, sans préciser qu'il était l'incarnation nouvelle de l'autorité dans la cité, comme si cela avait dû être entendu depuis longtemps, il donna l'assurance que, aussitôt que les armes des missionnaires leur seraient rendues, toutes les mesures décidées par les femmes à leurs états généraux du stade seraient entérinées. Cet heureux dénouement, insista-t-il, ne dépendait donc plus que de la bonne volonté de ceux qui détenaient indûment ces armes ; qu'ils concrétisent enfin leur alliance tant proclamée avec les femmes en facilitant leur libération définitive.

     – Jures-tu que tu entérineras les mesures décidées par les femmes pour leur libération ? lui demanda Jo Le Jongleur.

     – Je le jure ! fit Mor-Zamba.

     – Alors, nous rendons les armes immédiatement, déclara Jo Le Jongleur.

CHAPITRE VI

*D*ÈS LE 26 DÉCEMBRE, les états généraux des épouses du chef reprirent leurs séances sous le grand hangar du stade. Maintenant que l'approbation quasi universelle était acquise aux insurgées ainsi d'ailleurs qu'à toutes les femmes du palais, la confession publique tourna bien vite à la kermesse aux fiançailles. Les rebelles de Ngwane-Eligui la Jeune, femmes fort jeunes et fort appétissantes même quand elles étaient mères, n'avaient terminé leur témoignage que pour se jeter aussitôt dans les bras d'un homme aussi jeune et impatient qu'elles étaient elles-mêmes vives et pénétrées de leur séduction. Il en alla de moins en moins ainsi à mesure que venaient comparaître des femmes de plus en plus âgées, appelées à témoigner surtout à propos de la filiation des enfants supposés du vieux tyran, et amenées finalement par une sorte de contagion à se ranger dans le camp de leurs sœurs les plus jeunes.

Les hommes qui les avaient aimées jadis reconnaissaient volontiers la paternité des enfants issus de leur union; mais c'était pour arguer aussitôt d'engagements, vrais ou fictifs, contractés depuis cette époque lointaine et se détourner de leur amie; ou bien c'étaient les femmes elles-mêmes qui prenaient l'initiative de rire de ce passé en déclarant que tel fut un amant agréable, qui serait un époux exécrable aujourd'hui.

Chaque confession révélait maintenant des filiations de plus en plus surprenantes parce qu'elles concernaient des enfants de plus en plus grands dont la ressemblance avec tel habitant mâle de la cité, après avoir intrigué jadis quelqu'observateur clairvoyant, avait été finalement précipitée dans l'oubli par l'accoutumance. Cette évolution tenait tellement la cité en haleine, elle accaparait tellement son attention que le départ des missionnaires, tramé par Jo Le Jongleur et le sapak Évariste à l'insu de Mor-Zamba, passa à peu près inaperçu. Les spectateurs accouraient aux confessions, principalement dans l'espoir d'apprendre de qui Zoabekwé, bourreau fratricide, était le fils naturel, ainsi que ses deux frères cadets qui faisaient alors leurs études à Oyolo et n'étaient pas revenus à Ekoumdoum depuis près d'une année maintenant. Leur mère était morte, mais on soupçonnait deux vétérans du harem du vieux tyran d'en connaître tous les mystères et tous les secrets et l'attente de leur témoignage avait mis la cité en émoi.

Le jour de leur confession, le grand hangar du stade fut envahi par une foule houleuse et palpitante, mais elles attribuèrent unanimement la paternité de Zoabekwé et de ses frères à un personnage disparu, lui aussi, à la grande déception des spectateurs qui s'étaient délectés en imagination de l'embarras où la révélation de ce lien aurait plongé à la fois le père et le fils barbouillé du sang des siens. Le public se consola en s'émerveillant de l'intuition extraordinaire de la cité qui avait tôt affublé Zoabekwé du sobriquet de Bâtard.

Toujours est-il que le 31 décembre 1960, comme par un fait exprès, tous les enfants prétendus du vieux chef étaient nantis de leur véritable filiation grâce aux états généraux des femmes insurgées, grâce surtout aux confessions des épouses du vieux tyran. C'est donc le 1ᵉʳ janvier 1961, jour de nouvel an, que Mor-Zamba, fidèle à sa promesse et satisfait de la restitution effective de leurs armes aux missionnaires, organisa une cérémonie solennelle pour conférer aux enfants leur nouvelle identité de membres à part entière de la cité d'Ekoumdoum et donner une nouvelle vie à leurs mères en les proclamant libres et en mariant sans délai celles qui avaient un fiancé. Un seul des enfants, Zoabekwé, manquait à l'appel, qui n'osait pas sortir du palais où il se terrait de honte et de peur. Ses femmes aussi furent émancipées, mais, à la différence de celles du vieux tyran, elles n'avaient jamais eu de liaison dans la cité. D'ailleurs, elles ne laissaient pas de regretter parfois leur mari dont les muscles avaient une verdeur inoubliable et la paternité une évidence éclatante.

Aussitôt, il fallut aider à organiser leur vie les femmes qui n'avaient pas voulu se marier si précipitamment, parmi lesquelles on comptait Ngwane-Eligui la Jeune ainsi que la mulâtresse, et celles qui n'avaient pu trouver un compagnon en raison de leur âge ou de leur manque d'attraits. Avec le soutien de Jo Le Jongleur et du sapak Évariste, qui avaient réussi à mettre sur pied une modeste force de police recrutée parmi leurs jeunes partisans, elles s'installèrent dans les bâtisses de la Mission catholique maintenant abandonnée. Mais l'attribution des salles et des pièces était une cause permanente de frictions entre elles, et les jeunes rubénistes leur suggérèrent de réunir une assemblée générale dont les séances se prolongèrent pendant près d'une semaine, mais qui dénoua heureusement le conflit larvé.

Encouragées par ce premier succès de la libre discussion, elles réunirent une nouvelle assemblée générale dans l'intention d'organiser leur vie quotidienne. Elles se répartirent par groupes de six ; dans chacun, trois femmes travaillaient un jour dans les champs, communs au groupe, pendant que les trois autres assuraient la garde et le maternage des enfants, le cas échéant, la préparation des repas ainsi que les autres soins du ménage. Le lendemain, cette division des tâches était inversée. Elles recevaient librement toutes les visites, leurs sorties et leurs retours n'étaient restreints par aucun règlement, à moins qu'un groupe ne s'impose volontairement une discipline toujours révocable. Cette organisation n'avait été adoptée qu'après d'interminables débats et après que l'on eut retenu comme principe directeur, à la suggestion des deux jeunes rubénistes, qu'il suffirait de prendre en tout le contre-pied de ce qui se faisait sous la tyrannie du vieux chef et des missionnaires.

Le vieux tyran s'éteignit au milieu du mois de janvier sans que Mor-Zamba eût même songé à lui arracher un seul de ses nombreux secrets.

– C'est malin ! lui dit Jo Le Jongleur en colère. Quelle belle occasion tu as dédaignée là. Alors, tu ne sauras jamais la vérité sur la mort du chef précédent, ton aïeul ? Depuis que tu as entamé tes amours avec les vieux crapauds, tu oublies toutes tes responsabilités, Le Péquenot. Tu comptes peut-être sur ces muets du sérail pour te promener un jour dans les sinistres arcanes d'un pouvoir exécrable dont ils étaient eux-mêmes partie prenante ? Tu comptes peut-être sur eux aussi pour t'aider à affronter les périls de demain ? Te figures-tu, par exemple, que Le Bituré attendra un siècle avant de dépêcher à Ekoumdoum ou dans une cité voisine des mamelouks armés jusqu'aux dents, avec des mitrailleuses, des mortiers et autres joujoux rassurants, avec peut-être à leur tête un Brède brûlant d'en découdre avec ses ennemis jurés les rubénistes ? C'est le propre d'un gouvernement de s'assurer le contrôle parfait de son territoire, en installant des garnisons dans les contrées les plus reculées. Si Baba Toura sort vainqueur de sa confrontation avec les successeurs de Ruben, c'est ce qu'il va tenter de faire. Et s'il avait jamais vent de ce qui vient de se passer ici, compte sur lui pour donner la priorité à Ekoumdoum. Alors, comment envisages-tu d'accueillir ces charmants garçons ? Avec le calumet de la paix, comme les Indiens des westerns ? Tu sais comment ils ont fini, les Indiens ? Demande donc au sapak de te raconter cette histoire-là, elle est assez passionnante.

« Ou bien comptes-tu les accueillir comme un homme, c'est-à-dire en les arrosant d'une pluie de feu ? Alors, vieux, il serait peut-être temps que tu commences à te préparer, parce que, si tu veux mon avis, cette histoire, contrairement aux apparences, n'est pas près de se terminer, elle commence seulement. C'est Ouragan-Viet qui l'a dit, d'ailleurs, souviens-toi. Ah là là ! laisser crever le Vieux Chimpanzé sans le cuisiner !…

— On ne pouvait plus rien en tirer, assurait Mor-Zamba ; cela faisait je ne sais combien de semaines qu'il n'ouvrait plus la bouche.

— Taratata ! répliqua Jo Le Jongleur. Je lui ai parlé, moi, et l'ai entendu parler, figure-toi, et quelques jours seulement avant le départ des missionnaires ; alors, n'essaie pas de me la faire.

— Tiens, tiens, tu ne m'en avais pas fait la confidence, fit Mor-Zamba soupçonneux. Alors, tu lui as parlé quelques jours seulement avant sa mort ; à quelle occasion donc ?

— Et comment te figures-tu que les deux toubabs ont fini par se persuader qu'ils devaient décamper, alors que pendant longtemps ils n'avaient rien voulu entendre ? Je suis monté là-haut, moi, un soir, accompagné du sapak ; les débris ne nous inspirent pas la terreur mystique, à nous deux. Il faisait presque nuit déjà, de telle sorte que peu de gens ont dû nous voir arriver, à moins qu'il ne s'en soit point trouvé du tout à ce moment-là pour nous apercevoir excepté le dauphin, bien sûr, qui, comme prévu, se trouvait dans ses appartements, au premier étage ; je l'y surprends sans peine.

Je lui dis : "Mène-moi sans tarder auprès de ton père."
Et l'autre de s'exécuter, sans une hésitation. Parvenu
au chevet du vieillard, je dis au Bâtard : "Qu'est-ce que
tu attends ? Ta mission est terminée." Tu aurais dû voir
s'escamoter le capon.

« Alors, m'adressant au père, une ruine c'est vrai,
mais pas du tout à l'agonie et même plutôt alerte ce
jour-là, je lui ai dit : "Fais venir les deux Blancs le plus
tôt possible ici chez toi et prie-les de s'en aller. Précise-
leur bien que le maintien de leur présence enveloppe la
cité d'une nuée grondante d'où peut à chaque instant
fondre la tornade de malheurs immenses ; qu'ils partent et la splendeur du soleil baignera à nouveau le
firmament d'Ekoumdoum." "Qui es-tu donc, toi-
même, pour venir me parler ainsi ?" me fait-il dès que
je m'interromps.

« Je lui réponds que je ne suis qu'un modeste combattant des vaillantes cohortes du commandant Abéna,
l'homme qui s'avance la main droite brandissant la
foudre de l'indépendance ; que c'est le commandant
Abéna lui-même qui m'a dépêché ici avec mes deux
camarades, car il a voulu que nous précédions sa venue
dans la noble cité qui lui donna le jour, de même que
l'aube fraie d'abord la voie où l'aurore la suivra ; que
c'est le commandant Abéna lui-même, le plus noble
enfant de la cité d'Ekoumdoum, qui lui fait dire par ma
bouche : "Ô Mor-Bita, vieux chef blanchi sous le har-
nais du commandement, de graves fautes, il est vrai,
ont été commises en ton nom, pourtant il n'y a rien
d'irrémédiable entre la noble cité d'Ekoumdoum et toi,

mais à une condition : réglez vos affaires entre vous seuls, comme en famille, à l'abri de toute intrusion d'un étranger. Même criminel, jamais un père ne fut transformé en allogène par son indignité ; un mystère sacré de sa nature toujours le soustrait à la malédiction définitive. Qui pourra jamais faire qu'un sang commun cesse d'être partagé, que la nuit devienne le jour, que l'eau renonce à cacher le poisson !"

« Tu vois, Le Péquenot, si tu veux toucher les gens jusqu'aux larmes, c'est très simple : tu n'as qu'à leur prodiguer en paroles ce que la réalité leur refuse. Qu'est-ce que ça te coûte ? Le Chimpanzé Grabataire s'est mis à me manifester sa gratitude – avec quelle effusion tu aurais dû voir ça. Il essayait de se dresser sur sa couche mais retombait aussitôt ; il sanglotait et reniflait comme un enfant en proie au plus vif remords. Il m'assurait que je venais de prononcer des paroles dont la profonde sagesse dépassait mon âge. Enfin, il m'a dit : "Retire-toi, mon fils, et tiens-toi prêt à répondre à mon appel demain soir, à peu près à cette même heure." Le lendemain soir, en effet, nous avons pu assister, le sapak et moi, à son dramatique entretien avec les toubabs ; il a alors montré une autorité que je ne lui aurais pas soupçonnée. Les deux missionnaires lui disaient : "Vieillard, nous sommes ton seul et véritable bouclier. Dès que nous aurons tourné le dos, tes ennemis ne tarderont pas à se jeter sur toi et à t'égorger." "Mais non, leur répondait-il, ce n'est pas si simple, et vous ignorez toute la vérité, vous autres. Vous n'avez jamais voulu savoir vraiment, car vous ne croyez que ce que vous inventez vous-mêmes. Alors, sachez enfin la vérité : j'étais un chef assis sur un mort, le cadavre de l'homme qui commandait avant moi dans cette cité. Il avait été placé là par les Allemands, mais ils l'avaient choisi parmi les siens ; c'est pourquoi ils n'avaient pas tardé à l'accepter…" "Chef, lui a demandé Van den Rietter, dis-nous alors toute la vérité : qui, au juste, a tué cet homme ? Le sais-tu ?" "Bien entendu, je le sais, mais je m'en expliquerai devant mon peuple, puisque mon peuple consent à me rendre justice. Je fais confiance à l'homme qui s'avance, la main droite brandissant la foudre de l'indépendance. Je lui exposerai toute la vérité, telle que je la connais. Au nom de Dieu, allez-vous-en ; laissez-nous nous arranger comme en famille. Vous n'avez cessé de nous diviser ; vous vous êtes ingéniés à cela ; votre seule joie, votre unique satisfaction, c'était de nous voir dispersés comme les fragments d'un pot de terre fracassé dans une chute irréparable. Allez-vous-en, au nom de Dieu. Nous sommes las du malheur que vous nous avez apporté…"

– C'est ça qu'il leur a vraiment dit ? Vous en êtes sûrs ? fit Mor-Zamba au comble de la stupéfaction.

– Pourquoi te raconterions-nous cela si ce n'était pas vrai ? fit en s'indignant le sapak Évariste.

– Dis donc, fit Jo Le Jongleur, pour persuader les deux pots de colle de décamper, il y avait des paroles plus appropriées ? Dis-les, nous t'écoutons.

– D'accord, le Chimpanzé Grabataire a dit cela ; et ensuite ? fit Mor-Zamba au bord de l'agacement.

– Comment, *ensuite*! s'étonna Jo Le Jongleur.

– Il n'y a pas eu de suite? demanda Mor-Zamba.

– Quelle suite? répliqua Jo Le Jongleur. C'est-à-dire : forcément il y a eu une suite. Tu la connais; dès le lendemain, les deux pots de colle ont commencé à faire leurs bagages, voilà la suite.

– Mais alors, nous connaissons la vérité sur la mort du chef précédent! s'écria Mor-Zamba.

– Quelle est-elle donc? fit Jo Le Jongleur.

– Tu viens de la dire en rapportant les paroles du Chimpanzé Grabataire! s'exclama Mor-Zamba.

– Ah! C'est ça que tu appelles "la vérité" maintenant? s'indigna Jo Le Jongleur. Et cela te suffit vraiment! Eh bien, tu n'es pas difficile. Peu t'importe le nom de celui qui a pris la décision d'assassiner ton grand-père, ni quels supplices lui ont été infligés, ni où ils ont enterré son corps, si toutefois ils lui ont fait l'honneur d'une sépulture. Ce sont là de trop sordides détails; les nobles préoccupations de monsieur Mor-Zamba planent désormais bien loin des petites affaires quotidiennes.

– Pourquoi toujours revenir sur le passé? soupira Mor-Zamba.

– Tu es devenu fou! s'écria le sapak. Ressaisis-toi, Le Péquenot, s'il est encore temps. Pourquoi toujours revenir sur le passé? Tu en parles comme si c'était un vice et non une démarche indispensable en même temps qu'un exercice salutaire. Nous accuseras-tu aussi de revenir sur le passé chaque fois que nous évoquerons l'assassinat de l'immortel Ruben par les Brède et les Sandrinelli?

– Soit, soit, soit ! intervint Jo Le Jongleur, conciliant. Les morts sont bien morts, comme on dit, laissons-les où ils sont. Sépulture ou pas sépulture, en quoi le sort actuel du Chimpanzé Grabataire est-il plus enviable que celui de ton grand-père ? Encore une fois, soit. Laissons le passé et penchons-nous sur le présent. Que ferons-nous du rejeton ? Je suis d'avis de le faire juger par un tribunal populaire et, après sa condamnation inévitable, de le faire fusiller sur la place publique.

– *Fusiller sur la place publique !* marmonna Mor-Zamba avec un haut-le-corps. Comment pouvez-vous articuler de telles horreurs sans frémir ? Tout, tout ce que vous voudrez, sauf fusiller froidement les gens. Tout, sauf ça. Fusiller, non, non, non !…

– Ah si ! fit fermement Évariste, le sapak.

– Alors, toi aussi ! dit Mor-Zamba avec une compassion désolée. Évariste ! Un enfant ! Il t'a donc totalement perverti ?

– Réfléchis donc un peu, Le Péquenot, reprit Mor-Kinda ; d'abord, le Bâtard mériterait mille fois d'être fusillé, compte tenu du nombre et de l'atrocité de ses crimes. Mais surtout quelle extraordinaire leçon, mon vieux, quel merveilleux souvenir dans la mémoire collective d'Ekoumdoum ! Un salaud s'affaissant sur la place, sous les balles d'un peloton du peuple ! Un bandit frappé aux yeux de tous par la justice des humbles ! Les esclaves enfin maîtres de leur tyran et bourreaux de leur tortionnaire ! Voilà une scène qui tantôt les travaillerait, et tantôt les exalterait de génération en génération au cours des siècles et des siècles.

Comment crois-tu qu'ils s'y sont pris, eux, pour nous briser, pour nous transformer en ce que nous sommes maintenant, c'est-à-dire ces misérables tas de loques ? Hein, comment crois-tu que les toubabs s'y sont pris à leur arrivée dans nos pays ? Te figures-tu qu'ils ont rassemblé nos aïeux pour une distribution de bonbons avant de leur déclarer : "Nous vous aimons à la folie ; aimez-nous aussi, car nous sommes merveilleux. Mais surtout soyez bien sages, les enfants."

« Non, mon vieux, ce n'est pas ainsi que cela s'est passé. Partout dans nos cités, les vieux crapauds transmettent là-dessus des récits qui font frémir ; j'en ai entendu des dizaines dans le temps où j'allais passer mes vacances près des vieux de ma vieille. C'est vrai que les toubabs rassemblaient les gens sur la place, non pour leur distribuer des bonbons, hélas ! mais pour choisir au hasard quelques spécimens de la population locale qu'ils abattaient aussitôt, sans autre forme de procès, à moins qu'ils ne les enterrent vivants sous les yeux de toute la communauté. C'est ainsi que cela se passait, crois-moi, et pas autrement.

– C'est tout à fait vrai ça ! renchérit le sapak Évariste.

– Crois-moi, Le Péquenot, reprit Jo Le Jongleur, voilà un langage que toute communauté comprend parfaitement. Voilà un spectacle dont l'image hante très longtemps la mémoire collective. Regarde bien tes vieux crapauds d'Ekoumdoum : ce n'est pas une illusion s'ils te paraissent si souvent plus ahuris que nature ; il y a quelque chose dans leur regard, une lueur d'épouvante fugitive dirait-on, la fixité panique de ceux qui ont vu ou croient voir la suprême horreur. Cet atout-là, c'est dans les mains du peuple que nous devons le placer désormais, afin que les nôtres à leur tour, cessent de courber l'échine, perdent ce réflexe désespérant qu'ils ont de tendre la fesse pour qu'on la botte. Alors le sapak Évariste ne connaîtra plus le tourment de voir toujours le Blanc se comporter en maître partout et le Noir en esclave. Il faut fusiller le Bâtard sur la place publique; alors, Le Péquenot, tu verras le calme revenir et la paix inonder à nouveau la cité comblée.

— Que Zoabekwé soit jugé, déclara Mor-Zamba après de longues minutes de réflexion et avec une solennité inhabituelle dans la voix, qu'il soit même condamné. Mais Zoabekwé ne sera pas fusillé, Georges; je ferai tout pour lui épargner le poteau d'exécution. Je ferai tout, tu m'as bien compris, Georges? tout, absolument tout. Je prendrai publiquement parti contre toi, je dénoncerai ton goût du sang et ton obsession de la violence; je ne dissimulerai rien de ta monstruosité; je trancherai le dernier fil de notre fraternelle amitié. Au besoin, Georges, je te déclarerai la guerre.

C'est ce qui manqua advenir deux semaines plus tard alors que se préparait dans la fièvre et la passion le procès du Bâtard et de tous ceux qui avaient trempé dans ses crimes s'ils avaient refait surface depuis la défaite des tyrans. Cet après-midi-là, Jo Le Jongleur, qui n'avait pas tardé à dérober ses secrets à l'ancien infirmier du camp de travaux forcés Colonel-Leclerc, s'activait comme à l'accoutumée dans le local définitivement affecté aux fonctions de dispensaire. On y soignait maintenant toute sorte de malades, et non plus les seuls enfants frappés par l'épidémie. L'ancien mauvais garçon de Kola-Kola était entouré d'une nombreuse équipe à laquelle sa volubilité infatigable dispensait des ordres catégoriques : c'étaient là ses premiers amis de la cité, les compagnons de l'accordéoniste toujours en fuite, que le croyant d'Allah n'avait pas hésité à réduire à la triste condition de manœuvres et d'hommes à tout faire, voulant peut-être ainsi se venger de leur trahison.

Il n'avait pas lésiné sur leur peine pour aménager l'infirmerie et ses dépendances. La couverture de chaume avait été entièrement refaite, les murs exhaussés et percés de vastes ouvertures, puis crépis et peints à la chaux. Un mobilier hétéroclite de rangement, armoires, commodes, buffets, prélevés comme butin de guerre à la Mission catholique et au palais, se pressait aux quatre coins du local. Conformément aux instructions de Jo Le Jongleur, qui se souvenait d'un meuble semblable observé dans l'infirmerie Ericsson de Tambona, le menuisier des missionnaires, dont l'équipement et l'efficacité magique fascinaient le sapak Évariste, avait confectionné un établi incliné, que les Koléens avaient ensuite revêtu d'une feuille de tôle lisse obtenue en taillant dans les tinettes à essence garnissant tout un hangar de la Mission catholique.

Jo Le Jongleur venait précisément d'étendre sur cette table un vieillard chenu, cachectique et toussotant dont le mollet était rongé par une sorte d'ulcère, sur lequel un aide fit couler un jet d'eau sans vigueur. Puis, armé d'une pince récupérée dans la chambre à coucher de frère Nicolas, Jo Le Jongleur se mit en devoir de nettoyer la plaie purulente en dardant sur ce personnage qui lui semblait symboliser toute la gent des vieux crapauds un œil dépourvu d'aménité. Il commençait à barbouiller la misérable jambe de bleu de méthylène quand le sapak pénétra en trombe dans le dispensaire où l'essoufflement l'étrangla d'abord longtemps.

— Dis donc, put enfin articuler l'ancien collégien, j'en connais un qui va être bien étonné, qu'est-ce que tu paries?

— Je sais déjà, c'est moi qui vais être stupéfait, n'est-ce pas? dit l'arsouille. Qu'est-ce qu'il y a encore? Est-il arrivé du nouveau?

— La péniche est de retour! déclara le sapak.

— Qu'est-ce que tu as dit? fit Jo Le Jongleur. La péniche est de retour? Alors là, oui, sacré sapak de mon cœur, je suis stupéfait, je bée d'admiration et de gratitude. Je suis émerveillé, je suis transporté d'enthousiasme, et tu ne croyais pas si bien dire. Le vieux Monadjo a donc pu ramener la péniche tout seul? Le vieux Monadjo n'a donc pas fait naufrage? Il n'a pas été pris de panique en se retrouvant seul maître à bord? Sapak, c'est le plus beau jour de notre vie. Cette fois, ça y est définitivement; nous allons enfin pouvoir nous passer des toubabs puisque ce vieux Monadjo a pu ramener la péniche tout seul et sans encombre. Ne va surtout pas t'imaginer que je doutais de lui - je veux dire de nous. J'ai toujours su que nous y arriverions. Le vieux Monadjo m'avait dit : "Ne t'en fais pas pour moi, Jo, j'en ai vu d'autres !" Dès ce moment-là, j'étais persuadé qu'il s'en tirerait. Je lui faisais confiance, crois-moi. N'empêche : la première fois, ça fait quelque chose quand même. Sacré Monadjo ! Il a ramené la péniche à bon port, cette vieille canaille. La première fois, cela fait quelque chose, n'empêche…

— Tu causes, tu causes, Jo, et tu ne m'écoutes pas, réussit enfin à dire le sapak Évariste. Justement, ce n'est pas Monadjo qui a ramené la péniche, vois-tu, mais frère Nicolas.

— Comment ça, frère Nicolas ? rugit Jo Le Jongleur. Frère Nicolas, ici à nouveau ? Non, ce n'est pas vrai ! Évariste, dis-moi que ce n'est pas vrai. Rassure-moi, dis-moi que ce n'est pas frère Nicolas qui a ramené la péniche. Tu ne me feras pas croire…

— C'est pourtant la vérité, soupira le sapak Évariste. Frère Nicolas ramène la péniche : c'est comme ça et pas autrement. Si tu veux en savoir davantage, Jo, tu ferais mieux de venir au débarcadère, comme tout le monde.

— Nom de Dieu ! pesta Jo Le Jongleur. Nous ne serons donc jamais débarrassés de ces gens-là. Allez, grand-père, c'est terminé pour aujourd'hui : va te reposer maintenant ; je te reverrai d'ici deux ou trois jours. En attendant, pas d'alcool, pas de tabac, pas de femmes. Tu as bien compris ? Sinon, vieil homme, sais-tu bien ce qui pourrait se passer ? On pourrait être contraint de creuser un trou derrière ta maison, et de t'y enfouir comme une bouture de manioc. Tu vois ça d'ici? Viens avec moi, sapak. Frère Nicolas… Frère Nicolas… Qu'est-ce que nous en avons à foutre, de frère Nicolas? Nom de Dieu, quelle malédiction!

Frère Nicolas était en effet revenu avec la péniche et dirigeait de sa présence et de son regard fixe et attristé la manœuvre désordonnée et tumultueuse du débarquement de paysans empêtrés dans les emplettes commandées par leurs concitoyens.

Dans la foule plus compacte qu'un mur qui grouillait autour du débarcadère et en interdisait l'accès, l'agitation de l'imprévu et la curiosité du mystère répandaient des rumeurs offrant des versions contradictoires des événements ayant entraîné le retour du missionnaire dans une cité où il n'avait pas laissé seulement des amis ou des admirateurs. Pour en avoir le cœur net, Jo Le Jongleur et les femmes insurgées convoquèrent une assemblée générale des habitants d'Ekoumdoum, sous le hangar du stade et improvisèrent aussitôt un interrogatoire du missionnaire, si rigoureux que les assistants ne pouvaient s'empêcher de songer à une comparution.

Le vieil homme exposa comment Van den Rietter, à peine arrivé à Mackenzieville, tandis que s'activaient les préparatifs d'embarquement en prévision du voyage de retour en Europe, était mort brusquement, après avoir mangé une conserve avariée. Cependant, rapportait avec insistance frère Nicolas, les quelques instants de l'agonie de son compatriote avaient laissé à celui-ci, dont le sang-froid et le courage étaient bien connus et firent alors merveille, bien qu'il fût conscient de la proximité de l'heure suprême, le loisir de faire à son compagnon quelques confidences poignantes.

– Frère Nicolas, lui avait-il murmuré, je te le dis en vérité et solennellement, je suis heureux de mourir sur cette terre africaine que j'ai si longtemps et si généreusement servie, et qui a confisqué tant de belles années de ma misérable existence. À défaut de pouvoir reposer à jamais dans le cimetière chrétien d'Ekoumdoum, cette cité chérie où j'ai laissé de si nombreux enfants, je veux être enterré ici, à Mackenzieville, qui est quand même encore terre africaine, en dépit des Anglais.

Telles étaient, assurait frère Nicolas, les dernières paroles de Soumazeu au moment de sa mort.

Les assistants les plus âgés, les vieilles femmes en particulier, avaient déjà le visage baigné de larmes ; les plus jeunes, au contraire, ricanaient bruyamment chaque fois que frère Nicolas, qui avait toujours négligé de perfectionner sa connaissance de la langue parlée à Ekoumdoum, commettait une confusion de vocabulaire ou trébuchait très malencontreusement sur une intonation.

Excédée sans doute par la compassion qui envoûtait peu à peu la foule désarmée par la surprise, Ngwane-Eligui la Jeune interrompit brusquement le vieux missionnaire et déclara :

– Frère Nicolas, nous te remercions avec effusion pour ce récit vraiment bouleversant. Toutefois, nous serions peut-être plus émus encore si tu daignais enfin nous révéler pour quelle raison tu es revenu ; car c'est là ce qui nous préoccupe le plus, tout compte fait. Tu avais peut-être oublié ici un objet auquel tu accordes un grand prix, et tu as voulu le récupérer ? Peut-être auras-tu décidé, finalement, qu'il est de ton devoir de persuader ta fille de t'accompagner dans ton pays ? Nous voulons savoir pourquoi tu es revenu ici, Frère Nicolas.

– Pourquoi frère Nicolas est revenu ? s'écria Jo Le Jongleur qui venait de bondir aux côtés du missionnaire, acclamé par les adolescents de la cité et par les compagnes insurgées de Ngwane-Eligui la Jeune. Je sais, moi, pourquoi il est revenu. Je vais vous dire, moi, pourquoi frère Nicolas est là, aujourd'hui, au milieu de nous, mais malgré nous. Il n'est pas là dans l'intention de récupérer un objet de grand prix ni pour persuader sa fille de le suivre dans son pays. Pensez donc, ce serait trop beau !

« C'est que vous ne les connaissez pas, ces gens-là : il y a toujours chez eux le désir, la passion devrais-je dire, de nous guider, d'être à la tête de nos communautés, de cornaquer les hardes de chimpanzés que nous sommes, selon eux.

« Mais ce n'est pas cet aveu-là qu'il vous fera, frère Nicolas, oh ! non. Je les connais, ils n'avouent pas ces choses-là, pas plus que le petit verre d'alcool qu'ils s'envoient chaque soir dans le gosier, au moment de se coucher ; car, tenez-vous bien, c'est là un vice. On n'avoue pas un vice ; on le dissimule soigneusement. Chaque fois que leur conduite vous paraît mystérieuse, étrange, n'hésitez pas, elle dissimule leur passion maladive de nous dominer.

« Il va vous dire qu'il s'est tout à coup avisé que le vieux Monadjo est incapable, malgré la formation qu'il lui a prodiguée, de ramener seul la péniche à Ekoumdoum. Alors il a été saisi de compassion en songeant à ces pauvres habitants d'Ekoumdoum qui verraient les jours s'écouler sans que les leurs reviennent de Mackenzieville ou qui les verraient revenir à pied après de longues semaines de marche et de périls de toute sorte. Du moins, c'est ce qu'il s'apprête à vous dire. Mais que de périls – et combien plus graves, souvenez-vous – ont dû affronter vos adolescentes naguère, qui ont dû aller jusqu'à Tambona et en ramener des médicaments, quand l'épidémie exterminait vos enfants en bas âge ! Où était alors frère Nicolas et quel usage faisait-il de sa compassion ?

« Monadjo est-il capable de ramener seul la péniche ? Écoutez-moi bien : j'ai posé mille fois cette question à Monadjo lui-même. Mille fois Monadjo m'a répondu : "Comment pourrait-il se faire que je ne la ramène pas ? Depuis longtemps, frère Nicolas se borne à surveiller mon travail de loin de sorte que, depuis longtemps, le vrai pilote de la péniche, c'est moi." Voilà ce que m'a toujours répondu le vieux Monadjo lui-même. Voulez-vous l'entendre ? Il ne doit pas être bien loin.

« La vérité, c'est que frère Nicolas mourrait d'envie et de chagrin s'il savait Monadjo seul maître à bord sur la péniche ; car frère Nicolas doit considérer cette machine comme faisant partie intégrante de son patrimoine personnel. Mais, vous le savez tous, c'est un bien de la Mission catholique, autant dire de la cité d'Ekoumdoum. La péniche est votre bien à tous. Mais frère Nicolas mourrait d'envie et de chagrin…

— Laissons quand même parler le vieux Blanc, crièrent des voix de femmes âgées qu'étayait un organe viril à l'évidence, résonnant dans le dos de Jo Le Jongleur, et que celui-ci n'hésita pas à identifier pour la basse profonde de Mor-Zamba.

— Pas la peine de nous laisser tourmenter davantage par ce gros vieillard, protestèrent les adolescents de la cité dispersés dans l'assistance. Ne l'avons-nous pas assez vu? Ne connaissons-nous pas déjà, d'avance, son boniment de charlatan? Qu'il retourne le débiter dans son pays.

— Laissons quand même parler le vieux Blanc, reprit le chœur de femmes âgées; c'est un être humain, après tout. Pourquoi n'aurait-il pas droit à la parole? Pourquoi le traiter si cruellement? À toi, Frère Nicolas! À ton tour maintenant de parler.

— Je suis revenu, commença frère Nicolas en bredouillant, je suis revenu parce que je n'ai pas eu le courage de partir.

— Et pourquoi donc? s'écrièrent les adolescents de la cité, dispersés parmi les spectateurs. Quel rocher barre donc le chemin de ton pays?

— Laissons quand même parler le vieux Blanc, fit en vibrant la voix de Mor-Zamba, que Jo Le Jongleur, cette fois, reconnut parfaitement. À toi, Frère Nicolas, parle donc.

– C'est vrai, reprit frère Nicolas, avec une onction empreinte de timide humilité, c'est vrai que le chemin de mon pays était barré par un énorme rocher, par un obstacle insurmontable, mon âge ! Je suis trop vieux, mes enfants ; j'ai trop longtemps vécu en Afrique, ici chez vous, ailleurs… Qui trouverais-je là-bas à m'attendre ou à s'inquiéter de moi ? Quelle vie serait la mienne ? Dans un pays froid, sous un ciel toujours sombre et bas, imaginez les murs humides et aveugles d'une longue bâtisse, la maison mère de notre congrégation. Imaginez l'ennui d'interminables heures monotones, toujours semblables, toujours égales, le sentiment d'être inutile et de tout devoir à la charité, alors qu'on possède encore des bras vigoureux ne demandant pas mieux que de rendre service, de transformer les objets, de créer la vie. Et, dans cinq ans, dix ans au plus, la maladie suprême, une chambre d'hôpital nue, au milieu de vieillards inconnus et désespérés, qu'on ne quittera plus que les pieds devant, dans un cercueil ou quelque chose de ce genre.

« Alors, je me suis dit : *J'ai longtemps appartenu à une cité populeuse, et vécu au milieu d'amis cordiaux comme des frères, que je servais par mon travail quotidien, avec lesquels je bavardais pendant des heures dont nous ne sentions pas la longueur, tant nous étions heureux de nous trouver ensemble. Il y a même parmi eux un enfant de mon sang, une jeune fille dont je suis quasiment le père, en tout cas l'unique parent connu d'elle. Je retournerai donc à Ekoumdoum, je demanderai à ses habitants de passer l'éponge sur notre passé commun*

d'erreurs et d'oubli des leçons du Christ ; je les supplierai
de m'accueillir à nouveau afin que nous repartions à zéro.
Voilà ce que je me suis dit cent fois avant de me
décider.

« Vous qui êtes à la fois mes enfants et mes frères,
me refuserez-vous cette faveur ?

Dans l'assistance, les femmes âgées, loin de retenir
leurs larmes, reniflaient maintenant sans pudeur. Ceux
qui s'esclaffaient en jouant la farce toujours appréciée
de Soumazeu et de Simsimabayane l'emportaient,
certes, par le succès populaire, mais non pas, sans
doute, par le nombre. L'un d'eux provoqua même une
tempête indignée en adressant au vieux missionnaire
cette apostrophe insultante dont la faveur ne s'était
pourtant jamais démentie auparavant :

– Frère Nicolas, c'est vrai qu'une main de bananes
coûte une petite fortune chez toi, dis ? La vie est quand
même plus belle ici, non ?

C'est à cet instant, comme il l'a avoué plus tard, que
Jo Le Jongleur sentit la partie perdue ; pourtant, il ne
voulut pas baisser les bras et s'adressa en ces termes à
frère Nicolas :

– Si nous consentons à t'accueillir de nouveau,
Frère Nicolas, promets-tu de laisser désormais
Monadjo seul maître à bord sur la péniche ?

– Croyez-en un vieil homme, cela ne fait aucun problème pour moi, répondit sans hésiter Frère Nicolas :
que Monadjo soit désormais le capitaine de la péniche,
il a suffisamment de compétence pour cela. Je le sais
bien, c'est moi-même qui l'ai formé

Forts de ce serment, les deux plus jeunes rubénistes suivis des femmes insurgées quittèrent la partie et la foule se dispersa.

Dès que les deux Koléens se furent retrouvés seuls à l'infirmerie, Jo Le Jongleur confia à Évariste :

– Puisqu'il veut absolument rester avec nous, eh bien ! qu'il reste. De toute façon, c'est décidé et nous n'y pouvons plus rien. À quoi cela aurait-il servi de tenir tête à cette foule piégée par les trémolos d'un vieillard sournois ? Mais, pour rendre service, galopin, il faudra qu'il rende service, je te le garantis. Nous en ferons un véritable esclave, c'est bien son tour ; c'est un bâtisseur. Par quoi commencerons-nous ? Par un hôpital ? J'en imagine un magnifique là-bas, sur cette butte-là, tu vois ? Avec un bloc opératoire et une maternité même. Qu'en dis-tu, galopin ? Ce vieil hypocrite fignolait des oubliettes pour un tyran ; il lui faudra désormais édifier des hôpitaux pour le peuple.

« Même ainsi, il faudra quand même l'avoir à l'œil, galopin ; souviens-toi en effet de ceci : lui, jamais, ne cessera de nous épier, de nous guetter. Au moindre signe de relâchement, hop ! avec quelle vivacité il se défera de sa bible comme d'un fardeau encombrant.

– Et avec quel sot empressement nous la ramasserons, je sais ; c'est vrai que c'est toujours ainsi que cela s'est passé. Au début, ils brandissent la Bible et nous autres nous avons la terre. Cent ans après, c'est nous qui brandissons la Bible, c'est-à-dire du vent, et eux ils ont la terre, *notre* terre. C'est vrai, c'est l'histoire des Indiens d'Amérique, c'est celle de nos frères d'Afrique du Sud, c'est peut-être bien la nôtre aussi, en train de se réaliser.

« Mais quand même, Jo, un vieux con tout seul ! Tu crois vraiment qu'il peut nous ramener l'esclavage ?

– Alors, toi aussi, galopin ! Même toi, tu te seras laissé prendre au piège de la pitié, comme les culs-terreux. Toi aussi, tu te seras laissé corrompre par la bave putride de ce vieux charlatan ? Tu as donc oublié toutes les leçons apportées par leurs livres et que tu m'as si souvent dispensées durant notre longue marche, au point qu'il me semble parfois en avoir lu autant que toi ? Vais-je croire finalement que l'instinct, mon misérable instinct, l'emporte sur la science ? Ne m'as-tu pas mille fois dit, toi-même, rappelle-toi, galopin : "Ces gens-là ne doutent de rien, et nous, nous doutons de tout et d'abord de nous-mêmes. Voilà leur force" ? Est-ce que tu te figures que, parce qu'il est seul au milieu de nous, il a changé ? Au contraire, galopin.

« Alors, toi aussi, tu en es à douter de leur malignité ? Alors, écoute-moi bien, galopin : non que je me propose de te convaincre par un long discours – je crois que je n'aurais pas assez d'arguments. Simplement, à partir de ce jour, premier de notre nouvelle cohabitation avec frère Nicolas, ouvre les yeux, observe bien ce qui va se passer quotidiennement. N'oublie quand même pas de participer aussi au combat. Mais sur ce point, je te fais confiance, car, malgré ton âge, tu es le plus vaillant soldat que j'aie rencontré et Ouragan-Viet serait fier de toi, tel que je le connais, Sous-Lieutenant Évariste.

– À vos ordres, mon Commandant !

C'est ainsi que cela a commencé, mais nous autres nous ne l'avons su que plus tard, beaucoup plus tard. Car, en dépit des apparences, c'est ici que commence véritablement cette histoire, drame aux mille retournements, visage de femme ruisselant tantôt de larmes comme la cascade mélodieuse, tantôt de rires comme un ciel ensoleillé, écho retentissant un jour de salves, un autre de chants, destin de notre peuple voué aux déclins répétés, mais se réveillant toujours, se redressant quand même chaque fois…

*A*PRÈS AVOIR PATHÉTIQUEMENT DIVERGÉ et même paru devoir se séparer irrémédiablement, les sentiers de Georges Mor-Kinda et de Mor-Zamba se rejoignirent brusquement un soir, comme par miracle, chez Ngwane-Eligui l'Ancienne, la vieille mère d'Abéna, plus connu à travers la République sous son nom de guerre d'Ouragan-Viet. Ceci se passait moins d'un mois après le retour de frère Nicolas.

Mor-Zamba se comporta comme le maître de maison et, après avoir placé les nombreux invités et leur avoir offert à boire, c'est lui qui, le premier, prit la parole, s'exprimant avec solennité comme s'il eût attendu de ces retrouvailles on ne sait quelle issue apaisante, peut-être une réconciliation.

– Voici Ngwane-Eligui l'Ancienne, la mère d'Abéna, déclara-t-il d'une voix qu'il venait d'éclaircir avec application, en s'adressant à ses deux camarades rubénistes auxquels il semblait s'efforcer de sourire. Oui, voici la mère de notre chef et bien des citoyens de la

République nous envieraient le privilège qui nous est donné cette nuit de voir en chair et en os la mère de ce merveilleux héros. Trop sollicités par les circonstances, vous n'avez guère eu jusqu'ici le loisir de faire sa connaissance. Personnellement, je suis venu m'entretenir pour ainsi dire chaque jour avec elle, depuis que notre présence dans la cité est devenue notoire.

– Tu n'y avais guère de mérite, fit remarquer Georges Mor-Kinda, puisque c'est là ta fonction naturelle à un double titre – en tant que fils de cette cité où nous ne sommes, nous autres, que des hôtes, et surtout en tant que son guide désormais. Au fait, as-tu déjà été finalement reconnu? C'est vrai que cet interminable tintamarre nous avait un peu fait perdre l'essentiel de vue.

– Bien sûr que nous l'avons reconnu, proclama avec quelque précipitation la voix de la vieille femme au visage ravagé de rides. La difficulté n'était pas vraiment que nous le reconnaissions, mais qu'il nous accepte en nous pardonnant. Tant de temps avait passé, voyez-vous! Après cette longue absence, après un tel tranchage, comment recoller deux tronçons de l'existence tout en leur redonnant vie? Des deux côtés, ne sommes-nous pas à jamais les deux tronçons raidis d'un serpent tranché net?

Elle venait de placer une lampe-tempête sur son genou droit et, penchée tout près du verre rebondi dont la chaleur peut-être lui brûlait la joue, elle examinait d'un air dubitatif l'image de son fils que lui avait donnée Mor-Zamba : c'était une photographie prise de trois quarts sur laquelle elle distinguait avec peine un homme aux cheveux ras, à l'imperméable garni d'épaulettes militaires, dont le sourire sans arrière-pensée creusait sur la joue visible une immense fossette, et c'est cette fossette qui la fascinait, la transportait bien des années en arrière, lui rappelant une autre fossette immense que le sourire sans arrière-pensée d'un nourrisson nu creusait sur ses deux joues.

Elle reprit :

– Tenez, même s'il revenait un jour, mon fils ne trouverait en moi qu'un fantôme. Mais je sais maintenant qu'il ne reviendra pas, du moins qu'il ne me reverra pas vivante. Tout n'est-il pas mieux ainsi ? Dans sa propre famille, ceux qui l'ont connu sont bien moins nombreux désormais que ceux qui ne l'ont pas vu, ou qui l'ont vu sans pouvoir se le rappeler : pour eux, il sera toujours un homme venu d'ailleurs. C'est comme la deuxième moisson de l'année : ce sont toujours de grandes tiges vertes, de longues palmes dolentes, mais ce n'est pas le même maïs. Le paysage semble exactement le même, et pourtant rien n'y est plus pareil.

« Bien sûr, nous avons reconnu Mor-Zamba ; mais lui, nous a-t-il vraiment reconnus ? Quoi de commun, à y regarder de près, entre les visages qui peuplent aujourd'hui Ekoumdoum, presque tous nouveaux pour lui, inconnus, étonnés de l'apercevoir, et ceux qu'il voyait jadis, petit enfant errant ? À supposer qu'ils n'aient pas encore disparu, ceux qui lui furent familiers se sont tellement transformés qu'ils lui font davantage l'effet d'un songe, sinon d'un cauchemar, que d'un doux souvenir.

« Il a aimé deux femmes ici, autant qu'il m'en sou-vienne – une très jeune fille d'abord, qui était du même sang que lui d'ailleurs, sans pourtant qu'à l'époque per-sonne s'en doutât. De la sorte, c'est la Providence elle-même qui a dû souffler au père cette opposition farouche où nous ne vîmes alors que la manifestation d'une malignité foncière, mais qui a eu pour effet de préserver ces deux enfants de la malédiction inces-tueuse, la plus horrible. Elle est mariée aujourd'hui, dans une cité lointaine dont nous avons oublié le chemin. Qui de nous peut dire si du moins elle est encore de ce monde ? L'autre femme est justement morte en couches, peu après la capture de Mor-Zamba par les soldats étrangers.

« Bien des gens t'ont détesté et tourmenté, mon pauvre Mor-Zamba ; d'autres t'ont aimé et soutenu. Où sont-ils, les uns et les autres ? Pourquoi devons-nous traîner le boulet de tant de morts ? Engamba n'est pas seulement disparu, lui : il est totalement oublié. J'ai peine à me persuader qu'il ait vraiment existé. Quant à sa femme, c'est une vieille bête, plus sourde qu'un pot : à peine doit-on la ranger dans le monde des vivants. Et ce fils si redoutable jadis, et qui te fit tant de mal, si tu revoyais cette loque rongée de syphilis, que de larmes de compassion fraternelle ne verserais-tu pas sur lui, mon cher enfant ! Songe que ton féroce adversaire de jadis peut à peine arracher aujourd'hui quelques mal-heureux poissons à l'extrême bord du fleuve.

« Oui, mon fils vous a dit la stricte vérité : il n'était question ici que de Mor-Zamba, il y a vingt ans, quand Abéna est revenu dans la cité pour nous faire ses adieux. En effet, quelques jours auparavant seulement, nous avions eu la révélation stupéfiante de l'étroite parenté, de l'identité de sang unissant à la cité d'Ekoumdoum cet enfant que nous avions haï sans raison, torturé et même trahi en le livrant aux soldats étrangers qui l'avaient capturé. Alors, nous brûlions de racheter, si faire se peut, tout ce mal monstrueux que nous lui avions fait et qui pouvait déchaîner bien des malédictions sur nous. Mais, peu à peu, que voulez-vous, le temps a passé et l'herbe folle de l'oubli a étendu son épais tapis sur l'absent ; c'est la vie, n'est-ce pas ?

— Ce que vient de dire notre vénérable mère est certainement vrai, mais en partie seulement, déclara le porte-parole des jeunes maîtres d'école qui assistaient à l'événement. Peut-on poser comme règle que les absents sont toujours victimes de l'oubli, et que c'est là une loi de la vie ? Nous pensons que ce serait assez inexact. Prenons le cas d'Abéna : nous l'avons certes oublié quelque temps, nous serions malvenus de le contester. Mais il faut nous comprendre. Nous étions si jeunes au moment de son départ. De plus, tant de choses, tant de transformations, tant de nouveautés sont survenues depuis. Songez donc : le père Van den Rietter, déjà installé, a été rejoint par frère Nicolas, ce magicien dont les mains enchantées ont fait surgir ici le palais du chef, là une merveilleuse résidence des missionnaires, dont nous étions tous fiers à Ekoumdoum, même si cela peut vous paraître étrange aujourd'hui, ailleurs les bâtisses d'une école. La construction d'une grande église était en cours quand la crise dont nous sortons à peine s'est déclenchée. Frère Nicolas poursuivra-t-il son entreprise jusqu'à son terme ? Nul ne peut le dire. En ce qui nous concerne, nous verrions un tel développement d'un très bon œil.

« En tout cas, tout cela sollicitait et mobilisait notre attention, nos rêves, notre imagination. C'est vrai, le monde, longtemps, s'est borné pour nous au spectacle de ces travaux avec lesquels le génie de nos pères ne nous avait point familiarisés. Et même la prospérité grandissante de la famille du chef nous ravissait, parce que nous croyions nous reconnaître en elle, ignorant encore que notre chef n'était qu'un tyran étranger imposé par d'autres étrangers. C'est vrai, nous avions oublié notre Abéna.

« Mais cet oubli a été provisoire ; après les récents événements, nous avons recommencé à rêver de notre Abéna, de ce héros qui est le sang de notre sang ; d'ailleurs nos jeunes élèves ne cessent de nous interroger à son sujet. Alors nous vous posons les mêmes questions que nos jeunes élèves nous adressent, à nous, quotidiennement. Les réponses que vous apporterez nous feront, certes, plaisir à nous-mêmes ; mais elles nous aideront surtout à assouvir la curiosité de nos jeunes élèves qui brûlent d'en savoir toujours davantage sur leur illustre aîné. Ainsi, est-il vrai qu'Abéna va bientôt revenir ? Répondez-nous avec précision sur ce point.

Les deux rubénistes les plus âgés se consultèrent et s'encouragèrent interminablement du regard.

— Réponds-leur, toi, fit soudain Mor-Zamba à Jo Le Jongleur.

— Non, c'est à toi de répondre, répliqua ce dernier, c'est vraiment ton rôle. Dans un moment comme celui-ci, personne ne saurait se substituer à toi.

— Eh bien, fit Mor-Zamba après avoir toussoté plusieurs fois, Abéna va certainement revenir.

— Mais quand ? insistèrent ses interlocuteurs.

— Quand ? Je ne puis le dire en toute certitude, répondit Mor-Zamba. La dernière fois que nous l'avons rencontré, Georges que voici et moi-même, c'était au milieu d'une bataille acharnée, à Kola-Kola, faubourg de la capitale. La fusillade était assourdissante, des hommes tombaient, d'autres se lançaient à l'assaut. Notre conversation avec lui n'a pas pu durer autant que nous l'aurions souhaité. Il nous a cependant assuré qu'il reviendrait bientôt, je veux dire aussitôt que ses écrasantes responsabilités militaires lui en laisseraient le loisir.

— Il va certainement revenir, intervint Jo Le Jongleur, et même très bientôt, je peux l'assurer. C'est une affaire de mois, peut-être de semaines, à condition de lui préparer la voie. Comment ? En combattant. Le commandant Abéna est un grand général militaire, et son rôle est de libérer les peuples opprimés par les tyrans, et notamment les peuples noirs – mais par le combat, et pas autrement. Mor-Zamba est revenu ici pour retrouver les siens et se mettre à leur tête. Quant à nous autres, ce jeune Évariste et moi-même, comment croyez-vous que se justifierait notre présence ici, à moins d'avoir été dépêchés dans cette cité par le commandant Abéna lui-même, en avant-garde militaire chargée d'éclairer la voie de son retour triomphal et des combats à venir ? En vérité, je vous le dis, chaque fois qu'il y a un combat à mener, partout où ce combat peut se livrer, c'est toujours en l'engageant sans hésiter qu'on peut être assuré d'exécuter les volontés de ce grand héros.

– Sauf peut-être en ce qui concerne la destinée de sa cité natale, précisa Mor-Zamba en hésitant et non sans bafouiller quelque peu. Nous devons tous veiller à la survie d'Ekoumdoum, nous abstenir de toute imprudence qui pourrait la compromettre. Je suis personnellement persuadé qu'Abéna souhaite retrouver un jour intacte cette cité, qui est son berceau, et décider lui-même, au besoin, s'il vaut mieux la sacrifier sur l'autel de l'indépendance ou utiliser les prodigieuses ressources d'Ekoumdoum pour nourrir son généreux combat.

– Mais est-il aussi fort qu'on le dit ? demandèrent les jeunes maîtres d'école.

– Le commandant Abéna est très, très fort, répondit fièrement Jo Le Jongleur ; dites cela sans hésiter à vos jeunes élèves, et avec toute l'assurance qui convient quand on évoque la puissance d'un tel homme. Sa force réside, certes, dans les armes de ses combattants, mais autant et peut-être davantage dans son cœur généreux et dans sa tête toujours en éveil. Le commandant Abéna, qui aime les humbles, les pauvres, les petits, les femmes et les enfants plus que Jésus-Christ lui-même, voit de très loin, avec son regard perçant, toutes les menaces qui pèsent sur eux ; il voit aussi de très loin toutes les combinaisons qui peuvent lui permettre de ruiner ses adversaires, les oppresseurs des humbles, sur lesquels il finit immanquablement par l'emporter. Et alors, il est sans pitié dans le choix et l'exécution de leur châtiment.

– Pour autant, intervint timidement Ngwane-Eligui l'Ancienne, convient-il nécessairement de tuer Zoabekwé ? Il s'est rendu coupable de graves fautes, c'est vrai, mais plutôt par ignorance que par méchanceté, ne pensez-vous pas ? Oubliez-vous que, comme tous les enfants supposés du défunt chef, Zoabekwé est un authentique enfant de notre cité et que le sang le plus pur d'Ekoumdoum coule dans ses veines ?

– Est-ce bien assuré ? demanda un jeune maître d'école qui s'était tu jusque-là.

– Si c'est assuré ? s'étonna vivement Mor-Zamba. Mais cela ne fait pas le moindre doute.

– Et alors ? répliqua aussi vivement Jo Le Jongleur. Depuis quand un sang, quel qu'il soit, exempte-t-il le coupable de payer le prix de ses crimes ?

– Très juste ! renchérit le même maître d'école ; Ezadzomo et Ezabiemeu avaient aussi notre sang dans leurs veines, et plus pur encore que celui de quiconque. Ils ont pourtant payé de leur vie, eux, pour un crime imaginaire.

– De terribles malheurs se sont abattus ces derniers temps sur Zoabekwé, intervint Mor-Zamba ; pourquoi ne formeraient-ils pas déjà un châtiment suffisant ?

— On ne peut se prononcer d'avance, opina le porte-parole habituel des maîtres d'école. C'est vrai que rien ne peut excuser tant de crimes abominables; mais c'est vrai aussi que, aussi loin que l'on remonte dans les souvenirs d'un habitant vivant, fût-il le plus âgé de notre cité, jamais on n'y a décidé de la mort d'un homme. L'usage était de laisser cette barbarie aux Blancs ou aux étrangers. À l'idée d'une telle responsabilité, n'êtes-vous pas, comme moi, saisis de terreur? Des sueurs froides ne vous coulent-elles pas déjà le long du dos?

— Quand Zoabekwé passera-t-il en jugement? demanda d'une voix suppliante Ngwane-Eligui l'Ancienne.

— Dès que toutes les conditions auront été réunies, répondit évasivement Jo Le Jongleur.

— Et en particulier, précisa Mor-Zamba, quand les témoins qui pourraient déposer en sa faveur auront reçu l'assurance garantie qu'il leur est permis de se montrer et même de prendre la parole en public sans s'exposer à la lapidation.

— Tiens, tiens, voici du nouveau! s'écrièrent en chœur les deux plus jeunes rubénistes.

TABLE

Impression réalisée sur CAMERON par

BUSSIÈRE CAMEDAN IMPRIMERIES

GROUPE CPI

à Saint-Amand-Montrond (Cher)
en juin 2003

Dépôt légal : juin 2003.
Numéro d'impression : 032666/1.

Imprimé en France